无忧茶馆2

谭以牧——著

ARTTIME 时代出版
时代出版传媒股份有限公司
安徽文艺出版社

目录

CONTENTS

第一杯茶

十方镜

漫天风雪过后，

故人已归来。

这满目疮痍的世界里，

藏着灿烂绮丽的梦。

— 1 —

辰时，钱来福来到茶馆的后院，打了一桶水，洗了把脸，然后取过写着“开张”二字的木板走到无忧茶馆外，开了门，将木板放在门口。

“嗯？”

他呵欠才打了一半，便望见了眼前站着的青衫男人。

青衫男人有些落魄，似乎不怀好意地弯着嘴角，开口问道：“高和，高老板在吗？”

钱来福一眼就认出他是谁了，无忧茶馆里还挂着他的几幅画。

钱来福自小遍赏大家名画，在他看来，那几幅画都是不入流的作品，但是高和似乎看中了画家的潜力，通过各种手段打响了画家的名声，画家的画也变得抢手起来。

画家就是钱来福眼前的男人，彦青。

彦青自太金山顶一事后，一别已有一年。如今的彦青给钱来福最大的感觉便是，彦青还是彦青，但好像又不是钱来福所熟悉的彦青了。

“在呢。”钱来福笑着问，“你怎么突然回来了？”

“一个人闷，便觉得是时候回来了。”说话间，彦青跨过门槛，径直朝后院走去。

他知道高和的习惯，所以轻车熟路。

若闲来无事，高和总是会与尹琅若在夜晚时喝得酩酊大醉，直到第二日午时方才苏醒。不管时光如何变迁，高和仍旧保留着一些长孙无忧的习惯，活得潇洒且恣意。

果不其然，彦青才走进后院，就看见高和与尹琅若头顶着头躺在铺了凉席的屋檐下，身旁炉子里的炭火已经熄灭，锅里的剩菜凉透了，酒杯和酒壶滚落一地，周遭一片狼藉。

即使正值夏天，高和还是改不掉吃火锅的习惯，而且他喜欢加麻加辣，非要将两片薄唇吃得泛红才肯罢休。

彦青走到高和身边，单膝跪下，目光幽幽地看着高和。看了一会儿，他用高和腰间的香囊堵着高和的鼻子。他的动作轻轻的，柔柔的，在心中默默倒数。

“三、二、一……”

高和被呛醒了，皱着眉睁开眼。

彦青笑道：“老师，我回来了。”

彦青的笑容好像与数百年前那张清澈干净的脸重叠在了一起，高和一时间有些恍惚。他一脚将尹琅若踹开，整理了一下衣冠，问彦青：“到底发生了什么？邱冠说你被九幽吞噬了。”

不久之前，邱冠传来不好的消息，说彦青被九幽吞噬了。他神色严肃，秘传了高和不少伏妖的术法，随后便称自己要回一趟故乡的宗门，了却一桩心事并寻找帮手，自此不知所终。

不管怎么样，高和还是没能实现将无忧茶馆还给邱冠的愿望，不得已继续经营着。现在见彦青忽然回来，高和只觉得意外。

“可能只是一场意外吧，我心里念着老师，最终战胜了九幽。”彦青没有多言，转移话题，“我回来是拜托老师帮忙，我想在无忧城的繁华地段买一个宅子。”

“在繁华地段，买宅子？”

这简直是狮子大开口，若要在繁华地段购置宅院，无忧茶馆好几年的收入都得搭进去。高和自问还没有这么洒脱与大气，能够将收入全部交给彦青。

“我已经把我的画全卖了，有了上千两的收入，你再凑一点，买宅子还不简单吗？若是还不行我就问钱来福和尹老板借。”

“为什么忽然想买宅子了？”

钱还是其次，高和记得彦青在无忧城租的房子已经很不错了。

彦青想了想，道：“没什么，就是想在无忧城安家。我喜欢无忧城，也想常常看望老师。以后我就在家里画画，有一个固定的地方，别人慕名而来也有个落脚的地方。”

高和不相信他的理由如表面上所说的那样简单，但他已经将话说到这个地步，高和不好拂他的面子。

看在这一声“老师”的分上，高和原谅了他。

高和走到茶馆门口，就像钱来福那样，对着日光伸了一个懒腰。街坊四邻都向他打招呼，高和点头示意。

日复一日，美好的一天开始了。

高和找尹琅若参谋了几日，带着彦青咬牙买了曲郯江附近的一所二进二出的宅院，宅院里亭台楼阁俱全，设计布局精巧，也算是对得起它的价钱。但彦青的意思是，这样的宅院还需要他请几位匠人来翻修，算了算费用，仅仅上万两即可。

上万两？仅仅？高和与尹琅若对视一眼，想法出奇地一致——若是还想翻修，自己赚钱去吧！

彦青看着他们两只奸诈的狐狸，关上宅院大门送客。

不久，高和与尹琅若就收到了彦青的回礼——几幅美人图，算是彦青聊表对他们的谢意。

高和与尹琅若对视一眼，立即将这几幅画放进火炉里当柴烧。

别说，用画当柴火烧煮出来的东西味道不错。

火锅当前，不做神仙不称王。

鱼片的口感细腻醇厚，手打的鱼丸劲道鲜美，菜心中藏着锅底的浓香，切丝的瓜皮沾汤即熟别有风味，爽脆的寸金软骨是尹琅若的至爱，也只有他这样阔绰的人才舍得大肆采购。高和缓缓捞出两小块，在齿间嚼出细微的声响，香味弥漫在口腔之中，当真美味。

美食当前，高和的心还是一抽一抽的，只觉得积蓄耗空，那么多的银钱都与他无缘了。

尹琅若心思通透，觉察到高和的一丝异样，夹了一小块寸金软骨到高和的碟中。

“千金散尽……”

“不复来了！”高和抢白。

尹琅若拍拍高和的肩膀，嘴角微微弯起，有几分心疼高和这种“大出血”过后缓不过劲来的模样，笑道：“明天……”

“好的！”高和飞快地放下筷子，双手紧紧握住尹琅若的手，他坚信自己预判了尹琅若要说的话，急忙敲定这次援助，“至少一箱。”

尹琅若用没被握住的另一只手扶额，抬头，主动加价：“两箱银钱吧。反正我赚钱赚麻了，不如送你。”

高和喜不自胜，捞菜的速度与方才截然不同，大口嚼着，口中喃喃自语：“香！真香！尹兄你也尝尝这豆腐！”

“高兄，你落凡尘了。”尹琅若笑道。

雾气氤氲间，高和耳边响起弟子的琅琅读书声，仿佛看见高徒满座的讲坛，又望了望依旧趴在大堂桌上打盹的钱来福，在心底自语：我在凡尘闯荡很多年了。

日子渐渐长了，无忧城太平无事。彦青偶尔会来无忧茶馆串门，就像以前一样，与无忧茶馆诸人饮酒作赋，高和悬着的心也放了下来。

这天高和从王子敬的手中取了手稿，坐在茶馆里细细研读。王子敬一再劝高和，故事就让说书人准备，没必要让他来准备，但高和喜欢看故事，比起那些江湖上广为流传的，高和更喜欢听一些稀奇古怪的。

高和没理睬王子敬。见劝不动高和，王子敬只得幽幽地离开了。如果高和没看错的话，王子敬貌似……有点郁闷？

高和恍然大悟——王子敬好像还没有出囚笼活动过。

这么一想，王子敬想遛弯的心思全写在脸上了。

不过，王子敬为了出囚笼活动而努力的样子……蛮可爱的。高和想，也不知道他这一次的故事能不能更完美一些，如果他表现再好一点，放他出去遛一下弯也不是没有可能。

王子敬这回写的是关于千面妖的故事，说是有一种妖怪，有一千张面皮，能够变化成小孩、少女、老妪……它虽有白骨却没有皮囊，是为白骨精。

高和入了神，末了才想起世上的确有白骨精一说，不过那白骨精是一具女子的遗骨吸收了天地灵气所化，通晓化尸大法，能够千变万化。王子敬笔下的白骨精，更像是鬼怪故事里的“画皮”。

高和轻笑，幸好自己有文化，不然差点信了王子敬的故事。

— 2 —

“烦，真烦。”

高和在二楼看着故事，那厢柳橙、尹琅若、封如贤正在和无忧城有名的富家子弟闲聊，其中一名男子忽然发出连声感慨。

“烦哪，我怎么就这么迷人。”

高和抬眸瞥去，想看看谁这么自恋。

映入他眼帘的，是无忧城阔少邢岫良。

邢岫良头上戴着细绢制成的头巾，身着锦绣华服，模样也周正俊俏。更难得的是，他身形高大魁梧，气质不俗。

他腰间挂坠的宝玉和金丝带价值不菲，手指上的玉扳指还有把玩的玉石球也是万里挑一的良品。如此的身家，配上他还算可以的样貌，难怪他会认为自己迷人。

柳橙、封如贤与邢岫良是同一天成亲的，柳橙不免嗤笑：“你已经有了家室，怎么还胡言乱语？”

邢岫良与正妻宋烟之间的过往，也算是无忧城的一个传奇故事，毕竟论出身，宋烟远不及邢岫良。

邢岫良扶额，摇摇头：“柳兄，这你就落伍了。我纵然有了家室，可是不妨碍我在外面寻知己不是？”

柳橙不由得“呸”了一声：“别将封如贤和我也归为你这类人，大丈夫精忠报国死而后已，整天儿女情长、花天酒地像什么样子？”

“只是这么一说，你还红脸了。”邢岫良嬉皮笑脸，将一只酱猪蹄放进嘴里咀嚼一番，“我是一介商人，有的东西离我太远，也就赚点小钱娶几个老婆，此生足矣。”

还几个老婆，不害臊！他真是一个人见人打的浪荡子！

不过兄弟之间观念不同完全不会影响交情，大家只是一人一口唾沫淹了一会儿邢岫良，便开始转移话题了。

高和对邢岫良和他的妻子宋烟颇有印象，因为他们也是在无忧茶馆成的亲。

成亲那日，邢岫良看起来很喜欢宋烟。宋烟生得娇小玲珑，总是唯唯诺诺的，不敢高声说话，始终躲在邢岫良身后，让他拉着自己的手，向席间的人敬酒。

高和看不见宋烟的脸，从仪态来看，想来是个很漂亮的新娘子。

邢岫良是无忧城里排得上号的公子哥，家底丰厚，宋烟的父母不过是普通的茶商，传闻一年到头赚的钱还不够邢家人吃几顿饭，宋家的院子也就值邢家一间柴房的价。他俩结亲，任谁都觉得宋烟高攀了，但当时力排众议，一定要将宋烟娶进门的可是邢岫良，难道婚后发生了什么，让邢岫良对宋烟生出了厌倦之心吗？

常言道，宁拆七座庙，不破一桩婚，高和乐见身边美事，若是不美，他手长脚长，定然要管一管。

邢岫良最近正打算收购几家旺铺，包括两家经营不善的酒楼，尹琅若也想插一脚。没事的时候，邢岫良与尹琅若总是厮混在一起，喝酒侃大山，谈论无忧城的各种动向。

没有竞争关系的时候，商人们特别喜欢吹牛，推杯换盏间不动声色地炫耀自己的过往，或是用犀利的言语痛批时事。

尹琅若不找自己喝酒的这段时间，高和总是以采购茶叶的名义拜访宋家。宋烟的父母早前也加入了无忧城茶行，知晓高和的地位，于是客客气气地笑脸相迎。

论财富，宋家是比不上邢家，不过宋父也算有点家业，只是为人低调，宋宅并不像坊间传言的那般寒酸。走进宋家，映入高和眼帘的是一池活水，水清澈见底，红色游鱼穿梭其间，绕过活水，附近有一间小柴房，柴房旁便是一座阁楼，客人一般都在阁楼里谈事情。

四通八达的阁楼里到处都是宋父的题字，墙上的画中写着他于某年某月某日因某事所绘，池边的石碑上刻着某年某月某日由谁所赠。

宋家行的是商贾之事，宋父倒像颇有文墨情怀的儒士。

宋烟是宠妾所生的庶女，并非家中嫡女，自小就谨小慎微，行事知分寸，懂进退。高和想，难怪宋烟的性子如此唯唯诺诺，想必是柔顺惯了。

宋烟与邢岫良不知怎么就在一起了，对于宋家来说，能与邢家结亲，自然是有百利无一害。

有的人不鸣则已，一鸣惊人，说的就是宋烟吧。她平时那么优雅、懂事，不声不响就俘获了邢岫良的心。

夏日艳阳当空，一顶轿子停在庆芳斋前。下轿的是一位衣着华贵的少妇，头顶金钗翠翘，耳垂大秦珠玉，手戴金镯银饰，腰悬香囊玉佩，行动之间环佩叮当，香风四溢。外人见了也忍不住多看一眼，心生赞叹——多么美艳的一位贵夫人。

丫鬟搀扶着少妇的手，款款步入庆芳斋。

高和这日也在庆芳斋吃点心，一眼就看见了少妇。少妇也见到他了，上前和他打招呼：“高哥哥。”

“宋烟？”高和稍显意外。

他听闻最近邢岫良花天酒地、浪荡不堪，照理说宋烟应该多少受到一点影响，但是现在宋烟容光焕发，比起从前更显娇艳。

“听闻老板最近很是照顾我爹娘的生意，虽然我已外嫁，可身上到底流着宋家的血。宋烟在这里谢过老板了。”宋烟盈盈一拜，她的身上幽幽散发出兰花的香气，淡淡的，撩人心弦。

高和搓了搓鼻子：“不碍事，开门做生意，合作生财，都是平常事。何况你家的茶叶好得很，我很喜欢。”

宋烟将高和当成哥哥，趁着丫鬟买点心的时间，她便坐下来与高和谈了一会儿话。

宋烟温顺有礼，高和念及邢岫良的所作所为，难免为她不平。

“邢岫良的混账事，我有所耳闻。男人喜新厌旧惯了，若是在府里不痛快，你可以与他协商和离。昭国的律法你是清楚的，女子再婚也没有人会低看你。”高和善意地道。

宋烟喝了一口茶，艳色的指甲像琥珀一样，色泽光亮。她欣赏了一会儿才弯起唇角，淡淡一笑：“我很好，邢岫良对我也很好，坊间的传言不过是传言，作不得数。”

“当真？”高和知道自己这两个字有些多余，毕竟那是人家的家事，若是她死要面子，自己偏要戳破这一层幻梦，未免管得太宽了。

宋烟微蹙眉头，那不悦一闪便过。她浅浅地笑了：“高哥哥不必担心我，我真的挺好的。”

丫鬟将她喜欢吃的点心都买好了，她便起身告辞。

高和看着她远去的背影，吃了半天的桃酥，猛地一拍自己的额头——人家都觉得没事，自己瞎操什么心？

轿子就像水上漂来荡去的孤舟，一晃一晃的。宋烟的指腹轻轻摩挲着雕花提盒，嘴角挑起一丝似有若无的笑意。世人都像高和一样，觉得她的生活应该是一团糟。她也曾这么觉得，但是现在想想，那时候的自己真是愚蠢。

人一旦站在高处，想让她再下地走就难了。

她与邢岫良，剪不断，理还乱。

— 3 —

“少夫人，饭菜都凉了，要不您先吃吧。”一桌丰盛的饭菜从热气腾腾到现在已经过去一个时辰，邢岫良一如往常没有按饭点回家。

这么多菜全是宋烟亲手下厨做的，她曾是一个十指不沾阳春水的闺阁之女，为了能够让公婆满意，花了几个月的时间研究厨艺，现在她的厨艺连府里的厨娘都自叹不如。

不过邢岫良绝不会乖乖回家吃她做的饭。

男人在外忙生意，不能按时回家很正常。一开始宋烟也是如此安慰自己，直到有一天，她发现了邢岫良满身酒气的衣衫里藏匿的胭脂香，她便不能再自欺欺人了。

邢岫良不过是在外面鬼混而已，府里上下都在看宋烟的笑话。

不过那都是过去的事了，宋烟已经习惯了被人笑话的日子，与从前不同的是，现在的她已经能够坦然面对这一切。

“再等等，若是他不回来，热一热我就吃了。”宋烟说话的时候总是温声细语，让人觉得她现在怪可怜的。

跟着她嫁过来的丫鬟月牙也为她打抱不平，姑爷明目张胆地在外鬼混，她管不了，老爷夫人也管不了。

管不了就算了，老爷夫人明里暗里还希望邢岫良纳妾，只因为，宋烟的肚子一直不争气。

新年之后老爷夫人便搬走了，邢岫良更是无法无天，白天不在家，晚上也不在家。月牙甚至希望邢岫良永远别回家。

又是半个时辰过去了，宋烟终于不再等了。月牙将饭菜热好，宋烟慢条斯理地吃了一小碗就饱了，让月牙把一大桌子菜分给下人们吃。

宋烟用帕子擦了擦嘴，净了手漱了口便回了屋子。她对着镜子描眉，细长的烟眉让她看起来更加温柔。她只是中人之姿，一开始嫁进来的时候就听到了很多不和谐的声音，大多都觉得她配不上邢岫良。

那又如何？他们有异议，不过是因为嫉妒。

嫉妒她一飞冲天变凤凰。

嫉妒她得此良人有了依靠，自此衣食无忧。

为自己撑起的信念有时候也经不起流言蜚语，她稍有泄气的时候，邢岫良便敏锐地察觉到了那细微的差别。她分明记得，有一次，邢岫良紧紧握住她的手，告诉她不要害怕，他会保护她。

他说，他在。

邢岫良这样的公子哥，在遇见宋烟之前也算是一个浪荡子。他周围的异性很多，都是有头有脸人家的小姐。他们自小玩在一处，他便也因此模糊了男女的界限，和谁关系都不错。

邢家本给邢岫良安排了一门亲事，那女人姓沈名晴岚，是邢岫良的表妹。沈晴岚的父亲在无忧城做酿酒生意，多少脚店想买酒沽卖，都得经过沈家的同意。

宋烟知道，自己的家境远远比不上沈晴岚。好在父亲之前请了一位私塾先生，让她们几个姊妹在一处学习。宋烟是家里最规矩的那个，又识得不少字，就参加了无忧城诗社的比赛。后来她才知道，那诗社是无忧城有名的公子哥柳橙拉着几个狐朋狗友一起办的。

邢岫良很喜欢宋烟的诗，宋烟去寺庙上香的路上撞见了他，他便觍着脸一路跟着。她原以为自己遇到流氓了，跟着月牙先是快走后是快跑，一直走到了集市上。

宋烟溜得快，邢岫良不好意思步步紧逼，只能作罢。

回到家里，宋烟满脑子还是他轻浮的话语——

“小姐好生俊俏，不知道芳龄几何，是否婚配？”

呸呸呸，举止轻薄，再喜欢也得注意场合不是？邢岫良怎么这么没脸没皮？宋烟的脸红得厉害，心也跳得厉害，只能快步离开。

邢岫良竟害了相思病。

浪荡的公子哥就喜欢宋烟这样的女子，温柔纯良，犹如天真的小鹿。

而且，邢岫良格外喜欢宋烟作的诗，尽管昭国女子不乏才华横溢者。在邢岫良眼中，她的文字散发着香甜的少女气，明媚活泼，清新又值得回味。

等到一月一度的诗会再次举办的时候，邢岫良便早早到了柳府，他要“守株待兔”。

宋烟就躲在不起眼的角落里。她只是给柳橙寄了一首诗，他便邀自己来参加诗会。无忧城的圈子分三六九等，如果宋烟的圈子是六等，柳橙的圈子便是三等。

她在那些无忧城名媛堆里就像一个乡下少女，畏畏缩缩地抬不起头。

“你是谁啊？”一个珠翠满身的少女歪着头问她。

少女明眸皓齿，粉面香腮，漂亮得惊人。饶是宋烟这样的女子也看呆了，直到被她的笑声惊醒，宋烟才讷讷地回答：“宋烟。”

“我见你总是一个人坐在那里，也不说话，为什么呀？”

“我没有什么可说的。”

“你一个人不闷吗？”少女很热情，带着她认识朋友。少女生了一张娃娃脸，尽管只比她小三岁，但看起来比她小很多。

宋烟后来才知道，她就是邢岫良的表妹沈晴岚。

无忧城的女人势利起来，面目也会变得可憎，那样友善的笑容在谈话不到一个时辰时就消失了，因为她们一致发现，宋烟的家世好像很一般。

虽然她穿得并不寒酸，但也不算华丽。关键是，她眼底少了一股飞扬跋扈的劲，这是不够自信的体现。

总而言之，沈晴岚很快就将宋烟抛在脑后，和姐妹们玩在一处。

柳橙头上竖着高高的马尾辫，那副俊俏模样让宋烟愣了一会儿神。就算是满地的公子哥，如柳橙这样出挑的也不多。

沈晴岚见到了宋烟发愣的样子，忍不住笑话：“你看什么，柳公子已经有心上人了。再怎么看，柳公子这样的门楣也是你攀不起的。”

我只是多看了两眼，我对柳橙又没有意思。宋烟心想。不过宋烟习惯了低眉顺眼，便别过脸，没有解释。

沈晴岚将一个连环铁索放到她面前，好奇地问：“我们最近都在解它，你会玩吗？”

宋烟日常只学插花、刺绣，那些稀奇古怪的东西她碰也没有碰过。她感觉自己被孤立和鄙视了，鼻子不由得发酸。

早知道诗社的风气如此，她何必来找不痛快?

这时，有人走了过来，一把抢过连环铁索，眨眼的工夫就将九连环全部解开了。宋烟抬眸，发现他就是那日追着自己跑了一路的邢岫良。

邢岫良把连环铁索放在桌上，对气得脸颊涨红的沈晴岚做了个鬼脸：“这种东西只有小孩子才喜欢玩，你却还为自己解开了而沾沾自喜。”

— 4 —

“你才是小孩子呢！”沈晴岚气不过，“等回到家我就告诉父亲，你欺负我！”沈晴岚抢过连环铁索，提着裙子跑了。

“一天到晚只会通风报信，我怕你啊！”邢岫良故意大声对着沈晴岚的背影喊。

邢岫良拉着宋烟的手便走。周围的人都知道邢岫良惹不得，避之不及地给他让道。宋烟本就受不了周围压抑的气氛，虽然他的举动出格，但是她没有松手。

她永远记得，他就这样正大光明地牵着她，无畏世俗的眼光，无畏周围人的讶异。他的手那样有力，她完全挣脱不了。

以后的每一次风浪，他都是这样保护她的，一直到他们成亲，他都是如此。

若问他是否爱过她，她比任何人都清楚，他曾经深深地爱过她，只是得到了以后不再珍惜罢了。

这样的事，何其常见。无忧城中与她一样处境的人不在少数，没什么新鲜的。

听闻邢岫良近来迷上了燕子楼的一名花旦，宋烟还听闻那花旦戏唱得很不错，性子也活泼开朗，是一个涉世未深的少女，眼角眉梢还带着想攀附公子哥的野心。邢岫良今晚应该要找那花旦了，宋烟今晚也要出门，她约了无忧城的名画师彦青为自己画肖像。

彦青不仅画技了得，人也儒雅俊秀，和彦青攀谈就像是和深闺密友交流一样，放松且安心。彦青有时候又像是长辈，能够以过来人的身份为她指点迷津。

宋烟喜欢彦青，无忧城里像她这样难过的女人都喜欢彦青。没有彦青，她们一腔心事不知道说与谁听。

不知怎么下了雨，宋烟便不再让人备轿，只是叫月牙撑了把伞，在夜色中出了邢府。

雨夜，街上的行人不多，月牙有些害怕："少夫人，这样的天色还是不要出门了吧，想必少爷也不会去燕子楼了，不如回家为他熬一碗鸡汤，等他回来见有鸡汤喝，怎么也不会给你黑脸的。"

月牙还记得，邢岫良上次和宋烟说话还是三个月前，两人大吵了一架，邢岫良将宋烟推倒在地，还带翻了一支红烛。

火苗吞噬了一旁的帘幕，邢岫良吓得连忙让人救火。而宋烟只是蜷缩着，趴在地上看那个将自己娶进门，发誓会疼她一生一世的男人。

她的胸腔里满是不甘、怨愤。她的眼中藏着绝望、厌倦。这就是看错了人的代价吗？

她哭着问邢岫良："既然无法一生一世恪守诺言，为何当初执意撩拨？"

如果没有遇见他，她或许过着平凡的日子，哪怕只是嫁给一个自己不爱的男人，也不至于像现在这样，体会的是得到了又失去的痛苦。既然能声嘶力竭地质问，证明她对他还有爱，还有期待，还想着明天会变好。

"不爱就是不爱了，没有什么好说的。"邢岫良脸上不见悲喜，声音平淡，

“男人就是这样，吃着碗里的，看着锅里的。”

无尽的绝望笼罩着宋烟，她心如死灰。既然这样，那就一起葬身火海吧，连同这死去的爱。

她死死地拽着他，不许他离开屋子。

“你疯了！”邢岫良俯身将她抱起，大步冲出了屋子。

他算不得丧尽天良，至少在面对危险的时候，他没有见死不救。

宋烟活过来了，但是她的心死了。

“熬鸡汤？”宋烟轻笑了一下，“算了，我熬的他一定不会喝，如果他回家了就让他自己睡一觉吧。但他大概是不会回家了，毕竟对他而言，家里只有我一个人。”

月牙愤愤不平：“少爷这样，老爷夫人还怪少夫人没有孩子。凭什么张三犯病让李四喝药，要将自家儿子的错赖在少夫人身上？难道要让少夫人学那些狐狸精，费尽心机蛊惑人心吗？”

宋烟没有说话，月牙的心她懂，护她，向着她，月牙偶尔失言，她便不计较了。

她提前预约了时间，所以彦青的宅门外已经有人在等她了。彦青的品位不俗，如此阔气的院落也不是寻常人家可以置办的，想来他应该是一个很有钱的公子，只是不知道出于什么原因，他选择做一个勤勉的画师。

书房外悬着两盏橘色的灯笼，书童为她撩起了帘子，彦青就在书房里。宣纸已经用镇纸压着了，墨也已经研磨好。

宋烟进去的时候，彦青正在临摹大家之作。

一片渺远的山水，彦青不厌其烦地描绘着烟雾后的群山。也许是错觉，他用鸦青反复勾勒着山峦的沟壑时，宋烟仿佛从他的眼神里看出了一丝偏执、狂躁。

“邢夫人。”彦青抬眸瞥了她一眼，看见她了便放下笔。宋烟点了点头：“我今日画全身像。”

宋烟是老顾客了，彦青与她自有一份默契在。于是彦青命书童将缂丝屏风搬到书房里，宋烟在里屋换了一身衣裳，按照彦青的吩咐捧着一瓶桃花，装模作样地坐着。

彦青的手速算是极快的，然而完成一幅这样的画也需要一两个时辰。这么长的时间，宋烟的身子都坐僵了。

彦青为了免她无趣，便会在作画的间隙逗她笑。

不知不觉的，宋烟提及邢岫良。

邢岫良除了浪荡，还是有许多优点的。譬如他很讲义气，但凡兄弟有难，他二话不说出钱出力。对于女人，尽管不爱了，也会尽量在金钱方面给予弥补。宋烟这样的妻子，在府里这么久，已经相看两厌了，他也没有以一纸休书将她赶走。

彦青用工笔描绘她的唇角，女人微笑的时候，总是如此恬淡温柔。彦青问她："或许他只是不想承受休妻的骂名。既然你不开心，为何不选择和离？"

宋烟不语。

"其实，"彦青蘸了一点红墨，漫不经心地瞥了一眼宋烟，"你并不怨恨他，只是不甘心吧。你不甘心的是——这么好的男人为什么不属于你了。"

彦青戳中了宋烟的心事，她的指尖不安地摩挲手中的桃枝。

末了，她轻飘飘地问彦青："你怎么能说他好呢？他若是一个好男人，就不该这样对待自己爱过的人。"

彦青苦笑，继续闷头作画。

鸦青的颜料慢慢渗过画卷，似在宋烟心头笼了一阵余悲。最后的最后，她还是败下阵来了。

今时今刻，她还爱他。

— 5 —

燕子楼宾客喧嚷，戏台子中央的名旦咿咿呀呀地唱着，看台和二楼的走廊站满了看客，人头攒动处竟然找不到一个可以落脚的空隙。

就算是邢岫良这样身家的公子哥，要找个完全清雅的地方看戏也不太容易。不过他还是一个人拥有了一张桌子、一张椅子、一壶茶和一小盘点心。在他的周围，满是躁动不安的人，一个个直勾勾地盯着台上的人。

九夏姑娘的身段真不赖，水袖一甩，媚眼一抛，男人的魂便被她勾去了。待嗓子一开，千娇百媚的声音在廊柱间缭绕，男人的心也因此痒痒的，恨不能将她揽入怀中。

只不过那些人癞蛤蟆想吃天鹅肉而已，九夏姑娘的心早已经被邢岫良俘虏了。

她退台后，邢岫良便去了后台。

九夏正对着镜子卸装，那张素净的脸上还涂着胭脂，就像喝醉了一样惹人怜爱。

邢岫良从背后捂着她的眼睛。

九夏一下子就猜出来了："邢公子？"

"你怎么知道是我？"邢岫良悻悻地问。

"您身上有淡淡的兰香，您喜欢兰花吧？"九夏笑起来时两颊有酒窝，煞是迷人。

邢岫良用折扇轻轻拍了一下她的额头："就数你最机灵。今天晚上跟我一起回家吧？"

同样的话邢岫良说了不下十遍，每次九夏总以各种各样的理由推托，这次也不例外："夫人在家，我一个外姓女子堂而皇之地入府，不好吧？"

"怎么不好？"邢岫良转了转拇指上戴的扳指，在九夏面前坐下，"人人都知道我和宋烟貌合神离，我又没有亏待她，难道就不能纳妾了？"

"当初您为了娶宋小姐可是花了不少心思，公子怎么说忘就忘？"

"那都是年少轻狂的行径，我爹说得不错，妻子还是要娶门当户对的，不然对我的事业没有什么帮助。像我这样的身份，纳多少个妾都可以，宋烟也没什么特别的地方，不知道当初怎么就看上了。"

邢岫良的声音略大，周围的女人听了都直皱眉头，九夏却像非常理解他，温柔如水地笑了：“那是自然，谁年轻的时候不犯错呢？”

绕了一圈，邢岫良又回到刚才的话题上，不死心地说：“你可不要再拒绝我了，我已经求了你十次，再多就是得寸进尺了。你若想攀高枝，今晚可能是唯一的机会。”

九夏的眼眸似有晶莹的水光晃动，但最终她还是将头转向了镜子：“夫人在，不合适。”

邢岫良一开始以为她不过是在和自己玩欲擒故纵的把戏，现在才算明白，她根本就是在拒绝自己。邢岫良想不明白的是，自己这么有钱，她对自己也有好感，为什么不愿意做他的妾室？

她越是这样，邢岫良越是不甘心，他不死心地加价：“若是我单独给你买一个宅院，你愿不愿意跟我回去？”

九夏终于不再卸装了。

她看着镜子里娇媚的自己，失了神。

邢岫良知道无忧城的戏子都是如此，玩这么多花样不过是为了一句承诺。大房子、名分、地位……他能给。只要他喜欢这个女人，不过是送出些宅院、首饰、钱财而已，都不算什么。

九夏屈服了。

邢岫良在无忧城买了好几个宅子，除了自己住的，有几个宅子打算翻修了卖出去。不过既然九夏喜欢，他可以将名下的一个宅子送给九夏。

当着众人的面，他将九夏横抱着出了燕子楼。

邢岫良刚出了门才知道下雨了，以前只要变天宋烟就会感冒，九夏也感觉到了一丝冷意，在邢岫良怀里打了个喷嚏。邢岫良忍不住笑了：“你们女人怎么都一样，只是稍微冷一点就不行了。”

“我们？”

“宋烟也这样……”邢岫良下意识地闭了嘴，在九夏面前提宋烟似乎不是什么明智之举。

他善变，又多情，任谁看他都不像个好男人，不过他坏得不彻底，他总是有迷人的一面让人愿意原谅他。

两人去了近郊的一所大宅院，刚刚修缮完毕的宅院非常清冷，午夜时分甚至能听到潺潺的流水声。

邢岫良脱了外袍披在九夏身上，一直将她抱到了寝屋。床榻上铺着锦被，他把九夏放在床上。新婚那日，他也是这样看着宋烟的，那眼神就像野兽，宋烟往墙角的方向挪，但最终还是被他抓住了。

第二天宋烟抱着他，反复申明："你要对我负责，一生一世。"

邢岫良如今将诺言抛在脑后了。他自然希望九夏明白自己是什么货色，大家及时行乐，好聚好散。所以在追求九夏的过程中，他毫不掩饰自己的花心与不爱负责。

"你给我我需要的东西，我也给你你需要的东西，大家各自如愿后就分开吧。"邢岫良的心绝不会为了一个女人而停留，所以他解开她的肚兜时道，"千万不要爱上我，不然你会后悔的。"

九夏比他想象的更加乖巧，她只是在回应了一声后轻轻地道："好。"

半夜温存时，九夏一边把玩着他的头发一边问："你的夫人不好吗？为什么要这样对她？"

她怎么这么关心宋烟？

邢岫良忍不住怀疑起来："你不会是宋烟派来的吧？"

"怎么会？"九夏笑得前仰后合，"你可真能想。我只是好奇而已，但我和夫人不一样，我没有这么贪心。"

邢岫良就喜欢这样明事理知进退的女人，不贪得无厌地索取，也不无理取闹地奢求。

"那便不要多问了，这不是你应该管的事。"邢岫良的口吻冷淡，甚至带有一丝命令的意味，"宋烟和你终归是不一样的，她是我明媒正娶的妻子，只要我一天没有休妻，你们就不可能成为我的妻子。"

对，你们。

— 6 —

多么残酷的话，但一般而言，许多女人是不可能听到如此直白的话的。她们像扑火的飞蛾一样，以为自己追逐的是火光，殊不知是坟墓。

邢岫良冷静地告诉她，他们之间不过是各取所需而已。他能给她的，顶多是妾室的身份。

等到破晓时分，邢岫良先起身回府了。

雨已经停歇，只剩下零星的从屋檐处坠落的水滴。邢岫良披了一件轻薄的大袖衫，想起自己还有一些账目落在府里，需要回府取。

他鲜少在天色蒙蒙亮的时候归家，此刻他并没有想念宋烟分毫，回去不过是觉得家还算是自己的家，若是不回去，自己好似没有家了一样。

他叫了一辆马车，不到半个时辰就到了邢宅。

下人对邢岫良忽然回来一事感到惊讶，但是训练有素的他们很快就适应了，丫鬟准备热水、毛巾、脸盆、漱口的杯子和痰盂，伙夫在小厨房生火做饭。

邢岫良喝茶润嗓子的时候忍不住问了一句："少夫人安在？"

"少夫人昨夜出门了，现在还没有回来。"

"出门？"邢岫良一阵恍惚，自己到底是多久没有回过家了，竟不知道宋烟什么时候多了这样的癖好。

"她素日里也常常在深更半夜出门？"

"近来常常如此。"

"去的什么地方？"

"说是去彦青画师的宅院画像。"

"彦青？"

邢岫良对彦青也略有印象，那彦青生得俊秀，据说总称呼无忧茶馆的老板高和为老师。他瞥了一眼茶盏里的茶，绿油油的，只觉得自己的头发也有点绿，于是愤愤地将茶盏放在桌上。

自己的夫人三更半夜在别的男人家里留宿，像话吗？

邢岫良越想越恼火，正事也不想办了，收拾收拾便想去找彦青。还没有出门，月牙扶着宋烟进了侧门，与邢岫良打了一个照面。他们对视了一眼，想要装作没有看见对方便难了。

邢岫良上下打量着宋烟，她脸上的脂粉还未褪色，薄唇染了一层浅浅的红，看起来像娇花一样美艳。

很久没见宋烟了，不知道她竟漂亮了许多。

听闻被爱情滋润的女人总会比受冷落的女人美丽，邢岫良忍不住冷笑："半夜私会男人，你还知道回来？"

"哦？"宋烟对他的态度也不像以前那样温顺，她的脊背挺得笔直，目光幽幽地看着他，"你觉得我会像你一样，因为深闺寂寞所以与人私会？邢岫良，我没有你这么无耻。"

一句话让邢岫良脸上挂不住，宋烟和他擦肩而过，身上淡淡的兰香拂过，他看着她的背影，想说什么，却说不出口。

他们之间的关系已经这样了吗？

也好，邢岫良坐到椅子上冷静地想了一下，他不是什么只许州官放火，不许百姓点灯的男人，但是公然给他戴绿帽子，他的自尊难以接受。

宋烟洗了脸，正准备去做饭。她进了小厨房，用干净的毛巾擦了擦手，一抬头，看到邢岫良杵在门口。

他们是夫妻啊，宋烟恍惚了一下，夫妻也这么生分？

"你来干什么？"

"如果你在府里待不下去了，也不必用找男人的方式来挤对我。我们和离吧，我会给你应有的赔偿。"

宋烟擦手的动作微微一顿："和离？"

"对。反正我们已经不再彼此相爱了，我放你自由。"

"自由？"宋烟走到邢岫良面前，轻笑了一下，"邢岫良，你真能说。你有没有听过一句话——先撩者贱。是你先撩拨我的，也是你先背叛诺言的，你用什么来弥补我？是这冰冷得像鬼屋的大宅子吗？还是我不稀罕的钱？你根本弥补不了，也还不起。我不会同意的，我这辈子就拴在这里了，你休想抛下我。”

宋烟激动地说完，猛然发现自己的后背不知道什么时候渗出了冷汗。

只有邢岫良才能逼她变得如此狰狞，也只有他才能逼得她不死不休。

邢岫良张了张嘴，实在是气得不知道该说什么，最后只能压抑地抱怨：“你真是一个疯女人。”

宋烟越是这样，邢岫良越是厌恶她。他懊恼地想，现在的她已经找不到一点当初纯真可爱的模样了，他娶了她，真是家门不幸。

正午，邢岫良特意去无忧茶馆喝茶，一方面是找尹琅若聊事情，另一方面是想碰碰运气，看看彦青会不会来。

生意谈得心不在焉，邢岫良可笑地发现，自己竟然还有为宋烟感到头疼的一天。

彦青没有出现。

邢岫良不想坐以待毙了，干脆准备了一份厚礼，登门拜访。

彦宅的会客室里大多是女子，邢岫良一个男人坐在女人中间，显得格格不入。书童挨个儿看茶，邢岫良小声地问书童：“为什么彦画师宅院里的客人都是女人？”

书童也压低了声音：“邢老板有所不知，画师只为无忧城里有钱的女子画肖像，所以府里的客人都是女子。”

“若是半夜三更还在画，岂不是让人怀疑？”

“大可不必怀疑，因为又不是孤男寡女共处一室，还有好几个客人排着队呢！半夜作画也是不得已而为之，因为画师的肖像画太受欢迎了。”

话虽如此，邢岫良还是无法释怀。他将一些碎银子塞给书童：“通融一下，我说几句话就走。”

书童收了银子，便将邢岫良带到了书房。

彦青正在为一位妙龄女子作画，邢岫良匆匆瞥了一眼，只觉那女子淡雅如兰，分外迷人。

彦青的工笔画尤其传神，女子得到画后甚为满意。

彦青收拾了一下桌面，看见邢岫良，不由得好奇地问：“这位公子也要画像吗？”

“宋烟是我的妻子。”邢岫良开门见山，“前几天她彻夜未归，听说是在你这里过的夜。”

彦青将废掉的宣纸卷起来，瞥了他一眼。

映入彦青眼中的，是邢岫良那张写满了疑惑的脸，他不由得感到好笑，再浪荡的男人也怕自己被戴绿帽子，怎么自己在外面花天酒地的时候，不可怜和心疼一下家里的糟糠之妻？

“我只是画了一个时辰的画，画还在书房，她没有来取。至于后半夜她去了哪里，我不得而知。”

“真的？”

“我何必骗你，在她之后我还有客人，她们都可以作证。”

彦青坦荡的样子不像是说谎，邢岫良想，他也没有必要说谎，是宋烟说谎了而已。

漫漫长夜，又是下雨天，她到底去了哪里？

— 7 —

九夏自然不会是邢岫良的最后一个女人。他在彦青的书房里邂逅了盐商之女何素节，那个气质若兰的大家闺秀。

何素节和宋烟十分相似，性子柔顺，多才多艺。

邢岫良在何素节身上找到了久违的悸动，两个人的地下恋情也发展得极为迅速。何素节想让邢岫良休妻，给自己一个名分。邢岫良可以理解她，她毕竟是盐商的嫡女，就算随便在无忧城选一个夫婿，也是正儿八经的当家主母。跟着他只能偷偷摸摸的，而且没有名分和地位。

不过如今的邢岫良没了这份心思，对他来说，娶何素节就像是重新娶一个宋烟，他几乎可以想象未来自己对何素节厌倦后，何素节又会变成怎样的女人。

得不到的才是最好的，得到了就不美好了。

邢岫良想让何素节知难而退，很快，他就将目光投到了一位隐居在深山的采香少女安宁身上。

与安宁的相识不过是因为一场贵族之间的游猎，他失手射伤了她，之后，将她抱到了自己在半山腰购置的一座阁楼中养伤。

安宁身上散发着他挚爱的兰香，她的温柔就像三月的春风、六月的溪水，如此令人沉醉。

邢岫良上旬在九夏处幽会，中旬在何素节的石榴裙下沉溺，下旬就在安宁的阁楼中玩乐。三个女人不约而同地问过邢岫良一个问题——你为什么娶了宋烟之后就变心了？

邢岫良以为她们是聪明人，应该知道就是因为他是一个贪得无厌的负心薄情之徒，所以才会这么做。

但她们始终觉得事出有因，毕竟他与宋烟曾经那么相爱。

邢岫良不否认，他曾经深爱宋烟，他也确实像神明一样救宋烟于水火之中。

那时候父母希望他娶表妹沈晴岚为妻，强强联合对邢家的发展有利。邢家子嗣单薄，到了他这一代，邢老夫妇只有他一个儿子。眼看香火就要断绝了，父母自然非常着急。然而父母越是着急，他越是叛逆。

沈晴岚脾气很臭，尽管他们自小玩在一处，但邢岫良一直将沈晴岚当成妹妹。对着那张根本长不开的娃娃脸，邢岫良没有一点欲望。

沈晴岚爱慕邢岫良，在诗会上被他奚落，她回家哭了很久。她不能接受他为了一个寒酸的外姓女子公然让自己难堪。

不久，沈晴岚在大街上撞见了陪即将出嫁的姐姐挑选布匹的宋烟，她反手打了宋烟一巴掌。街上的人对她们指指点点，她的嘴也不干净，骂宋烟恬不知耻，癞蛤蟆想吃天鹅肉。

众人起了看热闹的心思，不免对着宋烟指指点点，消息灵通者开始嚼舌根，说她一个庶出之女故意勾引邢岫良。

事情传到邢岫良的耳朵里，心爱的女子变成众矢之的，他如何能够忍受？所以在听到宋烟被打了一巴掌之后，他便去了一趟宋宅。

他不是空手去的。

有诸多彩礼随行，他行的是上门提亲之事。他让人一路敲锣打鼓，告诉街坊四邻自己不是被宋烟勾引，而是他先撩拨的宋烟。

家里出了这样一个浪荡儿，邢母坐不住了，让人跑断腿才在半路将邢岫良拦了下来。

“少爷，您看您这像话吗？老爷夫人刚和沈家说了亲，你就公然拆台。这让大家伙儿怎么看待沈小姐？”

“谁让沈晴岚打我喜欢的女人呢？还在大路上出言羞辱她？你回去告诉娘，我就算娶路边的乞丐也不会娶沈晴岚。”

邢岫良让那些敲锣打鼓的别停下，继续向前走。

他总算是把彩礼端到宋家面前了，宋烟的父母受宠若惊，也不知道如何是好。邢家和沈家的婚事他们有所耳闻，若是为此得罪两家，他们担不起这个责任。

邢岫良见他们不收礼，立刻就跪了下来：“岳父岳母在上，请受小婿一拜。”

“使不得使不得。”

邢岫良单刀直入：“我今日就是来定亲的，万望二老同意这门婚事，成全我和宋烟。”

宋烟能够为宋家攀附高枝，这对宋父而言原本是一桩美事，但依目前情势，沈家一定不会放过他们，所以久经风浪的宋父将烫手的山芋交给了自己的女儿：“岫良，你今日来得仓促，我们也没有一点准备。虽说婚姻大事从来都是父母之命、媒妁之言，可是现在风气不一样了，年轻人的事情我们老人不好插手。不如这彩礼你先拿回去，等令尊令堂同意，宋烟也点头了，我们再坐下来好好谈？”

“我早已行过加冠礼，我名下三分之一的财产都是爷爷奶奶留给我的，和我父母没有任何关系。也就是说，今日我带来的彩礼就算是我爹和我娘也没有办法收回。要娶宋烟是我自己的事情，和他人无关。”

邢岫良年纪甚轻，难免有些初生牛犊不怕虎。宋父清楚，宋家若想在无忧城做人必然得依靠邢家，自然也不能得罪沈家。他们两人的婚事不可能如此草率就定下来。

“能得像岫良这样的贤婿是整个宋家的福气，但婚姻毕竟不是儿戏，贤婿还是再考虑考虑。”顿了顿，宋父转移话题，“前两天下了雨，宋烟染了风寒，喝了汤药，稍有好转，此刻还在屋里休息。不如你们一起出去走走，在屋子里憋着只会憋坏身子。”

“她病了？”邢岫良的心揪了一下，沈晴岚那一巴掌打得太狠了，宋烟这样柔弱的女子如何能够承受得住。

邢岫良也不管彩礼的事情了，向后院奔去。

对于情窦初开的邢岫良而言，宋烟就是他的天。

邢岫良如是，沈晴岚亦如是。所以她在得知邢岫良公开挑衅自己的时候，吵嚷着不如吊死算了。

— 8 —

沈晴岚不仅看起来没长开，脾气也像一个长不大的孩子。她在家里闹得鸡犬不宁，沈母的脾气也像过年的爆竹一点就炸，受不了自家女儿被欺负。

邢岫良刚刚回家，看着坐在面前的母亲和沈母，还有一旁哭得眼都肿了的沈晴岚，心情一下子便差了。

她们越是逼他娶沈晴岚，他就越讨厌沈晴岚。

方才在宋家后院，他看见宋烟的脸因为沈晴岚打的一巴掌又红又肿，一副泪眼婆娑的模样，他就觉得有人将他扔进了油锅里，反复煎熬。

宋烟很客气地请他回去，因为她实在消受不起他的恩情。

如果不是因为沈晴岚，宋烟的态度怎么会如此冷淡？邢岫良厌死了沈晴岚，尤其是她动不动就告状的习惯。

“跪下。”邢母毫不犹豫地杀他威风。

邢岫良不跪。

不仅不跪，他还一脸鄙夷：“表妹这么快就找到了靠山，真是厉害。我也不是吃素长大的，就我们这样的暴脾气，若是成亲了还不知道要把家闹成什么样子。我看不如及时止损，退了这门婚事。”

邢母脸上挂不住，呵斥他：“你说的什么混账话，亲家母就在你面前，怎么一点规矩都没有？”

“我自是十分敬重沈夫人的，不过表妹就算了。”邢岫良就是不愿意给沈晴岚好脸色。沈晴岚也只知道生气跺脚向她娘撒娇：“娘，你看他……”

沈晴岚满心想的都是输赢，她要邢岫良道歉，必须道歉。

邢岫良不理她们，转身就走。

邢母代他道歉了，并称这几日一定会给她们满意的答复。

那都是长辈们自以为是罢了，邢岫良对此深恶痛绝。

长辈们决定好怎么做了，左不过是要说服他，说服他像一条狗一样乖巧。可他是个男人，不是一条狗。就算粉身碎骨，他也要抗争到底。

宋烟在院子里种菜，春天的时候翻耕，将种子埋进土壤里。邢岫良不知道什么时候趴在了院墙上。

在一往无前的抗争里，他需要一个伙伴。

宋烟吓得扔了锄头，她跑到院墙下抬头焦急地问：“你怎么来了？这么高摔下来怎么办？”

“我定然要娶你，你愿不愿意嫁给我？”邢岫良答非所问。

“你快下来，太危险了。”宋烟也答非所问。

两个人像踢球一样将嫁还是不嫁的问题来来回回抛了几次，邢岫良受不了了，从院墙上跳下去。

宋烟失声惊叫，却被邢岫良拽着。

他不让宋烟走。

“跑什么，我又不会吃了你。”邢岫良将她拉到自己的怀里，“我邢岫良要模样有模样，要身材有身材，要才华有才华，要钱有钱，哪里配不上你？”

“自……自然是配得上的。”宋烟不安地推搡，“不是公子配不上我，是我配不上公子。”

“我说你配得上，你就配得上。”

邢岫良的坚持没有让宋烟安心，她心里是有忌惮的，因为昨天晚上邢岫良的母亲来了，给了她父亲一笔钱。大意不过是要她拒绝邢岫良，不然以后宋家在无忧城没有好日子过。

邢岫良抓着宋烟的手：“不说了，我带你去一个地方。”

邢岫良带着宋烟从角门溜了出去，宋烟不知道他要带自己去什么地方，但既然跟着他出来了，就只好一直跟着了。

邢岫良把宋烟带到了无忧城最高的塔楼内，他让宋烟俯瞰整个无忧城。风吹着两人的头发和衣衫，宋烟看着渺小的千家万户，她有些恐高，不由得往里挪了挪。

“宋烟，你知道我为什么喜欢你吗？”邢岫良极目远眺，问她。

宋烟摇了摇头。

“这无忧城千千万万人，像我们邢家这样的富商没有一千也有八百，大家在无忧城盘根错节互相纠缠，每天都为自己的利益奔忙。我不喜欢他们那种爱算计的感觉，我和沈晴岚是一样的人，可你不一样，你很纯洁、很干净。”

宋烟低下头，没有说话。

“看起来我邢岫良很厉害，但是只要我从这里跳下去，我就没了。我没了，邢家倒了，其他的家族很快就会将我们蚕食殆尽。他们就是一帮‘吃人’的俗人，我邢岫良不想当那样的俗人，我想为自己而活，我想敢爱敢恨。”

“像我一样的女子，不也很多吗？”宋烟小声地问。

邢岫良的豪情壮志被这一句话难倒了，他一时间讪讪的。或许是为了证明自己的喜欢是很崇高伟大的，他硬着头皮握住宋烟的手，一脸真挚：“我相信缘分，命运将你带到我的面前，其他的女人都黯然失色了。”

当时的情话信手拈来，以至于邢岫良以为自己真的那样忠诚可靠。不过人一旦打开了堕落的门，就会沦陷。

近日邢岫良在何素节处留宿，一张铺在地上的凉席和随风翻飞的帘幕，还有能够包裹住两人的薄被，就足够让他忘却尘世烦恼。

“你夫人也像我这样伺候过你吗？”何素节的手从邢岫良的肚子摸到脖子，浅笑着问。

“她哪有你这么讨人喜欢。”邢岫良觉得眼前的女子有些娇媚，不由亲吻她的嘴唇。两个人在锦被里嬉笑玩闹，邢岫良忘乎所以。

何素节像是不甘心，又在关键时刻打岔：“夫人没有任何让你厌恶的地方，为什么你就不爱了呢？”

“你们女人真麻烦，为什么整天问一些爱或者不爱的问题呢？”邢岫良顿时失去了和她玩闹的兴致。他不明白，为什么和自己在一起的人，总是提及宋烟。

宋烟，宋烟。

邢岫良现在讨厌宋烟。

“只是不想被同样对待，所以好奇嘛！”何素节柔弱无骨的手又缠了上来。

邢岫良怎么可能不喜新厌旧呢？不过，如果她们非要刨根问底，他也不介意将内心最隐蔽的厌恶说出口。

“我不讨厌你们，因为你们很肤浅。你们都不是宋烟，宋烟这样的女人，才最让人招架不住。”

— 9 —

邢岫良曾与宋烟结盟，一起对抗父辈的施压。

结局皆大欢喜，邢岫良的母亲机关算尽也不能让邢岫良屈服，沈晴岚最终放弃了对邢岫良的纠缠。

邢岫良牵着宋烟的手，一直牵进了洞房。

婚后生活伊始，邢岫良有一种美梦成真的幸福感。他继承了邢家的全部产业，娶到了自己最爱的女人。

乍然从一个男孩变成一个男人，他需要更多的时间去经营财富，经营自己的家。他将重心放在了商场上。

宋烟不会做饭，只能勉强将食物弄熟，但是他很喜欢吃。

邢岫良时常在宋烟面前抱怨厨娘做的饭菜不合口味，宋烟为了他学了半年的厨艺，他吃着宋烟做的饭菜，只觉此生足矣。

一日，他在逛庙会时碰上了沈晴岚，沈晴岚已经怀孕了。

当初邢岫良冒天下之大不韪娶了宋烟之后，仿佛是为了和他对着干，沈晴岚很快也嫁了人。

沈晴岚的肚子大了很多，她看见邢岫良的时候，眼角眉梢还是带着不屑："表哥。"

"孩子已经这么大了。"邢岫良随意道。

本来他不想和沈晴岚多说，但是沈晴岚停了步子，她似乎有些赌气，抬眸看他："嫁给名树后我才发现，其实不嫁给表哥我也一样很幸福。"

"是吗？"这种故意气人的话，邢岫良就当她在自言自语了。

"不知道嫂嫂有没有怀上？"沈晴岚轻笑一声，"我听说，一年了，嫂嫂的肚子也没有动静，不会是表哥你不行吧？"

男人就不能被说不行，邢岫良皱眉："这是我的家事，不劳你费心。"

邢岫良将心思全部扑在了生意上，自然冷落了娇妻。但他觉得宋烟与他心灵相通，所以一定可以理解他。

与沈晴岚不欢而散之后，邢岫良就将二人的话抛在脑后了。

邢岫良感觉到不对劲是在吃了宋烟做的晚饭之后，按照原本的计划，他饭后有一个生意要谈，但是吃完了饭他便觉得十分倦怠，根本抬不起眼皮。他只能让宋烟扶着自己去休息，一觉睡到了第二天早上。

生意因为他失约而黄了，他思前想后，判断是饭出了问题。

如果他的直觉没有错，宋烟在他的饭菜里下了药。

午夜时分，他感觉有人从被子的末端一直爬到了自己的脖子处，她用手抚摸自己的脸，将脸贴着他的脸，轻轻蹭着。

“相公，我们要一个宝宝好不好？”宋烟的声音软软的，柔柔的，又带着一丝哀怨。

仿佛她想要，邢岫良不给就是罪恶。

邢岫良不反对生孩子，延续香火是一件好事，只是他不理解为什么沉默温顺的宋烟要算计他。夫妻之间难道不应该坦诚相对吗?

生意黄了和被下药两件事让邢岫良失了理智，他第一次对宋烟发火，大声质问宋烟：“为什么要算计我？”

宋烟用帕子拭泪，抱怨他婚后对自己不闻不问，婆婆因为她肚子一直没有动静，三番五次施压，以至于她动了歪心思。

后来，即使两人和好了，邢岫良还是如鲠在喉。

“宋烟这样的女人，让人害怕。”邢岫良回忆往昔，如是告诉何素节。

何素节的眼睫毛轻轻一颤，没有再说什么。

她抱着邢岫良，哄他入了梦乡。

“邢岫良来找过我。”书房里，彦青一面为宋烟作画，一面道。

又是一个无法入眠的漫漫长夜，记不清多少次，宋烟用这样的方式打发时间。她懒洋洋地靠在窗前，百无聊赖地跷着二郎腿。

她不自觉地抿着唇，眼皮稍微向上掀，透过窗棂还可以看到院子里盛开的桃花。

“哦，他以为我们两个有暧昧，想休了我呢！”宋烟一点也不意外，邢岫良总是这样，疑心重重的。

“那他当真误会我了，我可是一个虚心向学的人，心里只有我的老师。”彦青微微弯起唇角。

宋烟也跟着轻笑了一声。

邢岫良总是心事重重地怀疑她，这让她感觉还被惦记着，算得上是甜蜜的负担。她的心思深沉着呢，柔弱可怜不过是表象而已。纵然所有人都觉得她嫁给邢岫良算是高攀，可她一点也不自卑。曾几何时，嫁给邢岫良就是她的目标。

她是何时认识邢岫良的呢?

对，是那一日，自小浪荡不羁的邢岫良骑着烈马在无忧城的长街上驰骋，差一点撞到外出买煤炭的老妪。他于千钧一发之际紧急收了缰绳，一时间失去平衡从马背上滚落，昏迷在路边。

宋烟听见路人说，骑马的是邢岫良。

她还听说，邢岫良只是受了轻伤，很快就康复如初，这是后话。

声名在外的邢岫良，宋烟早有耳闻。可一个纨绔子弟再浪荡不羁，心中仍存有最后的善念，不在自己无拘无束的行事中伤害他人，便值得被多看一眼。

她常对自己说，知命不惧，日日向新。她想在无忧城的高楼听风赏月，不想去市井的巷子里讨价还价。她想在东方渐白时与呓语相伴，不想带着倦意起床与生活对抗。

那日得见邢岫良，虽难驯了点，倒也算良配。

若是能嫁给他……

在人生的无尽旷野中，她选择了这条道。

宋烟各处走访，不动声色地打听邢岫良的为人，努力学习涂胭脂的手法，让自己的妆面看起来楚楚可怜。然后，她还向诗社寄诗。

她知道不管自己的诗写得多烂，邢岫良一定会欣赏。他喜欢新鲜的姑娘，她是唯一一个门第不高还去参赛的女子，单单这份勇气就能让他刮目相看。

她开始下一盘大棋了。

想去山顶看看，何错之有?

为遇一人，她要用尽手段与耐心。

邢岫良喜欢游山玩水，她日日在千佛寺等待，等到他出现的那一天，便假装第一次去上香。他果然对清水芙蓉般的她感兴趣了，追了她一路。但那时候她不能有所回应，保持一定的神秘感，才能让他对她更加着迷。

她是江上的钓鱼者，饵与钩俱在。她欲擒故纵、装可怜，小细节拿捏得恰到好处。

邢岫良被她吃得死死的，为了她公然毁了与沈晴岚的婚约。她知道沈晴岚的脾气，却故意与沈晴岚在大街上碰面。沈晴岚那时还不相信自己会输，她就这么低眉顺目地站在沈晴岚面前，轻轻说了一句——“是邢公子追的我，不是我追的他。你自己没本事，还怪我抢你的男人吗？”

沈晴岚怒到发疯，愤怒地扬手，扇了她一巴掌。

那一巴掌换来的是邢岫良敲锣打鼓告诉全世界，他爱的人是宋烟。

— 10 —

沈晴岚不足为惧，烦人的是邢母。邢母当然知道自己的儿子不过是年少轻狂，过了几年就没有新鲜感了。

邢母给宋烟的父亲送了一大笔银子，告诉他，若是他能够帮她料理宋烟，那么她一定不会少了宋家的好处。

她无比笃定的是，让宋烟从这个世界上消失后，邢岫良只是会难过一阵子而已。

宋烟，庶女而已，失去了没什么可惜的，总比和邢家对抗强。宋烟的父亲有自己的算盘，他当真请人给她说媒，想把她轻贱地嫁了。

宋烟十分惶恐，她知道自己唯一能够依靠的人只有邢岫良，所以在邢岫良拉着她去塔楼结盟的时候，她选择了抓住他的手。一步一步，将他拽入她的计划中。

邢岫良喜欢单纯干净的她，当他发现自己的妻子才是一直在算计他的人后，自然会难过。

宋烟可以理解他，所以她现在有些释然了，只是默默地坐在窗边。

邢岫良的风流事传得很广，在何素节之后，他又邂逅了几个女人。他的女人太多太多，以至于他开始不记得她们的名字。

来彦宅画像的许多贵妇都和宋烟一样，遭遇过丈夫的背叛，她们安慰宋烟："男人都喜欢偷腥，睁一只眼闭一只眼就好了，不必为了他而烦心。"

"我知道。"宋烟推着麻将，一点也不像是为邢岫良烦心的样子，"我已经习惯了一个人，宅子里没有人才自在。"

邢岫良好久不回家了，宋烟也不怎么回家了，平时不是在彦宅就是在贵妇们的家里聚会。偌大的院子冷冷清清的，毫无生气。

高和第二次听到邢岫良抱怨，已经是三个月之后的事情。

"我怎么就这么迷人。"邢岫良一副苦大仇深的表情，连连跺脚，"若我不是那么有钱，又不生得俊俏，我肯定不花心。"

"得了吧，你什么德行自己心里清楚。"柳橙诸人懒怠地数落他。

邢岫良啃了一口酱猪蹄，拍了一下自己的大腿："只是有些发愁，我想休妻宋烟不答应，我想纳妾那些女人也不同意，到底为什么？"

"你不是说她们恨不得倒贴着上门，怎么会不同意做妾室？"

"按道理是这样，但她们的确宁可和我不清不楚的，也不同意做妾。那些家境比宋烟好的就算了，家境不如宋烟的也不肯，难道一个个野心都那么大？"

"人都有自知之明，你说的绝对不可能发生。"柳橙看见一个妙龄女子边说边走进茶馆，便朝她吹了声口哨，"喂，美人，给我做妾好不好？"

妙龄女子见是柳橙，娇嗔一声，便跺脚走了。

"看见没，这才是正常反应。"柳橙吃了一粒花生米。

"得了吧你，小心回去宁芝揍你。"邢岫良嗤笑一声。

不过这件事真的困扰邢岫良许久了，他原以为那些女人巴不得嫁到府里，可是没有。哪怕他威逼利诱，她们也不为所动。

邢岫良细想了一下，又觉出不对劲来。

"别说不愿意做我的妾，她们从来没有在同一时间出现过，不过本来我也没打算让她们碰面，可能是我想多了。”

“你真的想太多了。”众人笑他。

高和在一旁默默地喝茶，手中关于千面白骨精的文稿他还没看完，但他始终心不在焉。宋烟毕竟尊称他一声哥哥，他恨不能替宋烟教训一下邢岫良。

渣男。

高和打定主意，带着判官笔离开了茶馆。邢岫良乘着马车去寻找他的女人们，东郊的白藏、西郊的冬辰……他像翻牌子一样选着夜宿的对象。

马车缓缓前行，高和躲在暗处，等马车近了，便用判官笔在空中画了一道门。马车穿过那道门，消失在夜幕之中。

面对这种花心的男人，最好就是让他吃尽苦头，才有迷途知返的可能。高和收了笔，脑海中想象着为邢岫良编织的梦境。

宋烟与月牙的马车从远处行来，很快停住了。宋烟下了马车，月牙好奇地问：“少夫人，今天不去彦宅画像了吗？”

宋烟皱眉，疑惑道：“刚才明明是朝那边驶去的，怎么忽然不见了？”

高和连忙躲了起来。

“少夫人在说什么？”

宋烟没有回答。她忧心忡忡地上了马车，让车夫继续前行。

高和嗅到了浓郁的妖气，晚上妖孽总是很隐蔽的，但是他不知道为什么，宋烟身上的妖气如此明显。

高和跟踪宋烟。

子时，宋烟从彦青的宅院出来了，她让月牙在老地方等她，说她有一件重要的事情要办。月牙轻车熟路地离开，她独自一人朝东郊走去。

东郊的夜路格外幽深，身形窈窕的宋烟走在月色下，慢悠悠的。

走着走着，她身上的衣裳变了颜色，身形也变得更纤细。她款款地向前走，原先端庄的步伐现在竟然变得有了世俗的风尘味。

高和忍不住飞到她面前。

面对突如其来的高和，宋烟吓了一跳。宋烟凝眉：“高哥哥？”

“你怎么突然变成了现在这副样子？”高和质问。

“你跟踪我？”宋烟不解地问。

“我只是无意间看见，你到底是谁？”

宋烟想了想，就像变戏法一样一下子变回原来的模样。她轻笑一声：“你不都看到了，还问我？”

“你是妖？”

“我怎么可能是妖呢？我是宋烟啊。”宋烟笑得妖媚，“高哥哥，你就别操心了，我从来没有做过任何伤天害理的事情。”

“既然如此，为什么要伪装成别的女人？”

“为什么？怪只怪邢岫良啊，他喜欢的女人真多，他不喜欢我了，我没有办法，只好变成他喜欢的模样，再被他爱上。”宋烟看着高和的眼睛，幽幽地道，“这样说，你满意了吗？我是宋烟，也是九夏，是何素节，是安宁，是任何一个他爱的女人。”

高和想说点什么，却无从说起，这真相让他觉得无比荒唐。自始至终，邢岫良都蒙在鼓里。难怪宋烟说自己过得很好，因为邢岫良自始至终，爱的都是她一人。

她就是那只令人毛骨悚然的千面白骨精。

她也是邢岫良的四季。九夏也好，素节也罢，或者是后面出现的那些人……就连取名，她用的都是四季的别称，只是邢岫良未曾发觉而已。

— 11 —

午夜静悄悄的。高和与宋烟相对而立，风吹着，高和感觉到了一丝凉意。高和道：“我本想代替你教训他，但看起来我多管闲事了。”

“教训？”方才宋烟跟踪邢岫良，看着他的马车没入黑夜的烟雾中，想必是高和动的手脚。

“不错，”高和点了点头，从怀中摸出一面圆镜，“他此刻就在十方镜的幻境里，你有没有兴趣和我一起看看，他究竟在干什么？”

镜子里，一辆马车正徐徐前行，街道两旁的景致与现实并无二致，车夫与车内的邢岫良神色自若，并未发现任何异常。

宋烟抬眸看向高和：“高哥哥究竟想做什么？”她疑惑的是，明明他与邢岫良交情匪浅。

殊不知，高和只是见不惯人间的不平事而已。若能让浪子回头，于他而言，也算是功德一件。

“你跟我来。”高和招呼她，自己转身往前走，宋烟跟了上去，绕过几条窄巷，高和边走边说，“入了十方镜的人，会进入一个自己幻想的虚无世界，他所在世界的场景会因为我的强制改变而改变。”

“因为你的改变而改变？”

“像这样。”高和停下，随意在空中一抓，抓了一只萤火虫放入十方镜中，萤火虫便跟着马车飞舞。

宋烟又问：“如果我想放进去一匹马又该如何？”

“对十方镜说就可以了。”

高和在一家小面馆前停下，小二打着呵欠收拾碗筷，发现又来了客人，不得不强打精神：“哟，两位客官，吃点什么？”

“筒骨面，汤多一点。”高和转身问宋烟，“你要不要吃点什么？”

宋烟愣了一下。

兜兜转转绕了这么大的圈子，她原以为高和会带她见识什么了不得的东西，没想到只是来吃面的。她摇了摇头：“我自小惜福养生，过了酉时就不再吃东西了。”

“好吧。”高和挑了一张干净的桌子坐下，把十方镜放在桌子中央。镜中，邢岫良的马车还在街上行走。

马车走了许久了，按平常的脚程算，这会儿应该到了。邢岫良撩起车帘问：“现在到哪儿了？”

“回爷的话，现在刚到全聚福。”

邢岫良皱眉："钱也少不了你们的，何必带着我兜圈子？这么久了还不曾到安宁的小筑。"

"爷，不是小的们故意带您兜圈子，是今晚有些邪门，怎么走也走不到尽头。"

邢岫良坐不住了，难不成遇到了传说中的鬼打墙？

他望向长街远处，除了莫名其妙的光和烟雾，什么也没有。街道两侧的店面不知道什么时候已经关门打烊了，街上空旷幽冷。

"加快速度吧。"怀着不安的心情，邢岫良放下车帘。

车夫挥动马鞭，竟然不到半炷香的时间就来到了采香女安宁住的天香小筑。这座近山腰的阁楼也是邢岫良所赠，光是一扇雕花门就得上千两银子。

朱红色的门和柱子在夜色里暗淡无光，安宁提着一盏灯笼从楼上款款走下，像一道飘渺的烟。

邢岫良悬着的心终于放下，抱着安宁上了小阁楼。

灯盏坠落在阶梯前，光也暗淡下来。

高和的筒骨面到了，他捧着比自己的脸还大的碗吸了一口汤，卷起两三根面条咀嚼。绝世的美味往往藏在小餐馆里，越是不起眼，越是功夫老到。

别问高和为什么这么肯定，若是位于偏僻之处仍然烟火鼎盛，厨子肯定费了一番工夫。

"如果今夜没有遇见你，你猜猜哥哥我会怎么改剧情？"高和在"活春宫"的画面出现之前，把镜子翻面，扣在桌上。

宋烟坐得笔直："我又不是哥哥肚子里的蛔虫，如何知晓？"

"当然是让他吃尽感情的苦，受尽感情的煎熬；让他如百爪挠心般度日如年；让他失意，夜夜难寐……"

宋烟抿唇，低低地笑了一声。

她记得，刚认识高和之时，就是她和邢岫良大婚那日。她给高和敬茶，高和往她手里塞了什么东西。她找了个僻静处一瞧，原来是一个锦囊。

锦囊里附有一张字条。高和在字条上书写了好几件邢岫良厌恶之事，方便她加深对邢岫良的了解。

高和的小心思多，也很照顾她。

“一日夫妻百日恩，何必做得这么绝？说起来他对我也曾极好极好。”宋烟感慨，“我一介庶出之女，虽然有两分姿色，但算不上美艳，能够被他看上已是莫大的荣幸，我们婚后第一年，我还不知道如何做主母，下人见我性子随和，难免照顾不周。有一次我身子不舒服，疼得起不了身，身边的丫鬟粗心大意，以为我还在休息，也不知道给我倒一杯水喝。”

“后来呢？”高和喝了一口汤，问。

“他傍晚回来的时候，当着所有人的面狠狠惩罚了那丫鬟。我私下劝他说没必要，但是他说那丫鬟犯事也不是一次两次了，此举能够杀一儆百。平时我如何对待那丫鬟他一概不管，黑脸的事情也不必我做，他来做就好。”

“倒是一个细致的人，如此丫鬟便不会那么记恨你。”鲜美的汤让高和不自觉地舔了舔唇，“能和柳橙做朋友的人，人品本该信得过的。”

“让我来吧。”宋烟那纤纤素手握住了十方镜，将镜面对准自己，“有一个问题藏在我心里许久了，但无论我怎么做，都得不到我想要的答案。我想借这十方镜的力量，帮我实现愿望。”

“问题？”

“就像哥哥所说的，能和柳少爷做朋友的人，怎么可能是一个浪荡子。人不是一瞬间就变坏的，只会经历了什么，才转了性子。”

邢岫良看起来就是一瞬间变坏的，就像是忽然不爱她了一样。

他怎么可能一瞬间不爱她呢？藕断尚且丝连，何况他们是夫妻。

高和点点头。

十方镜中的天色亮了，宋烟檀口轻启，邢岫良醒来时已经身在自家宅院里。

邢岫良揉了揉眼，确定自己没有看错，眼前的床、桌子、胆瓶和挂画，都是自家的布置。他下意识地唤了一声：“安宁？”

进来的是府里的丫鬟玉瑚：“少爷，您叫我？”

“这是哪儿？我不是在天香小筑吗？”邢岫良脸色惶惑地问。

“天香小筑？少爷您说笑了，您一直都在府上休息，何时去过什么天香小筑？”

“胡说。”邢岫良匆匆穿了衣裳下床，推门而出。果然是自家的宅院，假山流水景致依然。

一个丫鬟从他身边经过，他焦急地问：“少夫人何在？”

“少爷，您还没有娶妻呢！”丫鬟向他行礼。

— 12 —

怎么可能？

邢岫良捶了捶自己的头，又问丫鬟：“我的夫人，宋烟，宋家的庶女宋烟。”

“少爷……”丫鬟一副受了惊吓的模样，“少爷您没事吧？”

邢岫良不再和那丫鬟废话，径直去了父母的寝屋。邢母在外屋清理花瓣，见邢岫良冲进来眉头一皱：“我的儿怎么冒冒失失进来了。”

“娘，宋烟呢？”

邢母的脸色一下子变得阴沉：“你如何又提那庶女？后天就是你和晴岚大婚的日子，收好你的心吧！”

邢岫良想了想，问：“娘，今天是什么日子？”

“自然是五月初五。我的儿，你不是糊涂了吧？”邢母关切地摸他的额头。

邢岫良呆滞了一瞬，告辞后便离开了。

不知道发生了什么，时间倒流回了他还没有娶宋烟之前。他狠狠地咬了一下自己的手臂，痛感告诉他，他不是在做梦。

他呆坐在院子中央，阳光透过银杏树叶，在他脸上投下斑驳的影痕。他回想自己这些年的过往，是真，还是梦？

眼前的景致随着他的思绪发生变化，他反应过来时，看到自己正站在高高的塔楼上，宋烟就在他身边，衣袂飘飘。他们十指紧扣，宋烟面带微笑，道：

“好，我和你一起对抗这世界。如果我们失败了，我就爬上这塔楼，然后跳下去。”

“如果失败了，我陪你。”邢岫良看着过去的自己，对宋烟如是道。

瞬息之间，景致又变化了。

邢岫良回到家，邢母唤丫鬟来叫他。

“这是加急送来的荔枝，新鲜着呢！”邢母指了指回廊下的食盒，“你快给晴岚送一些过去。”

他不满地道：“不送，我没做错什么，我也不想再见她。”

“她为了你差点自尽，难道你真的要逼死她才甘心吗？”

“娘，”邢岫良腾地站直，“我从来没有说要娶她，她要死要活的跟我有什么关系？如果不是你们自作主张，我和沈晴岚至于闹得这么尴尬吗？你也别绑架我，如果现在街上来了一个乞丐，对你说如果你不嫁给他他就自尽，你会嫁给他吗？”

“你——”邢母被气得半死。邢岫良没理她，瞥了一眼食盒，打开后顺手捞了几个荔枝，边嚼边道：“这荔枝新鲜。”

邢母连连唉声叹气——自己怎么就教出这么个不知道天高地厚的儿子。

她心知自己不可能让他回心转意了，望着邢岫良远去的背影，一狠心，将贴身丫鬟妹喜叫到身边，低声吩咐：“去找几个泼皮无赖骚扰宋烟，事成之后自有奖赏。”

妹喜领命去了，邢母嘴角上挑，冷哼一声。

软的不吃吃硬的，她不信治不了自己的儿子。

晚上，邢母唤邢岫良一起吃饭。邢岫良不情不愿地上桌，拉开凳子坐下，环视四周，不屑地冷哼一声：“娘，今天又将沈晴岚请来了吗？”

“娘只是觉得很久没有与你一起吃饭，母子俩的感情都生疏了。”邢母口吻和蔼，“娘仔细想了，如果你实在不愿意，退婚也无妨。反正生米还没有煮成熟饭，娘老了，管不了这么多了。”

邢母反常的行为令邢岫良疑窦顿生，他不动声色地吃着饭，眼神四下游走，沈晴岚果然没有出现。用罢晚饭，邢母还想拉着儿子促膝长谈，他婉言拒绝了。

他冥冥中有一丝不好的感觉，心中极为不安。

邢岫良穿好衣衫，以和朋友吃酒为由离开了宅院。一路上，他时不时悄悄回头，发现果然有人在跟踪自己。邢岫良立刻想到了宋烟，七拐八绕将跟踪者甩了，匆匆赶往宋宅。

他到的时候夜色刚刚降临，问了丫鬟，丫鬟说今天水仙庙有活动，宋烟去瞧热闹了。他便又匆匆赶往水仙庙。

水仙庙附近时常有戏班子露天表演，人山人海，非常热闹，邢岫良担心自己无法找到宋烟，便在大路上喊："谁能帮我找到宋烟，我便送他一百两银子！"

行人顿时疯了一样，不看戏了，到处找人。

邢岫良的计策果然奏效，在几个混混儿拦住宋烟的时候，一个路过的小女孩发现了她的踪迹。众人蜂拥而上，都想挣一百两银子。混混儿见生意做不成，连忙趁乱溜了。

邢岫良从人群中挤到宋烟面前，她披头散发，眼眶和鼻尖发红，泪痕犹在。邢岫良就知道自己的母亲不会轻易低头，没想到竟然用上了如此阴险的招数。

邢岫良拉着宋烟，快步走了。

邢岫良将宋烟带到僻静处，宋烟虽然不再发出抽泣的声音，但眼泪还是不争气地流了下来。邢岫良抚过她的眼角，一下子将她抱进怀里。

"不会了，不会再有下一次了。"

邢岫良将宋烟送回家，再三安抚了宋烟的情绪，宋烟才还了他一个笑容。

邢岫良用一百两银子买宋烟下落的消息很快就传到了邢母的耳中，邢母手中茶盏一歪，茶水流了一地。

丫鬟妹喜跪在她面前请罪，声称自己从来没有告密，不知道邢岫良怎么会发现。

邢母全然没有心情教训妹喜，下人传邢岫良正在往这边赶，邢母摆摆手，让妹喜起身，退到她身后，还得装作若无其事的样子。

邢岫良神色极为不悦，他单刀直入，道："娘，如果您认为找人玷污宋烟我就会乖乖娶了沈晴岚，您的如意算盘就打错了。我告诉您，我不仅不会娶沈晴岚，我还会和宋烟一起殉情。”

“发生什么事了大呼小叫的？”邢母淡然地将茶盏放到一旁的桌上，“我怎么宋烟了？你进来连礼也不行，眼里还有没有我这个娘亲？”

“您做了什么自己心里清楚。”邢岫良懒得废话，狠狠剜了邢母一眼，便拂袖而去。

邢母看着他的背影，狠狠地拍了一下椅子的扶手。

宋烟，又是宋烟！

一名小小的庶出之女，怎么敢和自己抗衡？知道邢家不欢迎她，还非要往家里凑。

— 13 —

“备轿。”第二日，邢母才用完早饭便冷冷吩咐道。

下人不敢怠慢，仅半炷香的工夫，邢母的轿子便停在了宋宅门前。邢母是稀客，宋家主母连忙出来相迎，请邢母上座。

邢母和宋家主母寒暄了两句，两人对视时似有火光迸射，火药味浓郁。虽然宋烟是宋家庶出之女，但是她家毕竟并非穷苦人家，如若面对的不是邢家这样的高门大户，宋烟又怎会如此委屈？

宋家主母话里话外自然满是袒护宋烟之意，邢母微微一笑：“不知道宋烟可在？”

邢母上门，已经算是给了宋家主母面子，在外人看来，与亲家碰头无异。宋家主母应道：“这会子应该在家里练习小楷。”

“我有几句话和令爱说。”邢母和蔼一笑，“这孩子看着娇柔，却极有主见，又伶俐得很，但成亲毕竟是大事，为了我的孩子，我必须要见一见她。”

听起来邢母似乎在考虑让宋烟当她的儿媳妇了。

宋家主母命丫鬟请了宋烟过来，在屋外，她小声地嘱咐宋烟：“邢夫人要见你，待会儿见到了她，称呼上要注意，礼节也要尽到，不能失了咱们家的颜面。我方才和她说了几句，看样子她现在有些松动了，若是你好好表现，说不定真的能够成为富家太太。”

“知道了，娘。”宋烟应了一声便进了屋。

邢母的脸色一点也不像宋家主母说的那样温柔和蔼，宋烟行完礼，刚刚抬眸，邢母便不屑地冷笑一声：“我当是什么狐媚子，能将我儿的魂都勾了，原来不过是个姿色平平的女子。”

宋烟颔首，没说话。

邢母转身坐下，喝了一口茶：“你也坐吧，免得说我这个老人家欺负你，赶明儿又到我儿面前告状，给我穿小鞋，白白冤枉了我。”

宋烟依言坐下了。

宋烟方才还在练习小楷，她不喜欢行书，只喜欢小楷这样规整端庄的字体。

换言之，宋烟喜欢精密的布局，所以她喜欢规矩。

邢母又慢悠悠地开口了：“听闻昨天晚上你遇到了几个泼皮无赖，幸亏我儿找到你，不然姑娘家的名声就坏了。”

宋烟没有提这件事，她倒反客为主了。

宋烟莞尔：“托夫人的福，我的身子清白着。”

她的声音又柔又细，不响亮，但邢母听着极不舒服。邢母清了清嗓子，冷淡地道：“你是不是以为，我来这里算是同意你与我儿在一起了？恰恰相反，我不过想奉劝你一句，癞蛤蟆别想吃天鹅肉。”

“是吗？夫人怎么能这么说，我认为邢公子还是配得上我的。”宋烟神色自若。

她如此不识好赖，邢母被她气笑了：“好伶俐的一张巧嘴，我明了跟你说，你被流氓盯上就是我命人去做的，我儿能够护你一时，却护不了你一世。若是你再不识好歹，别怪我不客气。”

“呵，”宋烟掩唇，竟然轻轻地笑了起来，笑得香肩耸动，“夫人这些话也敢和邢公子说吗？”

又挑衅！邢母又岂是会低头的主，她的声音越发冷了：“你应该知道我所说的卑贱之人是谁。”

“既然夫人将话挑得如此明白，我也不能继续装下去。昨天夜里，我和丫鬟春竹逛水仙庙时发现被人跟踪了，我躲在门口，仔细瞧了半天，原来是几个无赖。我不知道他们究竟是在街上对我起意还是早早被人唆使，我的第一个想法自然是躲得越远越好。”宋烟取了一个橘子，慢条斯理地剥开，取了一瓣放进嘴里缓缓嚼着，好一会儿才接着道，“不过很快，我就改变主意了。因为我看到了邢公子，他在人群中喊，愿意用一百两银子换我的下落。”

邢母脸色大变：“你竟然将计就计？”

宋烟的笑得更欢了：“那又如何？你知道什么样的女人最招人心疼吗？漂亮的女人很多，可是最招人心疼的往往是无辜可怜的那一个。”

听到这里，邢母不自觉地站起身。

直到此时，她才开始认真地审视宋烟。

宋烟的眉毛细长，鼻头小巧，唇色寡淡，像是一个病秧子。邢母走到宋烟面前，手捏着她的双颊迫使她仰起脸，邢母嫣红的指甲几乎陷进她吹弹可破的皮肤，可是她的眼睛还是那么亮。

宋烟痛苦的时候，双唇总算有了一丝血色。她笑了笑：“夫人不必烦恼，既然不想见我，以后我过了门，你只要和老爷搬出去住就行了。”

一点血色让宋烟的脸看起来有些娇娆，就像一条吐芯的毒蛇，邢母忍不住松开了手。

多抓一刻，邢母都觉得滚烫。

邢母冷笑:“我竟然小瞧了你,既然你笃定能够嫁给我儿,我就在家里等你。若你真的飞上枝头变凤凰，也算你有本事。”

两人唇枪舌剑互不相让，终究不欢而散。

小面馆里，高和终于喝完了最后一口汤。他擦了擦嘴，毫不掩饰自己的惊讶：“你倒是胆大，难怪最后能够赢她。”

“若想站到高处，怎么能不用一点手段呢？”宋烟笑了。

十方镜中画面一转，邢母已经回到了邢宅。她气得脸色铁青，打碎了几个杯盏，吓得丫鬟们不敢作声。

邢母坐下来，气稍微顺了一点，又忍不住皱眉，一副心事重重的模样。她有些惶恐，心眼如此多的女人将来若是成了她的儿媳妇，她的日子还能好过吗?

思前想后，邢母偷偷将丫鬟妹喜叫到跟前。

邢母的态度甚为冷淡，仿佛要严厉地惩罚她：“上次你办事不力，我没有过多追究，今天你将功补过的机会来了。”

妹喜磕头：“奴婢谨遵夫人吩咐。”

“你听着，南疆有一种蛊名为‘同心蛊’，你南下一趟，替我寻觅此蛊。若有收获，到时候自有你的好处。”

妹喜应了“是”，便退了下去。

妹喜一去数月，邢宅和宋宅自然也恢复了平静。邢岫良时常约宋烟听曲看戏，作诗饮酒。两人的佳话在无忧城广为流传。

沈晴岚偶尔会看见他们，她只是远远地看着，什么话也不说。

她好像病了，不簪花不作画，不弹琴也不写诗，只是在府里晒太阳，脑海里总是浮现邢岫良的影子。

娘曾劝她，以沈家的门楣，换一门亲事也是极好的。邢家不要她是邢家的损失。

可是她听到这些话，怎么也开心不起来。

— 14 —

真的只是为了争输赢吗?

一日，沈晴岚随娘前往天香楼听戏，远远地看见邢岫良与宋烟成双成对地进来。宋烟还是低眉顺目地跟在邢岫良身后，脆弱得像一只琉璃瓶。

沈晴岚本不想和他们打照面，但是邢岫良牵着宋烟的手走到了她面前。邢岫良微微一笑，主动打招呼：“巧了，没想到在这里见到你。”

他定然是故意来找自己的碴儿，在自己面前炫耀。沈晴岚懒怠地扫了一眼邢岫良和宋烟，没有说话。

路过宋烟的时候，沈晴岚故意撞了一下宋烟的肩膀。

宋烟抬眸，瞧了沈晴岚一眼。沈晴岚冷哼一声，像一只得胜的山鸡，志得意满地上楼了。

不见面便罢了，见了面，沈晴岚自然要给宋烟不痛快。上次她给了宋烟一巴掌，却输得颜面无光，这次一定要找补回来。

名旦登场了，殷红薄唇微启，哀怨的曲子从名旦口中缓缓淌出。宋烟和邢岫良似乎听得入神，宋烟甚至用帕子拭泪，一副我见犹怜的模样。沈晴岚听不出曲子的意味，曲调再婉转凄哀，她都无法感同身受。

“装，又在那里装。”沈晴岚拍了一下桌子，眉头凝成一个“川”字，她愤愤不平，“就算我今天得罪邢岫良，我也不能让她好过。春卷，你过来。”

沈晴岚在丫鬟春卷耳边低语一番，春卷惊讶出声：“小姐，这样真的好吗？”

“有什么不好的，我若是放过她，如何咽得下这口气？我从来没有见过哪个女人像宋烟一样没脸没皮。”

春卷走到一个端茶倒水的小二跟前，凑近他，低声吩咐道：“将这包药倒进宋烟的茶水里，这是你的赏钱。”

五十两银子，大户人家出手就是阔绰。小二略显为难：“若是下毒的话，小的可不敢。再多的钱也顶不住杀头的官司。”

“不过是一包泻药而已。钱不要就算了，我找了别人你可别后悔。”春卷作势转身。

小二连忙拦着她：“好好好，就这一回，下次可别找我了。”

“你就是想也没有了，便宜事怎么可能回回轮得到你？”春卷将药塞进他的手里，款款走了。

不一会儿，喝了有药茶水的宋烟起身如厕，沈晴岚跟在她身后，打算在她如厕的时候一脚将她踹入粪坑。

沈晴岚蹑手蹑脚地穿过人群，宋烟似乎回头看了一眼，沈晴岚连忙背过身。

很快，沈晴岚追着宋烟到了二楼，可是宋烟不见了踪迹。沈晴岚奇怪地左顾右盼，宋烟忽然从她身后冒了出来。宋烟的眼神微冷，像看笑话似的看着她。

宋烟弯唇微微一笑："我当是谁呢，原来是你。这会子怎么和我亲昵起来了，连我如厕都要跟着？"

沈晴岚上下打量宋烟，宋烟神色自若，没有任何腹痛的样子。沈晴岚皱眉："你知道我在你的茶里下泻药了？"

"下药？哦，那杯茶被我放冷了，我抿了一口，就又吐进杯中了。我只是好奇你为什么一路上跟着我。"

"你——"沈晴岚气急败坏，说不出话来。

原来宋烟早就知道自己要作弄她，现在不过是在炫耀罢了。她转身要走，宋烟一把抓住她的手。

"才在我的茶里下了药，就想一走了之？"

"你想怎么样？"沈晴岚哪里受过这等气，她用力甩，怎么也甩不开宋烟的手，便要喊"非礼"。

宋烟一把松开她。

她踉跄摔倒。

宋烟真会挑时间选地点，四周一个人都没有，沈晴岚连忙爬起来，威胁道："你再这样我就喊人了，说你对我动粗！"

宋烟微眯着眼，见到远处的来人，她抚摸着自己的指甲，弯唇一笑："是了，颠倒黑白是非不分的事情也就你干得出来。今儿在我的茶里下泻药，明儿是不是想毒死我了？"

"我现在就想毒死你！"沈晴岚瞪她，语气恶狠狠的。

宋烟当即露出一副惊慌的神色，朝沈晴岚身后的人扑了过去："邢公子……"

邢岫良冷哼一声：“沈晴岚，你想害宋烟也要问问我同意不同意。我原来以为你只是不谙世事，如孩子一般，现在看来，你本性恶毒，无可救药。”

邢岫良与宋烟十指紧扣，宋烟小白兔一般躲在邢岫良身后，沈晴岚看得怒火中烧，一时悲从中来。

是，她算不上什么好人，那处处机关算尽占据主动的宋烟就算得上吗？

沈晴岚正要反驳邢岫良，不知道是谁喊了一声“着火了”，一股浓烟从走廊的尽头冒了出来，三人惊恐地看着浓烟，发现走廊那边的横梁被火烧得噼啪作响。

不知道火是从哪一个雅间蹿出来的，来势凶猛。宋烟先说了一句“快跑”，其他两人才反应过来，向着浓烟滚滚的出口方向跑。才一靠近，火舌便涌了出来，他们连忙后退。邢岫良拉着宋烟的手，打算带着她硬闯，落单的沈晴岚吓得大哭：“别丢下我，我害怕！”

邢岫良只能转身去拉她一起逃生。

三人越过火海，眼前是一条长廊，长廊中央便是楼梯口。楼梯是木制的，火燎着扶手和阶梯，仿佛这长廊随时都会断裂。

戏院老板正手忙脚乱地疏散人群，组织救火，不少和他们一样被困在二楼的顾客尖叫着，哭泣着，场面一片混乱。

邢岫良和宋烟对视一眼，便朝前跑。邢岫良手滑，没有抓住沈晴岚，宋烟见状回头，沈晴岚看着宋烟，眼泪在眼眶里打转。

怎么好事都让宋烟赶上了？我就要丧生于此了吗？沈晴岚不甘心，止不住心酸。

宋烟忽然冲向她，拽着她跑。

一个恶毒的想法在沈晴岚脑海中一闪而过，沈晴岚忽然将宋烟往里面推，一根横梁砸下来，宋烟被困住了。

邢岫良睁大眼，也想冲进去，沈晴岚拽着他，大喊：“太危险了，这样你不仅救不了她，你自己也会死的！”

“滚！”邢岫良从喉咙里挤出一个字，推开了沈晴岚。

— 15 —

浓烟滚滚间，宋烟只是站在那里。她的眼眸无比漆黑，就像一只野兽，在盯着她的猎物。

沈晴岚咽了咽口水，置身于火势凶猛的蒸炉一样的戏院中，她竟然被吓出了一身的冷汗。

最终邢岫良还是将宋烟抱了出来，逃出了戏院。

看似很大的一场火，实际上不过是因为恐慌才觉得它大。不到半个时辰，火便被扑灭了，现场除了几个被烧伤的倒霉鬼，没有人丧生。

宋烟的脸被烟熏得脏兮兮的，邢岫良安慰着她。她一言不发，只是时不时抽空盯一下坐在两人对面的沈晴岚，盯得沈晴岚心里一阵发毛。

沈晴岚的确没想到宋烟会救她，因为她觉得像宋烟这样的女人，只会演戏争宠耍手段，怎么可能真心救自己？当时所有的恨意一齐涌上心头，她不知怎么就将宋烟推了进去。她天真地想，如果宋烟死于这场火灾就好了，可是宋烟实在命大。

几天后，沈晴岚便借口关心邢母的身体，带着几盒点心过来串门。

沈晴岚自小和邢母亲厚，邢母是看着她长大的。两人寒暄了一阵，邢母便感慨道："如果不是因为宋烟，咱们两家一定顺顺当当的，我盼着你当我的儿媳妇盼得头发都白了，怎么能让那女人进我邢家的门。我就是死了，也不能让岫良娶她。"

"姨娘千万别这么说，若是我害了您，反倒是我的不是了。我虽然想嫁到邢家，可是如果邢岫良真的不爱我，我嫁给他不过是独守空房，又有什么趣味？"

邢母沉默了一会儿，才幽幽地说："让岫良改变主意未尝不可，不过……此事干系重大，稍有差池，便会落得个万劫不复，就算是我，也不愿意兵行险着。"

"姨娘有话不妨直说，咱们是一体的，我不会将您的秘密告诉任何人。"

“我知道你是个好孩子，可我怎么忍心将你拉入火坑？”邢母用帕子拭泪，“我原也想舍了我这身老骨头，让岫良娶你过门，他总不能对我见死不救。可是转念又想，这桩婚事一直都是我一厢情愿，若是你不愿意嫁给我儿，我岂不是白费心思？”

“我愿意。”沈晴岚抢话，“我喜欢邢哥哥。”

虽然这是一件羞于启齿的事情，但是现在，她也顾不得许多了。邢母捧着她的脸，细细端详，然后站起身，来回踱步，思忖半晌后，她吩咐妹喜将门关上。

此时，房间里只剩下沈晴岚和邢母两个人。

邢母将沈晴岚扶起来，叹了一口气：“邢家和沈家联姻，有百利无一害。岫良现在还小，不明白其中的道理。若是你能让我儿迷途知返，我这个做娘的一定会好好对你。”

“就算姨娘不这么说，我也会恭敬地侍奉您和爹爹。”

“哎，好孩子。”邢母听了她话里的这一声“爹爹”，更把她当成自己人了。

邢母取出妹喜从南疆买回来的蛊虫，神秘兮兮地道：“此蛊名为同心蛊，只要你和岫良二人同时种下此蛊，你们便不得不在一起。若有一方有异心，便要承受锥心之痛。你可愿意为我儿种下此蛊？”

沈晴岚的心猛然一跳。

她感到紧张和惶恐，但细细一想，这好像又是邢母能够做的最后的努力了。

那时的沈晴岚还年轻，看不穿邢母的心机。邢母不愿意牺牲家族利益，所以她选择了牺牲沈晴岚和邢岫良。只要她所做的对两个家族有益，她不在乎用什么手段。

沈晴岚咬咬牙，点了头。

让蛊虫啃食的滋味并不好受，但是沈晴岚一声都没有吭。她觉得这像是一场蜕变仪式，经历了苦痛，她才能涅槃重生。

为沈晴岚种蛊后，邢母便趁着邢岫良沉睡的时候，将蛊虫放到了他的胳膊上。

邢岫良因剧痛惊醒，他瞥了一眼自己的手臂，黑色的虫子在经脉间游动，疼痛让他额头渗出冷汗。他惊讶地问：“娘，你对我做了什么？”

“我的儿，你不要怪娘狠心。娘在你的身上种了同心蛊，从此以后，你只能忠诚于沈晴岚，若是你背叛了和她的感情，你就必须承受万箭穿心之痛。”

话音刚落，邢岫良便痛苦地大叫起来。

他像是坠入泥淖的旅人，伸手想求救，邢母见他如此痛苦，忍不住握着他的手，安慰地抚摸他的头发：“儿呀，别怪做娘的狠心，这都是为了你好，等到你成家了就知道娘为什么要这么做了。”

邢岫良感觉五脏六腑中都有虫子在啃咬，痛苦得青筋暴突，说不出话。

到底是什么样的娘才会对自己的儿子下此毒手？他悲哀地想。

邢岫良推了几次，也推不开邢母，他无比激动，血气上涌，猛地呕出一大口血。

邢母吓了一跳：“岫良，你没事吧？”

邢岫良用颤抖的手指着门口，以喑哑的声音艰难地挤出几句话：“走，给我走。不要出现在我眼前，我怕我忍不住打人。”

他真不愿意做一个不懂孝道的男人，但他已经无法面对自己的母亲。

邢母惶恐地后退，出门后立刻叫人请来了大夫。

她听闻蛊虫有神秘的力量，可是她从来没有用过。面对此情此景，她不免懊悔万分，为什么不找人试一试此蛊，便给自己的儿子用了？

大夫赶到的时候，邢岫良已经疼得晕了过去。大夫急匆匆地给他把脉，眉头拧成了麻花。邢父也赶了过来，得知邢母用了如此凶险的方法，气得扬手就要打人。邢母却声色俱厉地道：“我若不用这样的手段，他的心里、眼里只有那个狐媚子，我不能眼睁睁看着他跳入火坑。”

大夫左右查看，并没有找出什么异常之处，只说邢岫良如此是因为气虚体弱，所以开了两服补药便走了。

房间变得冷清，邢岫良睁开眼，锥心的痛感再次袭来。他忍着疼坐起身，心中有恨，却不知道如何发泄。

不得不说，邢母当真狠心，用这样的手段逼他就范。以后每当他思念宋烟，就会无比痛苦。

邢母是真不了解她的儿子啊，不了解他是一个多么倔强的人。

邢岫良披衣起身，跌跌撞撞来到小厨房，找了一把小匕首。

“我要这心，有何用？”

— 16 —

回忆瞬间消失，坐在银杏树下的邢岫良恍惚了一下，摸着自己的心口。眼前闪过诸多画面，他自裁后陷入了昏迷，耳边传来了丫鬟的尖叫声，以及娘亲的哭泣声。

府中女眷的声音让邢岫良烦躁，但是他无法苏醒。娘和大夫说悄悄话，说只要她的儿子能活下来，她什么也不求了。

大夫说，若是要活着，只能换心。

换了心的人即便能活下来，也不是原来的他。

“不论如何，他能活着就行。我什么也不强求了。”

耳边的嘈杂声如退潮般消散，邢岫良的世界终于恢复了平静。他的心隐隐作痛，他只是茫然。

邢岫良的心被邢母换过了，所以他才变得如此浪荡。那些与其他女人暧昧的长夜里，他总隐隐觉得愧对宋烟，却说不出一个所以然。

如今时间又倒流回了他娶宋烟之前，上天给了他第二次选择的机会。

邢岫良沉默了半晌，忽然跳下床，撞向太师椅的一角。

顿时血流如注。

他不想伤害宋烟，他宁可再死一次，也不想伤害她。这样宋烟就不会觉得他面目可憎，不会顾影自怜。她还有漫长的人生，不必和自己纠缠下去。

看着他颓然倒在血泊中，脸上是满足的笑意，十方镜后的宋烟沉默不语。她一直想寻找的答案竟然是这样的，她轻声笑了一下。

她看起来有些难过，高和想着要不要安慰一下她。

宋烟摇摇头，示意不必了。

她的声音慢悠悠的，好像卸下了沉重的担子，了无悲喜。

“太好了。”她说，“原来属于他的那颗心，一直是爱我的。”

漫天风雪过后，故人已归来。这满目疮痍的世界里，藏着灿烂绮丽的梦。

只是他们的命不好，她机关算尽，想与他携手对抗家族，最终落得个两败俱伤的下场。时光是无法倒流的，邢岫良的逃跑也不过是大梦一场。

以后的以后，他还是会寻花问柳，还是会凉薄无情。

她纵容、原谅，也难过与心疼。

“很久以前，我去了无忧城的老树林，天上挂着那么大的一轮月亮，照得树林外的世界雪白一片。我不走出老树林，那月光就不照在我身上。”宋烟缓缓地开口，“我拥有过也失去过，我的世界不会变好啦！”

高和想说“你还没有老得足以谈人生”，可他的嘴唇动了动，一个字都没说出口。

“高哥哥，听说你救赎了很多人，可惜没有我。”宋烟眼中噙着泪，“我往深渊里滑，谁伸手我都不会往上爬了。不爬了，爬不动了。”

彦家的宅门开着，彦青最后一次见到宋烟，距离上次不过五天。那日，宋烟化了一个素雅干净的妆容，身着软缎缝制的裙子，裙摆上绣着的粉白荷花间有蜻蜓飞舞。

彦青只觉得她的脸色有些不寻常。

宋烟将一个箱子放在他面前，声音哀怨：“我想以后我都用不着它们了。”

那是他送给她的一张又一张皮囊，彦青仍然记得她见识到这些皮囊前的样子。

她有些哀怨地靠窗坐着，诉说着自己不幸的日子。

她是个会耍小聪明的女人，所以她凭借自己的智慧，硬是飞上枝头当了凤凰。但是婚后的日子没有她想象的那样幸福，丈夫整天以事务繁忙为由，喝酒喝到很晚才回家。

她听说丈夫并不是多忙，只是喜欢往烟花柳巷钻而已。她因为丈夫变心而变得面目狰狞，也让丈夫越来越厌恶。

彦青道："若是再不能好好在一起了，趁你们还没有孩子，平静地分开不是更好吗？"

宋烟咬着嘴唇，眼里还漾着不甘的泪水："我经历了这么多，才能光明正大地站在他身边，回去后不知道又要被怎样奚落。何况……"

她欲言又止。

彦青最后和她做了一笔买卖，每当她来这里让他画肖像的时候，他便赠她一副皮囊。她可以用这副皮囊去做任何她想做的事情。这样她还是当家少奶奶，但也可以凭借另外一个身份，去扮演另外的人。

宋烟为天下竟然有这么奇怪的东西而惊讶，但很快，她便接受了这一切。她问彦青："这么珍贵的东西，是不是非常昂贵？"

彦青摇了摇头，温和地道："我不需要那么多银子，我只要你用一件东西来交换。"

"什么东西？"

"你的憎恨。将你的憎恨之情交给我，我就赠予你这副皮囊。"彦青的声音有一丝蛊惑的意味。

他真是一个好看的、温柔的、平易近人的画师，宋烟不自觉就沦陷在他的诱惑之中。

"那样阴暗的情绪，我不要它。"

能用憎恨交换皮囊，她只觉得这笔买卖太划算了。

宋烟借着这副皮囊，摇身一变变成了九夏。她本以为自己能够借着新的身份肆意地玩耍，但她发现，交出憎恨之后，她便不再埋怨邢岫良了，她只是急于寻找一个答案——邢岫良是不是还爱着她？

她无视自己对邢岫良的捆绑，一心一意地维持着两人的关系。但是换了心的邢岫良已经不可能像从前那样对她了，他只想寻找属于自己的自由。

和邢母的这场对抗，他们输得彻底。

彦青没想到她会将皮囊交还，他忍不住问："你要和他和离了吗？"

宋烟声音很淡："我得到了想要的答案，我想放他自由了。现在的他，无论如何都会快乐的，除了和我在一起……我也想放过自己。"

彦青只好尊重她的选择，收回了皮囊。宋烟走到门口的时候，彦青道："和离之后回乡下做一笔小买卖，一个人应该也能过得不错吧？"

宋烟顿了一下，没有回答，之后渐行渐远。

与此同时，高和的茶馆里，邢岫良又一次滔滔不绝："这几天真是奇怪了，我做了一个梦，梦到我遇到了时间倒流，我又回到了成婚之前。等我打定主意宁死不和宋烟成亲时，我又回到了现实世界。"

"哪有这么奇怪的梦？我看你是太久不想回家了，做梦都想远离少夫人吧？"柳橙取笑他。

"我这人有感情洁癖，不爱了真的装不出来。不过当初我还信誓旦旦地跟她说，若是我们没能在一起，我就和她从飞雁塔上跳下去。想想都是年少轻狂的蠢话。"

吹嘘完了，邢岫良觉得自己是时候回家看看了。毕竟他寄出的和离书一直没有得到回应，他不愿意再忍耐，索性回家和宋烟当面做个了结。

不到一炷香的时间，邢岫良就回到了自家宅院。他刚进屋，就有下人来报："良爷，这是少夫人让奴婢交给你的东西。"

邢岫良接过一看，竟然是和离书。

宋烟签了名，摁了手印。端正的小楷，字字工整，一如往常。

邢岫良情绪起伏依然不大，没觉得解脱，只是微微吃惊，以及感觉心似乎空了一块。

也好。

他将和离书放在一边，问："少夫人去哪儿了？为什么不亲自和我商量？"

"少夫人方才出门了。"

"这就回娘家了？"

“奴婢也不清楚，少夫人没有收拾东西，看样子像是出门逛逛。”

说到出门，邢岫良发现自己也应该出门谈谈生意。他让下人备轿，趁着天色尚早，晚上还能去安乐窝消遣一番。

只是轿子经过飞雁塔的时候，突闻砰的一声，吓了邢岫良一跳。接着，他听到有人大喊：“出人命了！”

邢岫良忙掀开帘子下轿。

一具衣着光鲜的女尸横在他面前，只差一点就能将他砸成肉泥。他围着女尸转了三圈，一种强烈的熟悉感笼罩着他，他头皮发麻，颤抖着手，将她翻转过来。

那人，竟然是宋烟。

第二杯茶

索魂引

爱一个人的心跳，

究竟是什么样的？

她想知道。

她想再为自己活一次。

她不可能每一次都选不对正确答案。

— 1 —

“那人不是岫良吗？”街上有人在送葬，柳橙透过无忧茶馆的门，看见邢岫良披麻戴孝走在最前面，心生狐疑，“好端端的怎么办起白事了？”

“他夫人从飞雁塔上摔下来，死了呗。也难怪，谁让他花了这么大力气得到了也不珍惜，给人糟践的。”

“可他好像在笑。”

柳橙确乎从送棺的邢岫良脸上看到一丝诡异的笑意，想来他是一个无心之人，或者是那个笑中藏有苦涩的意味，是癫狂的前兆。

高和坐在茶桌前，用袖口擦了擦桌子。他擦完才发现桌面挺干净的，原来他方才看到棺材经过茶馆门口的时候，走了神。

钱来福扫了一眼门外，忍不住埋怨：“怎么就经过了茶馆，真晦气。早就知道他吹的牛皮要破，现在也是自讨苦吃。”

“家家有本难念的经，你又何必挖苦他？”说话的是高和对面坐着的一位茶客，他三十来岁，看样子不像是什么人上人。

钱来福瞥了这人一眼，忍不住翻个白眼。要不是老板在场，他倒想好好反驳一番，好让对方领教一下他的伶牙俐齿。

高和对这位客人略有印象，自己前些日子去听风馆取下火汤药的时候曾见到他，他一脸焦急地将还在给别人看病的大夫给拽了出来，二话不说就让对方跟自己走。大夫心知是急诊，没有拖延，回去取了一个药箱，就撇下一众病人不管了。

没想到还能在茶馆碰面，高和将一碟茴香豆推到他面前：“这位兄台如何称呼？”

能坐在一起吃顿饭就是缘分，何况此人很合高和的眼缘，认识一下也好。

男人听闻高和问话，自然也将目光落到高和身上。

高和的面相看起来颇为和善，衣着朴素，然而一双眸子很有精神，男人笑了笑，道：“我姓傅，傅河西，三十年河东，三十年河西的河西。你应该比我小吧？称我傅兄就好了。”

高和怕透露了自己几百岁的真实年龄会吓着他，于是不在意地点了点头：“鄙人是无忧茶馆的老板，高和。”

“高贤弟真是年轻有为，能在无忧城这样寸土寸金的地方经营这么一家奢华的茶馆，后生可畏，后生可畏啊！我这把年纪了还以做小本生意为生，勉强糊口。”

高和挑了挑眉：“不知道傅兄做的什么生意？”

“养家糊口，什么都做，平时在城里做些短工，晚上回到家还要编草帽草鞋，等到赶圩的时候和女儿一起拿到集市上卖。”说话时他嘴角微微上扬，不像囿于困顿生活的人。

高和笑了笑。

说是小本生意，其实算得上是他的自我抬举，用世俗的眼光看，他不过是一个连正经店面、正经工作都没有的穷光蛋。

不过穷有穷的开心，有时候腰缠万贯的人反而羡慕这些人的简单。高和有些好奇，问：“你女儿多大了？”

“我娶妻略晚一些，女儿也不过五岁。”傅河西说到女儿小敏的时候，脸上洋溢着幸福的笑容。

“也到了懂事的年纪了，上次在听风馆，你急匆匆地叫大夫，是不是因为女儿病了？”

“你当时也在现场吗？”傅河西惊讶地问。

“夜里吃了太多的油炸丸子和辣油，肚子很不舒服，第二天牙龈又肿了，只好让大夫给开点药。”高和解释，“因为你一来大夫就走了，所以我印象比较深刻。”

“原来如此，不过并不是我的女儿生病了，是我的娘子，好端端的，忽然变成了一个活死人，除了还有呼吸，一直睡着。”

“可是被撞伤的？”高和听到有故事，来了兴致。

“不曾，上午还好好的，下午忽然就倒地不起了。这些年娘子身体一直很健康，大夫瞧了也说不出个所以然，后来我花钱请了术士，可是术士施法驱邪后，娘子还是一点反应都没有。术士说妖物的妖术太强大，他们不是对手，让我加钱，请术法更高强的术士过来，我也拿不出钱，只好让他们等一等。他们将娘子的情况说得凶险万分，好在这些天娘子平安无事，我也不至于忧心如焚。”

处理邪祟之事高和在行，一听就知道眼前的老实人被所谓的“术士”骗了。高和斟了一杯茶，啜饮一口，才道：“若是知道尊夫人不过是中邪，我早就出手了。如果你不嫌弃的话，我到你家中看看，为你排忧解难，一个子儿也不要你的。”

天下还有这等美事？

傅河西的眼睛亮了，便要对高和磕头行礼：“若是高贤弟能治好我妻子的病，我为你当牛做马也愿意。”

“闲着也是闲着，不如找点事情做。我虽不能普度众生，但我还是希望这世间多一些美好的事物存在。”高和笑了笑。

傅河西下午还要到财主秦老爷家做短工，为年节的事情奔忙，他与高和约好了，等晚上收了工，便邀请高和去他家看看。

约定的时间转瞬便到，傅河西神色疲惫匆匆赶来，见到高和忙不迭道歉：“不好意思我来晚了，今天老爷派的活儿多。”

“无妨，我现在刚好吃了酒菜，可以和你同去。”

高和将判官笔别在腰间，提着一盏灯笼便与傅河西离开了无忧茶馆。

夜色渐渐浓了，华灯初上的街道人头攒动，不过热闹不属于他们，因为傅河西住的地方十分偏僻，高和差点被绕晕了才到了傅家所在的小胡同里。

虽是穷苦人家聚集的地方，但是这条胡同还算干净。傅河西住的是亲戚租给他的一间简陋的小草房。进了院子还有许多户差不多的人家，他们和傅河西打过招呼后，都用好奇的目光打量高和。

傅河西的女儿小敏坐在院子里的树下等他，一见到他便喊着“爹爹”飞奔过来。

傅河西随手将她抱过肩头，向她介绍高和：“这是给你娘治病的高人，高叔叔。”

小敏用稚嫩的声音唤高和“叔叔”，高和有些不好意思，以他的年纪，做小敏几十代前的祖爷爷都可以了。粉雕玉琢的小敏让高和想起了自己的女儿，一时生了爱怜之心，也对小敏报以微笑。

三人进了屋子，屋中只点了一盏油灯，靠窗的床上躺着一个妇人，因为光线昏暗，高和一时看不清楚她的容貌。

— 2 —

傅河西将小敏放下，取了一根蜡烛点燃，借着蜡烛的光，高和总算看清楚床上人的容颜了。

妇人年纪不算太大，双眸紧闭，神色憔悴，除了还有呼吸和体温，与死人无异。

高和见到她以后，才发现自己的判官笔白带了。

妇人之所以会这样，不过是因为三魂七魄不在体内。不知道偷魂之人用了什么术法，使得她的肉身离了魂魄还能如此鲜活。

“嫂子暂时不会有事。”高和先喂了傅河西一颗定心丸，接着又道，“不过她的三魂七魄被人偷走了，具体是谁我也不清楚。”

“离魂？”傅河西一屁股跌坐在凳子上，脸色苍白，自家娘子没了魂，这可如何是好。

“虽然如此，但我看那人似乎不想取她性命。普通人离魂只要超过三炷香的时间就会魂飞魄散，不过嫂子现在还好好的，肯定是有什么我还没发现的原因。”

“现在我该怎么办？”傅河西一筹莫展。

“别急，知道对方没有取嫂子性命就已经是天大的好事了。我会用索魂引寻找嫂子魂魄的下落，只是无忧城这么大，可能需要些时日。你耐心等待，不必焦心。”

一听事情有希望，傅河西连忙千恩万谢。他让小敏把屋檐下挂的腊肉取下，非要送给高和。高和哪里好意思要，摆摆手推辞了。

傅河西的草房是简陋了些，然而屋内布局雅致，颇有情调，看起来傅河西是一个很会生活的人。高和赞道:“傅兄像是读过书的文化人，怎么不走仕途，做起小本买卖来了？”

“说来惭愧，我的确出身书香门第，与妻子司徒瑶门当户对，被双方父母指腹为婚，不过后来家道中落，父母相继大病一场，无奈之下，变卖了无忧城的房子回乡下务农了。”

“原来傅兄还是书香子弟，难怪身处陋室依然怡然自得。现在走仕途也不晚，我这些年经营茶馆小有收成，资助傅兄科考还是不成问题的。”

“承蒙贤弟厚爱，不胜感激。不过今非昔比，我的心境更是和当初大不相同了。我只想守着我的女儿和妻子，平平安安地过完这辈子。”傅河西婉拒了高和的好意。

不愧是一个有气节的读书人，高和打心底认可和佩服他，又道：“我尊重傅兄的选择，不过以傅兄的才华，只做短工未必能让妻女过上舒心的生活。尤其是小敏年纪尚小，未来的路还很长，万一有个小病小灾怎么办，有钱好办事，你觉得呢？”

高和的盛情让傅河西一时感怀，他激动地道：“我何德何能，才会认识高贤弟！既然贤弟一心为我，我也不推辞了。我如今已经不想入仕，不过若是能有一笔本钱在无忧城卖一些特产，我当感激不尽。”

“只是商铺而已，无妨。”高和笑道。

接着，他从怀里摸出两块酥糖，塞到小敏手中：“这牛乳酥糖是茶馆里的厨娘研制的，味道好极了，只是不宜贪多，不然会坏了牙齿。”

小敏用甜美的笑容表达了她对高和的喜爱。

高和向傅河西道别，他不记得自己的索魂引究竟放在何处了，还得回茶馆里搜索一番。

路过彦青的宅子时，高和忍不住进去找彦青叙叙旧。

今天彦青十分忙碌，酉时了还在给官家小姐作画。

许久不见彦青，高和竟然还有些想念。

大概是彦青有所交代，门童见是高和，未作通报，直接将到带到彦青的画室前。

彦青没想到高和会登门，一脸歉意，道：“你瞧我这里还有客人，我让童子给你看茶，你略等一等可好？”

“也好。”高和欣然点头。

彦宅算是彦青一手设计的，会客的阁楼恰好能够俯瞰整个院子。彦青在窗边贴心地放置了一面西洋镜，想要看景的客人只需取镜一观，就算是百步外的楼阁雕花，也能看得一清二楚。

彦青的确忙碌，等着他画肖像的女人不少。她们聚在假山旁的八角亭内拉家常，竟也成了宅中一大看点。

“这副新皮囊真的好用，没想到我年逾三十还能借着它重返青春。”屋子里，坐在屏风前的女人对彦青道。

她身穿做工精致的广袖合欢襦，盘着先人的发饰，扮演从前的某位官宦之家的小姐。她的脸看上去十分年轻，皮肤吹弹可破，两颊的红晕让珠圆玉润的脸有了一丝娇憨之态。

彦青在纸上细细地勾勒她的眉目，微笑着道：“你喜欢就好。只是我给你的东西，千万别到处张扬。”

“那是自然。”说话的女子嫣然一笑，“我还是知好歹的。”

“我很好奇，你让你的丈夫守着那副毫无灵魂的躯壳，难道不会良心不安吗？”彦青不解地问。

“他守着守着就该放弃了吧，这样也好，我和他夫妻情分就此断绝，省得下半辈子还要牵着手相对无言。”女子的口吻漫不经心，连她自己也没有意识到，自己的喜欢之情已经被彦青抽走了。

不过女人是自愿交出情绪的，她来的时候已经三十多岁了，一张脸看起来沧桑憔悴，毫无血色。她总是一副病恹恹的样子，对生活很不满，经常抱怨。她说自己家和丈夫傅河西家曾经门当户对，不过后来傅河西家道中落了，父母都极力反对他们的婚事。当时她还是个青春活泼的少女，为爱不顾一切，她想嫁给傅河西的心九头牛也拉不回，因为他们从小玩在一处，早就定了娃娃亲，不知不觉两人有了感情，她怎么能舍弃一个突然变得贫寒的爱人？

他会好起来的。她对自己说。

她盼呀盼，可惜的是，傅河西自从家道中落后再没有翻过身，她为他生了一个女儿，一家三口经年累月地睡在一间破草房里，冬天冷得睡不着，夏天热得睡不着。

这也就罢了，那地方虫鼠多，她使尽浑身解数，也不能将它们消灭。

她何曾受过这样的苦？那些缓缓侵蚀来的痛，将她的爱一点点吞噬了。

因为生活清贫，不到三十岁的她看起来十分苍老，步入三十岁后身材走样，衰老加剧，她甚至不敢照镜子。

早先的陪伴与支撑，于年少的她而言，是奖励，对现在的她而言，像惩罚。

最令她痛苦的不是清贫的生活，而是渐渐生出的对婚姻的厌倦。她时常在想，她这一生也就这样了，只是苦了小敏，小敏日后要嫁个好的夫婿，过上富足的生活，怕是难上加难了。后来她又不甘地想，为什么女人只能和一个人捆绑一生？

罢了罢了。望着这简陋的草房和面前破败的胡同，想着“人以群分”的俗语，她轻轻地叹着气，问自己：你有什么资格瞎想那些呢？

她始终在不断地劝退自己。

这疲惫生活的解药，落不到她跟前。

— 3 —

在彦青的印象里，那时候的司徒瑶还会说丈夫的好话。她说傅河西是个普通男人，没什么本事，但对她很不错。

司徒瑶原是千金小姐，十指不沾阳春水。嫁给傅河西之后，不得不围着柴米油盐转。炒菜的时候司徒瑶因为毫无经验被油溅伤，看着她泪眼汪汪灰头土脸的样子，傅河西立刻决定包揽家里的一日三餐。

虽然后来因为傅河西太忙，司徒瑶还是不得不掌勺，但只要傅河西有空，司徒瑶便可以坐享其成。

对贫穷的人来说，生活本该如此。以司徒瑶的出身来讲，生活不该这样。

傅河西原是一个文人，担心司徒瑶跟着自己过清贫日子不习惯，所以屋里的家具都是他自己做的，被褥用的也是最好的料子，只要能够让妻子舒服一些，力所能及的事情，他都愿意做。

司徒瑶着了风寒高烧不退，他可以背着她跑遍整个无忧城，只为找到一个肯夜起的大夫为她看诊。

诸如此类的小事很多，但在司徒瑶看来，都是廉价的温柔而已。她从外面的花花世界走过，总是会忍不住回想过去。

当她吃着窝窝头就婆婆菜的时候，她会忍不住想，为什么自己不可以吃燕窝？

当傅河西牵着她的手散步消食的时候，她会忍不住想，为什么自己身边的男人没有倚斜桥的公子那般绝代风华？

傅河西是个好男人，但是司徒瑶总觉得，以她的条件本可以找一个才貌俱佳的男人，而不是现在看起来平平无奇的傅河西。

窥见了她眼底的欲望，彦青便以交换情绪为条件，赠予了她一副新皮囊。

司徒瑶移魂换皮的那天，傅河西正在慌不择路地找大夫。现在回想起这件事，司徒瑶还觉得好笑，但笑过后，她沉默了。

“他就像个没见过世面的小子，以为我只是病了。”她毫无感情的笑容让彦青有些毛骨悚然。一时间他有些疑惑——他究竟对司徒瑶做了什么？后来她的沉默又让彦青觉得她仍有一丝眷恋之心。

这就对了，人之所以为人，就是因这一份情在。是浓还是淡，倒在其次。

画完一幅画，司徒瑶又得到了一张新面孔。

彦青收拾好笔墨，便移步小阁楼。高和在那里等他，高和皱着眉对他道：“这宅院里不太干净，你的身体里本就住着一只邪祟，千万不要再被那些不干净的东西招惹，又生出一些不好的想法来。”

彦青心中泛起一股暖意，老师还是关心他的。他笑道：“老师多虑了，我连九幽都能战胜，普通的妖物对我来说不过尔尔。”

彦青爽朗的笑容让高和觉察不出异常，高和想，或许是自己多虑了。

“你今日怎么有空来此？”彦青不解地问。

“没什么，顺道过来看看。重阳节一起到茶馆聚聚吧，大家好久没有一起吃顿饭了。”

“老师都发话了，我就是再忙也得去啊。”

童子给两人斟了酒，上了菜。高和浑然忘了自己吃过晚饭，与彦青吃着聊着，已经过了夜半。

酒劲渐起，两人昏昏欲睡。

不知过了多久，宅院中响起了古怪的声音，像是有人幽怨低语。高和一下子惊醒了，见彦青还在睡觉，便悄悄下了楼。

他的判官笔竟然在这里派上了用场，这让他始料未及。

高和用天眼通窥视宅院四周，一道黑影从不远处蹿出，高和口中念念有词，判官笔突然飞起，化作一条白绫将黑影束缚住。高和低喝一声“收”，黑影就被高和抓在手中。

原来是一只贪吃的黄鼠狼。

“我道为何宅中有妖气，原来是你在作祟。”高和小惩大诫，拔了几根黄鼠狼的毛，黄鼠狼便化作一股黄烟消失了。

高和捏着鼻子直皱眉头：“黄鼠狼就是黄鼠狼，屁这么臭。”

彦青已经醒了，他透过窗户看去，见高和转身了，连忙躺回床上。高和上楼，见他未醒，便装作什么事情都没有发生，脱了靴子躺在他身侧。

城东有一富户姓吴，掌事的吴逸有三子两女，吴家一直都遵循着长子继承家业的规矩，三儿子吴兰生因出生得晚，没有和哥哥们争的可能，自小就被娇生惯养。

吴兰生是个纨绔子弟，最不入流的那种，喜欢抽烟、喝酒，流连烟花之地。

这天他骑着刚买来的枣红马秋游，让伴读的书童带上吃食酒水帮自己牵马，一路上优哉游哉好不快活。

司徒瑶正和诗社里的众人在流水边聚餐，远远地看见了吴兰生。

日色正好，天高云淡，吴兰生一袭镶金边月白圆领袍，衬一张白里透红的满月脸，虽不是俊朗型的，但也眉清目秀唇红齿白，自有一股贵气。

司徒瑶做梦都会梦见这样俏的少年郎，便借口小解，往吴兰生的方向走。

书童牵着马和主子说话，冷不防前面出现一个妙龄女子，他来不及让马停下，低头走路的司徒瑶冒冒失失撞了上来。

司徒瑶柔弱地跌倒在地，书童正要上前扶人，吴兰生连忙拦着。他下马，殷勤地将司徒瑶扶起，温柔地道：“姑娘受惊了，怪我管教无方，让我的下人冲撞了你。”

“不碍事。”

司徒瑶一出声，吴兰生的心也痒了。

司徒瑶又道：“我的朋友在等我，我得先走了。”

司徒瑶匆匆和他擦肩而过，一股幽香传入吴兰生的鼻端，吴兰生驻足闻了一会儿，才反应过来：“姑娘，你还没告诉我你的名字呢！”

“三少爷，这儿有一只手镯。”掉在泥地里的手镯上镶着三颗晶莹剔透的红宝石。

“瑶。”吴兰生看着上面的刻字，脸上露出猥琐的笑容。

吴兰生跨上枣红马，往司徒瑶的方向而去。

司徒瑶没有走远，她故意将手镯脱下，就是为了让吴兰生发现。

她得逞了。

吴兰生很快追上了她，跃下马挡在她面前：“姑娘，你的镯子掉了。”

“真的是我的镯子，谢谢你。”司徒瑶露出一副感激的模样，将镯子取回。

红的樱桃宝石和她玉色的肌肤形成鲜明对比，衬得红的更红，白的更白。纤细的手腕和女子的香气让吴兰生失了神。

“我见镯子上刻着一个瑶字，姑娘名字里有一个瑶字？”

“不错，我复姓司徒，单名一个瑶字。”

“司徒瑶，好名字。”吴兰生本就是一个肤浅之人，这时也想不到好的搭讪词，便顺口夸她的名字。

“你又知道什么典故，就好啊好的呀？”司徒瑶取笑他。

她笑起来的时候，颊边有两个浅浅的梨涡。

吴兰生也觉得自己可笑，不好意思地挠了挠头，道：“我不知道什么典故，但念着顺口就算是好名字了。”

司徒瑶活泼的笑颜让吴兰生神魂颠倒，吴兰生约她下一次在清芬斋吃饭。司徒瑶欲拒还迎，虽然她没有明确表态，但是她知道吴兰生一定会去的。

这么多年过去了，竟然还记得女儿家的情态，司徒瑶心中窃喜。

— 4 —

彦青说，若是魂魄离开本体太久，有魂飞魄散的风险，所以晚上等到傅河西睡着了，司徒瑶总会偷偷溜回家。

见识了阔绰风雅的吴兰生，再回到家入了司徒瑶的本体躯壳，司徒瑶越看傅河西越来气。她当初为什么会选择与如此平庸的一个男人成婚？若说年轻时傅河西还有点帅气，现在的傅河西就是一个其貌不扬、饱经风霜的老男人。

他常年干活，肤色比年轻时黑了不少。吃得多，脸上总是精光油亮的。三十多岁虽然不至于老到哪儿去，但眼角该出现的细纹还是出现了。

他白天干活要是很累，晚上睡觉时呼噜声就特别响。

他的睡姿也不太雅观，累瘫了怎么舒服怎么来，常常将她挤得没有安眠的空间。有时候面向她睡觉，嘴巴张得很大，口气一直喷向她。她屡次将他的脸推开，他还是不改。

今晚，他就是这个状态。而且最近他总是将她抱得特别紧，仿佛生怕她溜走。他的嘴快贴到她的嘴上了，以前浓情蜜意的时候，他也喜欢亲吻她，但那时候两人心里满溢爱意，多少有些害羞，所以行事没有那么洒脱。如今已经是老夫老妻了，他仿佛将司徒瑶当成了自己身体的一部分。

司徒瑶回想着身上散发着养尊处优的香气的吴兰生，再闻着傅河西身上洗也洗不去的汗味，忍不住皱眉。

第二日，傅河西醒得很早，他隐约觉得昨夜司徒瑶好了，但是睁眼的时候，司徒瑶还是昏昏沉沉地睡着。他摇了摇司徒瑶，司徒瑶毫无动静。

傅河西今日没有活儿，准备在家编一些草帽、草鞋到集市上卖。他才在井边打水洗了一把脸，便听邻居说有人来找他。

他原以为是高和，但是打眼看去，发现是来无忧城看望他的爹娘。他许久不曾见二老，上个月还叨念着回乡下看看，可是现在他最不想见到的人就是他们。

爹娘带来了乡下的特产，一筐鸡蛋、鸭梨，一些腌菜、腊肉，还有一麻袋红薯。傅河西见他们负重受累，连忙迎上去帮他们搬东西。

“爹，娘，一路上辛苦了，进屋再说。”

他娘亲是个十分精明的人，环顾四周，皱眉问：“小瑶呢？日头都要晒屁股了，她怎么还睡得着？”

长辈来了，做媳妇的不在丈夫之前出来伺候，在娘亲眼里就是大不敬。

在傅河西看来，娘亲是一个奇怪的人，她成亲以后因为不得不相夫教子一事没少和爹置气，但是做了婆婆以后又把媳妇当成外人，希望媳妇能像自己伺候丈夫一样，伺候自己的儿子。

傅河西在某些问题上是一个心思通透的人，不过他不喜欢与老人家论短长，所以面子上的功夫总是做得很足。

“小瑶她……”傅河西想到司徒瑶还在床上躺着，连忙拦着二老，不让他们进屋。

他原想今天若是二老还要去走亲戚，便糊弄过去算了。谁知道小敏醒了，出门看见爷爷奶奶，高兴地上前问好。

傅河西来不及提醒，小敏说漏了嘴，难过地道：“娘病了，她好多天不吃也不动，就像死了一样。”

傅河西将小敏拉到身后，皱着眉头：“高人说，是三魂七魄离了肉身，现在不知道宿在哪具躯壳上。暂时死不了，高人会帮忙找到她的。”

他娘亲不能接受，非要进屋一探究竟。见到半死不活的司徒瑶，他娘亲重重地叹了一口气：“你这孩子就是命不好，该娶亲的时候家里就这样了，好不容易娶了小瑶，生的却是一个女儿。我原来就劝你，若是不行便再娶一个妾进来，若是你自己办不成，我和你爹帮你凑一凑也就成了。”

“娘，小瑶没死，还有救，你别说那些丧气话。”

“就算没死，也跟死了差不多。高人说的话能全信吗？何况你也不知道他到底是不是为了骗钱的。高人，我往脸上贴两张狗皮膏药到大街上说自己是算命的，也会有一帮人喊我大师，你信不信？”他娘亲的嗓子跟锣一样响。

傅河西自小就习惯了隐忍。他认为隐忍是息事宁人的不二法门，与其反抗，不如坚持隐忍。

“不用说了，娘既然来无忧城了，就寻定这门亲事了。不管花多大代价，都得把这事办了。”

傅河西没有说话，本来想着就这样混过去，但是他娘亲仿佛来了劲，傅河西不答应，她就一直说下去。傅河西皱着眉，心中无比焦急与烦躁。

他娘亲最后还是独断专行了，不管傅河西同意还是不同意，二老都决定在这小破屋住下。小敏见大人们的脸色都不太好，躲在傅河西的身后不敢说话。

傅河西安抚似的摸了摸她的头发。

“爷爷奶奶要在这里住上一段时间，这段时间你要好好表现，不然他们会不高兴的。”傅河西小声地提醒她。

“可是这么小的地方住五个人，要挤死了。”小敏撇撇嘴，又补充一句，“我不是不喜欢爷爷奶奶，只是觉得太挤了。”

“你不用解释，爹知道你是一个乖孩子。”傅河西微笑。

— 5 —

索魂引被高和放在了一个很隐秘的角落，隐秘到高和都忘记自己放在哪儿了。他感觉十分抱歉，又不好意思直接告诉傅河西——他还在找索魂引。

躲在茶馆的高和第一次有了做贼心虚的感觉，他正想过几天寻到了索魂引再上门找傅河西吹牛，谁知道晚饭吃到一半，傅河西自己找上门了。

傅河西嘴里仿佛含着两块石头，说话时含含糊糊、吞吞吐吐的。看他局促的样子，高和本就因为找不到索魂引一事于心有愧，忙不迭道：“你若是找我帮忙的，只管说，我有时间。”

“倒是不会占用贤弟多少时间，还是因为我妻子的事情，现下我的父母从乡下过来，非要给我说亲，我不得不应下，只是你也去寒舍看过，如此简陋的地方，住下我们一家三口已经十分勉强，如何还能让我父母一起住着？”

“的确，本就是方寸之地，怎么能挤下五个人？”高和颇为同情傅河西的遭遇，“如果是要给二老找一个临时的住处，倒也不难。”

“还是贤弟深知我心。若是能让二老不跟我一起住，我行事也自在许多。更重要的是，我告诉他们你在帮我，但是他们不相信，非要给我说亲。无论如何贤弟都得帮帮我。”

既然被质疑的主角是自己，高和当然有必要出面。

“我会见一见他们的。你放心。”

傅河西再次谢过，高和为了让他安心，让他留下来用晚饭。他挂念家中几口人都没有吃过饭，便推辞了。

高和想了想，道：“既然来了，自然要带点什么回去。反正茶馆里每天做的东西都卖不完，与其施舍给不认识的人，不如让你拿回去给小敏和二老打打牙祭。”

傅河西谢道：“高贤弟真是活菩萨呀！”

“菩萨不敢当，捉妖本就是我的责任。至于经营茶馆的事，是别人强加于我的，我避之不及。”

茶馆里弥漫着烟火气息，每个人的脸上都映着暖色的光芒，傅河西从他们眼里看到的是幸福，是自在，是满足。而缔造这一切的人，是眼前说不想当茶馆老板的高和。

傅河西是老江湖了，有些话听听就好。他笑了笑，安静地在那儿等待。

一旁的柳橙道：“这位哥哥看起来是个通透之人，怎么不坐下来一起吃一顿？”

傅河西循声看去，他曾在茶馆里见过此人，虽然此人没有出仕，但是身份地位十分显赫。此人既然是高和的朋友，高和又能够帮他，他顿时觉得前途一片光明。

高和送了他很多东西，他两只手都快抱不动了，高和便叫了一辆马车送他回去。

高和提前垫付了车钱，看他那漫不经心的模样，傅河西受宠若惊，惶恐地道：“贤弟如此帮我，我实在无以为报。”

“你不必报答我。我没有行善的爱好，只是能帮的就搭一把手，若是觉得麻烦的，我也管不着。你就当自己运气好吧，运气对一个人也很重要。”

高和说的话通俗易懂，可傅河西总觉得像是禅机。他告诉高和，自己回去会细细琢磨。

高和笑着摇了摇头。也许，是自己的行事作风让他不能理解。

有时候高和也不能理解自己，因为他很闲，闲得发慌。他的生活又平静如死水，没有一丝波澜。他恨不能有人给他一阵波澜，让他体味一下生而为人的愉悦。

无忧城很多大财主喜欢在功成名就后给庙里捐功德钱，像高和这样对自己的生意漫不经心的，自然抠抠搜搜的不敢捐，他又总得做点什么打发时间。

坐在豪华马车里的傅河西面对几袋子的珍馐美味，呆呆的，像做梦一样。

到家了，傅河西让小敏出来帮忙拿食物，他爹娘看见那么多在他们还未没落时才能吃上的珍馐，大惊失色："你是不是做坏事去了，从哪儿拿来这么多好吃的？"

"我若是喜欢偷抢，何至于这把年纪了还在秦老爷手下做短工？这些东西都是无忧茶馆的老板高和赠我的。"

"无忧茶馆的老板？"他娘亲的脸色微变，"想来你当时还小，不曾听过那些骇人的传闻。这家茶馆原来闹鬼，大半夜总是传出鬼哭狼嚎的声音。"

"娘，你离开无忧城太久了，只知道流言的上半回，却不知道下半回。"

"下半回？"

"高老板不是鬼，而是一个擅长捉妖的术士。我想，茶馆里之所以妖气冲天，是因为他将捕获的妖怪都藏在里面了。茶馆开了这么久，至今也没有哪个客人被茶馆里的妖伤害过。"

他娘亲一下子反应过来："你说的高人就是他？"

"不错，你若是见了他，就会相信我说的话了。他的风采可不是一般人能够比拟的，他身边有那么多身份非同一般的人，但那些人的风华都盖不住他的。"

小敏将菜摆在桌子上，鱼翅、熊掌就像免费赠的茶水一样，高和闭着眼就送了够七八个人吃两天的量。再珍贵的食材在高和眼里都跟不要钱似的，有些连见多识广的傅河西的爹都认不出。

一家人围坐在桌前，落筷，味道好极了。

吃到一半，傅河西的神色黯然了许多。他悄悄留了一份给妻子司徒瑶，他盼望她醒来，能和小敏、爹娘一起享用美味。

他想到这里，鼻头一酸。

司徒瑶嫁给他委实受了不少苦，从来没有过过一天好日子就罢了，还无端被人偷了魂魄，生死不明。

床上的司徒瑶一动不动，双眸紧闭着。她像是从这个家除名了，就像一尊体温不断下降的雕塑。

她沉醉在自己的温柔乡中，完全不知道傅河西为了避免她的躯体僵冷，每天都要仔细地为她保暖。

他担心被子不够暖，一定要抱着她睡。他担心她有一天醒来，发现自己臭了，因此，不管临睡前有多疲惫，他都要烧水为她擦拭身体。

清芬斋灯火通明，司徒瑶手执纨扇，在小二的带领下娉婷袅娜地上楼。

她翻箱倒柜才找到自己结婚时带到傅家的首饰。她努力将自己打扮成有钱人家的小姐，以免吴兰生轻看了她。

"司徒姑娘来了？"吴兰生今夜也精心打扮了一番，司徒瑶见到他时，眼里有水光微动。

灯火辉映的晚宴，多年没有吃过的珍馐，还有俊朗温润的男人，久违的满足感让今夜的司徒瑶更加动人。

吴兰生的眼睛便没有从司徒瑶的脸上离开过。

"吃，吃啊。"吴兰生给司徒瑶夹菜，因为一直看着她，一半鸡丝掉了下来。她提醒他，他才如梦方醒连连道歉。

带着三分功利心，司徒瑶发现了新世界。老天也算待她不薄，今时今日又让她遇到良人。

原来男人很好哄，司徒瑶不禁感慨，当初自己眼里怎么就只有傅河西一个人呢？若先前能够将更多的目光投在其他男人身上，遇上了更值得托付的人，即便是背叛对傅河西的承诺又怎么样？

傅河西不能怎么样。

— 6 —

七月流火，高和披了一件外衫坐在无忧茶馆里沐浴余晖。远远地，傅河西和一对老夫妇走来了，高和想了想，起身迎了上去。

“傅兄。”高和打量了一下傅河西身边的老夫妇，不失礼节地道，“老爷、夫人好。”

“老板好，老板发财。”早在来无忧茶馆之前，傅河西的爹娘便听傅河西夸了无数次，等见到了人，自然也知道怎么应对。

不过瞧高和年纪轻轻，他们不免有些怀疑高和是否像傅河西吹嘘的那样有本事。

“叫我高和就好，先进来吃杯茶吧。”高和带着三人进了无忧茶馆。从无忧茶馆外面看，这只是一家普通的小店，他们进了无忧茶馆才发现内有乾坤。

古朴雅致的桌椅板凳，充满诗情画意的杯盏，还有处处流露出主人高品位的挂画摆设，让两个久居乡下的老人想起了家道中落前的时光。

“这幅《清涟菡萏图》颇有当年韩大家的风范。”老爷子也曾是附庸风雅的商人，忍不住在高和面前炫耀一下自己的文化底蕴。

他此时指的，是高和挂在左侧的一幅画。

高和瞥了一眼，不好意思说那是彦青画的，而且是彦青早先白送给他、希望他能够帮着卖出去的东西。那时候，他还不怎么欣赏彦青的画，在他看来彦青画的仅是规整的赝品，完全没有自我的灵魂，不能称之为创作。

“老爷子眼力好，”高和笑了笑，让钱来福拿来一壶茶，“尝尝这暹罗国进贡的茶叶，用去岁冬日里的无根之水冲泡的，我觉得味道还可以。”

高和卖弄起文人的风雅时，也装得似模似样。他取用了四个不同形状、不同纹样的杯子，给每个人装了一小口茶，递给傅河西时，傅河西心直口快地问：“怎么大家的杯子不一样？”

“若是茶馆里的客人，没有特殊要求的自然给他们用一样的器皿装茶，但你们是我的客人，所以我给每个人用不同的器皿，等到你们下次再来，我便用同一个杯子招待你们。”

“原来如此，高兄真是讲究人。”傅河西只喝了一口，香气霎时在唇齿间逸散，他像是相声里的捧哏，立刻又道，“茶是好茶，我想多喝两口却没有了。”

高和故作风雅地转了转杯盏，微微一笑：“茶讲究细品，若是像糟烧一样牛饮，就失去了品茶的雅趣。若是你觉得这茶不错，我这儿还有不少，走的时候带十两回去，常常喝还能降火解暑。”

“这怎么使得，我有幸吃了一杯已经是见过世面了，若是再贪多，就不合适了。”

“都是兄弟，不必客气。”高和将话题转移到两位老人身上，“傅兄已经跟我说过了，二老想在无忧城找一个临时住所，如果不嫌弃的话，我在无忧城有一套别院，二老先住着。房钱不用担心，一个子儿也不需要。”

“这……”傅父有些过意不去。毕竟他们打扰高和也不是一天两天，时间久了不给钱，他们担心高和会不高兴。

“答应帮傅兄治嫂嫂的病，自然要言出必行。二老不必担心，只管搬过去住着，等我治好了嫂嫂，你们再搬走也不迟。”

傅河西急于摆脱他们，只道高和的话已经说到这个地步了，就不要再推辞了。他将爹娘“托付”给高和，又向高和使了个眼色：“不愧是兄弟，默契十足。”

高和立刻明了，他方才之所以这么多戏，都是在给自己做陪衬。

没来之前两位老人对高和的印象不好，但方才一盏茶的时间，他们重新审视了高和。

高和带着三人去别院参观了一下，别院虽然离市集有一段距离，但是胜在环境优美，格调不俗。两位老人本就喜欢清净，自是十分满意。高和让丫鬟收拾出一间客房，让两位老人安歇。

这几天，两位老人都没有闲着，一来是好不容易到了无忧城，自然要带着一些乡野之物走访亲戚，二来傅母有意给傅河西纳妾，便在无忧城打探合适的人选。

也许是傅母的诚意感动了上苍，她还真的在一众亲戚家中找到了一个姿色不错、身子清白的少女陆绾。傅家和陆家算是远亲了，陆绾的父母混得还不如傅父傅母，能够嫁女儿改善生活，他们求之不得。

这天傅河西上工回来，傅母就带着陆绾来了家里。

傅河西用汗巾擦了擦脸，将汗巾挂起来，转脸时才看见家里这位客人。陆绾身材娇小，气质温婉，看起来很柔弱，不过她并不怕生，主动和傅河西打招呼。

傅母笑吟吟地牵着陆绾的手走到傅河西面前，道："河西，这是你陆伯伯的女儿陆绾，年纪不大性格却落落大方，今晚上我做主，让她来咱们家吃个晚饭。"

傅河西何许人也，怎么会看不出娘亲心里的小九九？他不能拂了老人家的面子，但也只是冷淡地回："我刚回来，还没有做饭。不知道家里来了客人，本来打算炒点榨菜对付一下。"

傅母脸色不大好："孩子还小，吃榨菜怎么行。"

傅母偷偷给傅河西塞了点钱，并使眼色让他收好。

"绾儿，你不是最会做饭吗，我上次吃你做的卤鸡爪，回家后一直馋得不行，你跟河西一起去买菜吧，路你也熟。"

陆绾会意，羞赧地点了点头。

傅河西什么也没说，拎着一个菜篮子便走了。

陆绾以小碎步追着他的大步，佯装一点也不吃力，温柔地问他："傅哥哥，你也会做饭吗？"

"有空了就会做，小瑶跟着我没过过什么好日子，我只能尽量在小事上弥补她。"说到司徒瑶，傅河西的脸上便像上了一层柔和的釉，刚毅的脸也不那么凶了。

司徒瑶，傅河西明媒正娶的妻子。陆绾尴尬地笑了笑，便低下了头，不再说话了。

— 7 —

陆绾情窦初开，接触的男人不多，还没有想好要和什么样的人共度一生，爹娘就做主打算将她嫁到傅家。陆绾虽然还没有过门，但她已经做好了将自己献给傅河西的准备了。

陆绾在逼仄的小草房里见到傅河西的第一眼，只觉得他是一个又老又臭的男人，肌肤因为辛苦讨生活而变得粗粝，上了年纪，牙齿还有一点发黄。

陆绾不由得感慨自己命途多舛，要嫁给这样一个老男人。

不仅如此，傅河西还有一个五岁的女儿小敏，他的女儿见到她的第一眼，就对她露出了两颗尖利的虎牙。孩子最不会掩藏自己的情绪，小敏对她的敌意太明显了，小敏认为她对自己的娘亲司徒瑶不善。

在喧闹的集市，傅河西娴熟地挑选着青菜，和小贩讨价还价。路过肉摊的时候，傅河西转身对她道："娘喜欢吃你做的卤鸡爪，你挑一些吧。"

陆绾点了点头，选了一包鸡爪，但是她的目光始终没有从旁边的鸡腿上挪开。傅河西问："你想吃鸡腿吗？"

"啊？"陆绾不知道自己方才失态，不好意思地低下头。

傅河西掂了掂手里的银钱："你太瘦了，是应该多吃点肉。"傅河西让小贩再包两只鸡腿，转头对陆绾又道，"就当过年了。"

陆绾被傅河西逗笑，她已经见识过傅河西的精打细算，但没想到他精打细算到这种程度，好在对她不算抠门。傅河西不解："笑什么？"

"没什么，就是觉得你和我想的不一样。"

两人拎着菜和肉回家，快到家的时候，傅河西才道："纳妾这件事是我娘的想法，小瑶只是魂魄离了本体，没有死，终究有一天她会回到我身边。我不想伤害你，何况我一穷二白，你跟着我吃糠咽菜，身体会吃不消。"

陆绾惊讶于傅河西的直白，愣了半晌。

面对傅河西的坦诚，她竟然有点酸溜溜的，说："嫂嫂一定是一个很好的人吧？不然傅哥哥你怎么会这么爱她？"

“你也是一个好人，只是我的心里已经有人了，对不起。”傅河西说完，两人便进了小院。

傅母看见两人和和气气的，脸上洋溢着笑容，一颗悬着的心放了下来。

“小瑶，我们都认识这么久了……”同样一个地方，吴兰生以同样的打扮出现在司徒瑶面前。但这一次，和之前的几次不尽相同，吴兰生的手非常不规矩，总想抚摸司徒瑶。

约会的次数不少了，司徒瑶对吴兰生也有好感，但她却在某一天忽然不想再和吴兰生更进一步。

她不喜欢吴兰生，因为名为喜欢的情绪已经被她当成了交换条件，换给彦青了。她看着吴兰生英俊的脸庞，努力摘下了这颗她悉心浇灌长成的果实，然后拱手送了出去，弃之如敝屣。

吴兰生的手进一寸，她退一寸。吴兰生忽然一把抓住她的手，皱眉问：“小瑶，我以为你明白我的心，为什么要一直对我躲躲闪闪的？”

“我，我没有啊。”司徒瑶心虚。

“既然没有，今晚上能不能在我家留宿？”吴兰生开门见山。

司徒瑶怔了一下，她原以为吴兰生是个风度翩翩的君子，现在看来不过是馋她的身子而已。想想也是，在外偷腥的男人，大抵都是这般德性，是她选择与狼共舞而已。

她将一个酒酿圆子放入口中，笑了笑，没有回答他。

在她视线所及的地方，出现了一个熟悉的身影——傅河西。他今日的打扮格外不同，像是特意换了身新衣裳，还将平时乱蓬蓬的头发也盘了起来。

傅河西年轻的时候也十分注重自己的仪表，但后来忙着打短工，渐渐地就不修边幅了。他不是美男子，但也眉目周正气质不俗，在家道不曾中落的时候，也是不少小姐心仪的对象。

不过那都不是重点，重点是傅河西为什么会衣着光鲜地坐在这里，和一个陌生的女人吃着饭聊着天？

那女人着一身明黄的长裙，纤瘦得如一株弱柳，留下一个婀娜的背影。司徒瑶没有多少醋意，更多的是困惑与愤怒。她离开家太久了，以至于她不知道自己这段时间里遭到了背叛。

隔着两张桌子的距离，她听不清楚两人在说什么，只觉得他们聊得很投机。

吴兰生见她分神，不满地道："小瑶，我问你话，你怎么还看别人？"

司徒瑶如梦初醒，咀嚼着酒酿圆子，匆匆咽了下去，又舔了舔唇，才委婉拒绝："我毕竟是良家子，你也是富庶人家的三少爷，若是还未成婚之前就行夫妻之礼，让人知道了可是要被浸猪笼的。"

"哪有你说得那么夸张，情不自禁而已。我想这样也是因为太爱你了，我等不及了。"吴兰生对成亲一事避而不谈，急切地想要司徒瑶的身子。若是司徒瑶已陷入情网也就罢了，可是在她看来，吴兰生就像一根甘蔗，越嚼越没有滋味。

司徒瑶皱眉，犀利地问他："吴兰生，你老实告诉我，你到底是馋我的身子还是真的爱我？"

吴兰生仿佛被噎住了，张着嘴又不知道说什么。

司徒瑶默不作声地搅动着碗里的醪糟，过度发酵的酒糟产生了浓郁的香味。她给吴兰生一个思考的机会，自己也认真地思考着吴兰生的为人。

这怨不得她，实在是她不爱吴兰生了，傅河西又让她分了神。

"我知道你爱嫂嫂，"瘦弱的陆绾埋着头，眼圈红红的，"可我还是不得不自私地找你。傅哥哥，你还记得我曾说你不太一样吗？你不是那种贪图女人青春貌美的男人，哪怕你不喜欢我，也没有给我黑脸。当时我就想，若你爱的人是我多好。"

"绾儿，我的心里已经有人了，你找我也没有意义。"傅河西为难地道。

今天傅河西本不想出来，但他娘好说歹说，终于把他劝出来了，现在一碗甜汤吃了一个时辰，他无聊透顶。

"我知道，我不奢求你喜欢我，我只是想请你帮我。"陆绾双眼含泪，"你不娶我，我爹就要把我卖给一个更有钱的老头子。那老头子又瘦又黑，脾气还臭，打了一辈子光棍儿就攒了那点钱，临死了还要找一个年轻的媳妇伺候他，我若跟了他，这辈子全完了。”

“还有这种事？”傅河西更为难了。

他自己没有钱买绾儿，若是让爹娘出钱，那爹娘一定会要求他把绾儿娶进家门，他有司徒瑶了，绾儿自然难觅幸福，这真是让他左右为难。本来人各有命，但他碰上了，又怎么能心安理得地坐视不理？

— 8 —

“好吧，我承认我馋你的身子，那又怎么样？这段时间你吃的穿的玩的，哪一件不是我花钱？你得了便宜还卖乖，真当自己是盘菜？”吴兰生突然变了一副嘴脸。

司徒瑶听着他侮辱性的话语，怒火中烧，起身就打了吴兰生一巴掌。

也许是因为这个举动过于突兀，吴兰生呆住了，周围的客人也有将目光投过来的。

吴兰生想到自己最近的付出，气不打一处来，他一步上前，扭着司徒瑶的胳膊，恶狠狠地道：“你从也得从，不从也得从，老子要知道你是这种货色，当初就应该直接点。”

坐在吴兰生对面不远处的傅河西也留意到吴兰生的举动，他正不知道如何回答陆绾，趁此机会忙站了出来：“放开她！”

吴兰生转头，看到孔武有力的傅河西，一脸不屑，道：“你算老几，也敢来管大爷的闲事？”

吴兰生看见了娇弱的陆绾，又流露出猥琐的笑容：“若是你把这位小娘子交给我，我暂且可以不追究你。”

傅河西攥紧了拳头。见他一副要发作的模样，陆绾下意识从身后拽着傅河西的袖子，小声地提醒道：“傅哥哥，他一看就是有钱有势的公子，不是我们能惹得起的人。”

傅河西皱眉：“我岂是那种怕事的孬种？”

“还来劲了。给我打！”吴兰生气恼地让旁边的护卫打人。

傅河西一个经常扛米袋的人怎么会怕这种装腔作势的护卫？何况打架最重要的是气势！没多久，傅河西就将吴兰生的几个手下打翻在地。

吴兰生见这是个惹不起的主，骂了声晦气就要走，傅河西却抓着他的手，高声叫道：“想走？先给这位姑娘道歉！”

司徒瑶怔怔的，都说夫妻是世上最了解彼此的人，可现在她忽然发现，自己不了解傅河西。

她不知道傅河西竟也有如此闪光的一面。

“方才是我冒犯了。”吴兰生无奈，只得忍着屈辱向司徒瑶道歉。

傅河西狠狠地盯了他一眼，然后才放他走。

司徒瑶和傅河西的目光就这样相撞，傅河西凝视了她一会儿，忍不住问：“我们是不是在哪里见过？”

“不，不曾。”司徒瑶的心漏跳一拍，慌不择路地离开了。

陆绾看着司徒瑶的背影，极为不解：“她好奇怪。你帮了她，她怎么不道谢？”

“没事。”傅河西冷静了下来，欲言又止，最后还是不得不对陆绾道，“对不起，你方才的提议我还要再考虑一下，婚姻大事不是儿戏，也许你还有更好的选择。”

陆绾的眼神暗淡下来，她忍着即将坠落的眼泪，抬头对傅河西笑了笑：“也好，是我太自私了，我不应该提出这样过分的要求。”

她转身离去，傅河西的心仿佛被什么揪了一下。

吴兰生一回到家就大呼小叫地说自己受了欺负。吴夫人的宝贝儿子竟然被外人欺辱了，她可不是吃素的，连忙差家丁去抓人。

傅河西今日没什么活儿，因为心中苦闷，不知不觉走到了无忧茶馆。无忧茶馆的生意自年前火了一阵，又渐渐冷清下来，只剩下一些常客。然而这些常客也足以让茶馆日进斗金，傅河西不免有些羡慕。

高和不在店里，听小二钱来福说，高和这几天都在库房里找东西。傅河西辗转就走到了库房门口，门虚掩着，他走了进去。此时的高和搬了一张凳子踩着，到处翻找着自己藏起来的索魂引。

傅河西一出声，吓得高和差点从凳子上摔下来。

傅河西连忙上前扶着他，连连道歉："不好意思，我惊扰你了。"

"不碍事，"高和将手里的鞭子甩了甩，将上面的灰尘悉数甩掉，"多亏了你这一嗓子，我将索魂引找到了。"

看起来只是一根普通的鞭子，但他早听高和说过，有了这根鞭子，找到司徒瑶的魂魄便有希望了。

两人来到客房，高和呷了一口茶，擦了擦嘴，道："原也是我不对，我不记得这鞭子让我放到哪个犄角旮旯了，好不容易才翻找出来，希望没有耽误你的事情。"

"怎么能说耽误？若是没有你，我就一点希望也没有了。"傅河西便要叩拜。

高和扶住傅河西，摇摇头："不必行什么虚礼，拖了这么久，总该给你个交代。"

"说来惭愧，我本不该一再叨扰你，但我……又遇到难事了。"傅河西连连叹息。

"大丈夫在世，总会遇到千难万险，"高和安慰道，"你若有难事，但说无妨。"

"唉，娘非要给我纳妾，那女子姓陆名绾，我不认也就是了，可是她偏看上了我，说我若不要她，她爹便会将她卖给一个糟老头。毕竟是婚姻大事，我怎么能贸然出手？我现在焦头烂额，不知如何是好。"

"伯母倒是有闲心，嫂嫂还没死，就要给你纳妾。"虽然说凡事量力而行，但看着一个妙龄少女入虎口，也不是大丈夫所为，高和思忖了一会儿，笑了，"这事也不难，幸亏你在我还有点能力的时候遇着我了，上次不是说要给你一些本钱在无忧城做小买卖吗？我待会儿就让账房给你包好。至于那姑娘，你就娶了，等你有了闲钱，再写一份和离书，给她一笔钱，从此她就是自由人了。俗话说得好，帮人不可帮一世，但你不娶她，她迟早也会被她爹卖了。”

“和离书？”

“不错，咱们昭国对于女子再嫁没有那么多规矩，你只要和她说清楚，就没事了。”

“既如此，我就按高贤弟说的办。等我生意红火了，连本带利还给你。”傅河西这次无论如何都要拜一拜高和。

高和摇了摇头：“你也不必拜我，人生在世不就是你帮我，我帮你？哪天我的茶馆倒了，我还得向你讨钱生活。”

“贤弟乃通天之人，断不会遇到这样的事。若真有那么一天，我就是倾家荡产也要报答你。”

“过奖了过奖了，”高和一笑，“我随你一同回去吧，正好也找到了索魂引，便替你了了这桩心事。”

— 9—

高和与傅河西刚出门没多久，吴府的家丁便气势汹汹地来了。为首的正是吴兰生，他一见到傅河西，就像是见到了不共戴天的仇人，声音尖细，吼道：“就是他，给我抓起来！”

“慢着，”高和不解地问，“你们为什么要抓人？我瞧你们也不像是官家人。”

吴家家丁上下打量高和，看他不过是一个衣着朴素的俊朗青年，看起来没有什么威胁，有个家丁便愤怒且嚣张地道：“他打人，我怎么不能抓人？这里没你的事，哪儿凉快哪儿待着去！”

“方才他的主子强抢民女，我忍不住动手了。”傅河西小声解释。

纨绔子弟高和见多了，他不由哂笑一声：“我当什么大事，既然如此，不如你跟我到茶馆来，我带你见个人。”

那家丁狐疑：“什么人？”

“你见了就知道了，若是见了你还想打人，我一概不管。”好奇的家丁就跟高和往无忧茶馆走去。

不一会儿，高和自己出了无忧茶馆。傅河西见他衣衫整齐，发丝未乱，不像是和人打过架的样子，忍不住问：“高兄你带他见了谁？”

“小鱼小虾总是爱闹腾，整个无忧城论家世，没有几个能与柳橙、封如贤相比，何况名不见经传的吴家，乡野匹夫也敢在日月面前争辉。走吧。”

虽然不甚明白，但是傅河西知道，以后的日子里，吴家断然不敢再找自己的麻烦了。

“贤弟又帮了我一个大忙，我真是不知道怎么感谢才好。我若是出了事，小敏不知道要怎么办。”

“孩子还小，吃一堑长一智。”

傅河西路见不平拔刀相助，本不是什么坏事，只不过他考虑不周全。高和与他是一路人，只不过高和的本事比他大。

“爹爹！”还没有走到家门口，小敏一如既往地扑向了傅河西，傅河西将小敏抱起来，小敏看了一眼高和，用怯生生的话语道：“我认识你，你是高叔叔，可你瞧着亲切，我总想叫你哥哥。”

“我这样的年纪，做你叔叔绰绰有余。”高和笑了。

“你瞧着面善，又年轻，我更喜欢叫你哥哥。但是爹爹说不能没有礼貌，所以我还是叫你叔叔好了。”小敏笑道，“你今天来得巧了，娘醒了，正要给我做饭吃。”

“小瑶醒了？”

傅河西与高和俱是一惊。

司徒瑶果然醒了，她换了一身新衣裳，还洗了澡，化了淡妆。司徒瑶见来了客人，忙上前问好：“我不知今日有客人，还没有准备晚饭。”

“没事，现在准备也来得及。”顿了顿，傅河西将小敏放下来，“算了，你坐一坐，我去准备。你醒了真是太好了，我做梦都盼着这一天。”

傅河西当着外人的面不好对司徒瑶又搂又抱的，忍着激动的心情，去了厨房。司徒瑶拉着小敏的手，让高和到屋里坐。

两个陌生人对坐，气氛一时间有点尴尬。

“我叫高和，是曲郯江边无忧茶馆的老板，也是一名捉妖的术士。因为之前听说嫂嫂得了离魂之症，所以特意带了索魂引来，想寻找嫂嫂魂魄的下落。不承想嫂嫂自己好了。”

“我道你面生，原来是为了我的事情才来的。不过我如今已经好了，以后的事情就不劳你费心了。”司徒瑶得知高和的来历后，似乎并不欢迎。

“既如此，我就不多管闲事了。不过嫂嫂的魂魄为何无缘无故离开了本体？”

“我只觉得睡了一觉，迷迷糊糊醒来，发现已经过去许多天了。没想到这一觉这么漫长，但醒了也就好了。”

高和点点头，司徒瑶很快就将话题转移到小敏身上，说数日不见，小敏越发伶俐了，还说要在过生日时给小敏剪裁新衣。

高和的直觉告诉他，司徒瑶有事瞒着他，但是他看不出其中猫腻。简单地吃了饭，高和便告辞了。也许这对于傅河西来说是一件好事。

饭后，傅河西抱着司徒瑶，两人浓情蜜意到深处，傅河西忍不住让小敏自己到院子里玩耍。

傅河西绵密的吻落在司徒瑶的脖子和耳后，司徒瑶仍在怔怔地看着屋顶的横梁。她临时起意回来，不仅仅是因为傅河西在吴兰生纠缠她时帮她解了围，还因为在傅河西身边忽然出现的女人。

傅河西要吻司徒瑶的唇，她用手抵住。

傅河西不解地问：“怎么了？”

“我听说你今天在馆子里和人黑脸了，你身边还有一个女人。”

“你都听说了？”傅河西不作他想，解释道，“娘发现你半死不活的，非要我纳妾。我并不想纳妾，又不能拂了娘的面子，所以就假装和气地跟那个姑娘吃了顿饭。”

傅河西没有透露他想帮陆绾的心思，何况如今司徒瑶醒了，他更不可能为了救人而伤妻子的心。他打算给陆绾找一户合适的人家，将陆绾介绍给对方。若是陆绾能遇上喜欢的人，那再好不过。

“原来如此，我以为你在我昏迷的时候，背着我找小妾。”司徒瑶没好气道。

“我发誓我的心里只有娘子一人，若是我喜欢别人，我不得好——”

司徒瑶手捂着傅河西的唇：“好了，不要说那些赌咒发誓的话。”

司徒瑶曾觉得，如果她知道丈夫背着她去和别的女人吃饭的话，一定会很恼怒，但当她真的知晓了，那感觉竟然淡淡的。

傅河西舍身救人的时候，她既慌张又无措，害怕被傅河西看穿自己的真面目，又不知道如何面对自己的丈夫。

她刚跑出饭馆，便有些后悔自己的莽撞。担心傅河西惹怒了吴兰生，会让女儿小敏有危险，于是慌慌张张地赶回来了。现在看来，傅河西已经妥善地处理了此事。

— 10 —

婚姻由爱支撑，剥离了爱，就剩下琐碎的柴米油盐。司徒瑶与傅河西之间的感情不是“喜欢”二字可以概括的。

友情、恩情、亲情……这些感情围绕着他们，所以即便没了喜欢之情，司徒瑶也无法对傅河西绝情。她的心，有一块柔软的地方，是留给这个家的。家里有她的丈夫、她的女儿。

第二天，傅河西上工去了。司徒瑶哄小敏出去玩，自己化了淡妆出门。

司徒瑶临走的时候还一步三回头，见小敏正玩着，便快步走了。司徒瑶来到彦宅，彦青的客人还是这么多，司徒瑶让童子通融一下，插队进去了。

她抱着一个檀木匣子，彦青认得那匣子，他用这种匣子装皮囊。他好奇地问：“怎么不要了？”

“我觉得怪没意思。我有个女儿，若是我离开了他，我就见不着我的女儿了。何况昨天我被人威胁，还是他挺身而出救我于危难之中。我觉得他虽然糙，但是对我还算不错。”

“难为你这么想，不过此刻还了我，以后再想要，可就没有机会了。”彦青幽幽地道。

听到没有机会拿回去，司徒瑶不免心生迟疑。

她对傅河西的感情已经变得十分寡淡。

“夫妻之间就算没有男女之情了，也有恩义在，何况我和他还有一个女儿。”司徒瑶犹豫地道。

“我还以为有感情的人宁可轰轰烈烈地死，也不愿意平淡地生。你真让我失望。”彦青凌空一抓，皮囊就飞回手上。

就在彦青要将皮囊扔回画里的那一刻，司徒瑶身子一颤，扯着嗓子喊道：“不要！”

彦青不动声色地弯起唇角。

“我先留着吧。”司徒瑶将皮囊抢了回来，一把塞进匣子里。

彦青的口吻温柔起来：“我相信‘做人总要给自己留一条后路’这句话，我只是希望你不要后悔自己所做的选择。”

“我不知道，我很矛盾。换了一个人，做一个富家太太，我真的会很开心吗？”司徒瑶自言自语。

彦青铺开宣纸，要继续作画了。他对司徒瑶淡淡地道：“我不能给你答案，真正的答案，要靠你自己去探索。”

司徒瑶抱着皮囊回家。小敏躲在树后面，偷偷看着自己的娘亲。她的眼又黑又圆，就像洞悉了一切似的。

日子风平浪静，如是过了一段时间，傅河西正准备用高和给的钱买一家小店，用来做饭馆。这一天，他在卖东西的时候，听到了吹吹打打的声音。他转眼看去，新郎是一个穿大红衣衫、鬓角簪花的糟老头子。

傅河西觉得怪异，听身边有人议论，那是东郊的老光棍儿娶妻，因为打了一辈子光棍儿，所以这次娶妻格外重视，大操大办的。

傅河西皱眉，这么老了还娶媳妇，不是耽误清白的姑娘？傅河西问那老头娶的谁，那人还没回答，天色忽然大变，狂风席卷，雷霆万钧。

轿夫走路不稳，不得已摔了轿子。新娘从轿子里跌了出来，她掀起盖头发现四周因为天气原因而乱成一团，只剩下新郎官骑着一头黑驴嚷嚷。

傅河西见着新娘子了，是陆绾。

前一阵子，傅河西将陆绾抛在脑后了。陆绾得知司徒瑶醒了，也知趣地没有再找傅河西。

纷乱的人群中，傅河西与陆绾四目相对。天气说变就变，乌云散去后，又晴空万里了。轿夫收拾了一下帽子，敲锣打鼓的也重新站了起来。

新郎官见新娘子抛头露面，忙策驴过来，骂骂咧咧："你出来干什么？还不快上轿！签字画押了，你就是我的人了，别想赖掉。"

泪水从陆绾的眼里流下，她将盖头重新蒙上，就要上轿，傅河西不知怎么就喊出了那一句："慢着！"

"你是哪根葱？"新郎官极为不满。

"我是她哥哥，我不同意这门婚事。你花多少钱买的她，我，我花双倍买回来。"

"哈哈，"新郎官笑了，"你逗大爷我玩呢？看你这样就没有钱吧，还双倍？就算你有钱，老头我也不要。我已是半截入土的人了，就想讨一个媳妇尝尝鲜，你给我再多的钱，又有什么用？"

"给我吹起来，敲起来，今天我就要热热闹闹的！"新郎官大声道。

傅河西攥紧拳头，却无可奈何。他万分懊悔，怨自己不应该无视陆绾的请求，拖到现在这个地步，就算是告到官府，也没有办法让陆绾跟自己走。

陆绾上了轿子，一行人又出发了。傅河西是个血气方刚的人，只是沉默了一会儿便追了上去。他强行让轿夫停轿，把陆绾从轿子里拉了出来。

新郎官火气上头，破口大骂："你敢抢老子的女人，看我不打断你的腿！"

新郎官果真是个老头子，性子倔得很，跳下驴就和傅河西扭打在一起。

傅河西顾念他年纪大了，根本放不开手脚。

傅河西一边打一边喊话：“快走，我只能帮你到这里了！”

陆绾见状，咬咬牙便跑了。新郎官立刻尖叫起来，喊得嗓子发哑：“愣着干什么，快把她给我抓回来！”

但是没有人听他的，眼睁睁看着新娘逃了。

不一会儿，官府来了人，将傅河西与新郎官一起抓到了衙门里。这事傅河西不在理，但府尹是一个开明的人，他拍了一下惊堂木，断道：“你这老叟，一把年纪了，还想娶小媳妇，害不害臊！不过念在你也花了不少银子，傅河西你便连本带利赔他五十两银子。这事就算了了，以后谁也不许再提。”

傅河西拢共也就这么点银子，几乎都拿来赔钱了。不知为何，他竟然没那么心疼。

两人离开衙门，新郎官“呸”了他一声：“若不是老头我现在已经超凡脱俗了，铁定不会放过你。”

他自说自话：“嘿嘿，正好拿了这银子去消遣消遣，剩下的再娶一个媳妇伺候我，给我端茶倒水洗脚。”

傅河西管不着他，只是连连摇头。上次得罪吴兰生一事已经够呛，现在又赔了钱，他路过自己看好的店面时，不免唉声叹气。

剩下的银子不多了，不如买辆推车卖烧饼，也算有个营生。庄稼人勤快点，过几年便带着赚的银子回乡下，也好。

— 11 —

傅河西出衙门的时候，看见司徒瑶牵着女儿小敏的手，站在人群中。傅河西上前抱起小敏，不解地问司徒瑶：“你怎么来了？”

“我听说你被抓了，担心你。刚才我已经听说了，你为了陆绾和别人对簿公堂。”

“娘子，你听我说，我只是于心不忍，我对陆绾一点情意也没有。”

“是吗？”司徒瑶淡淡地道，“我本来也是想带着小敏来看看你，你没事我就放心了。你不是在找店面吗，我带小敏回家，你继续看吧。”

“娘子……”傅河西欲言又止，最终还是硬着头皮道，“钱全赔给那老头了。”

司徒瑶瞪了他一眼，转身便走。傅河西一路追上去，司徒瑶却越跑越快。进了家，司徒瑶将屋门锁上，任凭傅河西怎么敲门，她也不开。

司徒瑶听着傅河西忏悔的话，从床底下取出了匣子，看着里面精致的皮囊，咬咬牙。

就算傅河西这样的男人，也有靠不住的时候。她不怀疑傅河西偷腥，但是她痛恨傅河西不分状况地滥做好人。宁可自己受苦受累也要别人好过，这样的菩萨心肠，真让她厌恶、厌倦。

才回家几天，司徒瑶又没了那日在饭馆的新鲜感。

司徒瑶把皮囊收好，擦了擦眼角的泪水，方开了门。傅河西与小敏一把将她抱住，司徒瑶就像人偶一样，没有一点情绪。

夜深了，夫妻俩给小敏洗了澡，哄着小敏入睡。傅河西忍不住与司徒瑶夜话：“放心，我决定不再让你和小敏过苦日子了，就算开不了大店面，我也可以从小生意做起，只要我勤快一点，总会让你们过上好日子的。”

他展望未来的时候，司徒瑶已经闭上了眼，她看起来就像睡熟了一样，傅河西觉得没趣，吻了一下她的额头，替她掖实了被子，抱着她睡觉了。

第二天傅河西先起了床，喊了两声“娘子”，司徒瑶没有应答，傅河西以为她贪睡，没有放在心上。

傅河西做好了早饭，连小敏也自觉地洗漱完毕，司徒瑶还在“贪睡”。这时，傅河西终于觉得不对劲了，进屋摇了摇司徒瑶。她仍是毫无反应，傅河西探她的鼻息，鼻息均匀。

上次司徒瑶也是这样，不声不响地不起来了。傅河西来不及吃早饭，慌不择路地往茶馆跑。他见到高和，支支吾吾后又突然失语。

高和安慰道：“不必着急，慢慢说。”

傅河西看着高和的眼睛，缓了一会儿："小瑶又离魂了。"

高和知道他是为了此事，不过自与司徒瑶打了个照面后，高和便有了一个大胆的猜测，对司徒瑶魂魄的再次失踪，高和并没有那么意外。

"别担心，你先回家照顾小敏，我自有计较。"高和回到小阁楼，将索魂引取出，他将一缕司徒瑶的头发烧断，放在瓷碟中，闭上眼念念有词。

忽然，他猛地睁眼，眼前出现万千游魂的景象。高和脚踏长鞭，飞上高空。他在天际俯瞰整个无忧城，很快就找到了司徒瑶。

此时的司徒瑶已经附在一个妇人身上，落寞地坐在路边，看着人来人往。一双靴子落在眼底，司徒瑶抬头，没想到是高和。司徒瑶起身想跑，被高和一把拽住。

司徒瑶不假思索问："你认识我？"

高和笑了："我果然没有猜错，你的离魂之症根本是你自己所为。你不知道魂魄离了本体很危险吗？"

"知道，若是时间太久没有宿主，就会魂飞魄散。不过我有，所以我不怕。"

"为什么？"

司徒瑶不解："什么？"

"为什么要欺骗傅河西？"

司徒瑶轻声"呵"了一下，斟酌了一会儿才回答："只是觉得很没意思，我不想我的一生就这样完了，相大教了，平庸至极。"

"有时候，拥有一眼能够看到底的人生，又何尝不是幸福？"高和微笑，"安稳、顺遂、枯燥也愉悦。"

"你那么年轻，怎么了解婚姻的无趣？我不知道傅河西如何能够对着我这张老去的脸说情话，我对着他老去的脸只觉得厌恶。我无数次想，女人的一生就这样无聊吗？我原来也想过为了小敏算了，但他为了那个陆绾把你给的钱都赔掉了，那时候我觉得自己很无力，我只是一个什么也不懂的妇道人家，我不能靠自己的力量给小敏优越的生活，甚至是我自己，也在日复一日的劳作中变得衰老。可我还有期待，还有幻想，我曾将这些期待与幻想放在他的身上，结果苦了一年又一年。我不能再对他抱希望了，这份苦，我受够了。我也知道我在强求不属于自己的东西，可这有错吗？”司徒瑶望着他，眼中满是绝望。

高和忍不住叹息：“人，总是贪婪的。我原以为你被谁抓了，现在看来，我也不必带你回家。不过有一件事我不得不管，你只是一个凡人，到底是谁教会了你通天之法？”

“我可不能告诉你，不然他一定不会放过我。”司徒瑶神色恐惧，“为了我的命着想，我真的不能告诉你。”

高和就知道没有这么简单，不过他始终都不是一个喜欢依靠暴力解决问题的人。

迟早有一天，他会找到幕后之人。

“高老板，麻烦你回去告诉傅河西，我永远不会醒了，让他别再等我。”

“你不知道他多喜欢你，这样对他、对小敏都不公平。”高和还想再劝劝，“没有什么过不去的坎儿。新鲜感是一时的，爱才是一世。”

司徒瑶执拗地不愿意跟高和回去，她说自己心意已决，自此以后与傅河西一刀两断。她已经触摸不到自己的心跳了。

爱一个人的心跳，究竟是什么样的？她想知道。

她想再为自己活一次。

她不可能每一次都选不对正确答案。

高和惋惜地摇了摇头，都是吃着碗里看着锅里的人，他真不知道如果有一天司徒瑶后悔了，该如何收场。

“你的新身份没有户籍，怎么能在无忧城生存？”

“我决定了，我有如此漂亮的脸，为什么不游戏人生？我要过我梦想中的生活，再也不管世俗的条条框框。每一个清楚自己想要什么的女人，都会过上自己梦寐以求的生活，对吧？”

“我不能肯定，但是我会看着你。”高和将索魂引收了起来，走上前，拔下司徒瑶的一根头发。

他捏着她的发丝，早已看穿一切，道：“我希望在你后悔的那一天，事情还没有变得太糟糕。如果已经很糟糕了，我也衷心希望你能够幸福。”

— 12 —

高和告诉傅河西，司徒瑶已经魂飞魄散了。

“我不信！”傅河西摇摇头，不自觉地往后退了好几步，最后一屁股坐到地上。

傅河西茫然四顾，涕泗横流。

高和忍不住问自己，真相和谎言哪一个更加残酷？

“你一定有办法的，是不是？”许久后，傅河西回过神来，不死心地问，“你是无忧城的高人，有通天的本领，只要你动动手指，就可以让她回到我身边是不是？”

高和轻轻地叹了一口气。

“那我等。她会像以前那样活过来的。”傅河西喃喃自语。他转身，步履蹒跚地往家走去。

一天、一个月、半年……司徒瑶都没有苏醒，傅河西不得不接受现实，将司徒瑶的肉身掩埋。

对于殡葬一事，高和不太喜欢参与。又到了雨水泛滥的季节，高和看着灰蒙蒙的天空，还有冷清的生意，也犯懒发困。

高和在自家的阁楼上百无聊赖地翻阅王子敬送来的文稿，文稿上的故事挺有意思，高和一读就是一整天。

文稿上记录的是一个名为晴暖的陪嫁丫鬟，随小姐嫁给高门大户的三少爷后，被三少爷看上的故事。

晴暖比小姐小两岁，小姐生得珠圆玉润，一双丹凤三角眼，两条柳叶吊梢眉。小姐姓孙，名巧芝。孙巧芝二十岁，因为婆家势大，所以嫁了人之后，她泼辣的性格一点也没有改。

三少爷家里做布帛生意，他是家主最小的儿子，也是家里的混世魔王。三少爷姓林，名素辰，林素辰不喜欢被拘束，所以这门亲事并不是他所喜欢的，因为到了年纪家里人非让他娶，他拗不过才娶了。

夫妻二人相敬如宾了一段时间，为了巩固自己在家里的地位，孙巧芝便将自己的陪嫁丫鬟晴暖送给林素辰做通房。

圆房后，她便盘起了长发，做妇人打扮。坏就坏在她成了通房之后，林素辰爱上了她。林素辰对她的喜欢胜过对刁蛮泼辣的孙巧芝，三番五次想将她扶正。

林素辰生得十分儒雅俊朗，又是大富大贵之家的公子哥，自有一种风流姿态，学识也比普通人家的男子渊博。

除了花心，林素辰近乎完美。

晴暖对男人三妻四妾一事看得开，她毕竟只是一个平凡的丫鬟，所以她的内心也倾慕林素辰。

不过孙巧芝不一样，她能接受晴暖成为林素辰的通房，是因为晴暖作为她的丫鬟，绝不敢和主子争宠。不然她稍微用一点手段，晴暖就会被赶出林府。她不能接受林素辰和别的女人快活，林素辰看上一个，她便要想方设法赶走一个。

有一个远房表亲的妹妹被林素辰看上了，林素辰搞大了对方的肚子，家里人知道了，连忙让林素辰将姑娘请到府里养胎。

表妹住在林素辰厢房旁边的别院，林素辰素日外出公干，孙巧芝便变着法子克扣表妹的吃穿用度，骂表妹没皮没脸不害臊，一来二去时间长了，怀胎十月的表妹哪里受得了这样的窝囊气，竟然早产，与不足月的孩子一起离世。

林素辰得知此事，又是哭又是怒，拔了一把剑就冲孙巧芝刺去，孙巧芝吓得花容失色，鬓发歪斜凌乱，扑出了屋子喊着“林素辰杀我”，哭哭啼啼地告到了老太太那里。

事后老太太让林素辰给孙巧芝道歉，此事才算摆平了。可夫妻俩的情分到底伤了，虽然同住一个屋檐下，但林素辰总是像防贼一样防着孙巧芝。

晴暖一个人在屋里收拾房间的时候，林素辰便隔着窗棂和晴暖说体己话。

“一个刁蛮的媳妇足以毁了一个家。晴暖啊晴暖，若是巧芝能有你半分温柔贤淑，我就知足了。”

“你少这么说，若是让少奶奶知道了，我还不知道要被怎么样。”

“怕她干什么？你和我的关系已是尽人皆知，既然是那母夜叉默许的，当然没有必要防着她。”林素辰绕过窗棂，想扑上去抱着晴暖，晴暖却闪开了身子。

高和看到这里的时候，心中不免疑惑。若是跟对了主子，晴暖一步登天指日可待，林素辰也爱她心切，若是她能够为自己筹谋一二，以后把孙巧芝赶走，自己做少奶奶也未尝不可。

高和拿着文稿去问王子敬，那厮正在厨房里偷吃黄豆，听到高和的脚步声，连忙将一碟蘸了辣酱的黄豆全部塞进了嘴里，直呛得他涕泗横流。

高和将心中疑惑问了，王子敬不屑地道：“这你就不明白了，晴暖虽然是通房丫鬟，但她的主子是孙巧芝。孙巧芝的手段她自然见识过，也比任何人都清楚，所以她断然不敢得罪孙巧芝。”

“如果她能够将林素辰玩弄于股掌间，区区一个孙巧芝而已，又怎么会入她的眼？”

“她既然是一个温柔贤淑的女子，又怎么会做卖主求荣的事情？摆在晴暖面前的只有两条路。一条是她卖主求荣，成为林府少奶奶。另一条是她藏起对林素辰的爱，永远忠诚于孙巧芝，那么她就必须和亲近自己的林素辰保持距离。”

晴暖的选择显而易见，从她随孙巧芝出嫁那一天起，她就做好了对孙巧芝永远忠诚的准备。

高和好像悟到了什么，沉默了半晌，然后佯装气恼地将文稿扔给王子敬。

“写的都是什么神神道道的故事，写一个花心大萝卜，客人喜欢听吗？里面又没有怪力乱神，只怕客人都要被赶走了。拿回去，重写。”

高和拂袖而去。

王子敬蹲下身捡文稿，恨得牙痒痒，真是个难伺候的主。他肯定发现了自己的故事是对着古书《红楼》照抄的，所以找个由头让自己重写，但谁的脑子里每天都有新故事呢?

高和走进茶馆，思绪还停留在晴暖的故事上。一个通房丫鬟能够如此通透豁达，他十分欣赏，只是这个故事让他想起了司徒瑶。

有的人不想做选择，吃着碗里的，看着锅里的。也不知道大半年过去了，司徒瑶混得怎么样了。高和从腰间抽出了索魂引，只是一盏茶的工夫，就找到了司徒瑶的魂魄。

司徒瑶现下换了一副皮囊。

不过令他奇怪的是，那副皮囊竟然鹤发鸡皮，满脸斑点。她不是要游戏人间吗，怎么就变成现在这副模样了?

— 13 —

高和会来，司徒瑶十分意外。不过她还是一副讨厌他的模样："高老板一定是来看我的笑话的吧？"

"发生了什么，你怎么变成一个老人了？"

此时的司徒瑶住在一个寒酸的茅舍里，因为欠租，房东隔三岔五地赶人。不过司徒瑶脸皮厚，硬是不搬，还扬言除非自己横死街头，不然绝不会搬走。

"我交过钱，有钱的时候我交得可不少，是他见我一个老人家好欺负，吞了我多交的银子不说，还要把我轰出去。"

司徒瑶娴熟地打水，往门前抬，然后用木柴烧火做饭，呛人的烟尘惹得四方邻居不快，别人骂司徒瑶，司徒瑶便尖声还嘴。她现在的模样可没有从前的风度，就像一个被生活压垮的老妇。

好容易熬出一锅粥，司徒瑶脸色不善："要不是看在你没有戳穿我谎言的分上，我才不舍得把鸡蛋留给你。"

司徒瑶将鸡蛋打进粥里，搅一搅，加了一点盐。这淡黄色带着一点腥气的粥，已经被司徒瑶当成了宝贝。高和没有客气，道：“你给我做的，我自然要吃。不过我瞧你过得也艰难，所以就当我买了你一碗鸡蛋粥。”

司徒瑶笑了一声：“你爱怎么样就怎么样。如今我只是一个糟老太婆，没丈夫没孩子，等过冬了就算是冻死在这屋里，也没人可怜。”

“可我不理解，你怎么就变成这样了？”高和喝了一口粥，他的舌头金贵，忍不住皱眉。

“算我倒霉罢了，你也不必关心我，我自作自受。吃完这碗粥，你就走吧，以后也别再来了。”司徒瑶没好气地转身入了屋，砰的一声锁上了门。高和自讨没趣，往窗边放了两个铜子，将碗放回原处，走了。

司徒瑶透过窗见他远去，不禁落下泪来。

换了新皮囊时，她当真风光无限。将自己用几十两银子卖进了戏凤楼，跟老鸨明说了卖艺不卖身，很快，她就凭借小才情成了戏凤楼的头牌。

喜欢她的男人如过江之鲫，她最喜欢的是那个叫作尹晖的公子。尹晖的家世与吴兰生相当，不过尹晖在认识她之前从不去秦楼楚馆。

尹晖胸有大志，以考取功名匡扶天下为己任。成年那日，架不住一帮狐朋狗友的挑唆，尹晖在戏凤楼摆了一桌酒菜。有人点名让司徒瑶唱曲儿，就是这惊鸿一瞥，让醉酒的尹晖宛如被勾了魂。

尹晖问老鸨是否能够买司徒瑶一夜，他愿出千金。老鸨不愿坏了规矩，又不想跟钱过不去，于是昧着良心应下了此事。

司徒瑶听闻老鸨要将自己卖给尹晖，一千一万个不愿意。老鸨便让人将她绑在屋子里，还让人守着门口。

听着越来越近的脚步声，司徒瑶有口难言。尹晖跌跌撞撞进了屋，他双目迷离的样子差点让司徒瑶尖叫出声。

谁知道尹晖还没有靠近她，就被一张板凳绊了一下，摔了个狗吃屎。尹晖摔醒了酒，从地上爬起来，揉了揉脑袋。

尹晖不解，司徒瑶怎么被五花大绑着？他拔掉了司徒瑶嘴里的汗巾，问：“你怎么了？”

司徒瑶哭得梨花带雨："不要伤我，我不是自愿的。"

尹晖这才反应过来，自己喝酒后做了混账事而不自知。他连忙给司徒瑶松绑，并鞠躬道歉。最后司徒瑶还是为他唱了一曲，唱得他飘飘欲仙。

尹晖在戏凤楼睡了一觉，第二天才被娘亲差人从戏凤楼里抓了出来，一顿吊打。似尹晖这样的朱门子弟，要守的规矩很多，不过再多的规矩也挡不住尹晖想见司徒瑶的心。

他一个月最少去四次戏凤楼，每次都偷偷摸摸地去，并且会将自己的零花钱全部砸在司徒瑶身上。比起其他的客人，他的钱不算很多，可他是所有客人里气质最干净的。

后来尹晖考试去了，一直过了一个月才又现身戏凤楼，他坦言自我感觉良好，等出了结果，他一定要让司徒瑶做自己的妻子。

面对尹晖的示爱，司徒瑶努力想挤出一丝笑容，然而总是挤不出来。她不知道自己怎么了，她不喜欢尹晖。

她喜欢尹晖追求自己，但她不喜欢尹晖。

不过司徒瑶觉得自己能被尹晖看上是一种福气，思前想后，司徒瑶又一次拜访彦青。彦青一点也没变，放下画笔，笑容温和地问她发生了什么。

司徒瑶坐下，犹豫地问他："我好像不会爱人了。"

"是吗？怎么说？"

"现在追求我的男人很多，可是我不能理解他们为什么追求我，他们对我来说就像可有可无的东西，丢了也不可惜。"

"这不是你想要的吗？你用爱人的情绪交换了一副年轻的皮囊。"彦青的温柔里带着一丝残酷和淡漠，他漫不经心地铺平一张宣纸，着墨作画。

"我能不能换回来？有一个人在追我，我相信他是我认识的所有人当中最好的一个，我跟着他一定会幸福的。"

彦青放下笔，摇了摇头。

"一旦交换，就没有要回去的道理。你享受着这样的生活，就该享受这种生活的代价。我劝你将目光放在男人之外，或许你的新皮囊能给你带来不一样的人生。”

“可我觉得他是个很好的人，只要我学会爱他，我的人生就不一样了。”

彦青冷漠地笑了一下，他发现司徒瑶要的和他所想的不同，他原以为司徒瑶喜欢的是有钱的优越的生活，想要的是婚姻之外的东西，他让她重返少女时光，她却冥顽不灵。

“也不是不可以。”彦青弯起唇角，“我能把你交换的东西还给你，不过一件东西要用另一件东西来交换。”

“什么？”

彦青故作神秘：“你没有必要知道，不过我对你的喜欢情绪已经厌倦了，还给你又如何。”

带着疑问，司徒瑶离开了彦宅。

第二天，侍女给司徒瑶端水的时候，忽然发出了一声惊叫。

司徒瑶被吵醒了。只见侍女似见了鬼一样，指着她哆哆嗦嗦地道：“你，你的脸……”

司徒瑶揽镜自照——她在一夜之间变成了老妇人。

— 14 —

司徒瑶蒙着面纱找彦青讨要说法，彦青跷着二郎腿坐在檀木椅上。他披上广袖外袍，手中一只毛色雪白的小猫，那猫看着温驯，在打呵欠的时候，却露出一口利齿。

司徒瑶愤愤开口：“你认为的我喜欢的东西就是指青春的容颜吗？”

“公平交易而已，你既然没有了情绪价值，自然要拿别的东西和我换。”

“别的情绪不可以吗？厌恶、憎恨、贪婪、暴躁、傲慢……那么多的情绪，为什么偏偏要剥夺我的青春？”

“青春？”彦青冷笑，“你觉得你有青春可言吗？你原来就年纪不轻了，没有人永远年轻，可永远有人比你年轻，和别的青春明媚的姑娘相比，说你老也不为过。容颜老去，生活烦闷，不过那时候你还过得去，因为你的丈夫很疼你。”

“是你，是你故意诱惑我……”司徒瑶恍然大悟。

她原来已经后悔了，想把皮囊还给他，但是他不收。

“是我，我就想知道喜欢一个人的感觉，所以借了你的情绪。不过情绪一旦借进几乎不可能抽离，你非要我还回去，我只能损道行帮你。我怎么能做亏本的买卖，不得已只能吸你一点阳气了。”

彦青将白猫放下，一步一步走到司徒瑶面前。他低头，看着司徒瑶那因为愤怒而涨红的丑陋容颜，嘲讽地笑了：“你别这样看着我，也别把自己说得那么无辜。如果不是因为你贪婪，你怎么会选择与我交易？”

彦青的态度已经说明了一切，她今天来不过是白闹腾。她怎么可能甘心，搬起旁边一个琉璃瓶，歇斯底里地狠狠往地上一砸。

彦青先是愣了一下，继而大笑不止。

他笑得上气不接下气：“你这个疯婆子，就算砸坏我所有的东西，也不会改变什么，只会惹怒我，得罪我。”

“破罐子破摔好了。”司徒瑶还想砸，忽然想到了什么似的，将手中的琉璃樽放下，“对，我在这里跟这些瓶子怄气作什么，我应该去告诉别人，其实你是一个妖怪，你这丑陋的东西，迟早有人会修理你。”

司徒瑶刚转身，就觉得有一个无形的爪子扼住了她的脖子，将她从地上带起。她拼命挣扎，又听到从身后传来的有些阴狠的声音：“你若是敢告密，我先废了你。”

司徒瑶还是拼尽全力地抠着彦青的爪子，在她快要断气的时候，彦青一下子将她甩到了墙上。她只觉五脏六腑翻腾，一口血从喉咙里涌上来。

彦青又恢复了阴狠的表情：“我不碰你。你不是还有一个还不满七岁的女儿吗？你若是敢说一句，或者若有一个除了你之外的人知道我的秘密，你想想后果。我看看是你的嘴硬还是你女儿的命硬。”

司徒瑶忍不住大喊：“我要杀了你！”

她只是示威般喊着，最后竟泣不成声了。

输了，她因为贪婪输了所有。

彦青或许就是在等这一刻，等她崩溃的时候，让她求生不得，求死不能。

司徒瑶像没有魂灵的人偶，离开了彦宅。

傅河西与小敏在葬了她从前的肉身后，慢慢地便从失去她的悲痛中走出来了。傅河西为了养育小敏，起早贪黑地卖小吃。

傅河西卖的东西不贵，不过是一些卤味，因那口味独特，所以他的回头客越来越多。他靠着出众的手艺和勤勉的劳作，很快就攒了一笔钱。他用这笔钱买下一家小吃店，还换了一个新住宅。

换房那一天，傅河西偶然发现自己的“邻居”也搬到了附近。傅河西留意这位新邻居是从他心血来潮给对方送卤味开始。

邻居似乎独身一人，平时闭门不出，总是用纱巾蒙着脸，仿佛生得很丑，不愿意见人。傅河西找她的时候，她开门看见傅河西，立刻关上门。傅河西愣了一下，她才缓缓探出一个头。

“有事吗？”她的声音低低的，仿佛蚊子哼。就算是她极力压抑着原声，傅河西还是发现了一丝不对劲。

“你好像……我认识的一个人。”

邻居猛然一颤，转过身去：“你认错人了。”

她反常的举动引起了傅河西的注意，傅河西由怀疑变成笃定：“陆绾？”

陆绾心下一惊，她知道自己不能再掩饰了，她转过身，当着傅河西的面慢慢摘下了面纱。她不解地问：“你怎么知道是我？”

“冥冥中有一种感觉。你既然搬到了我对面，为什么躲着我？”

陆绾咬了咬唇，声音柔柔的：“自从我逃婚以后，就没有再回过家。我怕被人认出来，就蒙着脸，平时靠替人浆洗衣衫和纳鞋底补贴家用。那天我看到你抬棺，才知道你家里发生了不好的事，我想留在你身边，慰藉你、照顾你，但是我又怕你不需要我。”

傅河西点了点头，又张了张嘴，但没有说什么。他应该说点什么安慰陆绾，但他知道，一旦他安慰了陆绾，仿佛就是在传递希望。他不愿意陆绾背负无形的枷锁，所以话到嘴边，终于变成了：“你会找到一个更适合你的男人，看你能有个着落，我这个做哥哥的也会安心。”

两行泪猝不及防地从陆绾的眼中滑落，她一下子跪在傅河西脚下，哀求他：“不，没有人比你更好了，傅哥哥，让我代替嫂嫂照顾你吧，我会做得比她更好，我会把小敏当成自己的女儿。”

傅河西对这份盛情感到无所适从，他想扶起陆绾，却不敢扶。

傅河西为难地道：“何必如此，你先起来，起来再说。你便是在这里跪三天三夜，我也不能马上答应你。”

— 15 —

陆绾第一个喜欢的人就是傅河西。

第一个喜欢的人对女儿家来说是最深刻的，陆绾愿意为傅河西付出一切，不求回报。她怕自己满溢的爱让傅河西无法承受，所以她故意小心翼翼地将自己藏起来。

陆绾会在傅河西去店里忙活、只有小敏一个人在家的时候，教小敏简单的针线活。陆绾出身于穷人家，除了女红，她还会烧火做饭，编织竹筐、草帽，纳鞋底。

她抱着小敏，教她剪纸。小敏忍不住道：“娘平时都不愿意做饭，她也不像姐姐一样剪纸。”

陆绾试探着问：“那……姐姐代替你娘照顾你好不好？”

小敏放下剪纸，她沉默了一会儿，还是开口了：“我不学了。”

小敏挣脱了陆绾的怀抱。

她已经六岁了，有自己的认知了。

她知道娘亲并不完美，但她只有一个娘亲。

陆绾哄她，带她去吃好吃的，她不去。陆绾想带她去看杂技，她也不去。

陆绾不知道该怎么办，闷闷不乐地回了家。

一个混混见小敏独自在门前玩耍，便生了歹意。他抱起小敏就跑，小敏吓得哇哇大哭，拼命挣扎，却怎么也挣不开。

陆绾闻声从窗户看去，见势不妙，连忙抓起剪子冲了出去。一边跑，陆绾一边大叫，希望有人帮忙，可满街街坊没有一个敢伸出援手，眼睁睁地看着小敏哭喊，陆绾追逐。

陆绾铁了心要救小敏，事情紧急，她也不慌，冷静地改道，抄近路绕到混混前面，扬起剪刀，与混混对峙。

周围的人渐渐多了，有些人指指点点，保不齐一会儿就有人上前帮忙，混混见吃力不讨好，便一把将小敏扔在路边，自己扭头向僻静的地方跑去。陆绾的心思都在小敏身上，急忙冲了过去，将小敏紧紧地抱在身前。

“别哭了，我在呢！”陆绾轻声地说。

小敏哭得更凶了，那情绪感染了陆绾，她鼻子一酸，竟也哭了。

傅河西回家时见小敏和陆绾两眼通红，一问才知道小敏出了事。傅河西气得提刀想找人报仇，陆绾阻止道：“人的样貌都没看清，你现在找谁去？”

“唉，都怪我不好，我不应该把小敏一个人留在家里，但是店里人多眼杂，小敏稍有闪失，岂不是更难找？”傅河西心知若是家里有个知冷知热的人照顾小敏，他的心便可落地。

他不知道如何说出那句话，他不知道如何面对陆绾。

等哄小敏休息了，陆绾忽然从身后抱住傅河西：“让我照顾小敏吧，我一定会做得很好的。我可以不生自己的孩子，只要能够留在你身边，我就心满意足了。”

傅河西本想拽开陆绾纤瘦的手腕，但是他在抓住她的那一刻，就不想松手了。他转身抱着她，也忍不住落泪。

“我傅河西何德何能，让你为我受苦。我已经害死了小瑶，我不想再害你了。”

“我不怕。我命硬。”

陆绾就这样住了下来。

虽然一开始小敏并不待见陆绾，但小敏心知自己的命是陆绾所救，还念着她几分好。

小敏只是不爱和陆绾说话罢了，并没有赶走她的意思或者行为。

有一天，三人上街给小敏买布做衣裳，傅河西发现店铺旁有一个面生的老妪似乎在盯着他，他以为是个乞讨的老人，便上前给她塞了几个铜板。

“老人家，这里有几个钱，你拿去买些吃的，别再挨饿了。”

老妪嘴唇哆嗦，摩挲着铜板，问傅河西：“那女人是你什么人？”

傅河西笑了笑，没有明说。

他现在不知道应该给陆绾什么名分，不过时间久了，或许真的便要娶她进门了。他是个负责的男人，不会平白无故地吊着人家姑娘。

老妪忽然十分激动，质问他：“我听说你原来有个妻子，怎么人家刚入土不久你就娶新媳妇了？”

“你怎么知道？我原不想，可是小敏需要人照顾，她对我极好，我想为了小敏，我的妻子在九泉之下会原谅我的。老人家，我先走了啊……”

傅河西带着陆绾与小敏急忙走了，老妪看着手里的铜板，脸越发地皱了。

傅河西不认识他的原配妻子司徒瑶了。

司徒瑶坐在地上，丢了手里的拐杖。她开始回忆从前与傅河西在一起的日子，傅河西担心她是一个十指不沾阳春水的富家小姐，自己先学了下厨的本事。傅河西为了做得像司徒家的厨娘一样好，背着她在半夜里颠勺。

傅河西为了补贴家用，总是早出晚归，但当他有空的时候，他会将时间全部花在她和孩子身上。她怀孕那一年，傅河西像发财了一样开心，一个人打四份工，只为了给她买充足的补品。

傅河西会给她买廉价的胭脂水粉和首饰，也会咬咬牙让她穿稍微精致一点的衣裳。

家里的东西一半是她的，一半是小敏的。她现在想想，傅河西何尝不是在富贵人家长大的公子哥？如果他娶的不是养尊处优的自己，或许会过得更顺心如意。但是那时司徒瑶只觉得自己受了委屈，对傅河西的委屈视而不见。

无忧茶馆的门开着，天冷了，过路人偶尔会进茶馆里坐坐。令高和意外的是，这天的第一个来者竟是司徒瑶。腊月天，她拖着垂垂老去的身体，竟然只披了一件单衫。

司徒瑶坐在茶馆里喝着热茶，因为温暖，她的脸上稍微有了一些血色。高和起身给她端了一杯茶，她抬眸瞥了一眼高和。

高和疑惑地问她："为何不告诉傅河西真相？如果他知道你现在这般境况，一定会照顾你的。我曾借他的银子，他连本带利都还给我了。"

司徒瑶用她那干瘪的嘴唇抿了抿茶，她握着杯子取暖，良久才道："算了……"

也不是不曾想过向傅河西认错，但现在想想，自己一把年纪，和陆绾较什么劲？何况……

司徒瑶问高和："我还有三十两银子，我能求你帮我办一件事吗？"

"何事？"

司徒瑶凑到高和耳边低声说了几句，高和脸上渐渐露出惊讶的表情。在高和的印象中，那是他最后一次见到司徒瑶。她蹒跚地离开了茶馆，留给高和一个沧桑的背影。

后来听来访的傅河西说，他上街给过一个老太太几个铜板，没想到老太太还是没熬过寒冬，冻死在街头了。

傅河西感慨世事无常，又将几斤猪肉送给高和做过年的礼物。

高和也送了他一方端砚。

那是司徒瑶临终时托高和去极远的古城买的，大约是觉得自己等不到了，所以托高和送给傅河西。司徒瑶说自己成亲后从来没给傅河西买过什么礼物，现在也没什么积蓄，他爱端砚，就送他一方。

傅河西谢过高和："我现在是个粗人，不过还是高贤弟了解我，等哪天闲下来，我也写写诗，作作画。"

高和温和地道："去吧。"

傅河西一家三口向高和告辞，看着他们的背影，高和轻轻地叹了一口气。

他知道司徒瑶没说完的那句话是什么。

司徒瑶之所以不想让傅河西了解真相，不过是希望他对自己还存有美好的念想。

第二杯茶

流光草

他们能够释怀，

说到底是因为都不容易。

度人，

何尝不是在度己？

— 1 —

青天白日，朗朗乾坤，却仿佛有什么冤案要发生。

高和与彦青在无忧茶馆里小酌，迎亲的队伍吹吹打打，远远地过来了。正值酷暑难耐的天气，高和喝了好几杯酒，还是不解渴。

暑没有消，酒意却上了头。

彦青笑道："老师要不要回去休息一下？"说着，他过来扶高和。

高和晃悠悠地起身，笑道："我应该多喝茶，怎么喝起酒了？"

彦青替他解释："许是很久没有见到学生，所以贪杯了。"

高和笑道："是，贪杯了，贪杯了。"

就在高和准备回屋休息的时候，迎亲的队伍忽然在茶馆门口停下。新郎官下马，跨入茶馆中，问小二钱来福："天气热得慌，我想向店家讨两杯茶喝。"

"还不快去接新娘子？不怕误了吉时？"

"新娘子已经接到了，怕她口渴，所以才停下。我只讨两杯茶就走。"新郎官解释道。钱来福点点头，对茶博士封如贤喊了一嗓子，封如贤便入后厨取茶去了。

彦青搀扶着高和往后院走，忍不住回眸瞥了一眼新郎官。彦青的眼神让新郎官齐光一时心里发毛，但不等他开口，彦青便消失在后院。

齐光把茶递给轿子里的新娘，等她喝完，再将茶杯送回茶馆。钱来福忍不住道："你对新娘子不错啊。"

"见笑了。"齐光谢过钱来福，又跃上马出发。

一路上，他也听到了一些闲言碎语。譬如这不是他第一次娶妻，而是第二次；譬如他对原配孟爰爰不好，结婚不到三年，就将她从正妻降为平妻。而今天他所娶的女人甘棠，原来也曾和人定过亲……

齐光一行人浩浩荡荡地来到齐宅，客人们已经等候多时了。齐光与甘棠礼成后，甘棠便被引入了洞房。齐光则端着酒在酒席上游走，整个婚宴上，他都没有见到自己的原配孟爰爰，但这种时候孟爰爰不赏脸出面，也情有可原。

伴郎撺掇着闹洞房，齐光被一路推搡到了洞房门口。此时，伴娘们横七竖八地躺在地上，像是醉了。

齐光等人探了一下她们的鼻息，呼吸正常。尽管如此，齐光心中还是生出不好的预感，慌忙推门而入。

凤冠霞帔的甘棠躺在婚床上，心口处汩汩冒血。

现场的财帛没有被取走，看样子不是仇杀就是情杀。

齐光顿觉如五雷轰顶，他疯狂地扑向甘棠，抱着她的尸身大哭不止。

齐光正悲伤之际，忽然一阵天旋地转，晕了过去。等他再次醒来，发现自己躺在寝屋里。他揉了揉眼睛，犹疑地坐起身。丫鬟们端着喜服和盥洗的物什进来，请他准备出发。

齐光愣了一阵神，眼前的情景和他印象中今早的情景一模一样。一如之前，丫鬟们请齐光换上衣裳，说老太太那边有话要问。

齐光忍不住问丫鬟清欢："现在什么时辰？"

清欢回答："正是卯时三刻。"

齐光念着甘棠的死，连忙问："甘棠何在？"

"夫人还在自家等着少爷呢！"

齐光按捺住心中的疑惑，不动声色地揉揉山根。时光倒流，他当真回到了早上，这时候他得去迎亲才能见到甘棠。

齐光回忆先时的情形，只觉得历历在目。大约就在他敬酒的时候，甘棠死在他的婚房里。今晚上唯一一个该出现而没有出现的人，就是他的原配孟爰爰。

孟爰爰对齐光将她降为平妻一事一直心怀不满，她更不满齐光背叛了他们之间的约定，娶了别的女人。

自从他决定娶甘棠为妻后，两人的争执就从未停止过。

齐光念着要找到真凶，避免甘棠被杀，便没有按照原计划迎亲，而是在宅院里寻找孟爰爰的下落。

近两年，齐光对这位原配已经没有多少感情了，两人见面时常常争吵。孟爰爰三句不离负心汉，纵然齐光对她还保有恩义，但谁又能整天面对一个满腹怨怼的女人?

齐光满脑子想的都是孟爰爰杀了甘棠，刚到孟爰爰的厢房，二话不说便扇了她一巴掌："你到底想干什么？"

孟爰爰眼前一黑，晕眩不已。她捂着肿起来的半边脸，难以置信地看着齐光："你打我？"

她什么都没做，为什么要平白无故受这一巴掌?

"我当然要打你，你想杀了甘棠是不是? 我告诉你门儿都没有，有我在这里，你不可能杀得了甘棠。"

孟爰爰气愤不已："你疯了吗？你有什么证据？"

"证据？好，证据。"齐光这才想起来要先搜证据，但是他翻来覆去也没找到那把插进甘棠心脏的匕首。不过他翻出了一包淡黄色的粉末，闻起来还有一股刺鼻的药味。

齐光指着药，质问孟爰爰："这是什么？"

孟爰爰一时心虚，伸手欲抢药粉。

齐光拽住她的手腕，厉声呵斥："这是什么？"

"只是我平时吃的一点药罢了。"孟爰爰嘴硬。齐光不相信，将药粉泡水让孟爰爰喝下，孟爰爰见瞒不过去，忍不住伸手打碎了药碗。

她恨恨道："是，这是毒药，但不是用来毒死任何人的，我不过想自我了断而已！”

齐光愣了一下。

气氛一时无比尴尬，孟爰爰掩面而泣，不知道如何面对齐光。她现在难堪到了极点，也不知道应该说些什么才好。除了哭，还是哭。她哭得齐光心软了，齐光忍不住安慰：“何必如此？这件事我也有不对的地方，你没必要为了我而寻短见。”

孟爰爰只是抽噎着。她能怎么回答？哪怕知道错在齐光，她的心也已经死了。她的自信以及自尊随着齐光的移情别恋而坍塌破碎，她觉得人生已经毫无希望。

齐光不得已，只能命丫鬟们看着她，不许她做出什么出格的举动。

亲还是要成，凶手还是要找，齐光离开了宅院，跨上高头大马，带着迎亲队伍浩浩荡荡地出发了。他一改之前的兴高采烈，满脸忧愁。

他记得自己在迎亲返回的途中进无忧茶馆讨了两杯茶，这一次，他将全部身心都放在寻找真凶上，便没有再进茶馆。

凤冠霞帔的甘棠入了轿子，与他回到齐宅。

礼节一如既往地烦琐，齐光仍然在寻找着可能杀害甘棠的凶手。今天伴郎团里有他最好的兄弟乔松，齐光多留了一个心眼才发现，自己在敬酒的时候，乔松曾短暂地离开。

齐光与乔松虽然是兄弟，但也有过节。

乔松喜欢甘棠，他心知肚明。两兄弟还因此闹过不和，后来乔松放弃了甘棠，他们才和好。

— 2 —

齐光借口上厕所离开宴席，一路跟着乔松来到后院。

后院的葡萄架上缠绕着红绳，葡萄架后是一片湖，乔松似乎在等人，不一会儿，一身红衣的甘棠出现了。齐光料想杀人者一定是乔松，乔松对甘棠心怀不满，所以约甘棠出来密谈，趁着四下无人，将匕首扎进了甘棠的心脏。

果不其然，不到半炷香的时间，两人便发生了激烈的争吵，推搡之间，乔松眼底的恨意越来越明显。

甘棠不愿意和他过多纠缠。

就在甘棠转身那一刻，齐光看见乔松在袖口里掏什么东西。齐光大惊失色，忙冲出去挡在甘棠面前，质问乔松："你要干什么？"

乔松愣了一下。

这时齐光才看清，乔松手中握着的，是一块碧玉。

"齐光？"

齐光上前一阵摸索，到底没有发现那把匕首。他不解地问："不是你杀的人？"

乔松与甘棠不明所以，齐光也不知如何解释。齐光只得转移话题："如此良辰你约见我的新娘子，到底想干什么？你不是说已经放下了？"

"放下？感情岂是说放就能放的？"乔松一脸愤恨，"原本属于我的，现在变成了你的，你让我如何放下？"

甘棠鄙夷："我和你早就没有缘分了，你找我也是枉然。"

乔松冷哼一声，闷闷不乐地离去。甘棠这才问齐光："你方才说杀人，究竟是怎么回事？"

齐光撒谎道："我来后院如厕，以为他要对你不利，一时情急才胡言乱语。"

月色下的甘棠我见犹怜，齐光越发觉得，自己应该保护她。送她回了屋，他便不打算离开了。

齐光反常的举动令甘棠不解，但无论甘棠怎么劝，他都不听。他想，自己就守着甘棠，凶手若要来，他一定会发现。

意外的是，他守到子时往后，也没有人进来刺杀甘棠。他松了一口气，与甘棠喝了合卺酒，便相拥而眠了。

第二天，齐光心满意足地醒来，伸了个懒腰，正想转身亲一口甘棠，却摸到了一手腥稠的液体。他大惊失色，急忙掀开被子，甘棠双目圆睁，死去多时了。

她的心脏处扎着一把匕首。

齐光崩溃地大叫，吓晕了过去。

齐光又一次苏醒，仍在自己寝屋之中。丫鬟们端着喜服和盥洗的物什进来，请少爷更衣洗漱，说老太太有话要问。

齐光一肚子的疑惑，却不知道问谁。为什么自己会一而再再而三地重复经历这一天？最有可能杀死甘棠的孟爰爰和乔松都没有下手，究竟是谁一心想杀了她？

齐光没有心情成亲了。

他必须找出凶手，挽救甘棠。或许这也是避免让他看着甘棠一遍遍死在自己面前的唯一办法。

齐光先去了一趟孟爰爰的厢房，孟爰爰对他的到来万分意外，忙将自尽的毒药收起。齐光很快就将她想要自尽的事情捅破，孟爰爰不免掩面而泣。

齐光这次没有马上离去，而是坐下来安慰孟爰爰："我不值得你如此，无论如何都是我辜负你在先。"

"事到如今，说这些还有什么意义？"孟爰爰恼道，"今日当着众多来宾的面，你能悔婚吗？"

齐光面露为难之色。孟爰爰冷哼："我便知道，你从来只是说得好听。"

"娘想抱孙子，我也想有个孩子，可是你生不了。"齐光解释，"就算将你降为平妻，我心里对你还是有情意的。"

孟爰爰眼睛微微睁大，她抬眸，像是看着一个陌生人："生不了？当初你娶我进家门的时候是怎么说的？难道除了生孩子，我就没有别的价值了？"

孟爰爰的喊声和她的眼神令齐光后怕，他不免怀疑——孟爰爰到底是不是凶手？

就算她想用毒药自我了断，也可能在某个瞬间改变了主意，转而去加害甘棠。

齐光来此不仅仅是为了劝解孟爰爰，他更希望她能帮他。可她的态度让他觉得自己或许不该在她身上浪费太多的时间。

齐光命令丫鬟仆人看好孟爰爰，自己出发去迎亲了。

迎着白晃晃的日头，齐光不免想起自己和孟爰爰相识的情景。当时他还是一个血气方刚的少年，因为出身于富商之家，从小不愁吃穿，所以他总是格外地贪玩。

他是纨绔子弟，成日流连于烟花柳巷，令父母头疼。一日，他与一群公子哥在水边玩闹，忽闻一声“爰爰来了”，在场半数男人的目光都转向美人的来处。

孟爰爰昂着高贵的头颅，仪态万方地出场了。

在场的公子哥儿无不被她的美貌所惊艳，齐光故作镇定地躲在人群之后，不动声色地观察着。

孟爰爰是春喜楼头牌，生得国色天香，通音律，善歌舞，且说话风趣幽默，锦心绣口，是无忧城公子哥儿们都想一亲芳泽的对象。

春喜楼为了抬高孟爰爰的身价，规定她一个月只接三次客，价高者得。因为能见到她的机会不多，所以每当她出场，总能引起一阵沸腾。

那夜，孟爰爰依旧十分紧俏，她微笑着等待众人下注，竞价越来越高，最后齐光出手阔绰，一举夺魁。

齐光为了孟爰爰，把一年的零花钱全都押在这场竞价上。

整整二万两！

在场之人都被他出的天价震惊了。

齐光可与孟爰爰共度良宵。

夜里，孟爰爰为齐光唱歌献舞，她雪白的胳膊上一点守宫砂鲜艳欲滴，齐光却觉得刺眼。

或者说，这一点红挑动着齐光的欲念，齐光屏退左右，问孟爰爰：“我要了你的身子，可否？”

— 3 —

“你若要我，可要负责的。”孟爰爰对风流倜傥的齐光颇有好感，面对他公然的调笑，她并未流露出厌恶之色，反倒是饶有兴味地回他。

齐光顺势将她揽入怀中，食指轻轻刮了一下她的鼻子：“我齐光最喜欢做的事情，就是对人负责了。”

“若是你背叛了我，又要怎样？”孟爰爰如兰的香气似有若无，撩得齐光心痒难耐。

齐光望着她，深吸了一口气，当即发誓：“我若是背叛你，我便求生不得，求死不能。”

“什么叫求生不得，求死不能？”孟爰爰的手臂缠上齐光的脖子，“你说得具体一点，我好知道如何报复你啊！”

齐光当时没有深思这句话背后的含义，那一刻的孟爰爰像一只令人想驯服的野猫，她越是拒绝，他越是想要。

“如果我背叛你，我便绝后，便想死死不了，想活活不了。”

孟爰爰轻笑：“既然你敢发毒誓，我便相信你是真心的了。”

因为那一点守宫砂，孟爰爰仍然不敢与齐光发生关系。她提出了一个条件，只要他为她赎身，她就将自己献给齐光。

齐家乃大富之家，最不缺的就是钱。虽然齐家没出什么高官，但子孙个个都是做生意的好手。

齐家对婚姻一事也分外看重，故而得知齐光要娶烟花女子为妻后，齐光的父亲气得差点一剑刺死齐光。

不论过程如何波折，被奶奶和娘亲宠爱大的齐光总算如愿以偿地将孟爰爰娶进了家门。

彼时孟爰爰已有孕在身，因为她肚皮尖尖的，齐光的奶奶和娘亲觉得应该是个男胎，所以勉强让她进了门。

不过她们对孟爰爰的纵容仅仅是因为孟爰爰肚子里的孩子，在孩子八个月大的时候，孟爰爰为了能顺产，便让丫鬟搀扶着自己到花园里散步。

不知道从哪里蹿出一只黑野猫，惊吓了孟爰爰，她跌落在地，当天她便小产了。自此后，孟爰爰再没能怀孩子。

面对无所出的孟爰爰，齐光渐渐失去了兴趣。

在齐光为婚姻苦恼的时候，他认识了甘棠。甘棠是小家碧玉，家世清白，温柔可爱，总是把齐光放在第一位。

齐光左思右想，孟爰爰都有足够的杀人动机。

齐光将甘棠从她家宅院里迎出，路过无忧茶馆的时候，老板高和和他的朋友正在对饮。老板似乎醉了，被友人扶着往后院走。

“我渴了。”甘棠的声音轻轻的，言下之意，希望齐光去帮她讨一杯茶喝。

齐光这次准备了一袋茶水，喂甘棠喝了，马不停蹄地回家。

两人在众人的见证下行礼，随后乔松便前往葡萄架下等待甘棠。

齐光吩咐所有家丁密切监视宅院的动静，但凡有可疑人员，立刻来报。按照他的经验，只要他一直盯着甘棠，他们就可以平安地度过新婚之夜。

当然，他还有更重要的事——必须找到凶手，否则齐宅永无宁日。

宾客们欢聚一堂，而齐宅四处都是神色警惕的家丁，与和谐的气氛形成了鲜明的对比。齐光忧心忡忡地陪甘棠喝完合卺酒，便与她一起躺下了。

齐光不敢睡，因为他知道危险近在眼前。家丁们到处巡逻着，但凡有一点风吹草动，他们一定能发现。

甘棠的手绕上他的脖子，迷迷糊糊地问：“相公，发生了什么事？你怎么急得一脸汗？”

尽管困意不断涌来，甘棠还是坐起身来，贴心地为齐光擦拭额头。

齐光掩饰道：“没什么，或许是因为太激动了。”

长夜漫漫，齐光操劳了一天，疲惫不堪，但为了让自己清醒一点，他不得不强打精神。几度犯困之际，他摇醒了甘棠，和她聊天。

“今天我看见乔松来找你了，你们说了什么？”

甘棠被这句话问得睡意全无，她慌乱地问：“你都看见了？”

“嗯，你们吵得很凶，但我相信你，所以没有过去。”齐光编了个谎，因为之前已经确认乔松没有对甘棠下手，所以他这次不曾掺和。

甘棠的眼眸在夜色里变得幽深，她思索着自己应该如何回答。

与齐光认识的她不同，她并不是一只纯良无害的“白兔”。她有心机，有手段，舍得放弃。乔松就是被她放弃的。

乔松家中经商，但是生意不景气赔了许多，而行商之人不能参加科考，乔松不得已，只能靠写写碑文、檄文、书信赚钱。如此一来，乔松空有满腹的才华，却没有人赏识。

甘棠与乔松在一个大院里长大，后来甘家的生意有了起色，乔家没落了，两人便因此分开了。甘棠与乔松自小便互有好感，两人时常互通书信，展望未来。

乔松打算托关系到衙门里当差，他向甘棠说着自己对未来的美好愿景时，甘棠总是格外怜惜他。

为了发展人脉，乔松与齐光玩在一处。齐光不学无术，却是个惜才之人，不仅为乔松介绍了活儿，还将乔松视为知己。

一次，甘棠参加了齐光办的诗会，席间风流倜傥的齐光迷住了甘棠，她瞬时觉得乔松平平无奇，犹如鱼目。

甘棠想和乔松分手，却意外发现自己怀孕了。为了能攀附齐光，她不惜喝药流掉了孩子，这件事被乔松得知，他气得差点发疯。

后来不知道发生了什么，乔松原谅了她。一直到今日，乔松约她出来谈谈，也不过是将之前的定情信物交还，并没有过多地纠缠。

她不希望乔松成为她与齐光之间的阻碍，所以她对此含糊其词。好在齐光没有过多地纠缠下去，没过多久，齐光便支撑不住沉沉睡去。

第二日，齐光从惊慌中苏醒，他下意识掀开了被子。

又是相同的一幕，让他崩溃。

齐光怔怔地看着被匕首刺死的甘棠，攥紧了拳头。

莫名其妙地，齐光又开始了重复的一天。

连续几次找不出真凶的齐光无比崩溃，他看着丫鬟端的喜服，只觉那一抹红色像甘棠心头的血一样令他害怕。

齐光登时气得砸了那些东西，发了疯一样朝外跑去。

真是没完没了，他不想面对了。

— 4 —

齐光跑出去没多久，便又垂头丧气地停了下来。他如果就这样一走了之，甘棠不仅会死于非命，而且还会被人嘲笑没人要。

丫鬟们不明所以地追出来，见齐光站在原地，齐齐松了一口气。齐光回到屋里，穿上了喜服，又去娘亲处用了早饭，便骑着高头大马出发了。

不能够按部就班地迎亲，行夫妻礼了，那样只能再眼睁睁地看着甘棠死而无能为力。他必须做和之前不一样的事，哪怕是不成亲也好，只要能让甘棠活下来。

齐光骑着高头大马出发了，他来到甘家，刚与父母叙话完的甘棠泪眼婆娑地蒙上了盖头，在陪嫁丫鬟的搀扶下入了花轿。

途中，甘棠觉得口渴，让齐光为自己讨一杯茶喝。齐光下马，走到轿子旁，撩起帘子，要请甘棠出来。开始时甘棠害羞不敢出来，后来架不住齐光再三央求，便随着他一起入了无忧茶馆。

老板高和和朋友喝醉了酒，朋友搀扶着他朝后院走去。钱来福见有客人前来，忙贺喜道：“哟，两位新人，不知道要点什么？”

齐光拉着甘棠的手，问钱来福：“老板可在？”

这时齐光看见扶着老板的那人回眸瞥了他一眼，只是一眼，便让他冷汗直冒。钱来福叫了声：“老板，有人找你哩！”

高和这才醉醺醺地回头。

彦青也回头，不解地问：“怎么了？”

齐光急切地道：“我想将迎亲队伍甩了，不知道你们有没有后门？”

“嗯？”

高和与彦青对视一眼，第一次听到这么奇怪的要求，高和忍不住问：“大喜之日怎么拉着新娘子逃婚？既然已经要成亲了，何必如此？”

“有人要杀我娘子。”齐光道。

高和的醉意顿消一半。他最喜欢管闲事了，伸手让齐光和甘棠坐下：“别着急，说说看发生了什么，或许有比逃婚更好的办法。”

齐光打量眼前这位年轻的老板，只觉得似曾相识。大抵是因为好看的人都是相似的，所以他对高和的第一印象不错。

新娘子甘棠还蒙着盖头，齐光干脆掀了她的盖头：“本来想和你按照规矩礼数行事，但今日事出突然，便不必再蒙着它了。”

妆容精致的甘棠明艳动人，齐光说着说着，忍不住盯着她看。

甘棠羞红了耳朵，垂下眼帘，不好意思地道：“有外人在呢……”

齐光这才如梦方醒：“我失礼了。”

高和将一切看在眼里，暗赞夫妻俩感情笃深，如此佳侣，应当成就一桩美事，可新郎为何会惴惴不安？

齐光喝了一口茶，将自己的遭遇一五一十说了，末了又补充道：“若是再不能破局，我怕是要疯了。”

甘棠得知自己在新婚之夜会被人杀死，也不免心中发冷。

万幸的是，齐光陷入了奇怪的循环中，只要甘棠一死他就还能继续循环，那么他就总能和自己的心上人相处一天的时间。

为此，齐光握着甘棠的手，宽慰她：“我一定会想办法救你。”

按照齐光的说法，最有可能杀害甘棠的孟爰爰与乔松都不是凶手，而且凶手似乎也经历了同样的循环，所以在齐光设法让甘棠逃过一劫的时候，凶手还躲在暗处伺机而动。但凡齐光有所松懈，凶手便会一击致命。

在高和的认知中，让齐光陷入类似鬼打墙一样的循环的妖物，必然存在深重的怨念。高和曾经遇到一例——

有一个人高中探花后因为太兴奋而突发心疾，一命呜呼。他的家人和他自己都无法接受现实，于是他的魂魄徘徊在自家落魄的小屋旁，让自己的家人一遍遍地重复得知他中举然后暴毙的日子。

这也不能全怪他，他之所以对科考一事如此疯魔，是因为自小家里人就给了他非常大的压力。

他的妹妹很小就被卖给了一个老头，老头给的礼金全部用来供他读书。父母辛苦劳作，将全部所得供他科考。可是他非常不争气，总是落第，一晃眼就到而立之年了，还是一事无成。

妹妹被卖了没多久就被虐待致死，父母年事已高，六十多岁仍然要在田地里辛苦地劳作。他的压抑、愤懑、悲伤无处倾诉，只能一遍遍逼自己参加考试。与其说他不能接受自己暴毙，不如说他只是不能原谅双亲从小对他的逼迫。他相信辛苦了一辈子的双亲反复看到他暴毙，一定会崩溃并且后悔给他这么大的压力。

高和喝了一盏茶，才幽幽地道："像你这样的情况，我想也是因为有人想报复你。那个人可能已经死了，活着的时候不能奈何你，死了就想尽办法折磨你。"

孟爰爰和乔松都是活人，所以高和认为他们不是凶手。

高和祭出索魂引，想寻找滞留在齐光身边的怨鬼的下落，结果一无所获。若是并非鬼魂所为，这意味着他之前的推论完全错误。

高和有些尴尬，咳了咳，道："但也不排除别的原因，这件事有些棘手，不过只要你们好好地待在这里，我保证凶手不能伤害甘姑娘。"

方才见高和显了一番神通，齐光顿时想起来了，无忧茶馆就是负有盛名的妖怪茶舍，无忧城里想要练胆的公子哥儿，最喜欢做的事就是在半夜三更靠近无忧茶馆，看看妖怪长什么样子。

想来高和也绝对不是一个凡人，齐光连忙跪拜道："若是高老板能够帮我破了此局，我齐光必有重谢。"

彦青这时插了一句嘴："你若要谢老师，只要拿出这个就行了。"

他做了一个数钱的手势。

高和不满：“我是那种喜欢俗物的人吗？”

“老师不喜欢，我喜欢，不如我替老师收着？”彦青揶揄。

高和不乐意了：“给你盖园子花了不少钱，你休想再侵吞我的谢礼。”

看着两人有来有往地斗嘴，齐光不由得轻松了一些。他请求高和先帮他打发了一众吹吹打打的，并帮他想办法回家拖住长辈。

— 5 —

午夜，月华皎皎，风呼呼地拍打着无忧茶馆的大门。齐光时不时看向门外，街道阒寂无声，空荡荡的，一个人也没有。远处翻飞的幌子宛如游荡的鬼魂，令人发怵。

齐光不安地在无忧茶馆里踱步，一副焦躁且手足无措的模样。他的身影晃得高和万分难受，高和将他叫到跟前，嘱咐道：“你不必忧虑，只要你一日找不到凶手，就没有办法破局，一切都有挽回的可能。若是今夜过后甘姑娘仍然被杀，你再来找我。”

“今天也没有办法找到凶手？”齐光难以置信地瞪大双眼。

“凡事无绝对。”高和略显尴尬，“我只是说出了一个大家都不愿意面对的结果，若是能找到凶手，自然最好了。”

“我会寸步不离地跟着甘棠，绝不会让她出事。”齐光坚定地道。

高和笑而不语。

高和的笑让齐光十分烦躁，他还想说点什么，手势都摆出来了，却只能作罢。最后，他叹息了一声，满面愁容地坐下。甘棠宽慰他：“没关系，一定不会有事的。”

甘棠的十指不停地纠缠着，她的紧张一点也不比齐光少。

也许是因为情境特殊，甘棠感觉齐光对自己的感情比平日更为深刻，她忍不住倒在齐光怀中，任他抚摸自己的长发。

深夜，高和已经犯困了，他准备回屋睡觉的时候看向彦青：“你早点休息，我先睡了。”

“好的，老师。”彦青点点头，站在一旁的他微微欠身，面露微笑，一直目送着高和离开。

高和抿了抿唇，自己上楼去了。

高和在屋中辗转反侧，总觉得齐光算漏了什么，但是他也没想明白。

这一夜齐光与甘棠没有睡，平安度过了一个晚上。第二天清晨，齐光见甘棠还安然在自己身边，一种幸福感油然而生。

高和打着呵欠从后院走出，彦青端着一个瓷碗在漱口。

“还在呢？”高和向他们打了个招呼，然后径直去后厨拿吃的了。

不久，甘棠醒了，她担心自己的妆花了，非要跑去后院整理妆容。

高和将两碟小菜端出来，让齐光也去洗漱一下，大家一起吃早饭，再商量如何诱捕凶手的问题。齐光点点头，朝后院走去。

这时彦青端着瓷碗从后院走来，又瞥了一眼齐光。齐光累了一夜本就心情糟糕，彦青的行为瞬间刺激了齐光，齐光恼道：“我们认识吗？为什么你总是用这种眼神看我？”

彦青莫名其妙：“我何时看你了？”

“你明明看我了，还死不承认！”

彦青丈二和尚摸不着头脑：“我和你素不相识，看你干什么？老师，这人好没道理，怕是魔怔了。”

“发生了什么事？”高和刚拿起一个馒头就听见争执声，不得已放下馒头走过去。

彦青一五一十说了，特别强调道：“他有什么可看的？”

“我当什么大事，真是的！既然是误会，就不要耽误了，洗洗脸过来吃饭。”高和与彦青上了饭桌，齐光仍然神色不悦。

待齐光走到后院，远远地看见靠着檐下柱子的甘棠，心情才稍稍好了些。他走上前，恶作剧似的拍了一下甘棠的肩膀。

甘棠整个人忽然面条一样软在地上，她的心口赫然插着一把匕首。齐光愣住了，他几乎第一时间冲向彦青，怒骂：“是你！凶手是你！对不对！”

高和与彦青正夹着菜，彦青不胜其烦：“又发生什么事了？”

齐光想说什么，但晕眩感再度来袭，他无力招架。他晕倒时还拼命地向彦青伸手，仿佛一个想将彦青拽入无垠地狱的怨灵。

齐光猛地深吸一口气，在自家的寝屋苏醒。丫鬟端着洗漱的物什和喜服走进来，请他换上新衣，说老太太有话要问。

齐光怔怔地看着眼前的人，只觉她们就像一具具了无生气的木偶，身上散发着诡异的死气。他隐隐有一种感觉，相似的场景绝对不止发生过三四次，他可能经历了无数次的重复，以至于他拼命地想办法忘记。

这一次，齐光既没有穿喜服，也没有骑大马，他像疯子一样朝无忧茶馆跑去。

时辰尚早，高和刚刚起床，彦青还未曾前来做客。面对匆匆跑进来的齐光，高和没有一点印象。他不解地问：“小店还未开张，客人能否再等半个时辰？”

“彦青，彦青！”齐光激动得语无伦次，他疯了一样，上前抓着高和的双肩，满含恨意地道，“彦青要杀死我夫人！”

高和漱口的茶杯掉落在地，他的三魂七魄还没有从睡梦中清醒，被齐光这么一晃，整个人都有些飘飘然。他定了定神，才道：“今天彦青要来找我对饮，你有什么事不妨坐下来慢慢谈，我想当中可能有什么误会。”

“你不记得我，我却记得你。我今日正准备娶我的新娘子甘棠，在我路过茶馆的时候，甘棠必然会口渴，这时我就会按照她的吩咐进入茶馆讨两杯茶。但是每次我离开茶馆的时候，彦青总是会用奇怪的眼神看我。”

“你的意思是，你陷入了奇怪的循环之中？”

“不错。”

高和又将昨日的猜想重复了一遍，被齐光否决了。

“不如你在店里等一等，不一会儿彦青会提一条草鱼过来烹制，我要去准备上好的花雕酒了。”高和道。

高和来到仓库，王子敬幽幽地飘着，一脸嫌弃地将花雕酒扔给他：“你已经连续好几天来讨花雕酒了，到底发生了什么？”

“好几次？我一个春天都不曾饮花雕，这不是我今年第一次讨酒？”

“你失忆了，我却不曾。你前前后后一共讨了二十来次，不过每次喝完，第二天花雕酒仍然放在原处。”

高和惦记着齐光之前耸人听闻的话，终于觉得有些眉目了。他拉着王子敬到一旁，小声地问他：“这些天茶馆里发生了什么事，你可还记得？”

“能看到的，我都记得。看不到的，我便记不得了。”

两人说话的时候，彦青提着草鱼跨入了茶馆，欢喜地道：“今天真是好运气，不到一炷香的工夫就钓到了这条三斤重的鱼。”

王子敬对高和道：“喏，听到没有？这句话他说了不下二十次。你们在排练吗？要参加什么表演？带带我，我快憋疯了。”

— 6 —

高和捧着花雕，吧唧吧唧嘴。他略作思索，就明白了其中的缘由。除了王子敬这样的妖物，他们都和齐光一样，被卷入了“某一天”中。

“子敬，可否帮我一个忙？你若能办好，我便特许你离开茶馆外出一天。”

王子敬一脸嫌弃：“你决定的事情，我能说不吗？”

不反对就是默认的意思，高和便吩咐王子敬跟着甘棠，一直盯到她被人杀死，然后锁定凶手。

高和抱着花雕下楼，发现齐光已经和带着草鱼进来的彦青理论上了。齐光一脸愤懑：“你在后院漱口，甘棠也在后院洗脸，你一回来甘棠就死了，你不是凶手谁是？”

“我若是直接在后院杀人，岂不是明目张胆地告诉所有人我杀了人？”彦青觉得齐光不可理喻，将齐光拽着自己衣领的手推开，一副触霉头的模样。

高和见两人斗得不可开交，忙出来做和事佬。

“别激动，有话好好说。”高和将三斤重的草鱼扔给后厨，让白珏把鱼红烧了，再备一碟花生米、两盘酱牛肉、几头腌蒜。

高和将两人摁坐在桌上，和和气气地道：“我已经找到了解决问题的办法，现在大家只要吃好喝好就行了。”

“你有什么办法？”彦青与齐光异口同声。

“有人不受时光往复倒流的影响，我已经托他帮忙寻找凶手了。”高和见他们一副愣怔的模样，忙给两人各倒了杯花雕，“来来来，先喝两杯。”

“天这么热，再喝酒该出事了。”齐光摆摆手，“我只喝茶便好。”

“酒是好东西，我没那么多讲究，冬天才用它暖胃。夏天喝冰的，冬天喝温的，刚刚好。”高和举杯，彦青也举杯，两人干了一杯，又吃了一口蒜瓣。

齐光心神不定，忙起身坐到了另外一张桌子旁。齐家的管家跑到了无忧茶馆，请齐光回去成亲，齐光举棋不定。高和咀嚼着一片酱牛肉，含糊地道：“没事，你回去吧，你若是不去迎亲，甘姑娘一定会认为你悔婚了。”

齐光踱步思忖半晌，还是跟着管家回了家。

他朝管家解释道：“太紧张了，出来散散心。”

管家揶揄：“又不是第一回娶亲，怎么还紧张？”

无忧茶馆里，高和与彦青对饮，两人吃着鱼肉，好不快活。高和用筷子挑了一块肥美的鱼腩放进口中，冷不丁来了一句：“齐光说你看他，你真的没有看？”

“老师说笑了，他有什么好看的？不过他有一点说得没错，我当时的确觉得他很奇怪。”

“哦？”

“只是觉得似曾相识，但我仔细看他，又觉得没有见过。现在想想，应该是因为我对自己陷入‘某一天’这件事有点印象吧。”彦青笑了笑，继续吃肉。

彦青的身体里流着妖的血液，可能循环对他的效用不明显。高和了然地点点头：“我还以为你掺和了这件事。”

“老师多虑了，我不喜欢多管闲事。”彦青举杯道，“来，干了。”

彦青就是一个酸腐文人，的确不像是喜欢管事的主儿。酒肉穿肠过，情义心中留，高和喝红了眼睛，念着自己与彦青经历的种种，不由得认为自己多心了。

他们能够释怀，说到底是因为都不容易。

齐光将帽子、红花一一戴上，面无表情地骑着高头大马离开了齐宅。他不再理睬准备服毒自尽的孟爰爰，也没有理会娘亲，他满心都在找凶手这件事上。等他将甘棠从宅子里接出来，路过无忧茶馆的时候，高和与彦青已经喝得东倒西歪。

也许是因为出来得晚了，甘棠路过茶馆时并没有讨茶喝。齐光与甘棠回到自家行了礼，转眼夜色便深了，齐光心不在焉地喝着众人过来敬的酒，喝得大醉。

一众伴郎将酩酊大醉的他抬到了后院，伴郎乔松发现伴娘们东倒西歪地躺在地上，心道不好，便踹开了新房的门。

凤冠霞帔的甘棠歪倒在地上，一把匕首正插在她的心口上，汩汩向外流血。

齐光在呼声中惊醒，他刚起来，便有丫鬟扑到他面前，哭哭啼啼地告诉他，昨夜两位夫人都死了。

齐光拧了一下自己的脸，疼得厉害。他重复问了一遍："你说什么？"

"昨夜甘夫人被人刺死，孟夫人也服毒自尽了。"

齐光愣了片刻神，才慌乱地摇头："我不相信，这不可能。"

难道我不应该再经历一次循环吗？齐光想。

齐光只是愣了一会儿便飞快地披上外套蹬上长靴，他正想找高和问个清楚，忽然又想起什么，忙问："刺死夫人的凶手可被抓到了？"

"不曾。老爷、夫人已经报官了，衙门里的人刚过来，还在查验。"

齐光气急败坏："这帮废物。"

高和宿醉醒来，他揉了揉疼得欲裂的额头，发现王了敬不知什么时候幽幽地飘到了自己跟前。

高和赫然向后退了两步，万分嫌弃："进来能不能先敲个门？就算你看不起我，也要讲究人与人之间基本的尊重吧？”

“人与人之间的规矩人自然要遵守，而我只是一只无辜的妖。”王子敬一脸严肃，“找到凶手了，可惜晚了一步。”

“哦？”高和的酒完全醒了。

“昨天夜里，我发现藏在迎亲队伍里的一个男人忽然潜入了新房，杀死了甘棠。我随他一路离开齐宅，就在我要将他抓起来的时候，他用刀捅进了自己的心窝。”

官府肯定会发现那人的尸身，也可能会将那人的死和甘棠的死联系起来，不过自那人死后，齐光陷入的死循环便解开了。

高和揉了揉眉心，脸上愁云惨淡。

“我取了他的发丝。一根，够你用了。”王子敬将一根细发放到高和面前，随后飘出了房间。

这件事出乎高和的意料，如此一来，就算是破局了也没有任何意义，他不知道如何向齐光交代。

他刚刚下楼，齐光便冲了进来。

“高老板！”齐光异常激动，“究竟发生了什么？为什么我忽然又离开了循环的场景？”

“因为凶手已经死了，”高和按捺住焦躁的心，让齐光坐下喝杯茶。他叹了一口气，接着道：“凶手在杀人之后自尽了，到时官府自会告诉你一切。”

— 7 —

很快，齐光便从官爷嘴里得知了凶手的身份。

此人名为乐闲，是一名普通的农民，前些年妻子病殁，他便一直独身过活。闲暇之时他会接一些拉二胡的活儿，若是没人找他，他就在自家田里劳动。

齐光自问根本不认识乐闲，更别提与乐闲有深仇大恨了。他与甘棠交往这么长时间，甘棠也从未提起过此人。此人究竟是哪一根筋搭错了，要如此害他?

齐光百思不得其解。

可是甘棠已经死了，没有人知道所谓的真相是什么。

齐家的喜事变成了丧事,红绸子变成了白绸子,齐光也成了无忧城的笑话。

“看到没有? 这就是男人三心二意的下场，不仅大老婆死了，小老婆也死了，膝下没有一儿半女，老了也没有人给他收尸。”

那些闲言碎语对齐光而言，就像一把把诛心之剑。他虽然不表态，但是心因此千疮百孔。如果仅仅是想报复他的话，乐闲已经做到了。

齐光成了知白酒楼的常客，尹琅若时常向高和埋怨这位客人，每天从早喝到晚，打烊了就在大街上睡一宿，第二天继续进店喝。

齐光好些天没洗澡，酒楼都被他熏臭了。尹琅若不得不命人将他抬回家，但不到两天，让家人收拾干净的他又来喝酒了。

有一次齐光喝酒喝到呕血，半条命差点交待在这儿。

齐家出了如此败家的儿子，齐光的父母自然不容许他再挥霍家财，于是不再给他零用钱，他名下的商铺和地契也交给了他的大哥齐衡。

齐光没了钱，便到处赊账，然后让父母和大哥来替他收拾烂摊子。寒冬腊月，他被父亲罚跪，第二天便冻得高烧不止，好容易活过来了，两条膝盖却再也吹不了风。

“比起多情的浪子，他倒算是有情有义。”高和哂笑。

尹琅若斟了一杯酒一饮而尽：“什么有情有义? 真正有情义的人怎么会弃了大老婆又娶小老婆? ”

高和感叹：“我听说之前他和正妻孟氏门不当户不对，费了九牛二虎之力才娶了孟氏入门。看到他我总会想起邢岫良，得到了，不懂珍惜。”

“真男人怜香惜玉，断不会做出这种伤天害理之事。”尹琅若说，“这叫天作孽，犹可恕；自作孽，不可活。”

高和自然认同这一点。

都说每个男人的心里住着两个女人，一个善良纯情，一个热烈妩媚。得到了善良纯情的，便嫌弃她如白开水寡淡无味；得到了热烈妩媚的，便觉得她太风骚爱挥霍没智慧。

高和对齐光厌妻娶妾的行为不齿，但他对齐光同样心怀愧疚。如果当初他能够早一点找到凶手，或许就能避免乐闲自尽。

乐闲孤身一人，因为犯了罪，死后连一块墓碑都没有。他住的破茅屋如今已经蛛网密布，杂草丛生。

高和撑着一把油纸伞，静默地站在乐闲妻子的墓碑前。高和想，他一定要找出乐闲的秘密，或许这能让齐光释然。

碑是乐闲立的，一块自制的香樟木，端正地插在坟茔上。

乐闲老实巴交，勤恳务农，他写的碑文倒格外工整，字迹也遒劲有力。雨水冲刷着墨痕，依稀还能看清楚他妻子的名字，余氏，余红瑛。还有一行小字，大意是说，余红瑛是一名孕妇，他们曾有一个儿子，名乐代承。

他能将妻子全名全姓写在碑上，也算是一个情种。

根据周围邻居口述，乐闲的妻子于前两年失踪了，他费了九牛二虎之力才找到她的尸骸。一尸两命，八尺的汉子当夜哭得如同三岁孩童。

乐闲去官府报案，因为证据不足，最终未能找到凶手，这也成了一桩悬案。

高和走进乐闲的茅屋，随意找了一张凳子坐下。

凳子上积满了灰尘，墙上挂着蓑衣、草帽，角落堆着锄头、铁锹还有钓鱼竿。在这间破落的小屋里，高和可以想象得出乐闲一家两口人平时坐在桌前吃饭的情形。

余红瑛温婉贤良，烧得一手好菜。乐闲钓的鱼、买的肉、种的菜和米，只要经过她的手，就会变成一道道佳肴。

乐闲身为农夫，勤恳卖力，但凡有能够赚钱的活儿，他都会做。尤其是在余红瑛怀孕以后，他更忙碌了。

余红瑛一个大着肚子的女人，就像一个脆弱的琉璃瓶，随时有碎裂的风险。

高和大致推测出了乐闲的杀人动机，他取出索魂引，将乐闲的一根发丝点燃，放入灯盏中。

青烟袅袅升起，不一会儿，一个男子的身影渐渐在烟雾中浮现。男子睁开眼便见到了目光平和的高和。

高和盯着他：“你可以称呼我高和。我是一名术士，将你召回不过是因为有事问你。”

闻冤而成的魂，死后不得往生，生生世世都在暗无天日的黄泉边游荡，直至灰飞烟灭。高和不愿意瞧见这么多的伤心事，所以他需要做些什么。

“什么事？”乐闲身高八尺，形貌昳丽，完全不像是一位农夫。如果没有猜错的话，耕种劳作是他自己的选择。

“我祭拜了嫂夫人余红瑛，你写的字有大家风范，想必曾是一位读书人。”

乐闲飘飘荡荡地落在高和身边，自然而然地坐下：“不错，我曾熟读各类经书典籍，也曾金榜题名。不过厌倦了尔虞我诈的生活，所以离开了庙堂，回到这乡下劳作耕种。”

“你与妻子余红瑛相识，可是在卸任之后？”

“在科考之前便定亲了，不过婚后因为我忙于公务，忽略了她。后来她生了一场大病，我才将她带回乡下休养。那时我觉得，再没有什么比一家人团团圆圆在一起更幸福，索性辞官做起了乡野农夫。”

“齐光现在要疯了，你与他有什么恩怨，竟然要如此害他？”

说到“齐光”两个字，乐闲眼里的柔情刹那间消失无踪。他就像厉鬼一样，满面阴森。他十分警惕地问高和：“你是来帮齐光的？”

“度人，何尝不是在度己？”高和微微一笑，“有什么深仇大恨，竟然不惜抵上自己的命数？”

“你若知道我经历了什么，也一定会像我一样，对齐光恨之入骨。”

— 8 —

乐闲的恨意是凛冽的。

仿若十二月呼啸的风，要一寸寸将人撕裂。

事情还得从五年前齐光与孟爰爰刚认识时说起。

齐光看上了春喜楼的头牌孟爰爰，孟爰爰也觉得遇到了良人。

彼时看得起她们这些青楼女子的大多数是郁郁不得志的酸腐文人，空有一颗怜香惜玉的心，却没有怜香惜玉的本事。若有本事的，多半也就将她们当成精神伴侣，绝不会明媒正娶。

似齐光这样出格的纨绔子弟，在无忧城实属异类。齐光爱孟爰爰，愿意与她长相厮守，于是她成了春喜楼里女人们艳羡的对象。

彼时，一个名为怜翠的歌女与孟爰爰情同姐妹，怜翠与孟爰爰同一天进入春喜楼，怜翠的姿色不算出众，人气也不如孟爰爰。但孟爰爰有钱之后也没有忘记接济怜翠，两人约定攒一笔钱后替自己赎身，从此以后过闲云野鹤的日子。

怜翠得知孟爰爰爱上了齐光，要背弃与自己浪迹天涯的承诺，与孟爰爰大吵了一架。

怜翠费力地搬来箱子，打开箱子，将自己攒的金银珠宝翻倒在床上，给孟爰爰看。

床上堆满了金银财宝，到处都是银票，那都是姐妹两人多年来为自己攒下的嫁妆。

怜翠指着那些翠翘金钗，万分激动："你不是一直担心钱不够吗？我省吃俭用攒了这么多，都是为姐姐准备的。"

"如今不是钱不钱的问题，"孟爰爰没想到怜翠不知不觉有了这么多钱财，怜翠对她的情义让她无比愧疚，"我以前认为男人都靠不住，但自从遇到了齐光，我才发现我错了。"

怜翠感到寒心，她寒心的是孟爰爰对曾经和自己的约定不屑一顾。孟爰爰遇到了一个她自以为知冷知热的男人，就忘记了好姐妹。

"姐姐，你太让我失望了。"这是怜翠留给孟爰爰最后的话。

床上的财物，怜翠拿走了属于自己的那一份，然后头也不回地离开了春喜楼。

齐光为孟爰爰赎了身，虽然没有得到好姐妹的祝福，但孟爰爰还是上了花轿。古人常言以色侍人者，色衰而爱驰。孟爰爰不明此理，一心认为自己是被天选中的幸运儿。

婆婆将自己的贴身丫鬟绿绮送到孟爰爰身边，作为照顾她饮食起居的大丫鬟。

绿绮与孟爰爰并不亲厚，尽管孟爰爰已身怀六甲，她对孟爰爰的态度也不冷不热。

但凡孟爰爰在齐光面前说绿绮的不是，绿绮便以孟爰爰欺负她为由，说得孟爰爰脸上没有光彩。在她嘴里，孟爰爰是个贪慕虚荣的烟花女子，虽然出身不高，但染了一身小姐的毛病，仗着自己肚子里的骨肉，常常给下人们脸色看。

怀孕四个多月的时候，孟爰爰变得特别贪吃。她总是让绿绮准备很多小吃，生怕孩子饿着。齐光在的时候，绿绮总是对她千依百顺，齐光不在的时候，绿绮就变着法子刁难她。

孟爰爰去给婆婆请安倒茶，那柳眉细长的婆婆脸色粉白，一副尖酸刻薄的面孔。

婆婆嫌弃她一个要当娘的人也不知道舒展眉头，若是生下来的孩子蠢笨，便折了齐家的福气。

孟爰爰倒是想问她为什么要苛责自己。

孟爰爰想称病不见婆婆，又担心齐光认为她不孝顺，入宅不到三个月，她便后悔不迭了。

孟爰爰想怜翠了。

怜翠现在是自由身，不知道去了何方，但无论如何，像怜翠这样犹如野姜花一样顽强向阳的女子，去了哪里都不会让自己受窝囊气。

彼时齐光和自己的好兄弟乔松创办了一个名为“鸣鹿”的诗社，乔松的女性友人甘棠也略通文墨，所以偶尔会应乔松的请求到诗社玩耍。

那日孟爰爰也在，她安安静静地坐在角落里，与现场青春飞扬的年轻人格格不入。谁都怜惜她是个身怀六甲的妇人，而不是一位明媚的少女。

眼前的热闹都与她无关，尽管那一刻众人在为齐光作的一幅山水画题诗。

有人不识趣地提了一嘴："听说嫂嫂原来是春喜楼的头牌，诗词歌赋皆是一绝，不如让嫂嫂也题一首？"

乔松咳了咳，脸色不佳，那人连忙不好意思地道："失礼了，是在下失礼了。"

齐光仍旧不太高兴，以前冲动的时候，谁的话都像是在反对他实现自我，但现在生米煮成了熟饭，他的激情也退却了，别人明里暗里提到孟爰爰是烟花女子的时候，他便觉得丢人。

齐光转头，对孟爰爰道："你正是需要好好休息的时候，不如让绿绮先扶你回去。"

孟爰爰宁可在诗社里干坐，也不愿意回到那吃人的宅院。她仿佛领会不到齐光的意思，固执地道："我不累，我想多陪陪你。"

乔松的友人甘棠莞尔一笑："嫂嫂珠圆玉润，唇红齿白，一瞧就是有福气的人。"

齐光的脸色终于缓和了一些，孟爰爰虽说不上旺夫，但自己成婚后的运势倒是好了一些。他不至于做得陇望蜀的负心汉，该给孟爰爰的，他不会吝啬一分。至于孟爰爰有多少福分消受他的恩情，便要看孟爰爰自己的手段了。

大着肚子的孟爰爰坐在角落里，托着自己的肚子，仿佛托着一只熟透了的西瓜。

她盼望着自己能够早日生下孩子，能够像从前那样轻盈灵巧。

— 9 —

不知道是谁提议去泛舟。

诗社众人纷纷响应，孟爰爰也跟着起身，齐光见状难掩不悦："你大着肚子还跟来干什么？绿绮，快扶夫人回府休息。"

孟爰爰的心仿佛被人揪了一下，她愣怔在原地，有一瞬间仿佛觉得自己幻听了。她不敢相信自己的耳朵，不敢相信说出这番话的人是自己深爱的丈夫。

“绿绮。”齐光发现她还站着不动，免不了催促丫鬟。

绿绮忙上前扶着孟爰爰：“夫人，都已经出来这么久了，还是回去吧。”

孟爰爰压抑多日的情绪终于爆发了，她一把甩开了绿绮，冷淡地道：“我自己会走。”

齐光不知道她吃了哪门子的火药，见她发脾气了，心情更加不好：“人前你给我甩什么脸子？”

孟爰爰猛然瞪了他一眼，她仿佛一口气没有提上来似的，话到嘴边却说不出口。齐光被孟爰爰的眼神吓住了，他想道歉，然而孟爰爰已经和绿绮下了楼。

孟爰爰不敢坐轿子和马车，生怕把胎儿颠掉了。可是孟爰爰走着走着，鼻子忍不住发酸。齐光到底变了，又或者说他从来没有变过，他一直都是这副德行。

他无法体谅有孕在身的自己，就像在春喜楼花钱是消费她的温柔娇俏，娶回家了也不过是在花钱消费她的青春。

孟爰爰失魂落魄地向前走着，沿街有许多摆摊的小贩，如果她还是春喜楼的孟爰爰，现在应该是闲庭信步地观赏着这一切。

那时候她没有所谓的自由，但那时的她有钱，有时间，有男人们垂涎的目光。现在的她什么都没有了，比起现在的付出，交给春喜楼的酬金根本不值一提。

绿绮似乎也发现了她的不对劲，只是默默地跟在她身后，不敢说一个字。

江上波光粼粼，众人一边游湖一边谈天说地。齐光身为诗社的主人，现下反倒像个闷葫芦。他坐在船头吹着风，满脑子想的依然是自己婚后与孟爰爰第一次明面上的争执。

就在今日，就在方才。

齐光懊悔不迭，他曾答应孟爰爰会呵护她一生一世，做了夫妻以后，甜腻的感情似乎都变成了一地鸡毛。

乔松和甘棠喝酒，有的人在吃从河里钓上来的鲤鱼、螃蟹，还有的人正在翻阅经卷。他们还是少年少女的模样，唯有齐光觉得自己老了。

他什么也不想做，只是看着远处发呆。

耳边忽然传来“扑通”的声音，众人的视线都被声音吸引，齐光顺着声音看去，原来是有人落水了。他不知道自己是如何想的，跟着一起跳了下去。

齐光费了九牛二虎之力才将落水者拽到船上，乔松率先冲来，等乔松抱着落水者哭了半日，齐光才发现落水的人竟然是甘棠。

甘棠醉酒后摔进了河里，差点去了半条命。多亏齐光眼疾手快，才将她从鬼门关拉了回来。甘棠只昏睡了半个时辰，便悠悠转醒。

得知救人的是齐光，甘棠不免亲自过来向他道谢。

甘棠的脸颊微微泛红，齐光看着她，想起让妃子笑的荔枝。齐光对甘棠笑了笑：“什么酒让你醉成了这样？”

“用十二颗去核的青梅酿的酒，因为太好喝，不小心醉了。”甘棠笑的时候，两颗虎牙白白的。

齐光听说是青梅酒，一时好笑：“不过是果酒，怎么会醉？”

“我家的青梅酒和外面卖的可不一样，你若是喝了，就知道我为什么会醉了。”

“你们在说什么？”乔松从后面走来，乔松的模样有些文弱，尽管这些年在衙门里工钱涨了，但他长的肉还是有限。

齐光犹如芝兰玉树，乔松则如杨柳蒲草，两人的风采迥然不同。乔松从甘棠的主动里嗅到了一丝危险的味道。

“我问她为什么会坠河，她说她喝的青梅酒性烈，易醉，我不相信。”齐光的心情稍稍好了些，调整了一下坐姿。

船已经返航，风吹拂着齐光的长发，他含笑的脸上有一丝未脱的少年气。

甘棠的目光呆滞了片刻，忙别过视线。

乔松笑了：“这酒是她酿的，我常说姑娘家不要酿那么烈的酒，她偏不听。别人家的青梅酒哪有这么容易醉？”

“竟然是真的。不知还有没有酒，我也喝一盅。”齐光想起今日与孟爱爱的冲突，心情烦闷，忍不住问。

“我家里还有。”甘棠回答。

三个人下了船后约定在齐光家附近的百里亭相聚。齐光在逛街的时候提了一只荷叶烧鸡，乔松回家做了两道下酒菜，甘棠又取了三坛青梅酒，等三人相聚时夜幕已经降临了。

吃饱喝足后，三人对着星星吟诗作赋，齐光的郁闷一扫而空。他直喝到天破晓，跌跌撞撞地回家了。

齐光的气已经消了，但是因为醉酒，他回到家后没来得及和孟爱爱说上一句话，便蒙头大睡。

孟爱爱晨起，洗漱，给公婆敬茶，吃早饭，一句话也没多说。

她对齐光的失望在心里生根发芽，她在后花园散步的时候，发现一只黑猫爬上了院墙。

猫爪轻盈地在墙上漫步，它的眸子是金色的，形状像梭子一样。孟爱爱昨天逛街的时候，看到有人在集市上售卖这只野猫，她便买了下来。

中午，齐光才悠悠转醒。他看见散步回来的孟爱爱，忍不住问：“现在是什么时辰了？”

“午时已经过了三刻了。”孟爱爱的口吻淡淡的。

齐光瞥了她一眼：“怎么，还生气呢？”

“生气？”孟爱爱对他主动提起这件事感到意外，她冷笑一声，坐下了，“原来做了你的夫人我还没有资格生气了？”

“没有没有，生气是好事。”齐光自觉失言，又补充，“你可以生气，也怪有意思的。”

孟爱爱嗔笑他不会说话，但齐光这么说了，孟爱爱的心情一时间好了不少。她甚至觉得自己之前的种种想法过分了，何必买一只黑猫来招惹胎儿。

— 10 —

感情的事总是一发不可收拾。

甘棠生日那天，竟然收到了齐光的礼物。齐光送了她一车黄桃罐头，仿佛在齐光眼里，她是贪吃的代名词。乔松送的东西很普通，是女儿家喜欢的花簪。

看得出来，那银簪是乔松特意找人制作的，乔松还说，等到他攒够一百两银子，就上门向甘棠提亲——就这几年的事。

乔松几乎看到了自己迎娶甘棠的那一天。

两人青梅竹马，稍长一点便互生情愫，但喜欢一事向来不是公平的，乔松对甘棠千依百顺，而甘棠不喜欢乔松每天围着自己转，她说不清楚自己对乔松的感情。

当她遇到齐光，她忽然便明白了。她不喜欢乔松，只将他当成哥哥。

两人已经认识了这么多年，甘棠并非铁石心肠之人，她当着乔松的面，无论如何也说不出“分开”两个字。

优柔寡断对甘棠而言是一种无声的折磨。她再也无法轻松自在地面对乔松了，她看见他便觉得喘不过气。

齐光与孟爰爰的感情在一次争执后升温，齐光做了一段时间的好好先生。齐光越是好甘棠便越是喜欢他，甘棠翻阅了齐光的诗作、画作，发现他虽然是个纨绔子弟，但文化素养不低。

齐光家资颇丰，就算不用努力，一生也吃穿不愁。

齐光还有很多外人眼里看起来不务正业的爱好，不过甘棠觉得很有趣。比如搜集金石玉器，比如研究美食，比如赏花品酒。

齐光在北郊开辟了一片田地，每年换季时总会去地里摘些瓜果蔬菜，做两三道家常小菜。

在甘棠眼中，他是一个会吃会穿会玩还有文学素养的贵公子。而这样的男人冒天下之大不韪娶了一位青楼女回家，甘棠在心里将他捧上了天。

如此，甘棠便总是找借口，约齐光和乔松一起聚餐。有一日甘棠喝多了，乔松将她抱回了屋里。齐光已经醉得不省人事，完全不知发生了什么。

迷迷糊糊的乔松将甘棠压在身下，他问甘棠知不知道爱情的滋味，甘棠含糊地说不知。

乔松吻她的脖子："我爱你。"

甘棠愣怔，乔松的力气很大，她无法挣脱。

甘棠素来都不知道如何拒绝乔松，这次也没有拒绝。酒是色之媒，在热气与酒气氤氲的房间里，两人都失去了理智。

床帐被乔松放了下来，鞋子、外衫从床帐里飞出，灯盏跟着床晃动，烛火明明灭灭。

齐光睡熟了，他抱着酒坛子，念着今天的香煎小黄鱼真的很香，油炸的花生脆脆的，腌萝卜爽口开胃……甘棠的厨艺总是令人满意。

天破晓的时候，乔松系上外衫的扣子鬼鬼祟祟地溜出了屋子，他去水缸旁边洗了一把脸，将脸上的胭脂都洗去。

冷不防有人从背后拍了他一下，他吓了一跳，骇然转身。

原来是齐光。

"看没看见甘棠？我想跟她学那道蜜汁猪排，也不知道她放了什么料，这么好吃。"顿了顿，齐光又补充，"她做的溏心蛋叉烧和蟹黄鸡翅也不错。"

"她，她啊……"在乔松支支吾吾的时候，穿戴整齐的甘棠也出来了。她面对齐光时眼神闪躲，仿佛做了亏心事。

乔松忙道："齐光想跟你学做饭，你说他一个男人，怎么总喜欢围着灶台转？"

"嫂嫂一定很幸福，因为能吃到齐光哥哥做的饭。"甘棠不自然地道。

乔松的笑意凝在嘴角，沉默了一会儿，他道："我也学，以后天天给你做饭。"

"算了。"甘棠兴致缺缺，"我自己也很爱做饭，可以自己给自己做。"她对乔松玷污了自己清白的事情耿耿于怀，系上围裙便去了小厨房。

乔松和齐光都凑了上去。

第二日，甘棠悄悄去了一趟医馆，面对已经六十岁的女大夫，她臊红了脸，斟酌了很久，才在对方有些不耐烦的打量中说出了盘旋在心里很久的问题——

“若是已经和人行房了，我想伪装成还未行过房的处子，应当如何？”

大夫给她开了一方药，命她回去按时按量清洗。

如甘棠这样的女子，大夫也曾见过不少。大夫年事已高，对那些一心围着男人转的女子，唯有沉默。

“下一个。”大夫冷淡地赶客。

不到半个月的时间，甘棠又来了。她的脸色比之前更差，她手足无措地等待着大夫宣判一个结果。

果然怀上了。

她心知乔松一定会以此为由，让自己和他成亲。她若嫁人了，连做齐光的妾都成了奢望。

一向优柔寡断的甘棠要了一包堕胎药。

吃完药的那天恰好下雨，甘棠躲在屋子里，拒绝见任何人。疼痛一寸寸侵袭她的身体，她蜷缩成一团，又痛恨又懊悔。

悔自己为什么优柔寡断，恨乔松不珍惜她，没有结婚就猴急。

难熬的一夜终归过去了，她娘亲早上过来时，发现女儿晕倒在床，登时犹如晴天霹雳。她知道女儿发生了什么，但她必须装作什么也没发生。

甘棠病了好些日子，乔松急坏了，但这几日他上门求见，都被甘棠的娘亲赶了出去。

甘棠娘亲一见他便如见了瘟神。

她早就不同意女儿与破落户来往，如今经历了此等大事，母女二人只得默契地齐心保守秘密。她觉得，是时候让女儿断了和乔松的往来了。

甘棠气色好了一些，才出来晒衣裳，便见乔松爬上了自家的院墙。乔松身手敏捷，溜了进来，一脸焦急之色，问：“这些天究竟发生了什么？我和齐光找你玩，你都称病不见……”

“没什么。”甘棠冷淡地瞥了他一眼，抖开一件外衣，“我们分开吧，我不想嫁给你。”

乔松故作轻松地道：“你说笑呢，我要了你的身子，应该对你负责。”

“负责？你若对我负责就不该做禽兽的事情！”甘棠露出虎牙，一脸凶相，“我不要你负责，你走吧。我想了很久，我发现我们并不合适。”

“一定发生了什么事是不是？以前的你不是这样的！如果遇到了什么问题，我们可以一起面对的。”乔松的口吻明显慌了，拦住甘棠的去路，“若是爹娘的问题，我们可以慢慢说服他们。钱……也可以慢慢挣。”

“不，都不是，”甘棠看着他的眼，一字一句道，“一切都只是因为，我不爱你而已。”

如果乔松聪明一点，他就会体味到甘棠内心的怒火。

她的怨愤，她的嫌恶，她的厌烦，那些情绪统统压抑在心底，无处宣泄。现在的甘棠和从前不一样了，可是乔松不愿意承认。

乔松抓住甘棠晾衣的木盆，不让她走。

“一定发生了什么，你告诉我，我们可以一起解决。”

“非礼啊！”甘棠忽然喊了一声，乔松吓得放开手，甘棠趁势狠狠瞪了他一眼，“你最好离开这里，不然娘来了，你脸上也不好看。”

“甘棠！”乔松喊她的名字，她却不回头。

— 11 —

齐光逮了一头鹿，约诗社众人在雪天烤鹿肉吃。众人齐聚于齐家的八角亭，甘棠和乔松都来了。

甘棠瞥了一眼乔松，自然而然地往齐光的方向挪。

齐光见状有异，拍了一下乔松：“她在那儿，你怎么还傻站着？”

乔松尴尬地笑了笑，没有回答。

乔松并未靠近甘棠，两人之间隔着一条冰河，氛围比冬日的雪还冷。齐光心道两人定然闹别扭了，遥想到古本《红楼》的一件趣事，便招呼众人道：“在八角亭外有一片梅林，林子的主人为一位老太妃，她因为喜欢安静所以种了这一片梅林，隔着喧闹的俗世。你们谁若是有本事去向老太妃讨得一枝梅花，今天这鹿腿肉就是谁的。”

齐光向众诗友使眼色，立刻有人接茬儿：“一个人去怕是难，若是男女配合，就容易多了。”

“我看不如——”齐光正要给乔松与甘棠制造机会，谁知甘棠忽然抢答，“我和齐光哥哥一起去吧。我已经想到一个好办法了。”

众人脸色微变，齐光一时间也不知所措。

乔松佯装无所谓，道：“我觉着合适，你毕竟是诗社的主人。”

见乔松如此，众人只能含糊地应答。齐光没有办法，只能自己往自己挖的坑里跳。

两人披上雪帽，往梅林走去。等行出一段距离，齐光忍不住问甘棠：“究竟发生了什么？你今日为何有意避开了乔松？”

“我们完了。”甘棠的声音淡淡的，“有的人注定只能陪你走生命中的一程，剩下的路，自然需要新的人陪。”

甘棠有意无意地看向齐光，齐光心跳如擂鼓。他不知是不是自己多心，但甘棠对自己的态度，又不似什么感觉都没有。

两人抵达梅林，此时万千蜡梅盛放，与白雪交相辉映，甚为壮观。

甘棠今日身披浅金色斗篷，点了艳色的口脂，比素日更显妩媚娇俏。此情此景，齐光只恨没有纸笔画下来，白白糟蹋了。

他们缓步穿过梅林，园子深处有一个小院落，守门的两个丫鬟犹如粉雕玉琢的年画小人，听闻有客造访，忙道太妃正在小憩，不知何时才会苏醒。

甘棠忽然挽着齐光的胳膊，噘嘴撒娇道:“齐光哥哥，人家就想要两枝蜡梅，这点小事你也办不好吗？”

她的举止仿佛与齐光已经相恋许久，齐光刻意保持距离，她却一再贴近。

老太妃是虔诚的佛教徒，喜欢成全美满的姻缘，以积功德。这也是齐光当时提议两个人去要梅花的原因。

当众人看见齐光抱着两枝蜡梅和甘棠出现的时候，脸上都流露出看戏的表情。

“怎么这么久才回来？”有人打趣。

“赶巧太妃小憩，所以在屋外等了一会儿。”齐光解释。他微微的不自然落在众人眼里，仿佛欲盖弥彰。

那人又问甘棠：“当真如此？”

甘棠笑而不语。

齐光不知甘棠打什么算盘，可他不能任由事情越描越黑。

“不信你们可以去问问。”顿了一下，齐光补充，“我们能发生什么？”

一直闷不作声的乔松说话了：“谁知道呢？”

乔松一开口，众人便陷入沉默。两男一女的故事总是值得人玩味，他们识趣地不说话，却在心里默认了事情的发生。

鹿肉还未烤好，乔松便将齐光约到隐蔽的角落。乔松皱眉，问：“你什么意思？”

齐光心里也窝着一股火，他什么都没做，一切都是甘棠在玩他。齐光闷闷地道：“你管不住自己的女人，跟我有什么关系？”

乔松“呵”了一声，又狠狠地踹旁边的石凳，转身指着齐光破口大骂：“抢兄弟的女人，你不要脸！”

“老子若想要还用得着抢？”齐光气得七窍生烟，若不是他拉乔松一把，乔松现在还不知道在哪里混饭吃呢！

齐光越是气恼，越说气话，越让乔松肯定——自己被戴绿帽子和齐光有关系。

乔松一副恍然大悟的模样，冷笑着嘲讽：“我说当初救人怎么那么殷勤，原来早就惦记上了。亏我有事没事拉着你胡吃海塞，却不知道你是一条大尾巴狼。”

两人不欢而散。

临走时，乔松还诅咒齐光——吃着碗里的看着锅里的，迟早遭报应。

齐光本来好心打了一只鹿和众人分享，莫名其妙地被乔松骂了一顿，脸都黑了。

一场聚餐在齐光阴沉的脸色中落下帷幕。

齐光让甘棠单独留下，他非常严肃地警告甘棠：“你想气乔松也不必拿我当挡箭牌，我已经成家了。”

“抱歉，我没有想这么多。”甘棠楚楚可怜地道歉。

齐光也不好再说什么，他想着说不定甘棠是无意的。

齐光与甘棠的流言只沸了一阵子便凉了，齐光与乔松的关系却没有因此修复。

齐光为了避免见甘棠，便在家里陪待产的孟爰爰。

孟爰爰的孕期反应越来越大，婆婆见齐光在，便换了花样折磨她。

孟爰爰好容易熬过了反胃的前几个月，牙齿不知怎么又开始疼了。牙疼让她辗转反侧，她却不敢喊出声。

白天，婆婆以为孩子好为由逼她吃了许多猪蹄汤，一天三顿外加消夜，全都是重油发腻的东西，这会子猪蹄的味道还在她喉间翻滚。

孟爰爰仍有一些恶心的感觉，齐光一个侧身翻转过来，自然而然地将她抱入怀中。他的怀抱让她感到了一丝暖意。

齐光抚摸着她微微隆起的小腹，他的手法很温柔，她不自觉地往他的怀抱靠去。

齐光的态度让她觉得自己对孩子仍然有所期待，她期待孩子的到来能让她枯燥的日子变得精彩。

— 12 —

那是一个晴好的天气，孟爰爰照例在绿绮的搀扶下在花园里散步。她每天都要走上千步，因为大夫说，多动能够帮助生产。

甘棠路过齐宅的时候，发现了那只趴在院墙之上的黑猫。听说是孟爰爰买的，后来不知道出于什么原因放生了。

甘棠对“放生”二字嗤之以鼻，不过是扔了，说得好听才叫放生。

甘棠让人备了一小碗鱼肉，猫腰将碗放在墙脚，不一会儿，黑猫便悄悄过来了。

甘棠在黑猫吃鱼的时候，温柔地抚摸它的头。

“小姐，黑猫是不祥之物，您为何要接近它？”一旁的丫鬟不解。

甘棠挑起唇角，眼神幽幽的：“孟爰爰曾花了一百个铜子买下这只黑猫，若是让齐光知道她想用这只猫来制造‘滑胎’的假象，不知道夫妻俩的感情还能否修复如初？”

“可这胎是孟爰爰嫁入齐家的筹码，她怎么会傻到花钱惊自己的胎？”

“如果让她发现齐光和别的女人有染，哪怕是误会，一切就顺理成章了。”甘棠微眯眼，夜幕之下，她的眼神森冷可怖，“从来没有什么是我甘棠想得到，却得不到的。”

齐光抢乔松未婚妻甘棠的流言不知为何又在无忧城流传开，绿绮在齐光耳边吹风：“今天夫人在八角亭小坐，听闻那天烤鹿肉时少爷与甘棠在梅林待了一个时辰，脸色都黑了。”

“都是无稽之谈，到底是谁说的？”齐光放下茶盏，不悦地道。

“坊间都这么说。”

齐光冷哼：“给我查，我看看哪个捕风捉影，我不撕烂他的嘴。”

齐光匆匆回屋，孟爰爰果然坐在床前垂泪。齐光连忙解释：“夫人不必理会那些子虚乌有的事情，我的为人你还不清楚吗？”

孟爰爰念着自己身怀六甲，已经很久没有与齐光行房，又悲又怒：“这种事怎么会空穴来风？你定然是寂寞难耐所以和甘棠偷腥了。齐光，你对得起我吗？”

孟爰爰的不信任让齐光又气又急，他徘徊不定，又摊手问：“我要怎么做你才肯信我？”

“你还要做什么？你什么都不要做！若不是这些天你良心发现在家里陪

我，我当真以为你趁我不在的时候都去和那女人苟合了。”

气头上的孟爰爰说话万分难听，齐光只觉自己有口难言，便要拔剑割发明志。孟爰爰吓着了，扑上去夺剑。

夫妻两人抱成一团哭泣不止。

若不是因为这一出，孟爰爰还未曾留意过甘棠。在她的印象中，甘棠曾在诗社上夸她有福相，现在想来不过是在提前讨好她，想必那时候甘棠就有做齐光小老婆的想法了。

孟爰爰与齐光闹别扭不久，便发生了一件让孟爰爰性情大变的事。她放生的黑猫不知为何忽然扑向了散步的她，已经接近临盆的胎儿在孟爰爰猝然摔倒后早产，刚出娘胎便断气了。

孟爰爰在病床上躺了三天才能下床，她睁着眼睛，看着天花板，最后又闭上眼睛。仿佛闭上眼，她的孩子便还在。

齐光的悲伤不亚于孟爰爰，他不忍面对悲怆的孟爰爰，独自在知白酒楼喝闷酒。

甘棠犹如不散的阴魂，悄然地坐到了他对面。甘棠无意间提起了那只黑猫，说孟爰爰曾经花高价买下了那只猫，别人一直不清楚猫的用途，现下想起来，还有些可怕。

“原来夫人买猫，做的是这样的打算。”

齐光不等她说完，已经摔了酒碗往家跑。齐光将还在床上抹泪的孟爰爰揪起，恶狠狠地质问她：“你早就不想要这个孩子了对不对？”

孟爰爰只是怔怔的，她还沉浸在失去孩子的悲痛之中，面对齐光的质问，她的脑子一片空白。

孟爰爰没有立刻辩解，齐光便认为她一定是故意的。齐光嘴唇哆嗦着，因过于愤怒而瞪大的双眸藏着深切的苦痛。

他也曾浪子回头，曾三番五次忏悔，他自问就算有对不起孟爰爰的地方，孟爰爰也不至于用孩子报复他。毕竟那是一条鲜活的生命，那是他们爱情的结晶。

等齐光甩袖要离去的时候，孟爰爰才回过神，她拽着齐光的袖口，哭得不能自已：“不是你想的那样……”

齐光甩开她，现在的他听不进任何解释。

齐光多日未归家，婆婆得知孙子出事，对孟爰爰的态度更是恶到了心坎，恨不能让孟爰爰即刻给孙儿陪葬。

婆婆得知黑猫是孟爰爰所买，当即命人抓孟爰爰到祠堂。

齐光得知此事，忙不迭赶了回来。但听说是因为黑猫一事，齐光便乖乖地站在了婆婆身边。

孟爰爰求齐光救救她，她扑了上去，跪在齐光面前，哭着忏悔：“我买它的时候或许有过一闪而过的歹念，但是后来我就不想了。这是一场意外，我不是故意的……”

齐光沉默得如一尊雕塑，孟爰爰被人拖到长凳上，家法伺候。

她凄厉的喊声响彻祠堂，这里的每一个人都像修罗一样面目可憎，孟爰爰的喊叫从求饶变成咒骂。

她骂齐光负心，她骂自己贪心，她骂婆婆黑心……

婆婆怒不可遏，又命人掌孟爰爰的嘴，眼见孟爰爰浑身是血狼狈不堪，齐光终于想起两人的夫妻情分，让婆婆手下留情。

当夜，婆婆便当着所有人的面宣布将孟爰爰降为平妻，并声称她是齐家的耻辱，死后也不得入齐家宗祠。

齐光上前扶孟爰爰，孟爰爰却啐了他一口，冷笑道：“我现在才发现，孩子没活下来，是他的福气。”

自那以后，孟爰爰便疯了似的，见谁都要奚落一番。尤其是齐光，只要她看见齐光，便要冷言冷语相对。

她不仅恨，而且悔。若知道嫁给齐光会落得这般下场，她宁可一辈子做烟花女子，也不消受齐家的富贵恩。

— 13 —

人人都觉得齐光之所以如此，与甘棠的插足有着不可分割的关系。仿佛是为了与流言作对，齐光从不避讳和甘棠相处。

一来二去，两人竟然相熟了。

春日，莺飞草长。甘棠与丫鬟兴致勃勃地到郊外野餐。她们挑了一片林子，甘棠听到附近的流水声，想起林子外有一条小河，便想去河里洗把脸。

甘棠提起裙裾走向林子深处，一个疯女人忽然蹿了出来。甘棠愣了会儿神才看清楚那人的面容，原来是被传精神不太正常的孟爱爰。

甘棠对孟爱爰最深的印象，依然是孟爱爰托着肚子坐在阴暗的角落里，一副哀怨忧郁的模样。

孟爱爰如今衣衫褴褛，目光机警，仿佛一个行为鬼祟的小人。她手中握着一根银簪子，阴险地笑道：“他们都不信，那黑猫是听了你的话才扑我的，你这个烂心肠的贱女人害得我好苦，我今天就要跟你同归于尽！”

她状似疯癫，令人不敢与她正面较量。甘棠慌乱闪躲，一面躲一面解释：“一切都是意外，和我没有关系，你冷静一点！”

孟爱爰无论如何也不会相信她的话，她一路狂奔，惊扰了一位路过的孕妇。

那孕妇不知道发生了什么，但见两人闹得厉害，少不得从中周旋。孕妇左右劝不住，不小心摔进了河里。她呛了两口水直喊救命，甘棠和孟爱爰都慌了神，纷纷跳入河里救人。

她们将孕妇拉上岸的时候，那孕妇已经翻了白眼。

孕妇嘴里吐着水，发出了瘆人的咕哝声，身体止不住地抽搐。甘棠与孟爱爰都未曾遇到过这种事，一时慌得六神无主。

孟爱爰颤抖着问：“要不要喊人，送她去看大夫？”

“看大夫？”甘棠恼道，“你疯了吗？她看起来就快死了，而且还怀有身孕，一尸两命，牢底坐穿也不够你坐的。”

孟爱爰转身又想溜走，甘棠一把拽住她：“你去哪儿？”

“这事和我没关系，都是你的错。”孟爰爰缩成一团，冷漠地道。

“别把自己择得那么干净，如果不是你失心疯犯了，她怎么会掉进河里？这件事你负主要责任，想一走了之？门都没有！”

养尊处优的甘棠在现实面前露出了丑陋的嘴脸，她恶狠狠地威胁孟爰爰，若是孟爰爰走了，她一定会使尽浑身解数将所有的责任都推给孟爰爰。

孟爰爰何曾经历过这种事，只如惊弓之鸟，不敢动弹。

在甘棠的提议下，两人将孕妇抬到了密林深处。在她们寻找埋尸地点的时候，林中响起了窸窸窣窣的声音，孟爰爰骇了一跳。

甘棠让她守着，自己拨开野草杂树，发现原来是一只狐狸。

甘棠朝它扔了一块石头，狐狸便蹿走了。

甘棠和孟爰爰费了九牛二虎之力才将孕妇藏好，两人约定入夜后再来此地挖坑填埋。

丫鬟到处呼喊甘棠的名字，甘棠躲在暗处将身上的灰尘全部都拍干净，才若无其事地出现。她将一缕碎发别到耳后，满脸歉意地道：“怎么记性就不好了，找了半天才找到路。”

丫鬟不作他想，说自己已经将吃的放好了。甘棠强忍着呕吐的冲动，欢笑着吃完了带来的饭菜。入夜，她到自家柴房偷了一把铁锹悄悄溜出了家门。

孟爰爰早在藏尸的地方等甘棠了，她怔怔地看着孕妇睁大的眼，几度想为她合上，但是怎么都合不上。

甘棠吭哧吭哧地挖起了坑，两人忙了半天，才将尸体彻底掩埋起来。

甘棠累得气喘吁吁，只道：“从此以后我们便不要再见面了，若是有谁问起，也不要提这件事。”

孟爰爰心有余悸：“便是你请我，我也不会再见你。”

不久，衙门接到了一起失踪案，报案者是一名住在无忧城东郊的农夫，他说自己的妻子余红瑛在给自己送午饭的途中失踪了，好些天了，不见踪影。

衙门出动了大量的人手帮忙寻找，最终在余红瑛失踪地附近找到了余红瑛的尸体。苦于没有目击证人，衙门始终没有找到凶手。

有人密报甘棠曾在林子附近野餐，衙门便传她来问话，不过甘棠一口咬定自己始终和丫鬟在一起，衙门只好将甘棠放了。

所有人都放弃寻找凶手，唯有乐闲无法释怀。得知甘棠被问话，他便把目光盯向了甘棠，看孟爰爰紧张地找甘棠时，乐闲躲在暗处，听到了一切。

他花了两年的时间跟踪甘棠。整整两年，他就像黑暗中的眼，无时无刻不盯着她。他知道证据不足，甘棠不会受到任何刑罚，可是一尸两命，他如何能够放下？

他在心里构思了无数个报复甘棠的办法，直到有一天，有个人在街上拦下了他。

那人的眼里藏着玩味之色，问乐闲："你愿不愿意和我进行一个交易？"没等乐闲回话，他主动开出条件，"我只要你用爱与我交换，我便可以帮你实现一个愿望。"

乐闲以为他是神经病，不予理会。男人眨眼之间消失了，不一会儿，乐闲在转角处看见了他。乐闲大惊失色，惊问："你是何方妖孽？"

男人仍然微笑着重复："我只要你用爱与我交换，我便可以帮你实现一个愿望。"

乐闲停下来和男人聊了半日，便和男人签下了交换协议。

乐闲诅咒齐光，诅咒甘棠，也诅咒孟爰爰。他恨这些人因为纠缠不清的感情，将自己无辜的妻子牵扯其中，所以他要报复，他要让这几个人进入重复死去的循环，让他们为自己的妻子赎罪。

"你说，我有什么错？"乐闲面目狰狞，质问高和。

高和想了想反问他："那个提出交换条件的人姓甚名谁？"

已经不是第一起案子了，有人在他的眼皮底下玩弄世人。

"我不会告诉你他的名字，他是我的恩人。"乐闲这样回答，高和并不意外。那人的保密工作做得不错，无论高和怎么问，都没有得到一个满意的结果。

"你问我你有没有错，我认为有。"高和岔开了话题，幽幽地道，"你纵容着混乱。"

“可谁都没有帮我！”乐闲登时无比激动，“我也渴求有一天可以真相大白，但是我没有能力，我也没有证据！”

“所以，你就变成杀人犯？”高和望着乐闲，质疑道，良久，他还是叹了一口气，“算了，你如今也付出了代价。你很不幸，或许这个世界总是如此，充斥着不公和不幸。”

— 14 —

得天独厚者，需替天行道。

高和想，自己的骨子里带着一股近乎傻的正气，因为他曾为人师，时至今日，他还是不能彻底摆脱这股傻气。

如果是他遇到了类似的事情，他会怎么样?

他或许会做得比乐闲更极端。

可是齐光有罪，其罪当诛吗?

齐光无疑是个复杂的人，他有令人喜欢的一面，也有令人厌恶的一面。女人爱上他的时候，他是一个儒雅、不守教条、家世优越的贵公子。女人厌恶他的时候，未免觉得他不够负责，凡事摇摆不定，一边自我忏悔，一边又持续伤害。

齐光未必不怜惜孟爰爰，只是他无法接受孟爰爰对肚子里孩子的伤害。然而他在与甘棠日复一日的接触中，又不可遏制地堕入了甘棠为他织的情网。

高和让乐闲跟着自己，他的性格不允许自己只做一个旁观者。

高和将乐闲带到了知白酒楼。尹琅若见了高和，就像见到亲家似的，走过来一把搭上他的肩膀：“今天什么风把你给吹来了？”

“别的不多说，好酒好菜备上，晚上我要跟你大战三百回合。”

“上次拼酒你可输得很惨，今天就想赢了我？”尹琅若拍了拍他，嗤笑，“若是喝醉了千万不要再在我跟前耍酒疯。”

高和不屑：“耍酒疯的人是你，也不知道到底是谁当着我的面哭哭啼啼，称自己是个烂人。”

“当年的糗事，不提了吧。过去的很多事，我似乎忘记了。”尹琅若自顾自笑了笑，不再理会高和，他吩咐小二，让厨房备些酒菜，自己转身继续陪客人喝酒。

高和与乐闲在二楼围栏内看着一楼大堂，知白酒楼总是生意火爆，这也得益于尹琅若过人的经营之道。

高和指着角落里一个将脸埋进菜盘子，醉得不省人事的人道：“他就是齐光，现在每天都活在愧悔之中，你要不要见一见他？”

“你到底要干什么？”乐闲不解地问。

“这世上若没有那么多玄妙的事情的话，我就什么也不必做了。一旦有了，我就不得不做点什么。你随我来。”

高和快步下楼，摇了摇醉成死猪的齐光，他仍旧没什么反应。高和让人将他抬到后院，哗啦啦几瓢冷水淋在他头上，给他醒酒。

齐光在醉生梦死之间睁开眼，目光混沌地望着高和，问：“你是谁？”

“你不认识我了？”高和感觉有些好笑，“我为你找到了凶手。”

“凶手？”齐光勉强挣扎着起身，他死死盯着高和身后的乐闲，向前一扑，却扑空了。他再扑，乐闲已经闪出了侧门外，他仍旧穷追不舍。

人醉了，恨意还在。

如今的乐闲不过是一道魂魄，齐光又能拿他怎么样?

齐光的愤懑丝毫不减，他扬言要杀死乐闲，浑然不知乐闲已经死去的事实。

“我与你有什么仇什么怨，你要害得我家破人亡？”齐光目眦尽裂，悲愤交加。他扬手，他跺脚，他挠头，抓狂后又无奈地坐在地上。无处发泄又汹涌的怨怼让他忍不住以头抢地，涕泗横流，他在地上打滚，发出声声嘶吼。他恨，他痛，他也绝望。他要报仇，他又报不了仇，一切如梦似幻。他狠狠地拍自己的脸，想让自己清醒，传来的痛意又是如此真切。他犹疑地看着高和，眼中是怀疑人生的迷茫。他沉默了，不挣扎了，平躺在地上，只有缓缓起伏的胸膛证明他还活着。

高和静静看着齐光发了一会儿疯，在齐光安静下来之后又等了好一会儿，蹲下身，拍拍齐光的肩膀，示意齐光坐起来。

高和盘腿坐在他对面，将乐闲的经历原原本本告诉他。

冤有头债有主，齐光听完哑然无声。

对于齐光而言，他是被牵连的无辜者。

对于乐闲而言，他也是被牵连的无辜者。

齐光想打乐闲，又举不起手来。他问高和：“我该怎么办？”说话间，他茫然四顾，深吸一口气，“我又能怎么办？”

高和安慰齐光道：“今天我会让一切事情都回到原点，你可以重新做一次选择。齐光，你回家吧，回去好好睡一觉，明天一切都会不一样的。”

齐光不知高和要做什么，听到高和淡然的语气，齐光又燃起了一丝希望。

天空好像开始放晴了。

齐光走后，高和转身对乐闲道：“你也回去吧，好好待着，等待转机。不过你心中的恨意太浓，若是被恨裹挟着，你今后的路未必会好走。”

看似交换情绪而已，但喜欢、愤怒、悲哀、痛恨都是人类的感情，若是缺少了任何一味，都后患无穷。

高和担心现在在无忧城中行走的人都是缺失的人，而他们并不知道这种缺失有多么可怕。

将两个人打发走，高和念着尹琅若的下酒菜应该准备好了，慢慢朝雅间走去。

天渐渐晚了，月亮升起，华灯初上。四周帘幕在晚风的吹拂下翻飞，高和为尹琅若斟了一碗大麦酒，又切了一片火腿肉：“吃，就当在自己家，别客气。”

尹琅若嘴角抽了抽：“这是我的酒楼。”

“客气啥。”高和仿佛没有听见，继续打趣。

尹琅若翻了个白眼，把火腿肉塞进嘴里，恨恨地嚼着。

在高和啃猪蹄啃得正欢的时候，尹琅若冷不丁问他：“你要逆转光阴？”

无忧茶馆的仓库里种植着一株仙草，此仙草名为“流光”。将流光拔下，就能让时光倒流。一旦时光倒流，流光会顷刻枯萎。

这是改变人命数的宝物，哪怕能够使用，也会折损施术者的道行。尹琅若言语之间充满关切，高和暗笑，尹琅若这人就是藏不住情绪。

“不错，‘流光’被我养了这么多年，是时候派上用场了。”他呷了一口酒，吧唧吧唧嘴，“如果能让别人好过一些，折损道行又有什么关系？”

高和也好，尹琅若也罢，若是当初他们遇到问题的时候，能有人帮一把，或许现在就不会整天只能无聊地靠喝酒打发时光。

也许不是在打发时光，只不过想借酒忘记现实。

这个好似没有心的人忘记过去了吗？高和不知道。

“你越发像邱冠了，最近他有没有给你回信，这家伙也走了一两年了，怎么心这么大呢？”

提及邱冠，高和便想起邱冠因为喝得烂醉如泥耽误正事的过往。高和觉得自己算是一个荒诞的人，但邱冠比自己更荒诞。

邱冠似乎没有过去，也无人知道他的未来。

不过有谁是真正没有根的？

“我倒是听过这么一个故事，故事里的那个人，就是没有根的。”尹琅若不知怎么来了一句。高和笑了：“你这人，倒活成了我肚子里的蛔虫。”

酒逢知己千杯少，尹琅若一杯接着一杯。云散月明的夜，光华洒满知白酒楼，喝高了的尹琅若有了便意。他踉踉跄跄地站起身，高和想扶他一把，被他轻轻地推开了。天旋地转那一刻，一阵清愁笼罩在他心头，他喃喃自语：“我好像看见花绒了。”

高和一阵惊愕，这个名字，他许久没有听过了，这个故人，离开人世好久了。

他觉得尹琅若好像有心了。

他也羡慕尹琅若，这一瞬，能放松地做自己。

尹琅若独自缓缓走着，突然而至的乌云盖住了大半轮月亮，他的身影消失在漫漫长夜之中。

高和想叫住尹琅若，伸了伸手，声音堵在喉咙处，想想还是算了。他饮尽了杯中酒，不胜酒力的他一头栽在小桌之下。半醉半醒之间，他仿佛听到两个声音在叫他。他不想睁开眼睛，也不能让自己醒来。唯有此刻，时光穿梭百年，一家三口，其乐融融。

— 15 —

齐光睁眼的时候，日色正好。他抬眸瞥了一眼，发现自己并不在家中。

他身下有些摇晃，定神一看，原来是一顷碧波。碧色的河水在日色的照耀下散发着粼粼波光，虽然不是清澈见底，但依稀可见肥美的游鱼。

齐光转身看去，眼前都是“鸣鹿”诗社的人。他们现在在一艘画船上，风吹得衣袂飘飘。乔松与甘棠正饮酒作乐，有两人闭目垂钓，还有的人在翻阅经卷。

他用最快的速度反应过来，他重回第一次与孟爰爰闹别扭的那天了。现在众人正在游河，待会儿甘棠就该落水了。

齐光立刻起身，他来到乔松与甘棠面前，故意抢了乔松的酒：“什么酒这么好喝，连自己站在船边也不知道？”

乔松低头一看：“亏得你提醒，不然差点掉下去了。”

一旁的甘棠醉醺醺的，乔松顺势揽着她的腰，将甘棠揽入怀中。

齐光给好兄弟一个眼神：“你小子不错，好好把握机会。”

乔松也回了齐光一个眼神：“借你吉言，必须的。”

乔松抱着醉醺醺的甘棠入了船舱，那天游河相安无事，一下船齐光便赶回家了。得知孟爰爰从集市里买了一只黑猫，齐光登时像见了瘟神似的，不顾孟爰爰的惊诧，抱着黑猫便出了府。

他将黑猫送人了，还给了对方一大笔银子。

回屋时，孟爰爰坐在床边垂泪。齐光见她大着肚子我见犹怜的模样，想到后来在她身上发生的种种，心底五味杂陈。

如果不是自己先招惹孟爰爰，她也不会疯。

齐光抱住孟爰爰，柔声安慰：“都是我不好，让你受了这么多委屈。”

齐光的安慰反倒让孟爰爰哭得梨花带雨。多少次，她喟叹自己选错了，没想到齐光还是个知冷知热的人。

齐光用帕子给她擦脸，逗她道：“你若再哭，孩子该伤心了。放心，我既然选了你，一定会对你负责。我这就给你一块令牌，有了它，以后我若再欺负你，你就用它来治我。”

孟爰爰破涕为笑，怪嗔道：“这又是什么劳什子玩意儿，能够治你这混世魔王？”

“自然是我齐光的传家之宝，有了它，以后你在齐家就可以横着走。”

齐光变戏法般从袖口取出一枚如意金钗：“看，这就是男德令牌，你日日将它戴在头上，我就日日记着自己要守男德。”

孟爰爰见状又是恼又是气：“好你个齐光，用钗糊弄我，看我不挠你。”

夫妻两人闹作一团，闹着闹着，齐光与孟爰爰又静下来。他们看着对方，忍不住便抱在一块儿。

孟爰爰满足地想，即便是怜翠见了，也会祝福她的。

无忧茶馆的大门敞开着，茶馆里，一个人正默默地坐在角落饮茶。

那人年纪约三十岁，一副沧桑落拓的模样，皮肤黝黑，身材适中。他的五官生得英气逼人，一双眸子却暗淡无光。他背着一把古琴，用白布简单地缠绕着。

柳橙最近不知道被谁蛊惑了，也带来了一把瑶琴，说是要学几首曲子，回家弹给妻子听。封如贤和高和在一旁嗑瓜子，尹琅若倒是兴致勃勃地瞎指点。

一曲下来，钱来福痛苦地捂上耳朵，躲到后院去了。封如贤和高和也对视一眼，都说自己忽然肚子疼，得去一趟茅厕。

“哎，哎别走啊。”柳橙挠挠头，“有这么难听吗？我以前好歹也学过皮毛，虽然天生音痴，但这份精神难能可贵嘛！”

茶馆里的客人纷纷被吓跑，唯独那饮茶的客人还没走。

柳橙忙对他道：“想必这位仁兄才是知音，不知道兄台怎么称呼？”

客人擦了一把憋出来的鼻血，又将耳朵里的两团棉花取了下来，然后才回答道：“陈宇。”

“……”

柳橙倒是佩服他塞着棉花也能听见自己的声音，顿了顿，他问陈宇：“我见你背后也背着一把焦尾琴，兄弟也是干这个的？”

“不是，”陈宇沉默了一会儿，淡淡道，“以前我是负责送货的。”

柳橙与尹琅若对视一眼，立刻明了陈宇这句话的意思。

陈宇是一个走私犯。

青天白日，乍然听到这么一句还怪冷的，就在柳橙不知道应该说什么的时候，一位抱着孩子的妇人，和一个比她高一头的男人走了进来。

柳橙没见过他们，恰好钱来福不在，便问：“你们要点什么？”

“什么都不要，只是想见一见恩公。”妇人说，她叫余红瑛，身边这位是她的丈夫乐闲。说话间，另外两对夫妻也进来了。

齐光抱着孩子，与妻子孟爱爱有说有笑。乔松则小心翼翼地扶着大肚子的甘棠迈过门槛，生怕她磕着碰着。

“哟，今天客人真多，几位不会都是来找高和的吧？”

他们异口同声：“你怎么知道？”

高和恰好与封如贤从后院探出一个脑袋，想看看柳橙是不是还在弹琴。齐光一见他便兴高采烈地上前，感激道：“若不是老板你，我这辈子怕是毁了。”

“好，好了……”高和皱着脸抽出被握得发痛的手，“客气话也不必当面说，意思意思就行。”

“意思意思？”齐光连忙摇头，“这种事情怎么能意思意思就算了？要谢，还要重重地谢。”

那边乐闲已经将一麻袋的瓜果扛了进来，一边往里抬一边道：“高老板，这够不够意思？”

柳橙立刻朝齐光挑了挑眉，做了一个数钱的动作：“高兄说的意思意思，是这种意思。”

高和忙咳了咳：“胡说，我这么清高的人！”

“得得得，您清高，那不然……这一袋瓜果给我就行，我是一俗人，不挑。”

眼见柳橙要去取瓜，高和忙道：“别人送的，我怎么能随便转手送人？你若想吃，来我这里吃就好。”

齐光见状愣了一会儿，连忙道：“这好办，赶明儿我给老板送几车吃的，包您吃到过年。来来来，您上座。”

齐光做了一个请人的姿势。

看样子，齐光要开始倾吐他这些日子以来的肺腑之言了。

第四杯茶

回南仓

我走在熟悉的街道上，

人来人往。

什么都变了，

我也变了。

— 1 —

“高老板。”

在酒足饭饱之后，有人唤了一声高和。高和抬眸瞥去，乐闲匆匆走来。

乐闲将高和拉到一边，小声地道：“有件事情，我思量很久，仍觉得必须告诉你。”

不用想，高和也知道是什么事。

“说吧。”

“口口声声称想帮助我的人，是闻名无忧城的画师彦青。不知道高老板是否认识他？”

“彦青？”

虽然高和早有怀疑，但从乐闲嘴里听到“彦青”两个字，他依然愣了一下。

彦青为什么会和凡人做这样的交易?

盘旋在彦宅周围的妖气，竟不是黄鼠狼的?

那是个阴森的妖宅，每日进进出出的女眷不计其数，到底还有多少人和彦青做过交易呢?

“我自然认识，”高和蹙眉思忖半日，嘱咐乐闲，“这件事天知地知你知我知，切莫让彦青知晓，不然你恐有灾祸。”

“好。”乐闲微微感动，难为这时候高和想到的还是他的安危，不过他既然敢告密，自然做好了最坏的打算。

一场聚会在杯盘狼藉后接近尾声，高和让钱来福关门打烊，他今天不想做生意了。

钱来福正要关门，那背着琴的客人陈宇忽然一头栽在菜盘子里。

钱来福过去探了一下他的鼻息——陈宇醉了。

对于这种醉汉，钱来福处置得轻车熟路，正打算将他扔出去，高和却在上楼时转身叫住钱来福："将那醉汉扶到客房歇息，我另有打算。"

"我刚摸了一下，他口袋里一个子儿都没有，肯定早就盘算好了要吃霸王餐。"钱来福最不齿吃白食的，劝高和不要在这种客人身上浪费心思。

不知为什么，高和总觉得，留下这人有用处。

"你把他扶到客房，剩下的交给我。"高和要准备接下来说书先生的文稿了，他推开仓库的门，迎面就撞上准备出来的王子敬。

他俩大眼瞪小眼，尴尬了一会儿，高和摸摸鼻子："你越发神出鬼没了。"

王子敬将一沓文稿塞进他手中："看吧。"然后，他幽幽地飘回瓦罐里。

高和数了数文稿页数，这次王子敬写了不少。这些文字以一只花狐狸的视角，写了一些它在人间的见闻，看样子是真妖真事，不是抄来的。

高和将白珏给自己做的蜜汁炸鸡装在搪瓷碗里，搬了一张椅子坐在院子里，细细品读这只花狐狸的过往。

裹满酱汁的炸鸡腿外酥里嫩，高和还没翻开文稿，就已经吃了两个。

高和吮了一下手指，瞥了一眼文稿的第一页，调整了一下坐姿，舒舒服服地看起来。

我叫刘寺，是一只修炼成精的公狐狸。三百年前，我刚刚成年，就收到了表姐的来信。她说她现在在一户人家里当宠妾，如果我想到凡间玩耍，可以找她。

我正好想去凡间游历，便揣着表姐的信下山了。

表姐化名苗芳芳，嫁给了一位姓苏名蒙的财主，虽然没有孩子，但非常受宠。苏蒙完全不怀疑她其实是一只狐狸精，因为他早已经被表姐迷得五迷三道。

我向门前的家丁递上表姐的家信，不一会儿我就在客厅里见到了苏蒙，那个男人看起来远不如狐族俊秀，甚至肚了有一点发福。他二十来岁，着锦缎织就的长袍子，头发一半扎着一半散着，很是散漫。

“这就是我常常跟你提起的表弟，刘寺。”表姐微笑着介绍我的名字。

我向姐夫问好，姐夫上下打量我，捋捋黑须笑了，道：“连远房表亲都生得这么俊雅不凡，看着不似表的却似亲的。”

听起来好像是这么回事，可一咂摸又不对味。我规规矩矩地坐下，按照表姐给我的范本一一回答了苏蒙的问题。

比如我来自遥远的南方，家住永禾城清水县，家里做胭脂生意，自己从小跟着父亲行商，这次恰好来无忧城，就登门拜访。

苏蒙让下人洒扫出一间客房，让我这段时间暂住这里，要什么吃的用的都不必客气。

我进后院的时候，远远地见了一个抱着孩子的女人，她的皮肤状态非常糟糕，脸色蜡黄，还有些许斑点。她盘着高高的发髻，只点了一点胭脂的脸显得格外刻薄。

听说，此人就是苏蒙的正妻齐氏，自从苏蒙爱上表姐之后，齐氏就没了地位。名位上是妻子，其实过得不如小妾。

表姐替我吩咐小厨做饭，我问表姐：“你为何会嫁给一个有妻儿的中年男人？做缺德事会损道行的。”

“你个小屁孩懂什么，净说这种胳膊肘往外拐的话。”表姐嗔笑，喝了一口茶，像是格外舒心地出了一口气，“那时候我差点被猎户的捕兽夹夹死，如果不是苏蒙，现在我就不在了。我瞧上他，想嫁给他，有何不可？各凭本事争取幸福，有何不可？”

“可是如果有一天他发现你是一只狐狸精，不爱你了怎么办？”

“他怎么会不爱我？”表姐想也不想就反驳我。

我不死心，追问："那他知道你是妖吗？"

表姐登时不作声了。下人将小菜和糕点端上来，表姐笑嘻嘻地岔开话题："吃菜，吃菜。"

表姐既然乐于如此，我自然不好说什么。

人间的东西都用火煮熟了，还放了许多香气扑鼻的调料，我吃得不亦乐乎，很快就把表姐插足别人婚姻的事情抛之脑后。

有人说，妖怪生来就是茹毛饮血的生灵，我并不认同。我觉得妖怪更像是新生的婴儿，若是能跟着善人修行，或许就能够飞升成仙。

我们是白纸，谁都可以在这张纸上绘一笔，黑的、红的、黄的……任何色彩。

我刚刚到无忧城的时候，看什么都新鲜。比如风靡无忧城的烤鸭，我就特别喜欢吃。香满园的烤鸭最为人所推崇，秘制的烤鸭外皮焦脆，肉质软嫩多汁，怎么吃都不腻。我只要有闲钱，每天都要买一只吃。

无忧城还很流行一种吃肉的方法，就是将烤鸭片成肉片，放在春饼皮上，放黄瓜丝和大葱丝，蘸酱卷起来吃。我不知道那酱是用什么做的，色泽为深褐色，吃着有一点甜，也有一点香。春饼皮不仅能包烤鸭，也能包烤羊肉和各色素菜。

我在无忧城三个月，肥了二十斤。

— 2 —

有一个女人和我一样，对无忧城的美食情有独钟。

她在凡间算是挺胖的，个头又不高，远远看去，就像一颗肉球。其实我觉得她不算胖，但竟有许多人取笑她。

我不理解这是为何，高矮胖瘦，各有各的美，为何这世间不懂欣赏的人如此之多？

她祖父是无忧城有名的厨师，父亲在留仙居当大厨，她从小就吃遍珍馐美味，营养过剩，生得肥美了一些，也情有可原。

作为富家千金，她身上的首饰真不少——耳坠、项圈、手镯、香囊、玉佩、金钗、翠翘、璎珞圈……

每走一步，都能听到叮当之声。

我想问她，佩戴这么多东西，累吗？

各家酒楼都喜欢她，也畏惧她。喜欢是因为她是个阔气的主儿，每次吃饭都会点满满一大桌子。畏惧是因为她嘴毒，若是吃的东西不合胃口，第二天整个无忧城都会知道。

她姓赵，双名汝成，因为太能吃，一直嫁不出去。她的父亲便想了一个馊主意，他在无忧城举办了一个特殊的招亲比赛，若是谁能在两个时辰内吃最多的肉，就能入赘他赵家，以后万贯家财都是女婿的。

不用想，这种招亲活动肯定会引来非常多贪钱的小辈，连我身边的猪妖兄弟宋恩都蠢蠢欲动。

宋恩是一只黑皮长獠牙的豪猪妖，我和宋恩在它还没化成人形时就认识了，这家伙跟我一起下山，花我表姐的钱，跟着我胡吃海塞。

他听说赵家要办如此特殊的招亲比赛，乐得牙缝都笑松了。我劝告他，招亲的本质在于招亲，而不是吃。若是你不喜欢赵汝成姑娘，就不要耽误她。

“结婚而已嘛，不难吧？我爹追我娘的时候，一根红绳就拴回家了，哪有这么邪乎的说法？”

“不仅仅是一根红绳，还有半山的野味。”我摇摇头提醒他，“而且，他们是同类。”

宋恩完全听不进我说的话，非要去吃。他还撺掇我去，说就算他请客，以后他入赘赵家了，更要免费请我吃，以还我的恩情。

我没办法，只好和他一起上场了。

比赛那天，赵家做的竟然是全猪宴。宋恩一时间腿软，让他发狠吃自家兄弟，他如何下得了口？

宋恩提议吃羊肉，我本以为赵老爷不会同意，没想到他二话不说，就叫人端出了三只烤全羊。宋恩两眼放光，左右开弓，吃得不亦乐乎。

我在一边装模作样地慢慢吃，因为比较担心宋恩的情况，所以也没怎么理会周围的参赛选手。

宋恩吃得狂野，以至于全场的目光都被他吸引了。宋恩似乎从没有吃过这么好吃的羊肉，越吃越放浪形骸，不知不觉地，他吃得耳朵变成了猪耳。

我吓了一跳，小声提醒他，他却着了魔似的，越吃越来劲。

不一会儿，猪头、猪肚都现原形了，现场众人吓得连连后退，仿佛见鬼似的。

“妖怪！有妖怪！”女人们尖叫。

宋恩两手抓着羊排，吃得满嘴流油。他茫然地环顾四周，还没反应过来发生了什么事，就被那些拿着钉耙的家丁一顿痛殴。

我想救人，但不是他们的对手。宋恩狼狈逃窜，临走的时候还不忘抓一只羊腿。

我不由叹气，凡事过犹不及，他可能是在吃东西的时候贪念太重，压不住妖气，便化作原形。

就在我准备离场的时候，赵老爷忽然打了一声鼓，在场所有人都安静了下来。接着，我眼睁睁见他走向我，举起我的手说：“这位刘公子一共吃了三头猪，是当之无愧的大胃王。”

赵汝成瞥了我一眼，害羞得将头埋进了锦帕里。

“这男人好傻。”

我听到有人窃窃私语。

我还不知道发生了什么，方才我漫不经心地吃东西，的确没有停过，也没有细数自己究竟吃了多少。我只知道宋恩吃了很多，没想到我吃得更多。

我在赵汝成闪躲的眼神里发现了一个秘密——这不是心血来潮的招亲比赛，她很早很早就注意到我了，甚至芳心暗许。

我掉入了她的陷阱而不自知。

可是我又怎么能破坏规则？我不免懊悔，若不是宋恩这个猪队友，我不至于如此被动。

“赵老爷，我想对小姐说两句悄悄话。”

得到了应允，我走到赵汝成身边，让她正眼看我。我说：“赵小姐，我只是陪朋友过来比赛，我对入赘赵家完全没有兴趣。今天吃了多少肉，我赔你，咱们好聚好散好不好？”

赵汝成的脸色煞白，她盯着我，就像是遭受了莫大的羞辱却不能爆发一样。许久，她问：“你对我一点感觉也没有吗？”

方才她看得真切，我吃得非常卖力，她还以为我爱她爱得不行。可我不得不点头，我只是认识她，我还不知道何为爱。

“不如我们试试看？我觉得你应该不会在这么多人面前拒绝我吧？我是个女孩子，若是如此丢人，我就没有脸活了。”

我承认，“没有脸活”这几个字震慑了我。我不知道的是，人间竟然对面子看得那么重。

我沉默了。

赵老爷问我们是否已经谈好，我也没有说话。

我成了一个木偶人。

今天，我是最大的输家。

我失魂落魄地回家等消息，表姐看出我的不对劲，关切地问我发生了什么。我无奈地笑了笑：“我要成亲了。”

表姐的下巴差点惊掉。

她倒了三次才倒出一杯茶，水洒了一桌子。她慌里慌张地喝茶，又向我确认：“你……要成亲了？”

“嗯。”

我将被猪妖宋恩坑的事情一五一十说了，表姐听着听着便啐了一口：“那泼皮蹭吃蹭喝就算了，还害自家兄弟。婚姻大事不是儿戏，娶了就要负责的。”

我点点头：“其实我不仅仅担心赵汝成会想不开，我更担心如果我暴露了自己妖怪的身份，会影响表姐你。”

“好孩子，”表姐笑颜如花，“你能为我着想，算姐姐没有白疼你。这件事应该怎么办，容我再想想。”

— 3 —

表姐的意思是，这门婚事很荒唐，到时候她亲自上门，和赵家理论，让他们了解男方的态度，就算赵家脸皮再厚，也不能觍着脸上门。

我仍然纠结。

我纠结的是不知道赵汝成被拒绝后会做何感想，会不会因此想不开，做伤害自己的事。

表姐笑了，戳戳我的鼻子：“你呀，就是太为人着想了！如果你真的为赵汝成好，就应该快刀斩乱麻。”

我要思考一段时间。

我将自己锁在屋中，回想自己与赵汝成的初识——实在是没有什么初识，只是在各大酒楼或是路边小摊吃东西的时候，总是能碰上她。

我对无忧城的美食情有独钟，不单单烤鸭，好吃的太多了。人间的文化博大精深，一只鸭子有千百种做法，每一种都有独特的味道。

鸭血粉丝、卤鸭胗、咸鸭蛋、白切鸭、老鸭汤……

我不知道为什么人那么聪明，不像我们狐狸，除了生吃，还是生吃。我在享受美食的时候，赵汝成也在享受美食，她膀大腰圆，屁股下的凳子都被她坐得看不见影子。

她的面前总是摆着无数吃的，寻常人只吃半只到一只鸡，她可以吃三四只，能吃得很。

她这个面目模糊的女人，我怎么可能对她怀有爱意呢?

但我的良心不允许我拒绝她，所以表姐上门说理的时候，我也跟着去了。

“姐，让我和赵汝成再谈谈。”我说。

“还有什么好谈的？”表姐不明白。

我硬要谈，将赵汝成约到湖边。我问她：“如果结婚后我不想碰你，也不照顾你，你还想和我在一起吗？”

“不生孩子吗？”赵汝成显然没有料到我如此直白。

我明确告诉她：“我们不会有孩子的。”

赵汝成手指纠缠着，大概也是看出我不爱她了，但我的话好像又给了她希望，因为我说的是——结婚后。

赵汝成咬咬牙道：“反正我爹人张旗鼓地给我招亲，如果我没嫁出去的话，他们一定会笑死我。以后我再招亲就没有人愿意娶我了，你要对我负责。”

真是难缠的女人，我揉了揉眉心。

“随便你吧，你不后悔就行。”我把责任推给了她，哪怕日后不幸福，也不是我的错。

表姐的退婚宴成了定亲宴，表姐像是吃了一个倭瓜似的，对我骂也不是打也不是。不过表姐还是不愿意讲出我是妖精的真相，尽管这是最有效的办法。既然我没说什么，她便默认我要娶亲了。

我对结婚一事十分茫然，全部都是赵家张罗的。

赵老爷瞧我的态度不好，一度让赵汝成放弃我，可赵汝成铁了心要嫁给我，所以婚礼还是如期举行了。

稀里糊涂的，我来到人间不足半年，就娶了一个富态的娘子。至于宋恩那龟孙子，自从上次露馅之后，一直不敢出来。

他若是出来，我定然要打爆他的头，不然怎么解心头之恨？

我和赵汝成结婚后，就像我所说的那样，我不碰她。我们分开睡，我睡在外屋，她睡在里屋。

她是一个灵巧的胖子，看着眉目不讨喜，生活上倒是没有什么令我无法忍受的恶习。

能嫁给我，她仿佛已经心满意足。

她总是提议带我去吃好吃的，我却不想和她一起，便找理由婉拒。除非是一些需要夫妻二人公开出席的聚会，否则我私底下基本不和她说话。

表姐说我会为自己的善良后悔，我当时并不以为意。人生短短百年，我不能任由自己总是美貌不老，让人看出端倪，所以到差不多的年纪，我或许就会写一封家书离家出走，继续云游。

我时常不在家，赵汝成也拿我没办法。

我们狐族容易拈花惹草，命犯桃花，我原来不信，但自从赵汝成看上我以后，我就信了，于是凡是看见异性，总要退避三舍。

那天我乘着渔女的船渡江，船到江心的时候恰好下雨，而且是狂风暴雨。我缩在船舱里，担心小船因此沉没。

渔女似乎也有和我一样的担忧，她披上了蓑衣，依然奋力地划桨。

我撩起帘子朝她喊：“这么大的雨，你还是进来休息吧。”

她颇有病急乱投医的感觉，没有理我，反而想尽办法和老天对抗。瓢泼的雨下了半炷香左右就小了，她的努力看起来没什么效果，只是让她变成了一只落汤鸡。她万分丧气地进船舱擦头发，我见她一副狼狈相，忍不住偷笑。

“笑什么？”渔女生气。

我憋着笑：“没什么。”

船慢慢地靠岸了，渔女没好气地等我下船，还有人想乘船，她却态度傲慢：“不送了不送了，今天不送了。”

渔女将船系在岸边，也下了船。

一旁的乘客偷偷笑她：“以前明明是穆老爷子撑船，今天却换成这个小丫头片子。”

“可不是，一个人撑船在江心打转，想必是从来没有遇到过下雨天。”

渔女狠狠瞪了他们一眼，背着鱼篓抓着钓竿回了家。

我问那两个人，渔女叫什么名字。他们说她姓穆，名铃兰。从小就跟爷爷生活在水边，穆老爷子娇纵她，所以她一直都很刁蛮。

“二十了，还没有嫁人呢。也不知道什么样的男人治得了她。”

我没有接话，我只是觉得她挺暴躁的，至于嫁人不嫁人，嫁什么样的男人，她的爷爷那么疼爱她，应该全由她做主。

我喜欢跨江去对面的小镇吃东西，那边还有一座千佛寺，很多人都喜欢去那儿上香祈福。

我在街边吃生煎包，同样一笼生煎包，不同的摊位做出的味道也不一样。

我喜欢吃用大米粉蒸出来的粉条，加上鸡蛋、葱花和花生碎。我也喜欢吃他们用猪的内脏做的米线，实际上我后来格外喜欢吃猪肉，不知道是不是出于记恨宋恩的缘故。

有一天，宋恩溜进赵家后院，拦住我的去路，一脸义愤填膺："你是不是早就打算娶赵汝成了？"

我当即一个水瓢扣到了他头上，拧着他耳朵骂："老子不找你麻烦，你还怪我？"

他立刻蔫了，连连告饶："这不是事出突然嘛，我也没想到！"

— 4 —

宋恩用两只烧鸡作为赔礼，但我依然无法原谅他。

"如果你不开心，我随时可以替你。"宋恩说。

看他的模样，不像是在开玩笑。

太异想天开了吧！我瞪大双眼，不解地问："这……怎么替？"

"我可以想办法。"

我白了他一眼："等你想出办法的时候，再来找我吧。"

他指天发誓："我承诺，我一定会找到办法！"

"轰！"天空打雷了，他吓了一跳，我笑得肚子疼，很想告诉他，小心遭天谴。

他一步三回头地走了。

少了一个猪队友，我的生活变得冷清不少。我觉得我只是凡间的过客，迟早会返回妖界。

我在江边嗅到了令人垂涎三尺的鱼香，馋虫勾引着我，我不得不追根溯源。我找到了烤鱼的主人，原来是那个脾气不好的渔女穆铃兰。

我姑且称呼她为铃兰。

竹棍穿过几条鱼的嘴和尾，鱼身下的炭火正旺，铃兰一边看着火，一边翻转烤鱼。鱼皮已经烤皱了，吱吱冒油。

“这鱼怎么卖？”我知道，人间的东西都要用银子计量。

铃兰闻声转头，她似乎对我有印象，态度不甚友善：“我做给自己吃的，不卖。”

我不知所措：“这么多条，你应该吃不完，给我吃一条也好。”

“你脸皮怎么这么厚？我说了不卖，别在这里碍眼。”铃兰赶苍蝇一样赶我。

我咽了咽口水，以前还未能化成人形的时候，下山偷吃别人的鸡，都得冒着生命危险。现在我好声好气地向她买，她竟然拒不出售，看起来好像只是在勾引我的馋虫。

我不能忍受。

我指着远处的江面说：“那边有人落水了！”

“哪儿呢？”铃兰瞥了一眼，我趁其不备，抓起一根竹棍拔腿就跑，她反应过来，破口大骂，“小偷！抓小偷！”

为了这一口烤鱼，我差点跑断了腿。

我不仅要跑，我还要吃。我一面吃，一面跑，实在忙碌得很。慢慢地，铃兰追不上我了，天空响了一个闷雷，铃兰一个激灵，忙回头跑。

她回到自己烤鱼的地方，发现她辛苦一个上午的杰作全被周围的小叫花子偷走了。现场的炭火冒着烟，竹篓里的活鱼也不翼而飞。

铃兰委屈地哭起来。

我吃完了烤鱼，躲在暗中偷窥。她在雨中哭着收拾残局的样子令人心疼，我咬咬牙，跑到她面前：“我帮你？”

“你还敢回来？”铃兰扔了竹篓，抓着我的手腕，“走，跟我见官去！”

“我赔你钱，我有钱！”我掏腰包。

“谁要你的臭钱，你把我的鱼还给我！”铃兰得理不饶人。

我头脑一热，甩开她说：“何必做无用功？就算你抓我去见官，人家不过也是判我给你道歉，再赔你一笔钱。”

“你是小偷，你要坐牢的！”铃兰气鼓鼓地说。

“我认错态度这么好，我愿意赔钱，你觉得我会被重罚吗？”我虽然也发怵，但我气势上不能输。

铃兰哪儿见过这样的阵仗，她哭得更大声了。我帮她收拾好东西，随她去避雨。她坐在亭子里，不停地打喷嚏。我脱下外套，想给她披上。她却觉得我假惺惺，将我的外套扔出去。

我看着被打湿的外套，忽然生出一股恶趣味，我警告她：“我这件外套起码值一百铜子儿，你弄坏了可要赔我。”

“你！”铃兰气不打一处来，起身要去捡衣服。

我拦着她：“不必了，一件外套，换你一竹篓的鱼，我们就此扯平了，怎么样？”

铃兰冷哼一声，没理我。

雨停了，我又提议：“今天是我不对，我请你吃鱼。”

铃兰还是没说话。她将我的衣服塞进背篓里，我阻止说：“有鱼腥味了。”

她瞪了我一眼：“去哪里吃鱼？”

铃兰妥协了。

若是和我倔，她什么也得不到。有人请客吃饭，她至少能够扳回一局。她看起来也不是一个古板的少女，那副鬼灵精怪的样子，倒也有趣。

为表诚意，我提议去无忧城的知白酒楼吃一次全鱼宴。听说一顿要几十两银子，她眼睛瞪得犹如铜铃。

“我和你两个人吃不了这么多，不过既然你想请客，我让爷爷一起来。我们约一个时间吧。”

“也好，知白酒楼总要提前预订席位。”

铃兰并不放心，让我立下白纸黑字的字据，才肯罢休。

第二天，我和铃兰在酒楼前碰面。她似乎很早就来了，生怕我会爽约似的。她身后不仅有一个爷爷，还有爷爷平时下棋和钓鱼的朋友，一共五个老头。

我愣了一下，她却先发制人：“别告诉我你不想请客了。你可是签字画押了的，若是爽约我就告你。”

“小丫头片子，脾气还挺大。”我取笑她，“这点钱，我也不差。”

“哼。”她一副鄙视我的模样。

穆老爷子比她更有意思，看我的眼光，就像看猴。他是一个老实巴交的渔民，有自己的小聪明，也爱吹牛，我听他胡言乱语，姑且当笑话听。

穆老爷子一辈子都不曾来过这么豪华的酒楼，提醒他不要四处乱瞥是一件麻烦事。

我订了一个雅间，开胃小菜已经上来了，虽然穆老爷子也带了不少人，但是一群人连一个圆桌也围不上。

菜一道接着一道上，全是鱼。

烤鱼、煎鱼、生鱼片、炸鱼丸、清蒸鱼、红烧鱼、水煮鱼、凉拌鱼皮、剁椒鱼头……那些吃惯的菜品完全无法吸引我，我想念铃兰做的不用任何多余佐料、在鱼肉最鲜美的时候炭烤出来的鱼。

铃兰小声对我说：“我们这些在江边长大的人吃惯了鱼，这些菜虽然丰盛，但是一点也不新鲜。”

我瞥了一眼大快朵颐的“穆老爷子们”，小声地回铃兰：“若是你能够给我做炭烤鱼，我带你吃更好吃的东西。”

铃兰用怀疑的目光看我：“无事献殷勤，非奸即盗。”

我哂笑：“你这样的姿色，我没兴趣。”

铃兰一点就着，砰一声拍桌起身。她的举动吓了众人一跳，我抬眸和她对视，她居高临下地鄙视我：“你以为长得好看了不起吗？想吃我的烤鱼，没门！”

我服软了：“是，我也不觉得自己好看。只要你给我烤鱼，怎么都成。”

我给了铃兰台阶下，她还是不满地小声咕哝两句：“你是不是属猫？怎么就那么喜欢吃鱼？”

我狡黠地笑了：“我不属猫，我属狐狸。”

— 5 —

第二次，我单独请铃兰出来。我警告她不要再带那么多老头子，因为我讨厌热闹。

她说，好吃的东西，还是要给爷爷打包。

我带她吃我很喜欢吃的南方菜，那天吃了什么我已经记不太清了，因为我在和她吃得正高兴的时候，看到了一个人来觅食的赵汝成。

我猜想，当时入她眼帘的我和铃兰，一定像极了一对背着发妻有说有笑的狗男女。

赵汝成原地站定，难以置信地看着我们。

铃兰的狮子头还没入口，碰了碰我的胳膊，问："她是谁？"

赵汝成冷笑，一步一步走到我们面前。

"还是让我来告诉你吧，"赵汝成的脸色从未如此可怕，"我是刘寺的妻子。"

铃兰脱口而出："妻子？"

她难以掩饰的惊讶让赵汝成的脸部充血。是了，因为铃兰没有说出口的话是——赵汝成看起来根本配不上我。

赵汝成嘴唇哆嗦，沉默了一阵，她才瞪着铃兰一字一句地道："奇怪吗？他是我们家的上门女婿，他身上的钱，他吃的米，他穿的每一件衣服，都是我们赵家的。"

铃兰脸上的惊讶更明显了，她看了看我，又看了看赵汝成。她将一盘菜砸在我的脸上："你真恶心！"

铃兰夺路而去。

我没有说话。

我相信赵汝成知道，我完全不想娶她，自然也不在乎她家的钱财。她这么说完全是为了挣面子，我不戳穿她。我用袖口擦了一把脸，路过赵汝成身边的时候，我淡淡地说："我今晚不回家。"

“刘寺！”赵汝成叫住我，“你这算什么，娶了我不碰也就算了，还在外面拈花惹草？”

“你到底有多么自卑，才觉得我现在在外面找女人？”我问她。

赵汝成愣愣的。

我转身走了。

我去河边洗了个澡，摇身一变，又是一条好汉。我蹲在石头上，不理解我为什么要受她的气。当初若不是可怜她，何必娶她？她不知足，还违背了我们的约定。

我失魂落魄地回家，我找表姐排遣内心的愤懑。表姐听了我的话，又是气又是笑："我当初就劝你不要因为心软娶她，人复杂而贪婪，你给她一勺饭，她就想要一块肉。这份贪婪永远不会有止境。"

“我现在就写和离书。”

“你耽误了人家那么久的青春，与祸害人家有何区别？当初你无法放手，现在就能？”

我挠了挠头："那我该怎么办？"

“我了解你的性子，哪怕自己受委屈，也不舍得别人受伤。我劝你还是不要冲动。”

表姐的话打动了我。

短短百年而已，我少招惹赵汝成就好了。人们常说救人一命胜造七级浮屠，我娶赵汝成，何尝不是在救她？

第二天我回了赵家，赵汝成的娘亲说赵汝成哭了一天，眼睛都哭红了，求我去看看她。

我不知道怎么安慰她，随便翻出一本书，坐在外屋的长椅上翻阅。她哭得断断续续的，好像在等我说点什么，可我一句话也不说。

她终于出来了，推了推我的胳膊："你还知道回来？"

“知道。”我翻页，漫不经心地回答，“如果哪天你不爱我了，可以跟我说。”

赵汝成又掉泪了："难道你想用找女人的方式让我失望吗？你真是太自

私了，连分手也不敢亲自说出口！”

“那我们和离吧？”我放下书，认真地问她。

赵汝成的脸色变了又变，一跺脚，哭得更凶了。

我就知道我开口是这种结果。

狐族的男人命犯桃花，她怎么舍得放弃我这么漂亮的夫君？

“你那么好看，又不图我家的钱，还为了照顾我答应娶我，我为什么要离婚？”

“你都知道啊。”我哂笑，“在外人面前说我是倒插门女婿，很有面子吗？”

赵汝成吸了吸鼻子，大抵觉得惹我生气了，她出了门。不一会儿，她捧着一碗鸽子汤进来了。她站在我面前，轻声地说：“昨天说那些是我不对，喝碗汤消消气。”

她的低声下气让我稍显不适。

其实她不必如此，因为我算不上生气，就算生气也并非生她的气，我对她并无任何多余的感情。我想，喝了汤她就该走了，所以我喝了那碗汤。

她端着碗离开，我觉得自己有些疲惫，便摇摇晃晃地走到床边准备休息，没想到自己竟然一头栽倒在地。

第二天醒的时候，赵汝成紧紧贴着我。我连忙爬起身，摇了摇她。我惊诧地质问：“你在鸽子汤里下药了？”

“是。”她竟然回答得云淡风轻。

我抓着她双肩，声音更大了：“你知不知道自己在做什么？你过分了！”

“过分？有什么比得上你在外面找女人过分？如果我们有了孩子，你就会挂念我了，你还是一个会负责任的男人吧？”赵汝成的想法荒唐至极，我看着她的眼睛，我看不透她。

人和妖怎么能生孩子？那孩子只要一出生，她就知道我是什么身份了。

我穿好衣服便跑去找表姐，我一筹莫展。

表姐让我先冷静冷静：“只是一晚上而已，应该不会那么容易怀。退一万步讲，就算她怀了，我也不会让她生下来。”

我沉默了很久，还是吐出那两个字：“和离。”

“你疯了？如果她有孩子就罢了，没有孩子，你现在走岂不是要她的命？”

“够了，或许她早该得到惩罚了。”我无比烦躁。

看上我是她的问题，不是我的问题。

善良有什么用？我反而因为善良办砸了事。有些人不值得怜悯，比如赵汝成，这个自卑到骨子里的千金大小姐，为了得到我，一直不择手段。

我还是有一丝恻隐之心，所以我决定私下和她协商。写好了一份和离书，我便回到了赵家。

我径直去找赵汝成，将和离书摁在桌上。我跷起二郎腿，语气冷淡：“我们谈谈吧。”

赵汝成看见和离书，表情万分精彩。她不值钱的眼泪扑簌簌地掉了：“你要休我？我可怀了你的孩子。”

我一口茶喷出来，这才多久，她就信口开河了。

— 6 —

我耐着性子，心平气和地和她讲道理：“你现在不可能怀孕，除非你背着我偷汉子。”

“若是离了我恰好怀上怎么办？”赵汝成问我。

我不能告诉她，孩子万万不能生。

“看来你不想离了？”我叹了一口气，“我走了。”

“你去哪儿？”赵汝成问。

“去哪儿跟你都没关系。”

在我将要跨门而出的时候，赵汝成忽然道：“我知道你的秘密。”

我愣住：“什么？”

“你是妖。”赵汝成幽幽地开口，“那天你说你是陪朋友过来参加比赛的，如果我没有猜错，你的朋友就是那只猪妖。一只猪妖怎么会认普通人做朋友？

所以你不是普通人。”

她的推理倒是天衣无缝。

我回眸，咧嘴一笑：“你就不怕你这么说，我会杀了你？”

赵汝成的眼睛微微瞪大了，不自觉地后退一步。我的确有杀了她的冲动，但是我下不了手。我不是什么恶妖，我连杀死一只蚂蚁也要犹豫很久。

赵汝成见我一步步逼近，咽了咽口水，补充道：“不光是你，你的表姐肯定也不是人。”

我的心脏遽然一跳。她怎么这么聪明，聪明得我不知所措。我停下步子，问她：“你想怎么办？”

我身上的杀意并不凛冽，她慢慢地松了一口气。她狡黠地挑起唇角：“如果你执意和我分开，我会让全天下的人都知道你是什么货色。”

果然，她想要挟我。

我的五指化作利爪，白色的指甲犹如剪刀一样锋利，獠牙也露了出来。我迫近她的脸低声在她耳边呢喃：“惹怒一只妖，不会有好下场。”

赵汝成的心跳声又一次清晰可闻，她几乎立刻就僵直了身体，大气都不敢出。只是一小会儿，她忽然笑出了声。

“你笑什么？”我皱眉，她的笑让我有一种被轻视的感觉。

“你会对我下手吗？”赵汝成反问我。

我被问住了。我会对她下手吗？当初她逼婚的时候，我便因为担心她出事，没有拒绝。我这样懦弱的善良之妖，现在怎么会对她下手？

我放开了她，挫败地坐了下来。

“我只有一个条件，不要休我。”赵汝成说。

我实在不知道我有什么地方值得她惦念，可是现在把柄在她手上，我奈何不了她。为了避免她得寸进尺，我警告她：“最好不要试探我的底线，若是再有更多的要求，兔子急了也会咬人。”

她咬唇，没有说话。

我愤愤地离开了。

和离书还摆在桌上，也不知道她面对和离书是何心情。

表姐对我去而复返一事并不惊讶，我好奇为什么，表姐嗤笑道：“情这一字哪有这么容易，不过你不招惹赵汝成是一件好事。”

顿了顿，表姐问我：“她还跟你说了什么？”

我将赵汝成知道表姐秘密一事瞒了下来，我担心表姐会对赵汝成不利。我摇摇头：“没什么，我只是不理解，她到底看上我哪儿了。”

表姐笑了，上气不接下气：“哎哟我的傻弟弟，你怎么还不明白？”

她绕着我转了一圈，上上下下打量我：“你看这眉、这眼、这皮肤……我们狐族人走到哪儿都是美人胚子。那赵汝成虽不丑可是受尽世人嘲讽啊，她自卑啊。她觉得如果放弃你，以后就没有机会找到这么俊俏的郎君了。”

“疯子。”我低声咒骂。

因为执念拴着我，她这样既伤害自己，也伤害我。

令我更吃惊的是，赵汝成真的怀孕了。她像是找到了某种寄托，也不再咄咄逼人地跟在我身后。她温柔地抚摸着肚子道：“这个孩子也是你的孩子，为了孩子着想，你就不能常常回家吗？”

我头疼。

你肚子里是一只妖怪，妖怪啊！我怎么能让凡人和妖的孩子降生？尽管我不忍心，但我不得不想办法除掉这个孩子。

我没有回应她，也没有走。我如她所言，在赵家忧心忡忡地看着天空。

天色灰暗，我觉得它随时要塌陷似的。

我出门逛一逛，有人鬼鬼祟祟地在家门附近转悠。我喊她的名字：“穆铃兰？”

穆铃兰一个激灵，连忙将身影藏在石柱后。我走过去：“你躲什么？我都发现你了。”

穆铃兰咬唇，将手里的衣服塞给我：“上次欠你的。”

原来是那件她扔出亭子外的衣衫，我闻了闻，倒是没有鱼腥味，不知道她用什么办法将它浆洗干净了。她正要走，我连忙解释：“事实不是你想的那样。”

穆铃兰愤愤地道：“跟我有什么关系？”

“你泼了我一盘菜，这件事怎么能就这么算了？”若是不见她也就罢了，既然见了，我还是解释一下为好。

“你想怎么样？”她像是敢怒不敢言。

“当时赵汝成办了一个招亲大会，我陪朋友参赛，但她看上了我。她用女儿家的性命和名节要挟我，让我入赘赵家。这场婚事并非出自我的意愿，我身不由己。”

“谁相信呢？”

“你不相信我吗？”我问她。

她微微一怔。

我又问了一遍：“你不相信我吗？”

我有点受伤，我觉得这世上好像没有人理解我，哪怕是表姐，也有自己的立场。我知道我不应该这样软弱，但是我在彼时彼地，根本没有办法拒绝赵汝成。

“算了。”我失望地转身。穆铃兰叫住了我：“我不是那个意思。如果是这样，你的选择不是很愚蠢吗？”

我苦笑了一下。

说得没错，愚蠢啊，我也后悔啊。

可是后悔有什么用？

“如果当初向我逼婚的人是你，我也会答应。”我对穆铃兰笑了笑。

或许是因为我的笑容有一丝轻佻，她瞪了我一眼：“我才不会向你逼婚，我若嫁人，也该光明正大地嫁。”

我点点头：“我只是打个比方。我不图赵汝成什么，我只是不想伤害她，可现在想想，从我赢得比赛那一刻起，已经对她造成了伤害。”

— 7 —

穆铃兰的出现，让我的一腔愤懑有了宣泄口。我告诉她，我只是一个贪吃的人，因为我以前从来没吃过这么多好吃的东西，为了这口吃的，别说是过江过河，便是翻山越岭，我也甘愿。

古人有“莼鲈之思”，说的是一个叫作张季鹰的人在洛阳时看见秋风起，忍不住想起故乡吴郡的菰菜、莼羹、鲈鱼脍，便觉得人不应该为了名利而违背本心，到遥远的地方做官。

我觉得我的灵魂与遥远时代的张季鹰融合在一起了，因为我是如此认同他的说法，为了吃得高兴，何必做那些自己不爱做的事。

可是别人做事的时候显得潇洒随性，换了我却拖泥带水，犹犹豫豫。

“如果一个人终其一生，只需要思考去哪儿吃，吃什么，就好了。”

穆铃兰像看怪人似的看着我：“我还没见过像你这么贪吃的人。”

“贪吃又不是罪过。”

穆铃兰对此没有异议，为了安慰我受伤的心灵，她积极地为我烤鱼。我们躲在她家附近的树林里，烤鱼、烤鸟、烤野山菌……

我告诉她，这炭烤的味道已经很不错了，如果想吃得更过瘾，可以加点孜然和辣椒。她天真地问我，什么是孜然。

我说那是一种舶来的辛香料，味道非常特别。她感慨我知道得真多，我说大千世界还有无数的美食，要多走，多看。

吃完了烤鱼、烤鸟、烤野山菌，喝完了从树叶上采集的露水，我问她：“我没有追究你衣服的事情，你为什么主动找我了？”

我看着她的眼睛问话，但她对上我的目光时，不知怎么又移开了。她支支吾吾：“谁……谁知道你之后会不会追究？”

直觉告诉我，那不是她的真心话。

不过我没有追究，她不愿意说，自有她的道理。我们分别的时候，她反而小声咕哝了一句：“如果你没有娶媳妇多好。”

我也十分惆怅："是，如果我没有娶媳妇就好了。"

我不想看见赵汝成，可是如果我不见她，我便像一个丧尽天良的男人。表姐开导我，不能把自己想得太糟糕，因为这个孩子是她强迫得来的。

表姐交给我一包药粉，她说这是一包滑胎粉。

粉末带着一股浓郁的药味，加在平常的膳食当中是不可能的了，不过加在她日常喝的保胎药中，倒是能够瞒天过海。

我不确定自己是不是要下此毒手。

有了孩子的赵汝成似乎比以前活泼了一些，或许这也是我最近时常在家里的缘故。

我并不和她说话，但哪怕我像一尊雕塑站在那里，她也甘之如饴。

在我下定决心在赵汝成药里做手脚的时候，我发现了一件怪事——赵汝成的贴身丫鬟竟然在倒药。

被我抓了个现行，她吓坏了，磕头求饶："是少夫人让我这么做的，少爷饶命。"

"为什么要把保胎药倒了？"我大约猜到了答案，但我还是想从她口中听到。

"少夫人根本没有怀孕，她这么做也是想拴着您的心。"

我通体舒泰。

我让丫鬟放心，我不会拿她怎么办，也保证不会让赵汝成知道。

我打算想办法让赵汝成自己露馅。

女人只要怀孕，肚子终归会越来越大。到时候赵汝成一定会想办法伪装成一个孕妇，一旦肚子变大了，我便施个法将她的肚子弄瘪。

我如此盘算着，越发厌恶赵汝成。

她用行骗、威逼、下药的方式将我留在身边，可是这样除了将我推远，一点用处也没有。

我将赵汝成的小算盘告诉了表姐，她笑得花枝乱颤："愚蠢的人多了，愚蠢又坏的人也多了。"

“姐，你属于哪一种？”我冷不丁问她。

她一副“你想气死我”却又无可奈何的样子：“我当然是又聪明又坏的女人。小寺，你也别瞧不起我，多少人有我这种心思却没有我的手段，只能在背地里戳着我的脊梁骨骂呢。”

我苦笑：“你若是开心，我无话可说。”

我不能接受表姐破坏别人幸福的事实，可她到底是我的表姐，如果她开心，我也会睁一只眼闭一只眼。

表姐觉察到了我的不悦，为我斟了杯酸梅汤，挑起唇角宽慰我：“你呀，还太小，不知道喜欢一个人的滋味。若是有一天你碰到了自己喜欢的人，就能理解我了。”

表姐还说：“人尚且自私，何况妖呢？”

在认识穆铃兰后，我养成了一个习惯，每当心情不好的时候，便乘船渡江。穆铃兰接替她的爷爷撑船，技术越来越娴熟。

那天天气不太好，穆铃兰原不想出行，架不住我心情苦闷，求她陪我。

苍穹的颜色惨淡，闷热的空气下沉，我的汗水黏腻在肌肤表面，即便有风也吹不干爽。我趴在船头，眺望辽阔的江面。

“铃兰，喜欢一个人究竟是什么滋味？”我问出了一个令我困惑许久的问题。

我被别人的喜欢困住了，失去了自我。

赵汝成喜欢我，所以她拼命占有我。表姐喜欢苏蒙，所以不惜破坏他的家庭，做受宠的小妾。

一向能够和我侃侃而谈的穆铃兰却如被猛然塞了黄连的哑巴，我问了她两次她也没有反应过来。

我转头看向她的时候吓了一跳：“你的脸好红啊！”

“有吗？”穆铃兰慌乱之下扔了船桨，摸着自己的脸。

我惊讶出声：“桨！”

她这才反应过来，但是已经来不及了。

没有船桨，我们只能在江心打转，等其他路过的行船。我担心时间久了会生变故，便提议下水找桨。

不等她回话，我已经跳进了江水中。

不一会儿，我便将木桨放到船上，我趴在船沿，水顺着我的额头不断流下，我单手擦了一把脸，另一只手伸向她，让她拉我一把。

很久都没有人理我，我好奇，视线恢复正常的时候，我发现穆铃兰正痴痴地看着我。我朝她笑道："拉我一把。"

她置若罔闻。

那一刻，我忽然想起一件完全不相干的事情。

穆铃兰曾小声咕哝，说如果我没有娶妻就好了，我问她为什么要还我的衣服，她却支支吾吾答不上来。

— 8 —

或许我的想法有点自恋，所以我很快就自己爬上了船，并向她抱怨："你是怎么回事？我在水里泡了这么久也不知道拉我一把。"

穆铃兰连忙道歉，她进船舱找了一条汗巾，给我擦头发。

我弯腰，脸向着穆铃兰的方向，正想和她说话，她却触电似的猛然转身，不愿意面对我。我疑惑，她又慌慌张张地将船桨拿了起来，不由分说地划水。

"你今天怎么了？"我不解。

她的脸红得厉害，就像发烧了似的。

"没，没什么。"水声哗啦啦地响，风吹拂着两岸的树木，我因为穿得少又受了寒，正想进船舱休息，她忽然来了一句，"有时候我觉得，你好看得不像凡人。"

我好笑："那你觉得我像什么？"

"像妖精。"穆铃兰的直觉还真准，她一板一眼地说，"爷爷告诉我，有一些妖怪会披着艳丽的人皮，伪装成人类的模样在人间游历。"

我来了兴致，追问：“如果我是妖怪，你觉得我应该是什么妖？”

穆铃兰似乎不敢直视我的眼，移开视线回答：“桃……桃花眼，那么勾魂的桃花眼，是桃花妖吧？”

我笑了：“你真有趣。”

“你……是妖吗？”这件事没有一个定论，所以穆铃兰不确定地又问了一遍。

我“嗯哼”一声，不置可否。

“如果我是妖，第一个骗的人就是你。”

穆铃兰咬了咬唇，脸更红了。

船划到了对岸，我心里的阴霾也已经消散了。身上的衣服还没有干，我让穆铃兰陪我晒晒太阳，不然我便要冻死了。

她恰好没什么事，便陪我一起。

我们一路边吃边聊，我见有一个流苏发钗特别适合她，那流苏是紫色的，像三个绣着云纹的铃铛。

我下意识将发钗簪进她的鬓间。穆铃兰发出“呀”的一声，后退一步，发钗掉在地上。我愣了一下，俯身捡发钗的时候她也恰好弯腰，我们的头撞在一起，各自“哎哟”一声捂着痛处。

“你不喜欢吗？”到底还是我把发钗捡了起来。

穆铃兰的脸红扑扑的：“不，不是。”

“到底喜欢，还是不喜欢？”

穆铃兰小声回答：“喜欢。”

“那你惊讶什么？”

她似乎有些生气，没有理我，径直跑了。

我莫名其妙地拿着发钗，也不知道该不该买。我正要开口，店家忙道：“人家姑娘喜欢你，你怎么还问那么蠢的问题？你若是买了这支发钗，她一定偷乐呢！”

我惊呆了，一时之间竟然不知道应该说什么。给了店家二两银子，不等他找零便追穆铃兰去了。

先前的种种在脑海中一闪而过，我不认为店家在瞎说。穆铃兰没有说出口的原因，不就是想借还衣服的机会，再见我一面吗？

可是她清楚我是一个已婚的男人，她又不甘心做妾，所以她不敢告诉我。又或者，她如此骄傲的女人，不会自己将这件事说出来。

我上前叫她，叫了好几声，她才停下。

我把发钗塞到她的手中，她仰头，咬唇，说："送女孩子金钗，你知道这意味着什么吗？"

"不知道。"我撒谎。

"那就不要送我。"穆铃兰把发钗还给我，"以后也不要送我什么东西了。"

得知她暗恋我这件事，我的心情很微妙。我既不觉得喜悦，也不觉得自己应该迅速和穆铃兰撇清关系。我只是因此对她有了更多的关注，我向来不排斥和她一起玩乐。

可我依然觉得，她不该喜欢我，因为我谁也不爱。

有一天，宋恩忽然找我。这小子失踪了好几个月，我以为他去干什么大事了，结果他告诉我，这几个月他一直在吃和冥想。

"我想了很久，还真让我想出了一个门道。"

"什么门道？"我盯着他手里的烤羊排，漫不经心地问。

"我们是妖啊，"他兴奋得唾沫星子横飞，"妖可以变化成世间万物，若我变成你的样子，你变成我的样子，问题不就解决了？"

他果然是一只猪，这么好的办法，现在才想出来。不过我竟然连一只猪都不如，我到现在还没有想出来。

为了让他伪装成我，我们做了很多准备工作。

他费心费力地学习我的生活习惯、措辞习惯，我也将赵家的情况一五一十地告诉了他。

最最重要的一点是："赵汝成假孕，再过一个月就该显肚子了。她也不知道要如何维持这谎言，若是穿帮了肯定很尴尬。"

“没关系，这些我都不在乎，只要她能让我免费吃好吃的就行了。”宋恩拍拍胸口无所谓地说。

在贪吃上，宋恩倒是和我臭味相投。

我和宋恩互换了身份。不过我没有借用宋恩的皮囊，而是将自己变化成了一个三十来岁的沧桑男人，我认为这种面相应该不会招桃花了。

我将我和宋恩互换身份的事情告诉了表姐，她对此并没有异议，只要不牵扯她就行。

不过她没想到我能想出这样的损招，还笑话了我一阵。

赵汝成我不管了，可穆铃兰我总放心不下。她是我的朋友，若是因为我去纠缠一无所知的宋恩，我岂不是害了她也害了宋恩?

穆铃兰用暗号在赵宅面前召唤我失败后，一脸忧伤地离开。我追在她身后，亦步亦趋。跟了两个巷子，她才警惕地回头瞪我:“你再跟着我我就喊人了。”

“是我，”我解释，“我是刘寺。”

她诧异地打量我，如果是易容也就罢了，可我彻头彻尾变了一个人。我不得不向她坦白:“你说得不错，其实我不是凡人，我只是披着凡人皮囊的妖怪。”

“桃花妖?”她想起来了。

我摇摇头:“狐妖。”

— 9 —

我在穆铃兰面前如同大变活人，她得知我的真实身份后，便不敢再招惹我了。

这是我始料不及的事。

原来她的喜欢如此肤浅，只喜爱我当时的皮囊。

后来我又去了很多地方，吃了很多美食。为了能吃到那些东西，我不得不想办法在当地生存，也为此做了许多违心事。

表姐说善良会害人，我的善良的确害了人。

有人让我帮忙押送一批货物进城，说是路上可能会遇到山匪。我稀里糊涂地帮忙，后来才知道所谓的“货物”是活生生的少女。

我一怒之下找到了人贩子，我质问他们人去哪儿了，他们说早已经卖了。我揪着他们的领子，始终无法痛下杀手。

那是一个雪天，我料理完一切事务后，坐在庙宇前的台阶下，茫然地看着空旷的远方。我发现我的善良让我变得蠢钝，容易被人利用，而我向来不忍心拒绝。

我的愚钝摧毁了我。

我实在气不过，又找到了那帮人贩子。他们仍想顶风作案，被我一一干掉了。我见义勇为的事情越来越多，便成了一个名叫邱冠的术士的眼中钉。

兜兜转转，我回到了无忧城。

起因是表姐的一封信。

我从表姐的信里读出了一丝担忧。表姐说当年她用美色勾引了苏蒙，即使现在自己依然青春美丽，苏蒙还是看上了别的女人。

这算不算是报应？

我再见表姐时，她已经离开了苏蒙。她说这事另有隐情，勾引苏蒙的女人是苏蒙的发妻齐氏买来的。齐氏不过想以彼之道，还施彼身。

“以那女子的功力，能是表姐的对手吗？”狐族的女人天生擅长魅惑，何况表姐。

表姐摇摇头：“算了。今日是我被辜负，昨日是齐氏被辜负。他既然是这样的男人，我又何必攥着他不放？”

我无话可说。

或许离开对表姐而言是一种解脱，也是成长。离开固然让人心痛，但最痛的应该是她发现苏蒙真面目的那一刻。

她曾以为，自己是最幸运的那一个，也曾相信，她会让他收心。

表姐让我去看看宋恩。

“他过得很好，你真应该向他学学。”

“是吗？”

我依言来到赵家外，我对看门的小厮说，我找宋恩。他们问我宋恩是谁，我这才发现我叫错了。

“我找刘寺，刘少爷。”

“你是谁啊？”

“我叫宋恩，你跟他说，他便知道了。”

小厮狐疑地看着我，似乎是觉得少爷从未提过这号人，我的行为十分可疑。他请我到会客室，让我稍等一下。

赵家比以前更阔气了一些，我问旁边的丫鬟：“赵宅扩建了吗？”

她像顶着一张面具，只是对我微笑，却不言语。不一会儿，我见到了披着我的皮囊，姗姗来迟的宋恩。

他看见我，不似之前那样亲昵了。我瞧出他的顾忌，连忙在他耳边轻声解释：“我只是来看看你，没有和你互换身份的意思。”

他这才松了一口气。

宋恩如今衣着华贵容光焕发，想必被赵汝成养得格外滋润。宋恩让丫鬟看茶，扯了一下长衫才坐下。

他有人样了。

“这些年你音信全无，到底去哪儿了？”

我想到自己惨淡的经历，苦涩地笑了笑：“一言难尽。表姐让我过来看看你，说你最近过得不错。”

“她让你来你才来？你也太不够意思了。”宋恩嘴上抱怨着，喝了一口香茶，他才继续说，“滋润谈不上，只不过是觉得选对了。还真亏了你这张皮，我过上了衣来伸手、饭来张口的生活。”

“那挺好。”

宋恩跟我简单说了一下这些年的经历，赵汝成果然是假孕，因为没有怀孩子，她担心自己被休，但没想到伪装成我的宋恩对她很好。

宋恩只撺掇赵汝成一起去吃吃喝喝，对和离一事绝口不提。赵汝成渐渐地便放心了，笑容也多了起来。

“你说她是一个可怕而歹毒的女人，我却不觉得。她对吃还是很有见解的，没有她，我不知道会错过多少美味。”

“那你喜欢她吗？”我不解。

宋恩的头摇得似拨浪鼓：“我不知道。不过话说回来，不管喜欢或不喜欢都不重要，我现在挺好的。她让我碰她，我也不排斥。不过前年她怀孕后小产了，从此后就再也没能怀上。”

连喜欢都不知道是什么的宋恩，竟然能够和赵汝成毫无芥蒂地在同一个屋檐下生活？傻人，真的有傻福吗？我对这个世界以及这个世界的人的误解，好像越来越深了。

我离开赵家的时候，远远地见到了赵汝成。她瘦了很多，变得很漂亮，更重要的是，眼中有挡不住的光芒。

我忽然意识到，原来自诩善良的我一直在恶意地揣测她。

她的小算盘、小计谋都只是为了将我留在她身边。我甚至无需炽热地爱她，只需要一丁点的回应便可以让她快乐很久。

这情与爱的跷跷板上，她始终都是付出且被冷待的那个人。

她一定希望我滑向她，但是我没有。

也许我应该在渐行的岁月中自悟的，但我也没有。

她是多天真烂漫的一个人啊，遇到我以后，变成了那副异于少女时的模样。我以为她尖酸刻薄，她以为她足够坚强。

她真的从未怀疑过宋恩不是我吗？我想未必。她或许和穆铃兰一样，爱一副皮囊就足够了。

宋恩对她那么好，那温柔与体贴正是她所求，白头到老也不枉这一生，她不必活得那么明白。

即便现在，我仍旧有失偏颇地判断她、定义她。我这种心思与认知，观不得众生，也换不来自在，于是有此悲剧。怨不得别人，我只得接纳灵魂残破的自己。

岁月枯荣，主角更替，故事让我来讲，便是这样。若由她来，怕会是另一个版本。

我走在熟悉的街道上，人来人往。

什么都变了，我也变了。

我吃遍了山珍海味，求仁得仁，只可惜因为愚善做了许多错事，后来又因为冲动做了许多恶事，邱冠找到了我，我束手就擒。他将我关起来，让我好好反思己过。

这就是我会在无忧茶馆里的缘故。

真是朴实得令人昏昏欲睡的陈述，高和忍着困意读完了文稿，心想这种故事说出来也没人有耐心看，王子敬太敷衍了。

这结局看似平静，实则是一个因为活得混沌迷茫，等回头看才发现失去了所有的悲剧。

有了一个现成的故事，高和觉得自己必须做点什么。他走到书房，准备笔墨纸砚。狼毫蘸了墨水，他提笔皱眉，陷入沉思。

他认识许多狐狸精，但是像刘寺这样蠢钝的却不曾见过。说他蠢钝，不过是因为他愚善。但是仅仅愚善不足以动人心魄。高和想要的效果是让某人同情刘寺。

“好心好意娶赵汝成，却换来赵汝成变本加厉的要挟。如果换一种说法，没有这场奇怪的比赛，会不会更好一点？”

高和将“大胃王比赛”的情节划去，并续写道：“我在无忧城遍尝美食的时候，认识了一位千金小姐赵汝成。她容貌欠佳身材壮硕，跟我说话的时候都不敢正眼看我。

“我自然不是一只肤浅的妖精，我告诉她若想被人喜欢，首先要自爱……”

高和越写越兴奋，收笔的时候，已经洋洋洒洒千余字。高和又停笔沉思半晌，改写了两个时辰才将笔放下。卷起文稿，他走到仓库南面的阴暗角落，那里放置着一个彩皮剥落的旧箱子。

高和打开箱子，里面金光灿然，似有什么宝贝。

— 10 —

彦宅总是灯火摇曳。整个宅院雕梁画栋，歌舞升平，就像是有人在里面唱靡靡之音，跳魅惑人心之舞。

一个白衣飘飘的男人像一缕幽魂飘进了院落里。

彦青正对着美人作画，对方以手支颌，妖娆地躺在长椅上，身后与椅靠齐平的木桌上放置着一盆垂丝海棠。

美人巧笑倩兮，美目盼兮，即便已经一动不动笑了半个时辰，也不见丝毫疲惫。

彦青曾让人散布消息，但凡贫寒人家的女子，想赚钱补贴家用的，只要生得漂亮，就可以来他府上做他画画的对象。一个时辰，他会付对方三十个铜子儿。

彦青在无忧城的女人圈中是一个受欢迎的人，以富资贫更是一个让人拥有好印象的办法。白衣男人飘到彦青的寝屋已经有半炷香的时间了，彦青才反应过来。

彦青第一眼看见他，陡然生出一丝熟悉的感觉，但对方的脸孔是全然陌生的。

男人不仅衣服纯白，头发、睫毛也纯白，唯有眼皮为银色。他的眼睫长而翘，微微颔首时，一双眼似落满忧伤。他的眼睛漂亮得不像男人了。

“有事吗？”彦青问他。

男人点了点头，道：“我是一只男狐，他们都叫我刘寺。”

彦青顿时来了兴致，放下画笔微微一笑：“我现在还在作画，烦请你先去客房等一等，我稍后就来。”

刘寺点了点头。

彦青的客房里仍有许多女人，以至于彦宅阴气颇重。刘寺对彦青的第一印象说不上好与坏，只是觉得彦青仿佛一只在花丛中游荡的牡丹妖，俨然已经有了群芳之主的气场。

女人真是好骗哪，这世上多数的伤心人也是女人。刘寺将凉亭的雕花窗推得更开一些，视野一下宽敞明亮起来。

虽然是春景，但刘寺的心里似落了大雪。彦青在门口驻足半晌，一时间竟然感觉节气有了变化。

“刘公子，请坐。”彦青的声音唤醒了刘寺。刘寺转身，自然而然坐在长椅上。

彦青请刘寺饮茶。

刘寺正低头浮着茶沫儿，彦青倒是打开了话匣子，问：“你看起来像是有心事？”

刘寺想了想，道：“有一件事请你不要怪我，有人跟我说了关于你的秘密。你有神术，可以帮人解决烦恼，而我需要付出的，仅仅是我的一种感情。”

彦青的表情看不出丝毫变化，也许他的惊讶只是一闪而过，很快就消失了。

“不错。”彦青笑了笑，“帮的人多了，总有多嘴的。不过我也不想过分追究，毕竟我看得出来，你此番找我没有恶意。”

“我来找你，是因为我也有想和你交换的东西。”

“什么？”

“我的同理心，和我那愚蠢的善良。”

“善良？”如果一个人相信黑暗，他才会交出自己的善良，彦青忍不住好奇地问，“你究竟经历了什么？”

“我是一只银狐，早年修炼成人形之后收到了表姐的来信，她告诉我无忧城十分繁华，她一个人生活有些闷，让我下山陪她。”

刘寺将文稿上的内容大致说了，不过他做了一些改动。比如他娶赵汝成是因为可怜她人胖被人欺，没想到赵汝成以他娶了就得负责为由，逼他做了许多他不愿意做的事。

比如他有一个猪妖朋友因为玷污了赵汝成被术士追杀，刘寺念在过往情分上没有追究，但赵汝成认为一切都是刘寺教唆的。因为刘寺不爱她，所以让人毁她清白。刘寺有嘴说不清，夫妻生活更加鸡飞狗跳。

比如他在渡江的时候救了摆渡的渔女穆铃兰，惹了一身桃花债。穆铃兰执意要和他在一起，以至赵汝成醋意大发，暗中让人杀死了穆铃兰。

再比如，自己如今想离开赵汝成，而她已经得知了表姐为妖怪的事情，为了表姐能够和不知情的凡人幸福生活，他不得不忍气吞声。

“我觉得我的善良让我活得很窝囊，被一个女人颐指气使。如果可以，我要丢了这份良知，为自己而活。”

彦青默默听完，微微一笑：“善良没有错，错在你的愚蠢。对无赖的仁慈，就是对正常人的残忍。你到我身边来，我与你做一番交易。”

“你会杀了赵汝成吗？一日夫妻百日恩，我和她多少还是有一点情分的。”

“当你失去了善良之后，就不会这么想了。杀人还不简单？我会帮你处理好一切。只要你把善良交给我。”

刘寺在彦青的蛊惑声中慢慢地向对方走去。

彦青的手放在刘寺额头，在刘寺闭眼的时候，他露出了微不可察的笑意。但只是一瞬，他立刻惊讶地推开了刘寺：“你不是狐狸精！”

“现在才发现，太迟了。”刘寺冷笑，一个转身已经将人皮衣裳扒了下来——竟是一脸严肃的高和。

“老师？”彦青难以置信地看着他。

“我如何配得上这两个字？如果你真心当我是你的老师，就不会做那么多丧心病狂的事情——彦青，你凭何定论人的生死？”

“可你也听到了，我在帮他们！”彦青解释道。

“一个失去了善良的人，还能称之为人吗？他没有了同理心，就会变成一个麻木不仁的怪物，只要对他有利的，他都会想办法揽到跟前。他不会爱妻子，也不会爱孩子，更不会孝敬父母。他只会遵从本心，变成一只令人害怕的野兽。这就是你所谓的帮忙？”

“只要他开心，又有什么不可以？一场交易而已，双方买卖公平。”
高和气得不轻：“如果人人都只利己，无忧城一定会乱。”
“如果我要走的是一个人的回忆、仇恨、恐惧呢？”
“没有人在失去某种感情之后，还能将自己当成一个普通人。”

第五杯茶

雪芙蓉

他选择了一条不甚光明的路，

却又成为无数人的明灯。

— 1 —

有人说，贪嗔痴是为三毒，人若被它们缠上，便会起诸邪行。

可是在高和看来，没有任何一种感情应该被磨灭。好的也罢，坏的也罢，好与坏一起构成了一个复杂的人。

何况，彦青所求的，又何止仇恨、嫉妒、愤怒、哀伤……

彦青冷笑，手抚摸着自己的脸皮，他的指甲慢慢变尖变黑，刺入皮肤内，顺着额头、鼻梁骨、人中下滑。

高和骇然瞪大眼：“彦青……”

“抱歉，彦青已经睡了。想象总是美好的，比如彦青能够战胜我——九幽。”撕裂彦青的皮囊后，一只妖怪从皮囊里走了出来。

他肌肤黝黑，唯有一双唇浮着淡淡的金粉。他的瞳仁也是金色的，眼睛细长，瞳仁偏小，实在不是什么好模样。

他是一只豪猪妖。不过他的修为远比普通的豪猪妖深厚，连高和也不是他的对手。

杀了他，便是杀了彦青。当初因为这个，高和才没有对他痛下杀手。可是高和将希望寄托于彦青，终归是错付了。

整个彦宅上空乌云密布，狂风呼号。

院子里树影摇动，四处响起凄厉诡异的声音。高和取出了腰间的判官笔，九幽也握住了手中的狼毫笔。

一人一妖招式往来，一时间飞沙走石，似有群魔乱舞。

不到一炷香的时间，高和便从空中跌落。他重重砸在花丛旁，一口鲜血涌出，九幽踏着云彩缓缓落在他面前。

九幽虽然面目可憎，但一举一动无比优雅。

“你不是我的对手，我却也不忍伤你。你走吧。”

“为什么？”高和心里有无数个为什么，为什么要做伤天害理之事？为什么放过自己？

“这句话，你应该去问邱冠。你问问他为什么要剥夺我的七情六欲，让我像一只无知的野兽。”抛下这句话，九幽转身走了。

他所过之处，鲜花变成了锦灰，瓦片变成了黄土，鱼虫走兽变成了尸骸。曾经富丽堂皇的彦宅，眨眼之间成了断壁颓垣，废墟一片。

雪山，素白。

这片圣洁的地域似乎已经千百年没有人踏足。而此刻，一个身披鹤氅、头戴雪帽的人在一片洁白中缓步向上。

为了找到记忆中的天宗门，邱冠已经跋涉了太久。他是不忍心面对过去的，过去就是伤口，没有人喜欢主动揭开伤疤，除非他是一个傻子。

现在邱冠心甘情愿当傻子。

封存五感，就可以让人忘记痛苦，就像畅饮后开始做酩酊大醉的梦。高和知道，邱冠喜欢利用这样的手段救赎别人。

高和不知道，这样的术法，邱冠是第一个试验者。他已经无爱、无恨、无趣地生活了很多年。

走到半山腰的时候，邱冠看到了一条通天的石阶。它从不知名的地方延伸至此，又直通天宗门。

天宗门如今已是四海八荒第一修仙门派，仰慕天宗门的子弟不计其数。每十年，天宗门会派门中弟子下山招募新弟子。从石阶上厚厚的积雪可以看出，今年并不是天宗门招募弟子的年份。

石阶自半山腰开始修建，并非为了上山的信徒。它只是告诉御剑下山后返回的弟子，看到石阶，就快到天宗门了。

洒扫台阶的弟子重复着无聊的工作，累了，靠在石柱上眺望远方。

门中低阶的弟子，法力低微，无法胜任下山斩妖除魔的任务，只能做点打杂的活儿。他本以为今天也和往常一样，只能看到漫天的雪。

谁知道，一个身染白雪的影子映入眼帘。

他穿着华丽，容颜俊美，身量高挑。他走到小弟子面前，掀起眼皮，睫毛上的雪落到吹弹可破的脸颊上："喂，新来的，你知道天宗门宗主桐月在哪儿吗？"

来人语气轻佻且不礼貌，这让小弟子有点不高兴。但谁会和一个上来就直呼宗主大名、散发无形威压、不知修为几何的人过不去呢？小弟子仍旧彬彬有礼，道："道友开玩笑呢，谁不知桐月仙师早已经得悟大道，云游四海去了？现任宗主是隐仙门的灵修师尊。"

"云游四海去了啊……"邱冠怅然自语，对小弟子的嘲笑置若罔闻。

原来沧海桑田，时光荏苒，故人不再。他却好似穿越了历史的长河，还停留在千百年前的石阶上。

灵修……不知道又是曾经哪位洒扫台阶的弟子。邱冠不认识，若是灵修出来，也该尊称自己为师祖。

"不知道友如何称呼？若有需要帮忙的地方，我可以代为通传。"小弟子道。

"不必了。"邱冠转身，又往里走，"我自己转转。"

"等一下，道友！修仙之地，闲杂人等不得擅闯！"小弟子的声音很快引起了旁边弟子的注意。面对五六个严阵以待的后辈，邱冠略扫一眼，身影突然在他们面前消失。

瞬移在天宗门也属于高级仙法，他们面面相觑，方知这个看起来貌美年轻的男子修为非同一般。

邱冠停在隐仙门的石坊前，抬头看着玉石上那几个遒劲有力的大字。

千年前的劫难，而今已经找不到一丝痕迹。无论是天宗门还是隐仙门，到处都能看出修缮过的痕迹。庭院中芳草鲜美、落英缤纷，丝毫不受高寒气候影响。

天宗门是修仙门派中综合实力较强的一个门派。它既有主武功的隐仙门、主符箓的符箓门，也有主炼丹的仙丹阁以及主法器锻造的雷神阁。其中，隐仙门是天宗门实力最强大的分支。

谁又知道，如今气势磅礴的隐仙门，曾经住的都是老弱病残。

故事的开始，总是悲惨的。

故事的主人公，就是小小的邱冠。他像黄泉边的孤魂野鬼，在烽烟四起、贫困破败的村落间游荡。

邱冠对那时的印象已经不深了。他只是隐约记得，自己很痛。他的脸在滴血，伤口在溃烂。他感到饥饿，五脏六腑似乎都在燃烧。

在生存面前，他根本无从追究自己为什么会变成这样，为什么开局那么糟糕。他更不会质问苍天，自己的亲人何在，家园何在。

彼时国家征战不休，煞气四起，许多妖精鬼怪趁乱而出，人们流离失所，苦不堪言。

邱冠绝对不是最惨的那一个，也不会是最后一个。他只是因为被熊罴怪抓烂了脸，被父母抛弃而已。他原也是个贫寒人家的孩子，没有享过福。他并不知道快乐的滋味，他只想尽快结束痛苦。

邱冠在垃圾堆里找吃的。

都是被野狗、老鼠翻过的地方，散发着浓郁的馊臭味。他不知道自己能在里面找到什么可以吃的。旁边，有一条皮毛溃烂、全身是血、骨瘦如柴的狗。他看到虫子围绕着它。

也死了啊。邱冠无奈地想，也许，下一个就是自己。

他这么想着的时候，忽然眼前一黑，从垃圾堆里栽倒下去。他栽倒时弄出了很大的动静，这动静，落到了一个人的耳中。

来者宽袍广袖，慈眉善目，他一抬手，身体就飘浮起来，飘移到邱冠身边，然后轻飘飘地落在地上。

看到邱冠的模样，站在他旁边的一个少女不免有些惊讶：“爷爷，你看他的脸！”

邱冠的脸上没有皮，只有森森白骨和腐肉。瞎了一只眼，还有一只眼被黄色的膜覆盖，视物模糊。

“太可怜了。他看起来和我一般大。”少女又道，“他还活着吗？”

老者道：“一息尚存。”

画面的最后，老者向他伸出了手。

再醒来，邱冠已经身在天宗门。他发现自己已经换了一身干净的旧道服，伤口也上了药。头发虽然被薄汗打湿，但也被人洗过了。

他的肚子是温暖的，身体也是温暖的，他不知道自己是不是来到了仙界。

房间不大，倒是窗明几净。圆桌上摆着茶具，墙上悬着宝剑和挂画。博山炉香烟袅袅。

吱呀一声，房间的门被推开了。少女声音清亮：“你醒了？我还以为你醒不来了。怎么样，身体好一点没？”

她的声音很熟悉，邱冠记得，她是老者的孙女。她也是八九岁的模样，手里端着药，还有一盅汤。

邱冠不太适应这份热情，僵硬地点了点头。

“太好了。”少女突然凑近他，上下打量，“果然是好了很多。”

她身上有一股淡淡的花香。邱冠闻了闻自己的道服，也有一股淡淡的花香。真好，他想。在这个悲惨的季节，他竟然也遇到了普度众生的神。

— 2 —

少女名叫桐月，她的爷爷是天宗门隐仙门的门主无妄。他们在下山游历的时候，来到了荒芜的青茅村。那里刚闹过一场瘟疫，村中绝户者十有八九，尸横遍野。剩下的村民能搬走的都搬走了，搬不走的，把家封起来等死。

无人劳作的土地杂草丛生，人活着难，何况野兽。所以，无妄和桐月并不打算在青茅村逗留。

如果不是垃圾堆坍塌，上面掉下一个人，他们万万注意不到和垃圾堆一样颜色的邱冠。

“村子附近有一只熊罴怪，它经常下山作怪，你的脸，大概也是被它抓坏的。”桐月特别可怜邱冠，因为他完好的一只眼睛是那么明亮。

邱冠在水缸旁边看见了自己的脸。

和桐月确实不一样。

桐月的皮肤白嫩，杏眼粉腮，脸儿圆圆，可爱俏皮。自己……邱冠无法形容。他只觉得恐怖。不过他年纪小，面对残缺并没有多大的感触。

让邱冠意外的是，第二天，他在隐仙门里看到了一个没有右胳膊的少年。他十五六岁的年纪，眉目周正，身材高大，单手挥舞一把桃木剑，挑起落叶纷纷。

动作潇洒，招式漂亮。邱冠看呆了，一直到少年停下，他还愣在原地。

“你就是门主救回来的无脸小孩？”少年对他扬了扬下巴，“你叫什么名字？”

“邱冠。”顿了顿，邱冠僵硬地问，“你呢？”

他的声音略带与年纪不符的沙哑，又保留了孩子的稚嫩。少年忍不住想，他一定受过许多苦。

“我叫秦荆。”

秦荆，那时的邱冠绝对想不到，他们会成为亲如兄弟的朋友。

“你在练剑吗？”邱冠好奇地问。

秦荆没有正面回答，又挥了一式剑法，炫耀地问：“你觉得我的剑术怎么样？”

“很厉害。”邱冠道。他的语气和他的眼神都告诉秦荆，他没有说谎。秦荆特别高兴，当即过来搭上邱冠的背：“想不想学？拜我做大哥，我就教你。”

邱冠不知道自己为什么要和秦荆练剑，但秦荆的友善让他无法拒绝。邱冠想和他亲近，就像和桐月一样。

后来，邱冠才知道，原来秦荆的招式都是从雷神阁那里偷学的。此时的天宗门有两大势力，一个是隐仙门，一个是雷神阁。但隐仙门门主无妄喜欢收留四处流浪的孤儿，他们根骨不佳，肢体残缺，其中能修炼剑术的弟子寥寥无几。这极大地削弱了隐仙门的实力。

雷神阁阁主玉尘子比无妄精明，阁下弟子个个都是世家门阀的优秀子弟，骨骼清奇者不在少数。所以，他的法术得到了很好的传承，雷神阁也成了天宗门的金字招牌。

秦荆当然向往御剑飞行的法术，可是他肢体残缺，亦没有慧根。拜无妄为师后，他已经扫了三年的院子。

他没有属于自己的佩剑，只能自己找了根木头刻成剑的形状，自己偷偷练习。他能欺骗的只有什么都不懂的邱冠。

隐仙门中，如秦荆一样的人不在少数。

没有双腿的师兄陆域、天生侏儒的师姐童驹、长了四条胳膊但每条胳膊都萎缩的师弟鸿疏……

他们一个个奇怪丑陋，就连隐仙门里正常的弟子，都会鄙视他们。

丑陋的人喜欢和丑陋的人打交道，他们聚在一起，无声地成为对方的安慰。只是失去了一条胳膊的秦荆，在他们眼里是极为优秀的存在。

这天，秦荆一把扔了笤帚，对他们道："雷神阁的王师兄准备下山斩杀熊罴怪，你们有没有兴趣？"

"就是那只把邱冠的脸抓伤的熊罴怪？"童驹好奇地问。

"没错。我也是偷听到的，他们今天就出发了。"秦荆道。

"可是……"童驹犹豫，"师父发现我们私自下山，会不会责罚我们？"

秦荆早就想到了这一点，他提起一个大家意想不到的人："桐月师妹已经决定帮我们下山，如果师父责问起来，他总不能把桐月怎么样。"

大家都很震惊，不明白桐月为什么会答应帮他们。

邱冠想到熊罴怪的模样，身上冷汗直冒："熊罴怪会吃人，我们跟着去很危险。”

“千万不要小看王师兄的本领。”男儿有慕强的天性，秦荆也不例外，每每提起王远山师兄，他的崇拜之情有如滔滔江水连绵不绝，“他现在已经学会御剑飞行了。”

鸿疏却对王远山没什么好印象，因为自恋的王远山总讥讽鸿疏是个怪胎。

总而言之，秦荆最后鼓动了大家，大家决定跟踪王远山一行，看看王远山他们如何收服熊罴怪。

熊罴怪常年在黑风山附近的村庄出没，它生着一张黑熊脸，身体却如两米的壮汉，穿着金铠甲，踏着乌皮靴，手执一条带倒刺的牛鞭，被它盯上的人类，无一幸免，都会被它所害。

提及熊罴怪，秦荆就有话问了。

“邱冠，听说你的脸是被熊罴怪所毁，却不知你是如何逃过它的魔爪，免于一死的？”

邱冠对熊罴怪的记忆不甚分明，隐约只想起一轮血月、摇动的树林，还有浓郁的黄烟。熊罴怪在黄烟和暗夜的隐藏下，突然蹿出来。

剩下的记忆就是痛。

除了痛，连恐惧都模糊了。

童驹笑着给他解围：“许是觉得他瘦瘦小小，肉不好吃，才放了他一马。”

“或许吧。”邱冠声音小小的。对于不堪的过往，他不愿提及。他珍惜眼前。

桐月见他们兴致高涨，邱冠却兴致缺缺，忍不住替邱冠说道：“你们别拿他开玩笑了，谁知道熊罴怪到底是什么脾气？但凡是妖怪，都是穷凶极恶之徒，打死了才好。”

桐月一说话，大家纷纷点头。不为什么，他们都喜欢桐月。

桐月和她的爷爷无妄都是他们的恩人，桐月还是他们的朋友。而且，桐月生得可爱，和他们比起来，是那么完美无缺。他们甚至在私底下猜测，以后隐仙门的衣钵，会传到桐月手里。

在所有人当中，邱冠是最感激桐月的。他差一点就像那条野狗一样死了，然后他听到了少女有如神明的呼唤。

— 3 —

再回青茅村，邱冠已经有了一群伙伴。他戴着面具，穿着干净的道服，和朋友们说说笑笑。

千尺高的山路也无法阻挡他们的热情。秦荆每天晚上都要做梦，甚至会大叫一声“妖怪哪里跑，吃你秦爷爷一剑”，而后猝然惊醒。

听说他的父母离世和他的胳膊残缺都是妖怪所害。他痛恨妖，恨不能生啖其肉。

王远山奉门主玉尘子之命，带了四名弟子下山。两男两女，都是他的晚辈。如王远山这样年纪轻轻就学会御剑飞行的道士，可谓天赋绝佳，前途无量。

不过，这也是他第一次带队下山。

在邱冠的印象中，王远山身材高大，剑眉星目，就是有点呆，像迂腐的文生。王远山总正气凛然，一脸严肃。这使得他的师弟和师妹特别依赖他，将他当成老师。

他们自小就在风景如画的天宗门长大，第一次下山，来到青茅村，被眼前的情景吓了一跳。

尸横遍野，满目疮痍。

若非某户人家冒着烟，他们还以为这是一个荒村。

接待他们的是一对行动不便的老夫妇，他们正在准备晚饭。对青茅村的现状，他们话多且密。

“村里人都感染了怪病，没有人种地，我们吃完存粮，大概也要走了……”

“去哪儿？”有个师妹天真地问。

老头瞥了她一眼：“哼，能去哪儿？等死呗。”

“现在的世道，能逃荒的都逃走了，剩我和老婆子两个，还能去哪儿？”

说着，老头突然剧烈地咳嗽。他的脸红得厉害，咳嗽到急处猛然喷出一口血。

老婆婆顿时大哭："哎呀老头子，好好的你这是怎么了？你要走了我可怎么办？"

原来青茅村中得怪病的人都会有如此先兆，当夜，老头就发起高烧。

反复的高烧，连青壮年都无法挺过去，何况老头。王远山认为他对自己有一饭之恩，从怀中取出一瓶丹药，吊住老头的性命。

雷神阁与仙丹阁素来交好，王远山这样的人物，自然也有不少仙丹。

从老婆婆的讲述中，他们发现青茅村和附近村落的怪病，都是在熊罴怪出现后开始蔓延的。捉拿熊罴怪，变成当务之急。

邱冠他们下山却没有王远山他们那么好的待遇，晚上只能睡在荒郊野岭。树林沙沙作响，虫子的鸣叫不绝于耳。

好在王远山一行也没有休息，他们听闻熊罴怪喜欢晚上出没，趁月色入了山。他们用野狗的尸体做诱饵，希望能等到觅食的熊罴怪。

童驹和鸿疏有点儿后悔，如果他们没有被秦荆怂恿下山，现在早已经结束一天的劳动，和陆域回房休息了。幸福的陆域，因为不良于行，没有参与这次行动。

他们昏昏欲睡。邱冠和秦荆都很精神。邱冠精神是因为紧张，故地重游，他难免害怕。秦荆则是兴奋，他的目光追逐着王远山一行，期待王远山能够重创熊罴怪。

埋伏了两三天，邱冠已经饥肠辘辘。

这对他们来说是危险的，因为他们已经离开天宗门许多天了。桐月十分焦虑，这与秦荆告诉她的时间不同，秦荆说捉拿熊罴怪只需要半天，算上往返的时间，不超三天他们就可以回家。

三天之后又三天，桐月知道自己被骗了，但她走不了。

"秦荆，我们回去吧。"童驹搓了搓胳膊上冒起的鸡皮疙瘩，害怕地道。

"现在回去，不是什么都没看到吗？"秦荆饿得头晕眼花，却有股不服输的劲，"王师兄他们都没走，我们也不能走。"

“谁知道他们要待多久？”鸿疏不满道。

“那你走。”秦荆破罐子破摔，“大晚上的你能去哪儿？说不定还没走出深山就被熊罴怪吃了。”

“呜呜呜……”童驹愤愤地捶打秦荆，“你这个坏人，别说了，我害怕……”

桐月还保留着一丝理智，她安慰童驹道：“小声点，熊罴怪喜欢吃爱哭的小孩。”

童驹的哭声戛然而止，但桐月的安慰不起作用，她的恐惧有增无减。

邱冠看到了一缕熟悉的黄烟。

黄烟越来越浓郁，四周弥漫着一股恶臭。邱冠紧张地道：“是熊罴怪，它、它出现了！”

“哪、哪里？”秦荆兴奋地张望。

比他们更快地感受到妖气的是王远山和他所带来的四名弟子。

熊罴怪的牛鞭犹如巨蟒的尾巴扫过来，王远山大喝一声“摆阵”，他们有三个人并排叉开双腿站立，另外两个借力跃到三人的肩膀上，形成“众”字阵。

他们默念口诀，顿时金光大作，剑意在他们面前形成一个剑盾，牛鞭打过来的时候，被剑盾反弹回去。

熊罴怪跃出，果然是只黑熊脸大汉身、穿铠甲踏皮靴的怪物。它比王远山想象的更加高大，仿佛有两个他那么高、四个他那么宽，手中一条牛鞭快如闪电，忽地一卷一收，就把王远山几人的佩剑都卷掷在一边。

五人阵溃败，大家都摔倒在地，又没了宝器，很是狼狈。

牛鞭又甩了过来，王远山几人散开。王远山能够用意念操控青霄剑，很快，青霄剑就回到了他身边。他念诀，青霄剑幻化成十几把影剑，犹如旋转的车轮轮番攻击熊罴怪。

剑影交错，金光闪耀，如此壮观的情景，让邱冠一行都看呆了。

尽管多年以后，邱冠想起这样的剑术只会发笑，可当时的震撼，他一直记得。

那四名弟子没想到王远山不仅学会了御剑飞行，还学会了剑分身术，一时崇拜不已。他们当然不能坐以待毙，在王远山和熊罴怪缠斗的时候，纷纷捡起佩剑，将熊罴怪围起来。

熊罴怪露出獠牙，发出巨吼，妄图威慑这几个不知天高地厚的人类。可是他们并不惧怕。熊罴怪知道，再这样下去，自己肯定会被围攻而死。它巨大的脚掌踩在地上，地表裂开，呈现蛛网状，能量波从中心辐射四周，把王远山五人都震翻在地。

熊罴怪没有乘胜追击，而是找了个薄弱的突破口逃跑了。

王远山知道它黔驴技穷了，忙和师弟师妹们追赶。

“不能让它跑了！”王远山十分担心，如果这次没有拿下熊罴怪，它很可能会藏起来，等到他们离开才会出来觅食。

— 4 —

邱冠几人还没有看够热闹，就遭遇了重大危机。

熊罴怪直冲他们而来。

熊罴怪也不知道他们躲在那儿，但它很快嗅到了他们的味道。熊罴怪出来觅食，就是因为饥饿。它认为自己不敌王远山完全是因为饥饿，无论如何，先把几个人类吃了。

王远山也没想到附近还藏着几个人类，他有心救人，然而鞭长莫及。

秦荆平时还能假模假式地挥舞桃木剑，遇到了真的妖怪，桃木剑就没有任何作用了。熊罴怪一掌把桃木剑拍碎，嘴里喷出一口腥臭的气体，秦荆顿时瘫倒在地。

鸿疏和童驹更不是熊罴怪的对手。鸿疏的胳膊全都萎缩了，连石子都捡不起来；童驹身材矮小，熊罴怪一脚就能把她踩扁。

邱冠和桐月是队伍里最小的孩子，即便这样，桐月却挡在邱冠面前，试图保护他。桐月只会一点点法术，可不等她念诀就被熊罴怪抓住了。

邱冠想，她小小的脑袋里想的是应该保护弱小，她是完整的，所以保护残缺的他。但这也不能避免她被熊罴怪抓伤的命运。熊罴怪用爪子抓破了她的脸，又把她砸在地上，用爪子抓她。

秦荆吓坏了，别的人也都吓坏了，纷纷呼唤桐月。

最后，还是王远山几人赶到，阻止了熊罴怪。

熊罴怪在五人的围攻下节节败退，终于被打死。它化成一头黑熊倒在血泊之中，邱冠发现，它眼角满是泪水。泪水和血水混在一起，沾湿了它的皮毛。

秦荆不解恨，抄起桃木剑碎片，大叫着扎进它的身体。

他恨熊罴怪，也怪自己。

王远山过来查看桐月的伤势，得知他们是隐仙门的弟子，格外震惊，尤其在得知受伤的是桐月之后。王远山惊叹之余，也忍不住惋惜，好好的一个孩子，现在脸和身体都被熊罴怪抓烂了，就算能活下来，大概也会变成一个怪人。

桐月也在哭，她并不知道自己怎么了，但她的直觉告诉她，情况非常糟糕。

王远山护住她的心脉，给她吃了一粒回魂丹。料理妥当，他取出了熊罴怪的内丹，收入宝器中。锻造宝器抑或炼丹需要许多原材料，妖怪的内丹就是原料之一。

回到天宗门，邱冠几人就受到了重罚。

无妄是个慈眉善目的老者，平日说话也缓言细语，当王远山把重伤的桐月和高烧不退的秦荆带回来时，无妄的瞳孔骤然紧缩。

他并没有马上说话，但在场的人都不敢出声。

于邱冠几人而言，无妄是他们的恩人，是他们的师父，可他们竟然把他的孙女桐月害成残疾，不知道有没有那么一刻，无妄后悔救了他们。

邱冠、鸿疏、童驹不断地磕头认错，始作俑者秦荆因为高烧躲过一劫。王远山猜测，秦荆之所以如此，是因为中了熊罴怪的毒。换言之，他患了青茅村村民的疫病。

他们的磕头认错并没有削减无妄的震怒，他拂尘一扫，沉重地斥责：“一群孽畜！还不快滚！”

童驹哭得更加响亮，她扑到了无妄面前："师父，求求你不要赶我们走！徒儿知道错了！"

鸿疏和邱冠也是磕头如捣蒜，尤其是鸿疏，他的手撑不了地，额头抬起又结结实实地砸在地上，没多久他就晕了过去。

王远山几人在场面上不得不为邱冠几人说情。闹剧持续了很久，持续到无妄开始接受就算他打死邱冠几人，桐月也无法恢复如初，他才压下了一腔怒火，下令关邱冠几人禁闭。

秦荆自然也被关了，不过无妄安排了门下两名弟子照料他。至于秦荆苏醒后一连数日负荆请罪，才求得无妄原谅，都是后话。

让大家牵挂的，让无妄悲伤的，是桐月。无妄可爱活泼的孙女桐月，现在生活不能自理，亦不喜言语。邱冠几个人每天轮流逗她开心，她也不笑。

桐月坐在椅子上，看着邱冠手里的竹蜻蜓，声音很低："邱冠，现在我和你一样了，我能体会你的心情了。"

"不一样，你原来那么漂亮，我原来应该很丑。"邱冠连忙摇头，"我一点也不伤心，桐月，你也不要伤心。大家都不会嫌弃你。"

邱冠的话似乎没有起到安慰作用，桐月想到曾经，越发抑郁。

她当然知道，有明亮眼睛的邱冠不可能是个丑八怪，但美好的凋零，远比丑陋的破碎更让人痛惜。

秦荆从此特别照顾桐月，比对亲妹妹更亲。

他再不偷学雷神阁的剑法，他把生命里三分之二的时间都用来照顾桐月。他觉得自己是天下第一罪人。

他还求无妄教他真正的法术，他不想扫地，也不想拿把破剑假模假式地挥舞。他要下山斩妖除魔，为桐月报仇雪恨。

无妄当然没有同意空有满腔热血的秦荆的要求，或许是对他不放心。秦荆性子极烈，无妄怎会不知？如果让他学会了法术，恐怕是害了他。

无妄的头发日渐花白，他总是负手立在院前的槐树下，眺望远方。他的眉宇之间有散不尽的愁与苦。

“嘿，你们听说了吗？景元真人准备闭关了。”这天，秦荆又给残缺小分队带回了最新消息。他对天宗门爱得深沉，对法术也很执着，尽管被无妄一次次拒绝，他还是一次次讨好无妄。

没有任何事情能够逃脱秦荆的法眼，何况是景元真人闭关的大事。

景元真人是天宗门的宗主，他的闭关预示着天宗门将有一件非常重大的事情要发生——景元真人会在闭关之前，把大权交到下一任宗主手中。

— 5 —

在玉尘子接任雷神阁阁主之前，雷神阁从未如此明目张胆地和隐仙门竞争过。

玉尘子掌管雷神阁后，雷神阁众弟子的武功突飞猛进，大有超越隐仙门之意。如今，雷神阁的弟子见到隐仙门弟子，眼神都充满挑衅。

这是邱冠所不知的，对他来说，只要能吃饱饭睡好觉就满足了。

深陷于孙女重伤的悲痛中的无妄，似乎对继承宗门也丧失了兴趣。他下山了，一去数日。等他回来时，好像突然年轻了十几岁。他那原本满头的鹤发，变得浓密乌黑，早先沧桑、浑浊的眼睛，变得清澈有神。

“师父，您……您究竟发生了什么？”无妄的得意弟子，也是隐仙门人人敬仰的大师兄张筑歌看到无妄的变化，不由得啧啧称奇。

无妄的心境与下山前有所不同，他眉目舒展神态自然，想是此次下山收获颇丰，心情也开朗了。

“筑歌，不必慌张，为师只是刚刚参悟了八门剑的奥义，功法大进了。”无妄自修炼到法身期后一直停滞不前，如今突破法身境入化劫期，对隐仙门而言，的确是一件极大的喜事。因为野心勃勃的玉尘子，至今还停留在开窍境第三期。

凡天下修仙者，都要历经元婴、筑气、开窍、法身、大乘五个阶段，最终飞升成仙。天宗门只有景元真人已经接近大乘境，而慧根不佳的，也许一生都停留在元婴境。

如王远山这般天资聪颖、年纪轻轻已经修炼到元婴境第二期的，也有望修炼到法身境。只是修道悟道，既要修也要悟，能否进阶，全凭慧根。

无妄突破法身境入化劫期的消息不胫而走，隐仙门众弟子顿时有了底气，见到雷神阁弟子自是昂首阔步，扬眉吐气。

秦荆对无妄修为进阶有自己的看法，因为他发现无妄开始整肃隐仙门，抓弟子修炼了。无妄自己也会每天都打坐悟道，勤于修炼。

“我听师父和玉真人喝茶的时候说，他不会放弃宗主之位。”秦荆绘声绘色地和残缺小分队的众人描述自己的猜测，“师父终于发现，只有自身强大，遇到问题才不至于束手无策。”

邱冠私底下问过无妄，为什么突然抓紧修炼。就连他们这些身体残废、面目残缺的弟子，无妄也要他们修炼内气。

邱冠以前只需要扫扫地擦擦桌子，就能吃饱穿暖。现在他还得和大家一起晨练、打坐，他当然有理由疑惑。

无妄笑了。他对面目残缺、和自己孙女一般大的邱冠格外亲近：“为师从前念着与世无争，而今才发现，桐月受伤，我只能眼睁睁看着。但当一个人足够强大时，问题就不再是问题。”

邱冠挠挠头。他还是个孩子，不能理解无妄话中的深意。后来他才知道，彼时的无妄并不仅仅在精进修为，他还在设法拯救残疾孩子。

对修炼异常热情且吃苦耐劳的秦荆，就是他的第一个救助对象。

那天，秦荆随无妄走进了藏书阁的密室。

待他出来时，大家惊讶地发现，他断了的胳膊竟然长好了。修仙修仙，他们纵然在修仙，也毕竟不是仙人，只是无限地接近仙人。

童驹上上下下打量着秦荆的新胳膊，惊讶得合不拢嘴：“师父到底对你做了什么，竟然把你的胳膊接好了？生死人，肉白骨，难道不是仙术吗？”

“我不知道，但师父说以后会教我八门剑，所以为我修好了断臂。”秦荆挥舞着新胳膊，也觉得不可思议，“除了接口处有点儿痒，其他的就和我自己长出来的一样。”

无妄笑着走出来，给大家解了密。

“当然不是仙术，”他捋着长须，不急不徐地道，“我给秦荆所用的，是天宗门的秘术‘移花接木’，你们的师祖冲虚真人就曾用此术为人续上断臂，只是要运用此术，须得到大乘修为，冲虚真人云游四海后，宗门内再无人入大乘。”

“难道说师父你……”秦荆登时睁大眼。他们都以为，无妄隐瞒了自己的修为，也许他已经到大乘境了，对外称还在法身境。

无妄道：“并非如此，只是我对此术做了点改良。不过，用此术需要大量的妖怪内丹，你们须得努力斩妖除魔了。”

妖怪内丹是妖在修炼的时候结出的精元，也是炼丹筑宝的上乘材料。

秦荆早就恨不得多杀几只妖怪，当即放出豪言：“师父，您就看好吧，入我眼的妖怪，就没一只能逃得出我的手掌心！”

于是，在往后的岁月里，他们不断地捉妖，不断地修复身体。无妄也为鸿疏接上了两条健全的胳膊，为陆域补齐了两条健硕的腿，甚至治好了童驹的侏儒症。

桐月的五脏在不断地修复，只是留下了许多疤痕。桐月的笑容多了起来，每一点改变，都是对她的鼓舞。

至于邱冠，无妄似乎对他腐烂的脸束手无策。

那段时间，秦荆几人已经可以下山猎妖了，秦荆比任何人都卖力，他不断地寻找能够让桐月恢复如初的仙草神花。

邱冠作为残缺小分队里另一个没有恢复的人，一直在天宗门陪桐月聊天。

邱冠不喜欢修炼，他讨厌劳累的事，喜欢睡大觉。而且，大师兄张筑歌教他们的功法，他看一眼就能融会贯通，不愿意重复第二遍。为此他经常逃课，甚至在听说如果考核时得到了高分，就会成为无妄的关门弟子，能够像张筑歌那样得到无妄的言传身教后，也故意在考核的时候隐藏实力。

邱冠经常看到张筑歌在大家练习结束以后还被无妄叫到修炼室，秘传身法，他只觉得苦和累。人生苦短，为何要那么累？他所求的，只是师友俱在、吃饱穿暖。

— 6 —

光阴荏苒，转眼，邱冠和桐月成年了。成人礼这天，秦荆、童驹、鸿疏和陆域分别给他们送了礼物，无非是什么金丹宝器，倒是秦荆给桐月送了一根流苏钗。

稀有宝石雕成的并蒂莲，深山灵草编织成的流苏，工艺有点儿粗糙。

鸿疏和陆域窃窃私语，惹得秦荆相当不快，问："你们嘀嘀咕咕说什么？"

"我在猜，这流苏是不是你自己编的。"鸿疏摇头晃脑一本正经地打趣。

陆域也摸着下巴做思考状："集市上可不卖那么丑的玩意儿。"

秦荆闹了个大红脸："你们两个小子，好的不学学坏的，是不是皮痒了？"

鸿疏躲到了邱冠身后，还不忘揶揄："秦师兄，你自己心里有鬼，为什么要拿我们开刀？"

邱冠却不知道是哪门子的鬼，只记得他们当时上蹿下跳，桐月也笑得花枝乱颤，好不热闹。

秦荆狠狠揍了鸿疏和陆域一顿，并威胁他们，让他们下次和自己一起捉妖。闹完了，秦荆认真地道："邱冠、桐月，我这次的任务非常危险，但成功以后，就可以给你们带回一份大大大大礼。"

"大大大大礼？"邱冠比画着问，"究竟有多大？"

"就是比天还大，比海还大，总之是非常大的礼。"秦荆就要走了，但他走了两步又回头，对桐月的表现表示不满，"桐月，我为你们出征，你不打算鼓励一下我？"

"要怎么鼓励？"桐月好奇地问。

陆域突然跳出来，笑嘻嘻地道："桐月，不如你抱抱秦师兄……"

"胡闹！再乱说话看我怎么收拾你！"秦荆忙打断陆域，对上桐月的目光，又变得忸怩，“说两句祝福的话就可以了。”

桐月的眼睛很亮，就这样看着秦荆，看得秦荆有点不好意思。

桐月想了想道：“秦荆，你过来。”

秦荆一副忸怩的模样，似乎以为桐月真的打算抱他。直到桐月催了第二遍，他才走过去。桐月让他伸出手掌，而后她伸手在秦荆掌心画了个平安符，让秦荆吃下去。

不带法术的平安符，并不能保护秦荆。但是他就像孩子吃到了麦芽糖一样，吞下虚拟的符咒时眼角都笑弯了。

以后的许多次下山捉妖，桐月都会以这个方式祝福秦荆。

他们从少年成长为青年，人与人之间的感情随着年龄的增长变化，他们都能猜测到别人的心思，只有邱冠，什么也不懂。

他偶尔也会奇怪，为什么秦荆总是想找机会和桐月独处？为什么桐月总是找自己聊天？为什么童驹总是和鸿疏厮混？

那几年，天宗门又发生了一件大事。

景元真人下山匡扶社稷、普度众生了，天宗门暂时交到了无妄手中。说是暂时，也有考验的意思。

连年的天灾人祸导致四方战乱频生，景元真人挑选了一个能干的起义头目，决定辅佐其成就霸业。这个人就是昭国的开国皇帝，当然，彼时的他只是一支弱小起义军的首领。

天宗门似乎获得了短暂的平静，雷神阁的弟子们夹着尾巴，不再兴风作浪。不过，这并不代表玉尘子对宗主之位死心了，相反，他比任何时候都关注弟子们的修行，自己也时常下山斩妖除魔，以博取济世为怀的好名声。

另外，雷神阁的弟子们铆着劲修行，也是为了修仙门派四年一度的交流切磋大会。今年大会的举办地点定在天水峰，大大小小一共二十个修仙门派会参加。这也是门派之间交流仙丹宝器、展示武功仙法的绝佳机会。

隐仙门曾经的残缺小分队也盯上了天水峰盛会，秦荆、童驹、陆域和鸿疏如今都成功修炼到元婴境第三期了，这一次，他们就是想通过下山试炼，突破元婴境。

在修炼上，桐月比邱冠更有上进心，她时常在后山独自练剑，这件事，只有游手好闲的邱冠发现了。

他躲在参天的柏树上，恶作剧般向桐月扔了片树叶。

桐月手执霓虹剑，本以为一剑就可以将之劈成两半，岂料被仙法控制的树叶仿佛长了眼睛，绕着桐月飞来飞去。

“可恶！”桐月打了半天打不着，才惊觉这是别人的恶作剧。

“邱冠！”她抬头，愠怒转而被惊喜替代。

不知道为什么，邱冠总觉得她看见自己时，笑容格外灿烂。

“你怎么知道我在这里？”她羞赧地收剑问。

“我每天都在你头上，你却没有发现？”邱冠好笑地问。

“啊……”桐月惊讶了，两颊变得绯红，连年少时被熊罴怪抓伤留下的疤痕，也变得鲜艳欲滴，“你来了怎么不打招呼？”

“我瞧你练得专心，不想打扰。”邱冠点了点她鬓发上摇动的流苏钗，“好消息，秦师兄他们回来了。”

秦荆果真带回了一份大礼。

锦盒里，一朵透明的犹如牡丹般华丽的神花在熠熠发光。鸿疏和陆域此刻就开始表演才艺了，一个捧哏一个逗哏，将秦荆如何深入险地，如何排除万难，如何不顾危险也要摘下这朵百年难遇的雪芙蓉，如何为了保护雪芙蓉，差点被看护雪芙蓉的鸟妖杀死的过程一一道来。

总之，连邱冠都知道，雪芙蓉是秦荆历经艰险才摘回的神花。

但桐月的表情很奇怪，至少当时邱冠看不懂。

她的确是很高兴，语气充满感激：“谢谢你，秦师兄。”

她也在秦荆满怀期待的目光中吃下了雪芙蓉，刹那间，她身上所有被熊罴怪抓伤的丑陋印记都消失不见。

秦荆看她的目光是直白的、专注的，就连鸿疏、陆域和童驹都不得不发出赞叹。十八岁的桐月已经退去婴儿肥，变成冰清玉洁的绝色佳人。

邱冠想了很久，才发现问题所在——她的表现对不起秦荆的付出。她甚至有点惶恐，惶恐于秦荆九死一生的付出。

— 7 —

当天还有一场重头戏，在快乐的氛围里，谁都不会注意到桐月一闪而过的小情绪。

童驹掀开贴满符文的铁笼的布，只见锁链套住了一只怪物的脖子。它蜷缩在窄小的笼子中，黑黢黢的，犹如鬼魅。

怪物的奇异之处在于，它长着十张脸，每张脸都长得不一样。

秦荆介绍道："此怪名为多面怪，吃的人越多，身上的脸就越多。对付它并不困难，难就难在找它。我丝毫不怀疑，整个九州只有这么一只多面怪，恰好被我们抓住了。"

"倒是只奇怪的妖物。"邱冠仍然好奇，"可为何要抓它？"

"具体我也不懂，但师父曾经说过，只有它的脸可以装到你的脸上。"秦荆道。

秦荆话音落下，众人就听到一阵呜咽声。原来是多面怪的一张脸上突然落下泪来。

落泪的那张脸特别美艳，想必生前也是个倾国倾城的绝色女子。它落泪的时候，一滴嫣红滑过雪白的肌肤，我见犹怜。

童驹啧啧称奇："这畜牛竟然会哭？"

"妖怪惯会利用眼泪迷惑敌人，不必在意。"秦荆将笼子的钥匙交给邱冠，"邱冠，十张脸，你可以随便挑了。我瞧那张长满络腮胡的就不错。"

邱冠听着它呜咽的声音，似是悲恸，似是恐惧，但从这个恐怖的家伙身上发出哭声，纵然可怜，也让人惧怕。邱冠想，既然那张脸靠哭泣引起他的注意，他就要那张脸。

邱冠还想，它吃了足足十个人，有什么资格恐惧？那些被它吞噬的人类，早就失去了恐惧的资格。

邱冠拔出长剑，亲自取下了那张脸。

而今，这张美艳的脸依然好端端地附着在邱冠原生的皮肤上。它就像傀儡，被邱冠的喜怒哀乐操控。

没有人比他们这些残疾孤儿更痛恨妖怪了，只是当他获得那张脸的时候，还未想过，自己会失去什么。

四年一度的交流会如期而至。

邱冠对和其他门派交换仙丹秘宝无甚兴趣，便独自在天水峰上闲逛。方才在云雾岛上，他看见童驹和鸿疏躲在茂密的树下，有说有笑，他觉得自己不能过去。

走着走着，却见瀑布下站着一个女子。那一眼瀑布好似变慢了，风吹起她乌黑的长发和飘逸的裙摆，吹得环佩叮当，雾气弥漫。

“谁？”女子转身，蹙眉问。

邱冠确信她并不是天宗门的弟子，因为门中女弟子早就被秦荆、陆域几个人摸得透透的，他们最后得出一个结论：宗门里最漂亮的就是桐月。

但这女子比桐月更美三分，她的美犹如一把凛冽的剑直穿心脏，逼得人不敢直视。

“我是天宗门弟子邱冠，偶然至此，不知道友怎么称呼？”邱冠略显尴尬。

女人细长的眼扫视一番，才淡淡地道：“九星宗，阿蒲。”

九星宗和天宗门都是九州数一数二的修仙门派，而且，邱冠看不透阿蒲的修为，想必在元婴之上。

他不是个会搭讪的人，转身就要走了，却被阿蒲叫住：“既然来了，为什么不待一会儿？”

邱冠又留下来。

他似乎也不想走，在这里遥望瀑布，能驱散炎热。原来阿蒲和他一样，懒得看门派之间切磋武艺仙法，就在这里躲清净。

阿蒲叹道："每个强大的道士，一定都杀过无数妖怪。"

"自然，行善的同时又能提升修为，天宗门的弟子都热衷杀妖。"邱冠笑道。

不知为何，他发现阿蒲看他的眼神很奇怪。比赛现场出了点问题，邱冠不得不和她道别。

是桐月被九星宗的弟子打败了，对方竟然违背道义公然挑衅天宗门，说天宗门弟子不过如此。

秦荆是个暴脾气，跳上去和对方较量，没想到两人越打越较真。而且，秦荆明显不是对方的对手，如果他不放弃，可能会受重伤。

毕竟是小辈的较量，长辈自然是不好出面的。大家都有意看看各个门派的实力，自然也没人出面干涉。但事实就是，天宗门被九星宗鄙视了。

邱冠赶到的时候，秦荆被对方一掌震飞，邱冠眼疾手快接住他，才免他撞到柱子。

若是旁人被打就罢了，偏偏对方打的人是秦荆，邱冠凌空一跃，跳上比赛台。秦荆和桐月都忍不住道："邱冠，你快下来！"

邱冠平时和师兄弟对打都落下风，他们担心邱冠被暴揍。

邱冠剑都未拔，还轻佻地朝对方摇摇食指："你，不行。"

他脸孔美艳，身形纤细，话一出就把对方气笑了。

"连御剑飞行都不会，难道你们天宗门真的没人了？"

下一秒，九星宗弟子就为自己的轻敌付出了代价。只见邱冠食指中指并拢，长剑嗡鸣，霎时间化作数百把剑，包围了对手。其剑影虚实相生，变化无穷，无论对方如何防御都防不住。

当初在青茅村，王远山施展的就是天宗门八门剑的八卦式剑法，此剑法由一化二，二化四，四化八，八化万剑，威力无穷。只是以王远山元婴境初期的修为，不足以展示剑法的奥妙，而邱冠已经能从一剑化百剑，修为至少在筑气境初期。

邱冠见九星宗弟子倒地，知他黔驴技穷，自己得饶人处且饶人，转身要走。忽然一道剑意袭来，那名弟子猛地站起，眼神变得阴毒。道家比剑向来不齿于偷袭之类的下作手段，但不知那弟子从何处学的偏门左道，疏忽大意的邱冠挥剑格挡，仍然被对方的剑逼退到边缘。

就在那剑尖要刺到邱冠的长剑时，一条水袖犹如长蛇卷住两把剑，往旁边一拽，九星宗的弟子顿时破了功，邱冠也松了一口气。

出手的女子踏着水袖缓缓落在台上，转身质问同门："李师弟，难道你想和整个天宗门为敌吗？"

"阿蒲？"邱冠惊讶。

阿蒲扫了他一眼，道："是我师弟李淳载性子急躁，行事鲁莽，我为方才的一切向你赔礼。"

"不打不相识，无妨。"邱冠摆摆手，笑道，"是我该谢谢你，如果不是你，我恐怕就掉下台了。"

阿蒲没说什么，对邱冠又行一礼，携师弟飞远。

邱冠摸了摸下巴，心道，她师弟再怎么嚣张，在她面前也如同绵羊。

邱冠本以为自己只是帮桐月和秦荆出了口气，没想到转眼间自己就成了交流会上的风云人物，连师父无妄都将他叫到客房密谈。

— 8 —

无妄起初态度不佳，恼他为什么隐藏实力，在平时比试的时候浑水摸鱼，末了，又伸手探了一下他的骨骼，眼睛亮起来。

"奇才，没想到我竟救了一个奇才。"

"什么奇才？"邱冠挠挠头。

无妄也不解释，只让邱冠把自己会的八门剑剑法和仙法演练一遍。一遍终了，无妄三步并作两步上前，拉着邱冠的手激动地道："我天宗门的未来，就在你的手中了。"

无妄还说，以邱冠的资质，或有可能突破大乘境界，羽化为仙。自此之后，邱冠就跟着他修炼。

邱冠虽然不喜欢修行，但无妄是他的恩师，无妄喜欢，他便高兴。

邱冠才出门就被桐月和秦荆堵住。秦荆朝他胸口打了一拳，兴奋地道："你小子行啊，看着我们整天督促你修炼是不是很有意思？"

邱冠吃痛，咳了几声："谋杀？"

听出来了，秦荆又开心又嫉妒。

桐月也很开心："我看爷爷的意思，也许以后你会成为天宗门的宗主。"

成为宗主就值得开心吗？邱冠笑了声，只道自己困了，想回屋休息。

散步散到林子里，竟然再次见到了阿蒲。她蹲在地上，背对邱冠不知在干什么。邱冠恶作剧，拍了拍阿蒲的背："嘿！"

阿蒲悚然一顿，怀里的白兔撒腿就跳下来，钻进了树林里。

"对、对不起……"邱冠支支吾吾，尴尬至极。

"它受了伤，跑不远的。"阿蒲倒没有责怪他，只是顺着兔子跳跃的轨迹寻去。邱冠奇怪地道："你在救它？它只是只畜生，说不定是妖怪变的。"

阿蒲皱眉，猛地抬脚踩了他一下："啰唆。"

被踩得生疼的邱冠龇牙咧嘴，也顾不得许多，帮阿蒲在林子里找了半天，总算逮住了那只带伤的兔子。

阿蒲温柔地安抚它，动作轻轻的。

邱冠靠着一棵树，就这么看着，仿佛阿蒲身上有光，让人挪不开眼。

邱冠打破沉默，道："你的仙法很厉害，不知道现在已经练到哪个阶段了？"

阿蒲不理他。

邱冠又道："兔子也蛮可爱的。"

阿蒲仍然不理他。

邱冠自言自语："师父突然说要把八门剑的剑法都传授给我，还说我资质很高，若是好好修炼，未来或许能接管天宗门。他说，可能性非常高。"

阿蒲终于说话了："你好像不高兴？"

邱冠一怔："你怎么知道……倒也不是不高兴，主要是我对宗主之位没什么想法。你知道的，做宗主很累的，景元师尊如今还在济世救民。"

阿蒲不知怎么嗤笑一声。

邱冠不满地问："你笑什么？"

"我也觉得做宗主没意思。但总有人要为了天下苍生做牺牲，不是吗？也许，不是无妄真人挑选了你，而是你被苍生挑选了。"

邱冠转头，才发现她歪着脑袋看自己，眼睛犹如怀里的兔子，又大又圆，水光盈盈。

邱冠忽然心跳如鼓。他背过身，貌似听懂般点点头："听阿蒲一席话，胜读十年书。"

"到底是我读十年，还是道友你读十年？"

邱冠沉默了一会儿，蓦然又转过身，直视阿蒲的眼睛："道友……阿蒲，我叫邱冠。以后，你可以称我邱冠。"

交流会结束，他们就分道扬镳了。天宗门与九星宗相隔数百里，如今告诉她名字，又有什么意义？但邱冠就想告诉她。

阿蒲也有点诧异，好一会儿过后，她才点点头："我知道。"

初次见面他们就自报了家门。

缘分深的人，命运总是交错。

三个月后，邱冠在天宗门再次见到了阿蒲。一别数月，又好似就在昨日。邱冠练剑的时候，目光一直追随着阿蒲。在转角处，他看到阿蒲转头对他做了个鬼脸。

与阿蒲同行的还有九星宗的几个弟子以及他们的师父玄尘道人。玄尘道人造访天宗门，一是为了加强两大修仙门派的交流，让几个得意弟子参观一下天宗门，二是为了和无妄真人商讨除妖之事。

闻说天下大乱，恶妖频出。有恶妖"通天"正率领妖族反抗起义军，"通天"的爪牙也渗透进了各大修仙门派，近年来，门派中有不少弟子无辜丧命，怪象引起了修真界的注意。

秦荆几人听说来访的是九星宗弟子，心里很不痛快。

“上次得罪我们还不算，现在竟然敢送上门，看我秦爷爷不给他们一点颜色看看。”秦荆振臂一呼，立刻得到了鸿疏几人的响应。

邱冠感觉自己如果出面阻拦，一定会成为他们当中的“叛徒”。可他想，谁都可以被欺负，但是阿蒲不行。

当晚，邱冠就溜到了阿蒲所住客房的窗边。

阿蒲并不在客房，邱冠便躲在院子里的松树上等她，结果被蚊子叮了一腿的包。他正轻轻地打着蚊子，背后突然传来阿蒲的声音：“邱冠，你在干什么？”

邱冠大叫一声，从树上掉了下来。

阿蒲竟然笑了，邱冠不满地道：“我找你可是为了帮你，你不感恩，反倒笑话我？”

“帮我？”阿蒲表情严肃，问，“怎么个帮法？”

“我师兄几人打算明天诱你们到后山，把你们都推进湖里，让你们出洋相。”

阿蒲一怔，又笑了起来：“谢谢。”

“谢谢就完了？”邱冠假装不满。

“嗯……你想怎么样？”阿蒲问。

邱冠却说不出来。好像，能见到阿蒲他就已经很开心了，只是不知道阿蒲是不是也有同样的心情。

阿蒲从怀里摸出个东西：“送你。”

邱冠仔细瞧了一番，是一只用枯草编成的蜻蜓。他好奇地问：“你编的？”

“上次离开天水峰的时候，就打算送你了……”阿蒲欲言又止，“不过，现在也不晚。”

因着阿蒲这番话，邱冠想，夜里的梦必然是甜的。他不想问阿蒲为什么要送他蜻蜓，只是欢喜地把蜻蜓收了起来。

皎皎月华下，他的笑容美得惊心动魄。阿蒲看了一会儿，才发现忘了时间。她整理了一下鬓发道：“很晚了，我要休息了。”

她乘着夜风进了屋，拂起馥郁的香气。

—9 —

第二天，秦荆几人果然来找九星宗的弟子，说是邀请他们到后山野炊。后山还有一条小河，可以淘濯野菜。阿蒲和邱冠一行到了岸边，邱冠故意招呼她说话，阿蒲知道他的意思，默默地走了过去。

桐月回眸望了一眼，秦荆正挽着裤脚，不免好奇：“桐月，你看什么？”

“没什么。”桐月嘀咕，但愿不是她想的那样。但女人的第六感让她不舒服。

童驹道：“快招呼九星宗的过来。”

鸿疏连忙挥手道：“喂，几位道友，你们不过来捉鱼吗？”

一开口，秦荆、童驹和陆域都笑作一团。他们当真没有捉弄人的经验，还没有开始，自己先乱了。

邱冠让阿蒲坐在树下，道：“不必理睬他们。”

阿蒲依言坐下，把一绺碎发别到耳后，笑了：“你这样护我，就不怕他们多想？”

邱冠把玩着旁边的一株野草，想了想，转头问阿蒲：“你会多想吗？”

古人有云，白头如新，倾盖如故。喜欢一个人，并不需要很长时间。

阿蒲沉默半晌，终于道：“会。”

他们四目相对，纵然不言不语也知道对方心中所想。邱冠下意识地伸手，他觉得眼前的阿蒲实在美丽，让人想触碰。但手还未触及她的发丝，就听到远方传来喧哗声。

“有一具尸体！”鸿疏的声音。

邱冠和阿蒲赶过去，九星宗的弟子也赶了过来。只见河上漂来一具尸体，尸体已经浮肿了，穿着天宗门的道服。

下午，又有人发现了四名天宗门弟子的尸体。

无妄真人、玉尘子真人、玄尘道人以及天宗门的几位长老都赶到了大殿。

五具尸体一字排开，蒙上了白布。无妄一一撩开白布，看到门下弟子的脸，表情严肃。

其中有三名是隐仙门弟子，一名是仙丹阁弟子，一名是雷神阁弟子。从他们身上的贯穿伤可以判断，他们所受的并不是剑伤，而是被利爪所伤，还有两个身上的骨头尽碎，窒息后才被人扔到河里。

这印证了玄尘道人带来的消息，妖怪已经渗透到各大修仙门派。

"可恶！"秦荆气得捶墙，敌人在眼皮底下杀人，他却一无所知。这些年，他从未放松过修炼，但结果正如师父所言，他慧根不佳，哪怕付出比别人多十倍的努力，也达不到别人的水平。

但这不会打击他杀妖的决心。童驹几人和他一样，他们对妖怪的仇恨比天宗门其他弟子更深。

秦荆请师父赐他照妖宝鉴，说他定在三天内把妖怪抓住。

邱冠却认为，敌人在暗他们在明，千万不能轻举妄动。他怀疑敌人已经伪装成天宗门弟子，就埋伏在大殿之上。如果发现任何异动，第一时间应该是向师父汇报，而不是自己孤身迎敌。

无妄欣慰地点点头，拒绝了秦荆："发生了这么多事，妖怪定有所觉察。此刻使用宝鉴起不了什么作用。你们先回去，为师自有计较。"

众弟子散去，无妄又把邱冠叫住："冠儿，你留下来。"

作为天宗门最闪耀的星，无妄对邱冠的偏爱，所有人都看在眼里。秦荆忍不住瞥了一眼邱冠，暗暗攥紧了拳头。

他怎么不知道，他什么都知道，无论是无妄，还是桐月，没有一个人会在乎他。他们的眼里只有邱冠。年幼时会大赞自己剑法的无脸男孩，现在已经成了他羡慕的对象。

"师父。"邱冠对无妄行了一礼。

无论过去多少年，在邱冠心里，无妄真人永远是那么宽和慈悲。

无妄道："为师在大殿上拒绝秦荆，不过是为了迷惑那畜生。你在暗中帮为师找到那畜生所在，为师自有道理。"

“但为何不用照妖宝鉴？”邱冠还是不懂。

用照妖宝鉴，效率是最高的。

“冠儿，这次不仅仅是为了抓住那畜生，也是为了考验你。你在众弟子中修为最高，悟性最高，然而性子懒散，心地善良，容易被小事绊住手脚。想要担起天宗门的担子，仍需多加历练。”

无妄犹如父亲般谆谆教诲，让邱冠心中温暖。他也忘了再问无妄为何不用照妖宝鉴，应了声便离开了。

邱冠暗中查探几名弟子生前行踪，还没有发现妖怪下落，就听闻秦荆不见了。

有弟子发现，秦荆曾在后山的柏树林里出没。山上有打斗的痕迹，血迹在山崖处消失，与此一起消失的是一条蜿蜒的痕迹。就像什么长条的物件扫过积雪，邱冠从地上散落的鳞片推断，那是一条蟒蛇精。

山崖陡峭，山下雾气弥漫，深不见底。

邱冠将半截身体都探了出去，一旁的桐月和阿蒲异口同声地道：“邱冠，小心。”

邱冠起身，先是对阿蒲露出笑意：“别怕。”才又转身对桐月道，“我只是想看看悬崖周围有没有阻拦物。”

从现场的痕迹判断，这里有人和蟒蛇精发生了激烈的争斗，还有人坠崖了。邱冠最不愿意猜测的就是——坠崖的人是秦荆。

邱冠不仅将秦荆视为师兄，更视为兄长。哪怕秦荆无数次下山斩妖，他都没有想过秦荆会离开他。

童驹几人对秦荆的感情亦如是，童驹忧心忡忡地道：“我们下山找找吧。”

“嗯。”邱冠点点头。

这时，阿蒲附耳对邱冠道：“山上有横生的松树，也许，秦荆没死。”

阿蒲说着，飞出水袖，缠着旁边的一棵歪脖松，踏着悬崖峭壁往下找。邱冠瞪大眼睛，不假思索地跳下山。

在桐月几人的惊呼中，一阵金光冲天而起，是邱冠御剑而飞，和阿蒲的身影交错。

“桐月！”就在桐月发呆的时候，童驹几人让她跟上队伍，“我们从这边下山找找。”

— 10 —

突然，一条巨蟒从山崖中冲出，腾云驾雾直飞云霄。秦荆就在蛇身上，全神贯注操控佩剑，蛇身剑意光影交错，蛇身不断地翻滚，天地也为之震动。

邱冠只是发了一小会儿呆就回过神来，御剑飞到半空，加入战局。

巨蟒身长五丈，蛇身犹如两个水桶那么粗。秦荆在光溜溜的蛇身上立不住，邱冠踏剑而来接住他，两人都退到地上。

巨蟒上身直立，低头盯着几人。

突然，它一记“神龙摆尾”扫来，众人急忙撤退。邱冠道：“童驹、鸿疏，你们打它左侧方，陆域、桐月，你们攻击它右侧方，我和阿蒲打它正前方……”

“不用说了，这畜生的七寸交给我！”秦荆说着，又飞到了巨蟒的背上。

桐月看着邱冠和阿蒲在巨蟒面前配合默契，心中酸楚。巨蟒腹背受敌，正是怒火中烧时，它急需寻找一个突破口。桐月疏忽大意的一剑掠过它的背脊，却见巨蟒猛地摆头转过来，对桐月喷射火焰。

秦荆大惊失色，顾不上要扎进七寸的长剑，俯冲而下单手抱住桐月往旁边一带，桐月只觉身体仿佛被什么狠狠撞了一下，重重摔倒在地。

秦荆的背却是被火燎了，他仰头发出痛苦的嘶叫。

巨蟒乘胜追击，就在它张开血盆大口，将要把秦荆和桐月一口吞下之时，邱冠一个闪身挡在两人面前，被愤怒的巨蟒吞入口中。

邱冠不得不以顶天立地的姿势抵住巨蟒的嘴，但其巨大的咬合力很快让邱冠跪了下来。

“邱冠！”桐月眼睁睁看着邱冠四肢的骨头被折断，却无能为力。

强弩之末的巨蟒此刻已经接近疯狂，它扭动的身体撞碎了周围的崖壁树木，也把鸿疏、童驹和陆域都打倒在地。

凶险万分之际，一道血柱冲天而起。阿蒲不知何时已经站在蛇头上，水袖卷着邱冠的剑扎进了巨蟒的七寸。她沐浴鲜血，犹如魔鬼。

在片刻的喘息中，邱冠得以脱身。下一刻，阿蒲用水袖卷住蛇身，不断地收紧。她的水袖犹如烈马的缰绳，而邱冠的剑，就是驯服烈马的铁锤。

邱冠就这样忘记了动作，怔怔地看着巨蟒头顶睥睨四方的阿蒲。他觉得当时被驯服的不是蟒蛇精，而是自己。

博弈持续了半炷香时间，失血和窒息最终让蟒蛇精停止了所有的动作。它无力地匍匐在地，仍顽强地睁开眼。

阿蒲从它头顶跃下，走到了蟒蛇精身边。邱冠忍不住道："阿蒲！危险！"

阿蒲置若罔闻。

她只是和蟒蛇精对视着，似乎在传达什么密语。不一会儿，阿蒲合上了蟒蛇精的眼皮，一颗华丽的妖丹从它的身体中飞出，入了阿蒲的锦囊中。

此刻，阿蒲才呕出一口鲜血。邱冠上前揽住她的身体，但同样身受重伤的他根本支撑不住，两人双双倒地。

阿蒲沉默半晌，笑了："呆子。"

行动虽然有惊无险，但秦荆仍然因为鲁莽被无妄责备。念在他擒妖有功，无妄没有罚他思过。还是邱冠几人鼎力为秦荆美言，最后，无妄给了秦荆一瓶疗伤圣药。

邱冠拿药给秦荆的时候，发现他把自己锁在屋里，情绪低落。

"师父他嘴上责备你，实际上心里高兴着呢，只不过这次行动事关九星宗，他不得不在外人面前说你两句。"邱冠以为他是为了这件事，才进屋就献上了圣药，安慰道。

秦荆只是看着地面。他的眼圈发灰。

"师兄？"邱冠在他面前摇了摇手。

秦荆声音沙哑："我原来以为自己能擒住妖怪，桐月师妹就会对我刮目相看。如今才知道，我抓住蟒蛇精和没抓住蟒蛇精，都不如你皱皱眉头。邱冠，你如今样样都得意了。”

秦荆是嫉妒的，嫉妒让他忘却了被烈火焚烧的痛苦，甚至懊悔自己为何千辛万苦地为他找多面人。他顶着那张魅惑众生的脸，只会勾走桐月的心。

秦荆低沉道：“我也不知何时对桐月师妹动了心，也许，就是在她被熊罴怪伤到的那一刻，想到她因我而伤，我就无法放下她。可笑的是，那时她不过是为了保护你。明明我为她做了那么多，她心中的人为什么是你？”

邱冠语塞。感情的事最不讲道理，譬如他对桐月就没有别的心思。但邱冠能隐约感觉到，对桐月而言，为她南征北战、骁勇无比的秦荆，她是看不到的。她只记得，在她失意低落的岁月里，是邱冠这个懒于下山历练的弟子，不离不弃地陪伴在她身边。

哪怕是一块顽石，也有被击穿的那天。

秦荆以为桐月最喜欢的是能疗愈伤疤的雪芙蓉，却不知是邱冠的陪伴疗愈了她的落寞。

邱冠不知道如何面对他的嫉妒，但邱冠还是道：“师兄，我并不想和你争。”

“讽刺的是，你不想争的，恰好是我得不到的。”秦荆红着眼眶，突兀地笑了，“我的好师弟，上天为何如此不公平？”

邱冠无法回答。上天总是不公平的，邱冠想，阿蒲曾对他说，人生就是如此，有的人被苍生选定，不得不济世救民，有的人注定平庸，一生一世，碌碌无为。

邱冠希望他能看开一点，他是邱冠最敬爱的师兄。

邱冠转身去了阿蒲的房间，以送药的名义。他很好奇，阿蒲最后对蟒蛇精说了什么，他感觉她一定说了什么，蟒蛇精才放弃挣扎。

邱冠进屋后，灯突然就熄灭了。黑暗中，他听到阿蒲轻轻的笑声。她的手臂宛如柔软的藤蔓缠上他的脖子，她的气息越来越近。

邱冠有种错觉，此刻的阿蒲，也像一条吐芯的毒蛇。

“很奇怪，看到你受伤，我会很在意。”阿蒲低声呢喃，“也许你才是那条毒蛇，钻进了我的脑子里。”

在阿蒲的声音里，邱冠再不记得什么药什么伤。

他只记得，他抓着阿蒲的手，在漫漫长夜里掉入了浩瀚的汪洋里。他们漂荡，漂荡，直到失去意识。他们仿佛闻到了，风中的馥郁的香气。

邱冠的一条胳膊被蟒蛇精压断，一侧的膝盖也受伤不轻，但他已经忘却了疼痛。他想，其实在见到阿蒲第一眼，他就倾慕她。她站在雾气弥漫的瀑布前，沉静如一幅水墨画，可远观而不可亵玩。

在他决定和她说点什么的时候，他们的故事便开始了。

— 11 —

邱冠从未和任何人说过，他对家的设想。

他是个被父母抛弃的孩子，被抛弃的理由如此简单，他被熊罴怪抓烂了脸，似乎快要死了。家里没有多余的米，也没有多余的药，有一千个遗弃他的理由。所以他想，他如果有所爱之人，一定要拼尽全力争取。一定要紧紧抓住她的手，绝不松开。他喜欢的任何人，都不会松开。

蟒蛇精事件后，天宗门迎来了短暂的和平。

转眼，乞巧节到了。前几天还对邱冠嫉妒得冒火的秦荆变成了忸怩的小姑娘，觍着脸来找他，问他到底有什么魅力，能打动那么多女子的心。

邱冠满打满算就打动了两个，但现在不是和秦荆计较的时候，看秦荆的意思，他还想再试一次。

秦荆笑得灿烂："好歹也是个重要的节日，桐月脸皮薄，兴许心一软就答应我了。"

邱冠不敢懈怠，找了鸿疏几人帮忙。几人又是带秦荆下山挑选衣服，又是帮他梳头修脸，还为他寻了礼物，把他推到了桐月身边。

桐月倒是收了秦荆的鲜花和果子，然后道："秦师兄，你是个很好很好的人。我想，一定要很好很好的人才配得上你。"

"桐月，你就是那个很好很好的人。你善良、温柔、正直——"

桐月打断他："对不起。"

秦荆大受挫折，回屋就开始找酒坛子。他喝得酩酊大醉，在树下舞剑。在他饮酒时，邱冠拒绝了桐月的表白，鸿疏和童驹躲在后山的雪地里拥抱，陆域对月弹琴，用扫帚在地上书写诗篇。

最后的最后，他们又聚在一起，畅饮大笑，冰释前嫌，就像小时候一样。

那晚，秦荆他们几个醉得东倒西歪，邱冠拥着阿蒲坐在屋顶，看盛满碎银的月亮。他眼底泛着光，心思恬静安宁，觉得自己已经达成所愿了，有慈爱仁善的恩师，有把酒言欢的朋友，有心意相通的爱人。

如果生命在此停止，他将了无遗憾。

就在玄尘道人准备辞行时，天宗门又生祸端——几名看守八宝阁的弟子无辜身死。

他们身上仍有野兽的爪印，脖子上也有野兽的牙印。

九星宗的人一来，天宗门就频频出事，无妄不可能放他们走。不过，没过两天，九星宗也死了两名弟子。

玄尘道人和无妄真人面面相觑。唯一合理的解释就是，蟒蛇精并不是凶手，或者，不是唯一的凶手。

“眼下，你我二人应该同心协力擒拿妖物，而非互生龃龉之心，让亲者痛仇者快。”无妄真人捋了捋长须，转头对邱冠道，“冠儿，这件事就交给你去办。”

“且慢。”一直坐在旁边的玉尘子按捺不住，冷笑道，“又搞暗中排查那套？师兄，你未免有些掩耳盗铃了吧？”

“你是什么意思？”无妄皱眉。

“什么意思？”玉尘子霍然起身，走到大殿中央，掷地有声道，“诸位都是明白人，我就不绕弯子了。师兄，你手中既有照妖宝鉴，何不拿出来摆在大殿之上，召集天宗门所有弟子，挨个儿查验一番？如此暗访什么时候是个头？”

每个人都查一遍，的确是最简单的办法。不过，无妄不能让他这么做。

“玉师弟，天宗门的事现在还是我说了算。我自有我的计划，你无须多言。”无妄冷声道。

“师兄当真以为我不知道你在害怕什么？这些年来，你一直在使用本门禁术‘移花接木”修补隐仙门弟子残缺的躯体，谁知道他们当中有没有人被妖物附体，变成人不人妖不妖的怪物？尤其是你的爱徒邱冠……”

“含血喷人！”无妄气得一掌震碎了黄花梨木的案台。

邱冠初听有点迷惑，无妄从未告知他们这是门禁术，他们也从未怀疑。

玉尘子不知道从哪儿得到的消息，不管无妄如何震怒，仍咄咄逼人道：“‘移花接木’之术，乃是用妖的精血骨肉做成假肢，接到人类的躯体上，此邪术有生死人，肉白骨的奇效，但被接肢之人难免会被妖邪之物侵蚀五脏六腑，别说修道，不堕入魔道就该千恩万谢了！”

无妄气得面色血红，想来玉尘子早有预谋，就等着今天揭穿他。假如无妄手下都是邪魔外道，又有何资格执掌天宗门？

“师父……”邱冠难掩震惊，“到底是怎么回事？”

童驹柳眉一挑，突然就拔剑向玉尘子刺去：“我今天就杀了你这居心叵测的老道！看你还胡言乱语！”

玉尘子瞪大眼睛，甚至忘记还击，好在身旁的弟子挥剑抵住童驹。

“放肆！你小小隐仙门弟子竟敢犯上！还不快快给我拿下她！”玉尘子愤怒地下令。

鸿疏挡在童驹面前：“我看谁敢？”

“反了反了都反了！无妄，你看看你教出的好徒弟！”玉尘子那副震惊气愤的样子，一点也不像在表演。他甚至气得胸膛不住地起伏，不得不靠着旁边的弟子顺气。

无妄猛然挥手，长袖一扫，把童驹和鸿疏全部打翻在地：“孽徒！还不快给你玉师叔赔礼道歉！”

“师父！”童驹委屈难言。

“道歉！”无妄的眼神如此可怕，是邱冠未曾见过的模样。

童驹强忍着泪水，对玉尘子鞠躬赔礼。

玉尘子不用正眼看她，只用鼻音发出冷哼。

眼下的议题早已经脱离了捉妖，玉尘子根本不想捉妖，他只想摧毁隐仙门，摧毁无妄多年的心血。

玄尘道人作壁上观。

还不等众人辩出个所以然，只听外边突然传来呼声："秦师兄疯了！"

接着，一弟子破门飞来，直直摔到正殿上。

无妄才走过去，那名弟子就双眼直勾勾，指着前方咽了气。

— 12 —

秦荆站在大门处，发丝飞舞，嘴唇乌黑，眼神中尽是肃杀之意。他手中的长剑也因为他入魔而散发着黑气，剑锋滴落鲜血。

"秦荆！"桐月不敢相信自己的眼睛，她没想到的是，她一上前就被秦荆的剑意斩伤。

"师妹，不要靠近他！"邱冠忙把桐月拉到身后，邱冠知道，眼下情况危急，但他必须救秦荆。他虽然不知道秦荆到底中了什么邪，但如果让别人出手，也许会杀了秦荆。

邱冠念诀，长剑出鞘，八门剑第一式"飞龙在天"，剑意化作龙吟冲向秦荆。秦荆元婴境第三期的修为本来不是邱冠的对手，但入魔后法力倍增，此刻竟有了筑气境中期的能力。

阿蒲水袖卷出佩剑，飞至邱冠身边："我帮你。"

邱冠点点头，又嘱咐道："不要伤他性命。"

阿蒲念诀，水袖上下飞舞，缠绕着秦荆。阿蒲舞双剑，剑意犹如天女散花，逼退秦荆的攻势。邱冠的剑意如游龙，束缚着秦荆，很快秦荆的剑就从空中坠落。

邱冠上前，点其百会穴，秦荆登时两眼一闭，晕倒过去。邱冠把他扶坐在地，发现秦荆的脖子上有两个牙印，不免惊讶万分。

他道："师父，秦师兄是被妖物袭击了才入魔的，我怀疑他中了妖毒。"

"我看他分明是因为'移花接木'之术被妖物附身，如此孽畜应该立杀不赦！"玉尘子冷声道。

"玉师叔，你口口声声称师兄被妖物附身，却没有任何证据。师兄脖子有被妖物咬过的痕迹，伤口乌黑，分明是中毒之兆。今日之事过于蹊跷，须得从长计议。"

阿蒲也道："玉尘子真人，邱冠所说有理有据，如果您一再相逼，我不得不怀疑你的动机了。"

玉尘子脸色微变，但张张嘴又说不出个所以然。最后，无妄下令让门下弟子把秦荆带回房间关禁闭，大殿暂时平息下来。至于用照妖宝鉴捉妖的提议，无妄始终没有同意。

怪事却没有因此停止。

夜半，八宝阁内突然金光大放，闯入者触发了八宝阁的镇妖铃，把整个天宗门的人都惊醒了。

妖怪没有得逞，只打伤了几名弟子就逃走了。

八宝阁中装的都是天宗门的仙法宝典，而被妖怪翻乱的正是隐仙门八门剑剑诀和雷神阁的筑宝法典。东西没有丢，却让玉尘子和无妄心里都堵着一口气。

什么妖怪如此明目张胆地在他们眼皮下偷盗，他们却一无所知。

邱冠却不关心八宝阁的偷窃案，他发现了一件让他无比气闷的事。夜半，他去了秦荆的客房，秦荆已经醒了，但目光呆滞、语无伦次。

他反反复复道："邱冠，该是你……"

邱冠问他是什么意思，他却不回答。邱冠嘱咐他："好生休息，我一定会把妖怪捉住。"

望着邱冠，秦荆突然恢复了一丝清明。

"我在院子里埋了坛杏花酒，突然想和你喝两杯。"秦荆挣扎着说。

都到这种紧要的关头了，还惦记喝酒，邱冠只当他睡迷糊了，倒也没有取笑他，只说自己去取来。他才出门，突然看到阿蒲和雷神阁的师兄王远山在假山旁有说有笑。

邱冠第一时间就冲到两人之间，拔剑刺向王远山。那厮却怪他心胸狭隘，说他和阿蒲不过在交流门中功法。

阿蒲安慰邱冠，道："最近发生了许多事，邱冠，你可能是太累了，你需要休息。"

邱冠有点迷糊，揉了揉眉心，果然困意袭来。

等他睁眼，已经是第二天早晨。他听到秦荆所在的院子传出女子的尖叫，等他赶过去的时候，桐月和童驹都把他往一边拽。

"邱冠，不要看了。"

他的确不应该看。

秦荆暴毙在杏花树下。他眼眶裂开，枯瘦的手伸向树根，刨土刨到一半。酒坛子隐约露出，上面沾着他的血。

邱冠想起来了，他昨晚说想和自己喝两杯。他想，如果自己不走开，兴许秦荆就不会死。

他呆呆地站着，被深深的自责笼罩着。

他一定要报仇。

捉妖的瓮就是八宝阁，只需要往瓮中放一点诱饵，就能够把敌人引出。邱冠对外称，他怀疑最近天宗门和九星宗的弟子都是秦荆所杀，他中妖毒以后失去控制，大杀四方，今日才伏法。

邱冠公然污蔑秦荆，让童驹几人十分不齿。但邱冠这几日都闭门不出，任他们把自己骂得狗血淋头。

邱冠还从锁妖塔中抓住一条蟒蛇精，当众剥去它的鳞片，将它封入八宝阁。他扬言："我知道你这孽畜就在人群之中，你一日不现身，我就每天都在这条蛇精身上剐一刀，直到它活活被剐死。"

他的冷血让人胆寒，哪怕他的做法有违正道，一时也无人敢出声。

— 13 —

邱冠等到了一个他不愿看见的人。

阿蒲。

她走到了八宝阁正门前，定定地看着镇守八宝阁的邱冠。

“邱冠，你早知道是我了，对不对？”阿蒲的手指卷着碎发，就像小女儿家在和心上人聊天。

邱冠不说话。

“你是从什么时候开始有所怀疑的？”阿蒲问。

“你和蟒蛇精说话……你能听懂它的语言。我当时在想，你一定告诉了它什么，它才安然离去。但因为是你，我不愿往那方面去想。”

“你很聪明。我以为参加了战斗，你就不会怀疑我。”阿蒲又问，“但你怎么知道，我是蟒蛇精？”

“师兄脖子上的牙印。天下妖物的特性，我谙熟于心，只有蟒蛇精会留下这样的印记。其实还有很多很多细节，你身上的香气，以及我对你的心意，都能很好地遮掩你的身份。”邱冠有些难过，问，“所以，你靠近我是别有目的吗？那些情意都是假的，是吗？”

“假的。”阿蒲很快回答了他，“我只不过奉命来此盗窃天宗门秘宝八门剑剑诀和筑宝法典。我恨你，所以我利用你。”

“可我是真心的。我以为我们会一直一直在一起，长长久久。”邱冠自言自语。

“你的幻想让我恶心！你们这些人，枉为正派人士，行的是滥杀妖族之事，用我们的精血骨肉去修复你们的躯体！每次碰到你，我都恨不得杀了你！”阿蒲激动得无法再控制自己的外表，头颅异化，现出蛇头的本来样子，一条长长的黑色芯子吐了出来，发出咝咝的声响。

“妖精作恶多端，为祸苍生，为何不杀？难道我的师兄弟们就该死？秦荆师兄就该死？”邱冠冷眼看着她。

阿蒲冷笑了一下：“妖就是恶？邱冠，你师父不是有照妖宝鉴吗，你为什么不拿来照照自己的脸？”

“冠儿，何须与那畜生多言，速速拿下它！”身后，无妄真人和众弟子一起赶了过来。玉尘子和玄尘道人也到了。

四周阴风大作，阿蒲怒吼一声，化作一条身长十丈的大蛇，蛇尾卷住八宝阁，很快就将之卷塌。

“摆阵，她要救走蟒蛇精！”无妄大喊。

众弟子立刻摆出八门阵法，将阿蒲牢牢地围困在阵中。风云变幻，电闪雷鸣，阿蒲的双目射出闪电，口中喷出烈火，打得无数弟子抱头鼠窜，哀声惨叫。

邱冠只是呆坐着，脑中一片空白。

他知道，阿蒲不是天宗门的对手，何况玄尘道人也在。

他看到阿蒲将无数人击退，再次被围攻。任她修为再高，也终究会陷入力竭不敌的境地。果不其然，阿蒲被无数道剑光刺破躯体，蛇身从天空坠落。她重新变成人形，奄奄一息地倒在地上。

无妄的破妄剑直刺阿蒲命门，邱冠此刻终于出手。他犹如鹰隼张开双臂，挡在阿蒲面前：“师父！”

“让开！”无妄怒喝。

“师父！求你饶她一命，将她锁在锁妖塔内。弟子愿意生生世世看守她。”

“你鬼迷心窍了？她是妖，人妖殊途！”无妄的破妄剑发出铮鸣。

“道貌岸然，”阿蒲冷眼一笑，“我是妖，你便是魔鬼。杀了我吧，杀了我，半夜时分，你噩梦连连，不得安生。”

话已至此，无妄断不能再容她，剑又逼近一寸：“冠儿，你让开！”

“师父！”邱冠跪下来，“算徒儿求你！”

一旁的玉尘子发出猖狂的笑容：“无妄啊无妄，看你培养出什么好徒弟来了！竟然爱上一条蛇妖！”

“磊落的妖，也比你这虚伪的道士强千倍万倍。”阿蒲应是对道士厌恶至极，不断地咒骂他们。

玉尘子不像无妄有所顾忌，一掌击向阿蒲。他这一掌足以取邱冠和阿蒲二人的性命，哪怕邱冠死了，他也有说辞，谁让邱冠挡在阿蒲面前？他一箭双雕，杀了阿蒲又铲除了隐仙门最厉害的弟子。

邱冠似乎准备坦然接受他的命运了。

下一秒，他感觉有黏腻的血液顺着脸颊滑落。

他睁眼，看到阿蒲苍白的脸。她大口大口地吐出鲜血，眼中充满的是爱怜之色。她望着他，像在笑："你这呆子……我骂你骂得那么厉害，你为何还要为我挡着？"

阿蒲在最后时刻调换了她和邱冠的位置，将邱冠狠狠地推了出去。玉尘子的掌风击穿了她的身体，她一时间魂飞魄散。

邱冠痴呆地抓着向天上飘散的阿蒲的魂魄，就像夏天抓萤火虫般。最终抓到的，仅是一片虚无。

原来阿蒲是爱他的。

倘若有那么一刻他不怀疑，阿蒲就不会死了。至少，他不会让玉尘子杀了她。

"你这是用什么眼神看我？"玉尘子见邱冠盯着自己，不觉寒毛倒竖，"我不过杀了一只妖，难道你还要为她报仇，欺师灭祖不成？"

"有何不可？"邱冠诡异莫测地笑了笑，重复道，"有何不可？"

他手化为利剑就要和玉尘子开战，是无妄拦在了他的面前。

"冠儿！你不能一错再错！"

邱冠记得，那日他没有听师父的劝告。

他执意要杀玉尘子，最后，玉尘子竟然掏出了照妖宝鉴。

强烈的光，刺得邱冠睁不开眼。直到此时，他才知道为什么无妄真人不同意在大庭广众下使用它。因为玉尘子用宝鉴照着他时，他看到了一只多面怪。

那多面怪，就和多年前他所见到的一模一样。

这是玉尘子留的最后一手。这一手，彻底摧毁了邱冠和无妄。四周哗然，人们窃窃私语，都不知道发生了什么。

玉尘子大义凛然道：“你这孽畜，蒙受天宗门恩德却不知足，不思图报，反倒要助纣为虐，欺师灭祖！”

“不……不……我不是……”邱冠捂着自己的脸，“师父，为什么？为什么我会变成这样？”

玉尘子大声道：“难道你还没有意识到无妄一直在骗你们？‘移花接木’确为禁术，它看起来只是把妖物的一部分肢体接在你们身上，其实已经让你们变成了妖物！试问一只妖怎么能执掌天宗门？”

“没想到邱师兄竟是一只妖……”周围弟子交头接耳，不中听的声音不断地传出。

“他还保护蟒蛇精……”

“天宗门不能由妖物执掌！”

“不能由妖物执掌！”大家开始团结起来，振臂高呼。

桐月慌了神：“爷爷，到底是怎么回事？”

童驹几人也难掩震惊之色：“师父，难道我们都变成了妖？”

无妄低头看着地面，那一瞬间，他原本伟岸的身影似乎突然苍老了很多。风吹起他花白的长发，他只是瞪大眼睛，沉默着。良久的沉默过后，他突然仰天长笑。

“是，冠儿是妖。”他转头看着童驹，“童驹、鸿疏、陆域、桐月……你们，你们都被我变成了妖。”

他们的震惊被无妄一一看入眼底，但那一刻，他似乎无所畏惧了。他眼神坚定，看着自己的孙女桐月：“阿月，邪魔外道又如何？爷爷只想让你和其他人一样，健健康康地长大。”

邱冠掩面，透过指间的缝隙，看到的是一张张震惊的面孔。

邱冠从来没有想过，以斩妖除魔、匡扶正义为己任的无妄真人有朝一日会对他们说“邪魔外道又如何”。

邱冠声音发抖：“师父，你是知道的，我们恨妖怪，我们恨不得杀尽天下的妖怪。可是，你把我们改造成了妖怪。”

童驹更是愤怒地把剑扔在地上，她感觉穿道服的自己就是一个笑话：“人就是人，妖就是妖，师父，你有没有问过我们，我们愿意成为这样的怪物吗？”

无妄道：“为师只想让你们和普通弟子一样，习武练剑，匡扶正义。不论你们是人还是妖，在为师眼中，你们都是我最亲爱的孩子。”

“可师父，你让我杀了阿蒲……”邱冠红着眼眶，声音嘶哑，“她也是妖，我也是妖，为什么她就该死，我却得到善待？”

“冠儿！”无妄扶正他的肩膀，迫使他清醒，“你始终都是修道之人，怎么能和那条大蛇相提并论？”

“有分别吗？”邱冠问。

“妖怪会吃人，可你不会。冠儿，妖之所以为妖，是因为它们自小就在妖界长大，没有得到过教化。你们不一样，你们是为师一手带大的，你们心怀正义与良知，自然与那些妖物不同。”

“满口都是仁义道德！无妄师兄，天宗门今日之祸，与你养妖为患脱不了干系！”玉尘子大声叫嚣起来。

“我一人之错，我自会承担！”无妄转身，面对一众弟子，“我的所作所为，与我的孙女，我的徒儿们没有关系。我愿以我的性命，偿还我欠下的孽债！”

话音落下，无妄就扬起手掌。

“师父！不要——”邱冠几人扑向无妄。在场诸人纵有责怪无妄之意，但绝不希望无妄以身赎罪。

但一切都已经迟了。

无妄一掌拍向自己的心脏。

桐月泣不成声：“爷爷……”

童驹几人也哭作一团。

面对众弟子时，无妄露出了一贯的慈祥笑容，如初见之时。

无妄看向邱冠，声音虚弱地道：“世间之事，岂止非黑即白？冠儿，也许你今日觉得为师有错。可你不要忘了，天下有千千万万如你们一样有残缺的孩子，他们也想变成一个健全的人。你如果选择了世俗所谓的道，就是放弃他们，放弃童驹，放弃鸿疏，放弃陆域。而为师，一个都不愿意放弃。”

“师父……”邱冠泣不成声。

无妄握住了他的手，刹那间，邱冠感到有一股澎湃的力量传入体内。他霍然睁大眼，摇头道：“师父，不要……”

他不要师父一生的修为，那是师父性命最后的保障。

无妄还是执意给了他。

“为师此生只做过一件错事，只此一件，希望你原谅我。”无妄咳嗽着，断断续续地道，“为师从前只想让你继承师门，见不得你怜惜那条蟒蛇精，为了让你对她下杀手，为师杀了秦荆。也许，这就是我的报应。”

邱冠手中的长剑当啷一声掉在地上。

无妄的道歉他一时听不到了，只觉得脑子嗡嗡作响。

他似乎忽然明白了秦荆死前说的那句“该是你”，无妄真人为了隐仙门，选择了天赋绝佳的邱冠做继承人。为了让他斩断和阿蒲的情爱，他制造了他们之间的仇恨。

无妄紧握邱冠的手，最后道：“去吧，冠儿，在强大的实力面前，不论你是何出身，不论你经历如何，没人能左右你。”

那双手就这样重重地跌了下去。

邱冠的心和那双手一样，摔得七零八落。

他的耳边，是悲痛的哭号。

那一夜，邱冠失去了所有。失去了亲爱的师兄，失去了心爱的阿蒲，失去了敬爱的师父。他拥有的，只是满腔的孤寂和无穷的力量。

他想，师父所说的，大抵也是师父在多年前经过千般挣扎做出的选择。

那时候隐仙门积贫积弱，桐月身受重伤，师门后继无人。他选择了一条不甚光明的路，却又成为无数人的明灯。

邱冠不恨阿蒲，也不恨无妄。他登上天宗门宗主宝座的路，是无妄用沾满妖怪鲜血的双手一点一点铺出来的。

他焉能不走?

邱冠站了起来。长剑嗡鸣，回到他手中。他只是冷淡地看着玉尘子。

玉尘子还是一副正派人的姿态，不过，邱冠并不在乎了。邱冠挑起唇角，妖冶地笑了一下："师父说得不错，世界岂止非黑即白？在我的剑下，黑与白并不重要。我所做的，就是正道。"

"你、你想干什么？"玉尘子怒斥道。

"当然是如你所愿，"邱冠双手将剑拍在掌心，剑人合一。

邱冠很清楚，玉尘子并不是所谓的正派人士，他所做的一切和那些邪派没什么分别。他觊觎天宗门宗主的位置，觊觎权力。所以，他和阿蒲等妖勾结，在今夜揭穿了无妄。

为达目的，可以杀妖，可以与妖合作，正与邪、人与妖，界限早就模糊。既然玉尘子不遵守道义，邱冠自然也不必遵守。

那夜，天宗门精英凋零。

邱冠亲手把玉尘子的脑袋斩下，用来祭奠无妄的在天之灵。他坐在地上，又哭又笑。

桐月不敢靠近他。不过，他对桐月仍然温柔。他擦了一把脸上的血，道："你猜景元师尊回来看到这一切会说什么？"

桐月喉咙发紧。

邱冠把手指放在自己的唇前，做了个噤声的手势。

"没错，他什么都不会说。因为天宗门的历史已经改写。"

邱冠最终没有继承天宗门的宗主之位。桐月替代了他，成为天宗门第一位也是唯一一位女宗主。邱冠将无妄的仙法悉数传授于她，自己荒废了修行，下山去了。

如果师兄秦荆还在的话，一定会打他一拳，说他没志气，放着大好前途不要，把一副好牌打得稀烂。

当然，如果师父无妄看到这一切，不知道是不是会气得从坟堆里爬出来，指着他的鼻子大骂他是扶不起的阿斗，不肖徒儿。

如果是阿蒲……邱冠无法设想下去了，他痛苦地弯了腰，掩面而泣。他什么都没有了，他无比珍惜的，都没有了。

邱冠无法承受这份痛苦，他将自己的记忆封存起来，下山做了快乐的游方道士。偶尔在午夜梦回的时候，他被难以剔除的记忆碎片惊醒，但他只会挠挠头，好奇自己为什么会做这样的梦。

— 14 —

金飞玉走，浮云朝露，数百年后的今天，邱冠又站在天宗门下。

这里藏着他的爱与恨，藏着他的梦与念。他凭借记忆，在皑皑白雪中找到了那块腐朽的墓碑。他跪下来，艰难地挖着自己藏在天宗门的回忆。

白雪之下埋着一个红木雕花匣子，匣子里装着一本书。他坐在雪地里津津有味地翻阅，往昔岁月纷至沓来。

忽然，他听到了一个小道士的呼唤。小道士站在距离他约十米的地方，恭敬地道：“道友，我们宗主有请。”

邱冠没有理睬，他翻阅完了故事，伸了个懒腰，才好奇地问：“他找我做什么？”

“弟子不知。”小道士拍了拍身上的雪，他觉得邱冠脑子肯定有毛病，大冷天卧倒在雪中看书，还让自己等了那么久。

邱冠本来就要拜访这位后辈，毕竟以他现在的实力，连九幽这样级别的妖物都对付不了。

让一个头发花白、胡须及胸的老者尊称自己为师祖，邱冠难免汗颜。可是论辈分，老者的确是自己的晚辈。

拥有多面人美艳容貌的邱冠，始终被岁月优待。

他是妖，也是道。

看得出来，灵修一直在等他。每一个隐仙门的弟子，都会祭拜邱冠的画像，看到真人现身，一如画中龙眉凤目，丰神俊朗，灵修的态度愈发恭敬。

灵修从密室的架子上取出一个古朴的盒子：“师祖，这是桐月仙尊留下来的，说若有朝一日您回到天宗门了，让弟子务必交给您。”

故人之物。

当年那个会因为表白被拒而哭鼻子的少女，现在也成了一代人敬仰的先辈，也只有邱冠曾见过她天真的模样。

“灵修，你说桐月会送我什么？”邱冠仿佛开玩笑般问。

灵修擦了擦额前的汗：“这……弟子不敢妄言。”

“哈哈。我猜，肯定是什么仙丹秘宝。你不知道，她从小就像个古板的老头，做什么都规规矩矩的。不过在搜集丹药和炼制法宝上，她胆大心细，颇有造诣。”

邱冠打开盒子，笑容凝固在嘴角。

他看到了一片蟒蛇鳞。围绕着蟒蛇鳞的，是微弱的磷光，那是阿蒲未散的妖魂。

桐月是懂他的，只是她以为只要阿蒲死了，他就会留在她身边。但他没有，她便负气地将阿蒲的妖魂束之高阁。

在度过了漫长的孤寂的百年岁月后，她终于意识到，这么多年，她只是在和自己做斗争。邱冠最在乎的，始终与她无关。

灵修实在不明白，桐月为什么会送邱冠妖魂呢？他摸摸头，说：“仙尊在和您开玩笑吧？这东西不放进锁妖塔，却留在这里……”

“是啊，她和我开了一个天大的玩笑。”邱冠合上锦盒，声音发抖。

光阴荏苒，白驹过隙。如今的他、如今的桐月，都不再是曾经的少年少女。纵然得到了数百年前最珍视的，又如何呢？

“师祖打算如何处理？”灵修问。

“把它炖了。”

“炖、炖了？要弟子给您弄口锅吗？”灵修丈二和尚摸不着头脑，突然一阵吃痛，发现自己被邱冠踩了一脚。

“锅就不必了，去给我调集人手。如今恶妖为祸人间，你怎么还有脸待在这里修身养性？”

仿佛是天大的锅从天而降，灵修吃瘪，急忙跑了出去。

邱冠出了院门，取出乾坤袋中的养魂盅，将阿蒲的妖魂装了进去。

如何处理阿蒲的妖魂才好，他并不知道。他内心的声音是，不愿她就此消散。可他知道，即便阿蒲重生，也会忘却前尘之事。他和她经历的种种过往，都被光阴无情地埋葬。

她活着就好，邱冠想。她活着，他就心满意足了。

高和与尹琅若差点死在路上，好不容易才躲过雪崩，熬过严寒，抵达了天宗门。

他们内心的担忧无以复加。

他们担心邱冠此去危险重重，遇到了诸多阻碍，以至于到现在也没有给他们回信。

他们担心邱冠被火烧了，被水淹了，被哪个不长眼睛的玩意儿修理了。总而言之，他们必须给邱冠书写一段极其跌宕起伏的经历，才能对得起他们这次不远千里的跋涉。

然而等他们走到院子里，看到的是那个白衣道士坐在一张摇椅上，和一个美丽的少女玩得不亦乐乎。少女的下半身还没有化成人腿，保留着蟒蛇的形态。

高和脾气很好，站在原地不动。尹琅若忍不住了，撸起袖子，三步并作两步走过去，指着邱冠的鼻子大骂：“好你个邱冠，也就只有你能做得出喝醉酒耽误除妖的事。我们心忧天下，你却在世外桃源和妖怪玩在一处！”

“咯咯咯，这么高的山，你们怎么就爬上来了？”邱冠脸色发红。

“甭管我们怎么爬上来的，你就说你一声不响把茶馆扔给我们，自己躲在这里享受，到底是什么意思？”尹琅若明显被气到了，牙齿磨得咯吱咯吱直响。

邱冠不得不检讨，他最近养妖养得太入神，以至把高和几人忘了。

蟒蛇精阿蒲绕着树枝，好奇地望向来者：“你们是谁？”

高和见到那滑溜溜的动物，忍不住冒鸡皮疙瘩：“邱冠，这里好歹是道家圣地，你怎么公然在此和妖物厮混？”

阿蒲顿时对他们露出凶恶的表情，两颗幼小的牙齿又白又可爱。

邱冠笑得厉害：“没办法，我这人地位崇高。谁看不惯我，我就打谁。”

尹琅若不乐意了，又转到邱冠正面：“你有没有听我说话？九幽正在为祸人间，难道你不打算管了？”

“知道了知道了。”邱冠挠挠耳朵，“这不正在想办法吗？我回来是为了搬救兵，不过看了下这些弟子的素质，真是一代不如一代。我让宗主灵修去八宝阁找法宝了。”

“什么法宝？要找多久？”尹琅若问。

“找了七、八、九、十……十天。”话音才落，高和与尹琅若便看到一个须发皆白的老者欣喜若狂地跑了过来。在他们面前，他好像只是个长得很老的孩子。

“他多少岁？”高和忍不住问。

“不大不大，也就八十五。”邱冠道。

“确实年轻。”高和点点头。

灵修呈上了法宝——照妖宝鉴，邱冠看也不看，拿了照妖宝鉴就收入怀里。这么多年过去，他还是不愿意看见镜子里的那张脸。

“走吧。”邱冠淡然道。

第六杯茶

寻生门

她抱他，

只不过想告诉他自己的心意罢了。

告诉了，

就足够了。

— 1 —

眼前是巍巍高耸的大门，两边的柱子犹如两座丰碑。如果远远地看去，或许它会隐没在风雪之中。可是当你站在那里，内心就好像受到了某种指引，不觉地向它靠近。

邱冠背过身的时候，怅然若失，或许他不会再回来了。

人的一生就是不断地和过去告别，如果这个过去带有痛苦的记忆，他更不愿意再面对。

他正要走的时候，阿蒲拉了拉他的袖口。

他们四目相对，似有千言万语，却说不出口。

到底是邱冠先打破了沉默："……抱歉。"

他早已虔心向道，他不愿意再续前缘，只愿把自己奉献给苍生。他注定会走向更远的地方，所以不会为谁停住脚步。至于阿蒲，她现在不过是一张白纸，与他已经没有瓜葛。

阿蒲眼里有泪。

她听懂了，她也知道自己不可能开玩笑似的赖在他身边，随他走南闯北。而这一次或许他真的要彻彻底底离开她了。

邱冠向高和、尹琅若打了个招呼，他背着剑向下走去。那两个男人远远地站着，眼底露出揶揄的笑意，似乎在等他了断家务事。

“没想到邱冠和蟒蛇精也有剪不断理还乱的桃花缘，为什么我们就没有这样的好命，被这样美若天仙的人缠着？”尹琅若问高和。

有了羁绊就会产生感情，产生感情，难免就会有情绪。

高和的声音淡淡的：“有时候被爱未必是一件好事，因为他知道辜负别人时自己的心也是痛的。”

“你能别那么文绉绉的吗？我一句也听不懂。”尹琅若哂笑。

邱冠向他们走来，阿蒲忽然从身后抱住了他，那是她最后一次开口对他说话。

她的声音如此悦耳，气息在他的耳边轻轻地拂过。

“我爱你。”

邱冠的心弦微微颤动，从心脏到达四肢百骸，每一寸肌肤，都想要回应阿蒲。可是他的思想控制着他的肢体，让他变得僵硬。

他不是圣人，他有感情。

邱冠闭上眼睛，幻想着自己应该转过身，紧紧地抱住她，给她最热烈的回应：“我也爱你。”

然后他们携手归隐，过着与世无争的生活。

或许他会为了她戒酒，或许他会将自己准备了几世的情话一一说与她听，他们白天夜晚，年复一年，就像连体的婴儿一样，亲密无间地生活。

他会是一个好丈夫、好伴侣吧……

邱冠想得几乎要落泪了，他甚至不敢奢求问她一句：“你愿意再等我一千年吗？”

他只是僵硬着身体，一点一点掰开了阿蒲的手。

他什么话也没有说，甚至没有回头。

他最终坚持着本心，他要融入那烦恼万千的凡尘里，去做一个俗气透顶的人。路见不平，拔刀相助；大口喝酒，大口吃肉。时不时回家看看高和经营的茶馆，偶尔与胆大的妖精聊聊天，自由自在，无拘无束。

他或许能在酒中麻痹自己，告诉她自己喜欢那样的生活。

不是他选择了凡尘，是凡尘需要他。

尹琅若发现阿蒲呆呆地站在原地，正想问邱冠到底说了什么重话，但见邱冠一脸严肃眼眶泛红的模样，硬生生把自己的想法憋了回去。

阿蒲怎么会怪他呢?

她抱他，只不过想告诉他自己的心意罢了。

告诉了，就足够了。

“好了，高和、尹琅若，你们快跟我说说无忧城的情况，我现在一点准备都没有！”邱冠装作无所谓的模样问他们。

“事情有点紧急。”高和的语气不咸不淡，“当初我动了恻隐之心，放走了彦青，现在彦青已经被九幽吃了。他现在和人做着交换情绪的买卖，我实在打不过他，只能来找你。”

顿了顿，高和问邱冠：“他做的买卖倒是稀奇，听说你剥夺了他的感情，所以他要把它们一一找回来。喂，你没事偷人家感情做什么？”

“偷？话真难听！”邱冠忍不住翻个白眼，“此事说来话长，不如我们下了山，吃饱喝足后借几匹快马，一边赶路一边说。”

时间上确实来不及，也不知道现在彦青在无忧城搞了什么幺蛾子，高和想了想，便同意了邱冠的提议。

尹琅若倒没有那么着急听故事，对他来说，吃饱喝足比任何事情都重要。

下了山，他们就近找了一个客栈，叫了两碟小菜，吃完又洗了个澡，然后才雇了三匹快马，往无忧城赶去。

邱冠终于不再卖关子了，将九幽的故事告诉了他们。

就像邱冠对待高和那样，对邱冠来说，让一个人忘却仇恨，最好的办法就是让他不记得过往。

尤其是那种执念太深的妖精，一旦被仇恨填满了心扉，就会闹出天下大乱的事。

如九幽这样修为有千年的豪猪妖，若是入了魔道，肯定会掀起一场血雨腥风。

“我遇见他的时候，他濒临入魔。我没有办法，只能封印了他的记忆。”邱冠若有所思地说。

— 2 —

谁也不知道，现在十恶不赦的九幽，原来也是一只一心向善的妖。

九幽用了一千年的时间打坐，不过因为六根不净，最终还是没有得道成仙。就这样，九幽带着遗憾去往人间。

那时无忧城花红柳绿，春意盎然。九幽像所有刚下山的妖一样，对人间充满了好奇。

他没有钱，空有一身力气和本事。不在人间施法术是妖的默契与共识，他从没有想过用妖术吓唬人，所以只打算找一份做苦力的活儿干。

人间有许多美味，都得用一种叫银子的东西买。为了保证不风餐露宿，旅人需要银子租房或是在客栈暂住。

九幽无意破坏这样的规则。何况只要搬东西就能赚钱，对他来说是小事一桩。

不仅仅是码头，许多大户人家也收苦力。正值年末，琐事繁多，九幽就是这样进入杨员外家的。杨员外心善，给的酬劳比外面高一截，还管吃管住，这样的美差放眼整个无忧城都不容易找到，九幽又有什么理由不做?

唯独一点，九幽的胃口太大，别人能吃五六顿的，他可能只够塞牙缝。

如此大的食量，难免会引起别人的注意，于是九幽平日里吃饭总是收敛着，等下了工，便会去别的地方加餐。

他不太合群，总是独来独往，一则和其他人没话说，二则怕别人发现他的秘密。

九幽把大半的工钱都花在了吃上，睡得也不好，更别提什么享受生活了。

其实他玩心尚在，有很多想玩的东西，可没有钱，总归只是镜中看花、水中捞月罢了。

那天，他照旧在陆家包子铺前吃包子。店主陆老板认识他，每次都会给他包几十个大肉包。

“这次又给家里人带吗？还是老样子吧？”店里的包子冒着热气，陆老板一边结着账，一边跟他说话。

陆老板忙得都没有时间抬头看他一眼。

“是的。”九幽微微一笑。他沉浸在幸福之中，很少有什么能比得上即将吃东西的那种幸福。如果有的话，应该是吃到嘴里的时候吧！

他找了一个不起眼的位置，打算先吃一笼，剩下的打包带回家继续吃。

他旁边有个女人，背对他坐着。一圈男人围着她，她跟对方敬酒，谈笑风生。

怎么会有这么豪放的女人？九幽长这么大竟然没有见过。他对这个女人的最初印象不好，不过他似乎忘了一件事——他本就不该对一个路人有任何印象。

今天的肉馅儿特别鲜美，九幽多吃了两个，心满意足。

“今天跟我过去，包哥儿几个能赢钱！就说这一单你们跟不跟吧？”九幽起身离开的时候，听到那个女人信誓旦旦的声音。

九幽忍不住瞥了一眼。

那一桌共有三个男人，要么膀大腰圆，要么贼眉鼠眼，看起来都不是什么好货色。九幽抬头看了一眼天色，似乎是傍晚时分了。

冬天的夜总是来得格外早，或许现在不算晚，可是天已经冷了，这个女人仍然只穿一件薄薄的鸦青色褙子。

九幽并未停留，径直走出了店。

其实他不仅仅想吃包子，他还想要二两猪头肉。但这是同类做成的食物，所以他又不知道如何下口。可他又吃了鲜肉包子，是眼不见为净吗？还有，路边应该有卖臊子面的吧……

他脑子里尽是些乱七八糟的想法。

莫名其妙地，他又想起了那个女人。

夜市人很多，打扮得花枝招展的姑娘走几步就被几个流氓盯上了。他们公然调戏她。

无忧城算是读书人很多的地方了，可是还是阻挡不了一些登徒子在街上乱窜。

那些可能一辈子都娶不到媳妇的人，此刻正露出他们的八颗黄牙，肆意地调笑。

癞蛤蟆一样，穷其一生也没有什么作为，这些女子怎会看上他们？九幽怀着这样的心事，缓缓走到了街头，一抬头，竟远远地见到了那个女人。

他看清了她的正脸。

她的打扮算不上妖艳，中规中矩，有几分清冷。她的妆容淡雅，连盘发也像是精心捯饬过。她的整体打扮和她的言行举止十分不协调，又有着让人难以挪开目光的魔力。

九幽脑海里浮现出街边被调戏女子的窘迫模样，又看着她，感觉她与众不同。

九幽不知道自己怎么想的，停在路边等他们过去，然后默默地跟在他们身后。

他看见他们转身进了一间赌坊。

女子似乎轻车熟路，很快就找到了一张赌桌，不一会儿，他们融入了那个亢奋的氛围中。

九幽在旁边站了一会儿，终于明白了个大概。

原来是这个女人没钱了，所以忽悠了一帮男人给她下注。俗话说，十赌九输，就算九幽是一只妖，也明白这个道理。

一开始，这个女人赢面挺高，得手时，她激动地拍着那些男人的肩膀，道：“跟我没错吧，我就觉得今天应该时来运转了！”

男人们违心地笑着，顺水推舟说了两句恭维话。

随着时间的推移，情况越来越差。还没到子夜时分，女人已经连本带利赔了个精光。她的眼睛四处乱瞟，似乎想开溜。

九幽对这个女人倒是服气，无忧城滥赌的只有男人，她怎么也沾上了这个不该沾的东西?

女人跑到了赌坊门口，几个亡命之徒很快追了上来。

“哟，就想这么算了？你人虽小跑得倒快嘛！”一个细眉细眼的人说。

“你知道我是什么身份，我说过会还，那就一定会还你。”女人的声音有些中气不足。

“你的信誉在无忧城是出了名的，明白跟你说吧，哥儿几个借你钱就没想过要讨回来。只要你把自己献给我们，这些债，我就做主一笔勾销了。”说完，他们几人相视而笑，不怀好意。

女人变了脸色，显然极不情愿。

女人跑了几步就被人拦住了，有人拉住她的手臂。另一个大汉制住她的双肩，令她动弹不得，另外已经有人上去解她的衣带了。

女人嘶喊着，尖叫着。

“喊吧，喊破喉咙了，也不会有人来救你的。”男人说出这句滥俗的话，依然没有停下手中的动作。

九幽总觉得这句话一出口，事情就会发生改变。

他也顺应着这句话，堂而皇之地站在几人面前。

“放开她。”九幽所化的人俊朗斯文，几个大汉见状忍不住哈哈大笑。

“我道是哪里来的英雄，原来不过是一个粉面小生罢了。”

“我劝你少管闲事，不然吃不了兜着走。”

“我再说一遍，放开她。”九幽有些不耐烦了。

“嘿，给你脸你还不逃？非要惹大爷们不快活是吧？”细眉细眼的人使了个眼色，那五大三粗的汉子上来就朝九幽抡了一拳。

九幽仅仅伸出一只手，便轻轻地抵住了他。

别人看起来重如山的大汉在九幽面前不过像一只蚂蚁一样。九幽手指轻轻一点，那大汉便倒飞出去。

这下那几个猥琐的男人都慌了，他们何曾见过这种怪事？仍有大汉不信邪，觉得自己方才可能是轻敌了，又起身朝九幽冲来。

这下九幽没有给他留余地，抬起一脚，踹飞了大汉，拉过女人的手，很快跑入夜色之中。

他不敢再表现过多的实力，否则待会儿那些人就会发现他是妖怪了。

他们一直跑一直跑，跑到了一座拱桥上，女人实在跑不动了，甩开九幽的手。

“就停在这里吧，我已经没有力气了。”女人的声音显得格外温柔，“谢谢你，要不是你，我可能已经着了他们的道。”

— 3 —

虽然九幽救了她，但他对她的印象并不好。

“已经很晚了，我送你回去。”九幽不想跟她有过多牵扯，只要保证她安全到家，这事就算了了。

不承想她竟然不领情：“不必，将我放在这里就好。”

“你还要去赌？”九幽语气不悦。

“公子误会我了，我只是不想回家而已。”女人笑了笑。

“可是你一个人在外面游荡非常危险，我又不能照看你。”

“放心吧，我在外面很久了，不会有事。”女人想了想，又说，“公子救了我的性命，我还不知如何报答。不如公子留下姓名，或是住址什么的，我也好送礼呀！”

九幽想笑，她债台高筑不找自己借钱就算不错了，还能送礼？

“不必，举手之劳，何足挂齿。”

九幽再三确定她没有回家的意思，虽然心里好奇，但是他明天还要上工，也没有精力管太多。

都说每个人的心就像一座城，藏着无数的秘密。或许她没有表面上看起来那么洒脱，但这不能消减九幽对她的不喜之情。

如此相安无事，又过了半个月。杨员外家里忽然间来了非常多的人，想必是过节串亲戚，所以都来他家聚会了。

九幽完全没想到他竟然会再次遇见那个女人。

那日她盛装出席，头戴玲珑的翡翠色步摇，耳戴湖水绿色的玉珠子，脖子上戴着八宝璎珞圈，手上戴着三个玉镯了。描眉点唇涂胭脂，长裙披帛绣花鞋，真真是顾盼神飞，美艳不可方物。

九幽还记着她在酒席、赌坊上侃侃而谈的身影，反差太明显，他忍不住问身边人：“她是谁？”

“嘿，我劝你别打她的主意，这人可是无忧城出了名的混世魔王，连杨员外也管不了她。”

说得杨员外好像是个多大的官……九幽腹诽，这杨员外不过是一个普普通通的小财主罢了，别动不动就扯上无忧城的名头。

九幽喝了一口水才接话：“我只不过好奇她的名字罢了，我曾见过她。”

“见过她倒不稀奇，毕竟她是一个经常混酒楼、赌坊的角儿。说起来也怪杨员外，给她找了个后娘，又怪她是女儿家不能够为他养老送终，所以眼里只有儿子，对她不冷不热。平时他没少去赌坊捞人，一回家便要打断她的腿。别说你，她这么正经的模样，我也是第一次见。”

弯弯绕绕说了大半天，九幽还是不知道她叫什么名字，不过总算知道原来她是杨员外的女儿了。

难怪那天在拱桥之上，她看着河面的眼神有一丝落寞。

出身是不能选择的。

九幽对她的印象，忽然间没那么坏了。

“舒美，这是秦家的大公子秦风，还不过来打声招呼，傻站在那儿干什么？”杨员外一边跟人客套，一边对坐在酒席间眼神呆滞的杨舒美说。

今天她就像一只精致的花瓶，不过是用来给他们做撑场面的角色罢了。

杨舒美瞥了一眼所谓的秦风，果然是油头粉面、衣着华丽的贵公子，站在那里就散发着一股令人别扭的浮夸气息。

“爹爹，我吃饱了，有事就先走了。”杨舒美一点也不给他面子，起身便要离开。

“你这孩子，怎么这么没有规矩，客人来了不打招呼就算了，我叫你你却要走？”杨员外老脸挂不住，忍不住眉头一皱。

“我跟他没什么交情，你也不必引见，反正我不会嫁给他。你知道我的脾气，把我惹急了，大家脸上都不好看。”杨舒美开门见山，不跟他绕弯子。

她拖着裙摆，就像一只漂亮的孔雀从九幽身边掠过，只是一瞬间，她又停住了脚步。

杨员外不可能轻易放过她，以前也就罢了，现在是什么场合？

“给我回来！还反了你了，你今天要是再不听话，我就家法伺候。”杨员外动了真怒，嚷嚷着让家丁准备板凳。

杨舒美猛然转过身：“你有什么资格教训我？你平时也不管我，等要上台面了才想到我的用处吗？我告诉你，就算你想对我动用家法，我也绝不屈从，大不了断了父女的情分，从此你走你的阳关道，我过我的独木桥。”

她的话说得很大声，在场的人都听到了。杨员外气得几乎背过气去，他一副心绞痛要发作的样子，身后有人立刻搀扶着他。

“逆女，逆女啊……”他声泪俱下。

杨舒美只是对他做了个鬼脸。

连她的哥哥杨连德也看不过去了：“父亲养你这么大，你怎么能如此无礼？何况女人家不就是要嫁人的吗？你摆个脸又给谁看呢？”

这次杨舒美没有再说话，只是狠狠剜了他一眼。

这种话她听了不下数百遍，与其说厌恶嫁人，不过是因为厌恶随意被他们摆弄，觉得她就该过如此的人生。

他们忙着照顾杨员外，顾不上抓杨舒美，那只漂亮的“孔雀”就这样堂而皇之地从九幽的身边经过。

看了一出闹剧，大家非常尴尬，待在这里也不是，上去慰问杨员外也不是，坐了一会儿，大家就纷纷找客套话离席了。

九幽从府里出来，心想这里的活儿是干完了，可能还得去别处找活儿干。

他走到窄巷的转角时，肩膀被一个陌生人搭住了。他下意识一巴掌拍过去，听到那人惊诧的叫声时，他的手又堪堪停住。

杨舒美瞪大了眼睛，那一掌估计能把她的头拍飞。

九幽也吓得够呛，幸好他及时收了手。

“怎么是你？”

“这话倒应该我问你，你怎么会在我们家？”杨舒美低下头，忽然想起自己方才在家里上演的那出闹剧，竟有些难堪。

“我在杨员外家做短工。”九幽言简意赅。

“工钱可按时付了？”

“嗯，我每天都领。”

“那就好。”杨舒美还是低着头，鞋子在地上踢踏着小石子。

沉默在两人之间发酵。

“一起走走吧。”九幽打破这份沉默。

“嗯。”

他们沿着长街慢慢地走。杨舒美想说什么，但她希望九幽先开口。

“你……因为不想回家才流连赌坊、酒馆？”九幽没有让她失望，不一会儿就找了一个话题。

“你都看到了，我在爹眼里就是泼出去的水，他养我这些年，成本都算得清清楚楚。”

— 4 —

别人家嫁女儿，她家卖女儿。

“也不知道为什么在外他的名声这么好，对自己的女儿却这么差。”杨舒美叹了一口气。

“可是……赌坊、酒楼，终归不是女人应该待的地方。上次如果没有我，你又该怎么办呢？”

“我也不知道我该去哪儿。漫漫长夜，太难熬了。”杨舒美看着远处。

如果可以，她也想嫁个好人家，至少比待在家里强。

“你已经和家里闹得这么僵了，接下来打算怎么办？”九幽甚至担心，她找自己是想寻一个借住的地方。

“还能去哪儿，我还是杨家的女儿，就算他今天被我气死了，明天我也得回去吊丧的。”杨舒美似乎看出了他的担忧，笑着道，“你知道什么叫笼中鸟吗？杨家就是一个牢笼，不论我飞到哪里，迟早都会被抓回去。何况我又没什么谋生的本事，就像你见到的那样。我待在杨家还强些，起码不会被什么下三滥的人欺负了。”

“既然如此，你为什么又要和杨员外闹得那么僵？”

“读书人除了一身没什么用的傲骨，就什么都没有了。我若是一言不发地上花轿，那有一天，就算我死了也会一点声息都没有。我只是在可怜自己。”

九幽也不禁难过，他对杨舒美的遭遇无能为力。

“如果不痛快的话，就找我说说话吧。”九幽主动迈出一步，“我家就在前面不远的地方，旁边就是一个小面馆。”

“我刚刚见你的时候，你手上就提着一大堆包子，你这个人真是跟吃分不开。”杨舒美笑着揶揄。

九幽不好意思地挠了挠头。

九幽没有什么朋友，就像杨舒美一样。两人一起吃吃喝喝，有说有笑，如此闲适地打发时光。

一来二去，两人竟成了朋友。

其实在很多人眼里，孤男寡女独处终究不是那么回事，尽管他们没有打扰任何人，还是免不了有人说闲话。

杨舒美到底还是回了杨家。

正如她猜的那样，杨员外气得不行。

她想不到的是，当天杨员外就给她用了家法，二十大板打得她皮开肉绽。

那是事后杨舒美笑着告诉九幽的，仿佛这件事对她来说已经稀松平常了，而且她特意等到自己伤口痊愈了才告诉他，目的就是不想让他看见自己狼狈的模样，好像一切都是云淡风轻的。

“爹对我和你在一起颇有微词，他还紧张地给我物色好人家，怕我卖不出什么好价钱。”杨舒美一边笑，一边喝茶。

“你说，我们两个人可能有什么吗？”她这席话带着暧昧的色彩，她还故意向九幽靠近了一些，身上似有若无的香气拂过九幽的鼻尖。

杨舒美一直很爱打扮，样貌生得不算绝美，但别有韵味。

九幽还不明白什么是情爱，他只是觉得眼前的女子坚强而美好。

“我不知道有那么多规矩，我觉得我跟你在一起的时候很开心很放松。”

“我也是，如果能够一直这样下去就好了。”

一直这样下去，她指的是一辈子。

九幽多少听出了她的话外之意，心不禁怦怦直跳。

两个人都没有什么过分的举动，只是关系比之前更亲密了些。

那天分别之后，他有半个月没有见到杨舒美，这期间他竟然吃不下饭，也睡不着觉。他不知道自己是怎么了，不自觉地走到了杨员外家门口。

两个守门的家丁百无聊赖地站在那里，附近有两个小孩在抛着石子。九幽还没有来得及过去问，便见有人走了出来。

他认识那个人，就是那天被奚落的秦风。

秦风踩着仆人的背上了轿子，他的脸上写着不可一世的尊贵与豪横。

九幽隐约想起，杨舒美说的她迟早会嫁人之类的话。

她若是嫁了人，便不会再像以前那般自由了，以后不可能自由地陪他吃饭、喝酒，更不可能跟他敞开心扉聊天。就算她被夫家欺负，他也没有立场帮忙。

日头这么烈，他却觉得冷。

他可以娶杨舒美吗？他可以带她离开火坑吗？

九幽匆匆跑回了家，将这些天他做工所得的钱全部倒在床上。

有铜子、钱票、碎银，可是这点钱跟家大业大的秦风比起来差得太远了。

他这样的条件一定入不了杨员外的眼，那么……如何才能够让杨员外认可他？

九幽六神无主，此刻他特别想见杨舒美。

他在杨府附近徘徊不前，仿佛做贼心虚。一直到子夜时分，一只野猫从围墙顶上掠过。他看着那高高的院墙，忽然间恍然大悟。

他施了个术法，穿墙而过。

他偷偷跟着丫鬟，七转八绕地找到了杨舒美的闺房。

杨舒美已经被软禁了，丫鬟只能透过门缝给她送饭送水。她的倒影落在雕花门上，她用手撑着下巴坐在桌前。

彩礼和嫁妆都谈妥了，杨员外会通过这场婚礼狠狠捞上一笔。杨舒美用帕子擦拭眼泪，想到身不由己的命运，悲从中来。

她在成婚之前给了秦风不少脸色看，虽然现在秦风看起来还是笑眯眯的，但是她知道秦风是个多么心高气傲之人，只怕她婚后的日子会非常不好过。

杨舒美闺房的古筝已经落灰了，不管她如何把自己伪装得像泼妇一样，秦风也对她奉若天仙、非她不娶。

时至今日，她才明白秦风看上的哪里是她，他看上的是杨员外的后台。

一个家财万贯的商人，现在想要的不过是获得权势的梯子而已。

而且他现在能够低眉顺眼，以后就能够骑在她身上扇她耳光。一个为达目的不惜放弃尊严的人非常可怕。

让杨舒美绝望的，不仅是这不幸的遭遇，还有她对自己家境的了解。父亲打得一手的好算盘，所谓的后台不过是他自抬身价的谎言，诓一笔彩礼，木已成舟后再想办法圆谎就是了。

这意味着，他根本没有管她的死活，未来她在夫家有多窘迫多难熬，他全然不管不顾了。

她哭了片刻，转身走到床边，取出做女红用的剪刀。

她的眼神瞬间变得狠戾，就要给自己致命一击。

孔雀东南飞，五里一徘徊。念及这首悲哀的诗，她也打算将自己的一生交待在这个小小的房间里。

她闭上了眼睛，等待着命运的裁决。

— 5 —

剪刀突然坠在地上，完全不受杨舒美的控制，她愣了一下，九幽已经出现在她的面前。

“若是我没有看见的话，你是不是已经背着我偷偷寻死了？”九幽非常生气，“你知不知道这是一种很懦弱的行为？而且在此之前，你竟然没有想要给我一个交代。”

杨舒美忍不住轻轻耸动肩膀，她哭了。她哭得越来越用力，哭得越来越大声，连门外守夜的丫鬟都忍不住为之动容，想要开门看一看她到底怎么了。

不过她们能够体谅小姐，也觉得她需要用大哭的方式来释放情绪，所以没有多此一举。

“与其过一眼望得到头的绝望的生活，还不如现在就停止，我这真的是懦弱吗？我觉得我很勇敢。”她说着言不由衷的话，眼泪怎么也止不住。

“我虽然没有人教，但懂得一个道理，只有活着才有希望。”九幽想了又想，心思百转千回，“我娶你吧。”

他无数的话语藏在肚子里，最终说出口的承诺只有四个字。他对她心动了，也不忍心看她陷入泥泞。

杨舒美还是哭，他只能抱着她。他比她高一个头，她的身体在他怀里小小的。

不论过去多少年，杨舒美都会怀念这个拥抱。那是她无论如何，都割舍不了的温暖。

“你拿什么娶我？”杨舒美问。

“我用我的心娶你。别人不会像我这样对你好，也不会像我不用异样的眼光看你。我不需要你为我洗衣做饭、传宗接代，你好好的，和我一起生活就行。

不过我无法给你八抬大轿，我更不可能与你有夫妻之实，这些你都能接受吗？”

杨舒美疑惑，面前的男人似乎没有她想的那么简单，不过那一刻她莫名相信，九幽能救她于水火之中。

“好，我愿意嫁给你。”她小声地回答。

豪言壮语已经说出口，实施起来却不容易。

他万不能玷污她的清白，也拿不出很多财宝，唯一能做的就是亮明身份威胁杨员外。

杨员外的卧室一灯如豆，他手中一卷书已经看了一半。不论他在家人与外人面前的风评如何，是道貌岸然也好，是鸿商富贾也罢，他对读书的态度倒十分虔诚。

万般皆下品，唯有读书高。不过他只读一些世人所说的好书，至于禁书他万万不敢翻阅。今天看到这里他的眼睛已经干涩了，正准备卧床休息。

外套脱了，靴子脱了，他还没有来得及躺下，却见床边多了一个人。

那人生得丰神俊朗，气度不凡。

杨员外先是吓了一跳，进而便觉得他是神仙，连忙三跪九叩。

“不知仙家大驾光临，未能沐浴焚香以洁净之身相迎，老朽实在惭愧。”

九幽差点笑出声。

“你不必拜我。我不是你口中的神仙，我只是在你这里当过短工罢了。你不记得了吗？你的女儿常常与我谈天说地。”

或许是烛光映在九幽的脸上，使他看起来有几分仙气，杨员外一时看花了眼，此刻得知真相不由羞愧难当。紧接着，他又气又恼，猛地站起来，呵斥道：“大胆狂徒，你深夜闯入我的卧房，到底是何居心？”

他态度转变之快，比戏台上唱戏的优伶表演得还精彩。

“我与你的女儿杨舒美两情相悦，我听说你要棒打鸳鸯，逼她嫁给那个叫秦风的商人。如今她寻死觅活，你却装聋作哑，我怎么能够视而不见呢？”

九幽没有多话，他只是现出原形，露出了尖利的獠牙，黑色的长毛。

他是一只长相丑陋且面相凶恶的豪猪妖，若是完全现出真身，那比现在还要大好几倍。光他这副涎水滴滴答答掉下来的可怖模样，就已经让杨员外不自觉地跌坐在地，惊恐不已。

“你……你竟然是妖……”他的手指着九幽，声音颤抖。

“只要你乖乖听话，让我娶杨舒美，我就不会对你怎么样。”九幽说完，忽然间又想到什么，“你不要背着我去找什么术士，我劝你趁早收了那份心，不然你会比我先死。”

他本不想如此威慑这老人家，可是他知道人心难测。

杨员外脸色苍白，眼睛瞪得比铜铃还大。他犹如涸辙之鲋，张着嘴只能呼吸，却发不出声音。良久，他颤抖着问：“贤婿姓甚名谁？家眷何在？”

“谢顺，孤身一人。”九幽胡诌了名字与身世。

事情就这么办妥了。九幽分外满意。

父亲竟然会轻而易举就答应了？杨舒美感觉诧异，有点不敢相信。不过九幽说办妥了，那就是办妥了。

九幽连个正经住的地方都没有，他要娶杨舒美还是有些困难，到最后只能入赘杨家。

这也正合他的意，住得太远了，如何监视杨员外呢？

如此一来，这婚事自然有人反对。第一个跳出来的就是杨舒美的弟弟杨连德。他非常不理解父亲的决定，不知道父亲为何宁可得罪秦风都要选择一个来路不明的短工，还答应让对方入赘杨家，如果不是精神失常，那就是中邪了。

杨员外瞧着确实像中邪了，行为举止异于往常，他战战兢兢的，连吃饭、更衣都小心翼翼。

秦风闹到了杨家，怒问杨员外他的八十万彩礼该如何处置？

不到半天的工夫，杨员外就命人把彩礼原封不动地退了回去。秦风气得暴跳如雷，发誓与杨家老死不相往来。杨连德急坏了，说破了嘴皮子，杨员外也不为所动。

如此门当户对甚至是高攀的亲事，说拒绝就拒绝，难不成父亲有什么把柄在那短工手中？杨连德思来想去。

成婚当日，杨连德才正眼看了穿着新郎服的九幽。

九幽倒是一表人才，脸色也温和。当他给杨员外递茶时，杨员外的手竟在发抖。

杨连德和杨舒美都注意到了这个细节。

九幽从来没有多说什么，杨员外对此讳莫如深，他们自然不知杨员外为何会突然改变心意。

喝了茶就算入了门，杨员外表面上战战兢兢，心里却恨透了九幽。

他以为只要杨舒美嫁了人，这个鸡飞狗跳的家就能够消停了，没想到噩梦才刚刚开始。时间久了，九幽会不会对杨连德下手？会不会将他努力一辈子的家产挥霍一空？

九幽牵着杨舒美的手，那夫唱妇随的恩爱模样落在杨员外眼中，比荆棘上的刺还要扎人。

九幽踏进杨家的那一刹，他眼里、心里都是对未来生活的美好想象。

他仿佛忘了什么事。

每个来到人间的妖都会接受这样的训诫——妖不该多管人间之事，更不应与人结亲，若修为不够，必受天谴，或是诅咒。

耸人听闻，是九幽听到那训诫的第一反应。也许是先前未在意，所以现在也并未想起。他心怀着的，是呵护杨舒美、融入人间的俗常愿望。

他所求的，只是这么一点点。

在挑起杨舒美盖头将她拥入怀中之时，九幽发誓，一定要努力考取功名，让杨员外真心接受自己。

— 6 —

自九幽入赘杨家，杨员外便病了。他整天把自己关在房间里，不爱说话，也不爱走动。

杨连德看在眼里，急在心里，他将自己的担忧、焦虑，都化作了对九幽的怨恨。他不知道九幽是一只妖怪，对他来说，九幽就是一个讨人嫌的上门女婿。

九幽并不想做一个高调的人，所以他并不愿意让无关的人知晓他的身份，对杨连德偶尔的挑衅，他选择视而不见。

杨连德处处看九幽不顺眼，上门女婿而已，有什么可高傲的？整个杨家未来都会是他的，所以他提前行使了主人的权利。

“我们杨家可不养闲人，你虽然入赘了杨家，但也不能做一个吃白饭的闲姑爷。”杨连德趾高气扬地说。

九幽既然许下了要配得上杨舒美的誓言，自然万事以和为贵，他对杨连德尚算客气：“我会考取功名，光耀杨家门楣的。”

“你知道就好，吃了杨家的水米，可是要为杨家争脸面的。”杨连德冷哼一声，也不用正眼瞧他。

九幽当真开始认真读书了，他如今可以用杨家的钱，自然不用像从前那样去做苦力。

九幽的到来让杨舒美的生活有了些许阳光，新婚燕尔，夫妻俩的生活格外甜美。

他们经常结伴出去游玩，因为是上门女婿，家里大事小事，都由杨舒美做主。

杨员外给他们购置了另外的宅院，作为他们的新婚婚房，还买了数十个仆婢用人，伺候他们的日常起居。

杨连德本想极力反对，可惜有心无力，家里的财权还在杨员外手中，他终归说不上话。

杨员外病了以后，杨连德顺理成章地继承了家产。

一接管杨家，他就特意提着一盏灯走进库房，就像将军观赏自己的战利品一样，脸上满是得意的神色。

他要做的第一件事，便是停了杨舒美的供给。养活那对夫妻，可不是一笔小钱。

他不知道父亲到底中了什么邪，从前父亲为了维持名声乐善好施，他便有诸多不满，给那些穷人施舍饭食，他家又能得到什么好处？在他看来，那些钱财不如拿去做生意，这样才能产生最大的效益。

杨员外的病一天比一天重，躺在床上，饭都吃不下了。

即便如此，他还强撑着身子吩咐杨连德，杨舒美的月供要按时给付，不然会闹出大问题。

杨连德的孝只是明面上的孝，他安抚父亲要好好休息，多余的事情不必再管。

杨员外气得吐了一口血，又瘫在床上。

没有了钱，杨舒美与九幽便没有办法再到处游玩，生活也逐渐捉襟见肘。

九幽上门质问杨连德："为什么这个月的钱没有按时发放？"

杨连德气定神闲地喝了一口茶，又拍了拍裤腿上的灰尘，挑唇鄙夷地道："你今年不过二十来岁，往后还有几十岁的人生，不要不劳而获，被人供养。你看看你，多懒啊！"

九幽觉得有什么地方不对劲，可是他又觉得有些道理。他思考了半日才反应过来："我是上门女婿，按理来说应该是你们杨家出钱。"

"原来你不过是想当小白脸白吃白喝，想要钱也行。"杨连德从怀中取出一沓银票，啪的一声扔在了地上，"你若能跪下用嘴叼起来，我就把这些钱都给你。在我们杨家吃软饭，就是这样的规矩。"

士可杀，不可辱。九幽怒火中烧，一把揪住了杨连德的衣领："这是哪门子的规矩？我看是你杨连德的规矩吧？"

杨连德丝毫没有意识到危险正在靠近，他直视九幽的眼睛，斩钉截铁地回应："是又如何？我就是瞧不起你。"

九幽暴怒的时候根本抑制不住体内的妖气，他一张嘴獠牙就露了出来。

杨连德眼睁睁看着这变化，骇然跌坐在地。

他的反应与他父亲杨员外一模一样，手指着九幽声音颤抖："原来你……

你是妖！”不过他比杨员外多了一分胆色，只是愣了一瞬，便推开九幽，扒着门口大喊，“来人啊！有妖怪！”

九幽不及捂着他的嘴巴，又不敢杀他，因为焦急愤怒，手和肚子都不可抑制地变成了豪猪的形态。

杨连德见他没有抓住自己，跑得更快了，一边跑一边喊：“妖怪！”

这次讨债，九幽的身份彻底暴露于人前。杨连德终于明白了为何父亲对九幽如此客气，因为谁也不知道九幽发火会做出什么事情。

身份暴露带来的后果非常严重，严重到九幽恨不得当场杀死杨连德。但他深知，自己一旦犯了杀戒，就会成为所有术士的眼中钉。

就算他什么也没有做，也不可能像以前一样平淡生活了，更别说和杨舒美过完一辈子了。

九幽茫然地站在门口，杨舒美闻讯赶过来，他们四目相对。九幽下意识地将自己的脸挡住，他害怕被杨舒美发现自己的真身。

杨舒美吓得不轻，她没有来得及说什么，杨连德已经带着许多衙役过来了，一群人将九幽团团围住。

每个衙役手上都拿着兵器，弓箭手就位，仿佛一声令下就能立马将九幽射成筛子。

当箭如雨射向九幽时，杨舒美发出了撕心裂肺的喊声：“不要——”

九幽挥手，所有的箭还没有射到他便落地了。

这下所有的人都相信他是妖怪了，他们扩大了包围圈，挥着兵器，与他对峙，却迟迟不敢接近他。

九幽摇了摇头：“我从未做过什么伤天害理的事情，我更不想伤害你们，我希望你们也还我平静的生活。”

“你威胁我的父亲，强娶我的妹妹，让我们杨家丢尽了脸面，这事就这么算了吗？”仗着人多势众，杨连德咄咄逼人。

杨舒美立马插话：“他没有强逼我，是我心甘情愿嫁给他的。”

“妹妹，我知道你被他逼迫，这不是你自愿的。”杨连德完全不承认，还让人把杨舒美带下去。

杨舒美拼命挣扎，不停地辩驳着：“不是的，不是杨连德说的那样……”

没有人相信她。

九幽想出手救人，杨连德见状高声说道：“你若心存善念，就不该逼别人做不想做的事。我的父亲本来给杨舒美安排了一门很好的亲事，结果你从中作梗。你害得我父亲病倒，又玷污了我妹妹的清白，若你还有一丝愧疚，就应该滚回你的猪窝。”

九幽站在那里，进也不是，退也不是。

杀人诛心，而杀九幽这样的妖，只要用流言将他淹死就可以了。

— 7 —

等待九幽的结果，可想而知。

想要若无其事地回到以前那样的生活已经不可能了，杨舒美被杨连德带走，而他若不做些什么，迟早会被术士盯上。

那些术士一生只做一件事，捉妖。

若是他遇上通情达理的术士倒也罢了，若是遇上那些不讲理的术士，只要他们认定了他是妖，便会出手将他杀死。

在人类的世界里，他的身份，是他天生的罪。

他若反抗了，便会罪加一等。

他什么也不求，只求能回到家，能跟杨舒美好好地吃上一顿饭，能美美地睡一觉，能在第二天醒来的时候抱一抱杨舒美。

“开个条件，如果我能办到，你便让我继续当杨家的上门女婿。”九幽收起了獠牙，语气卑微。

“妖的话怎么能听呢？”杨连德实在恨他，仗着人多势众，不愿意让九幽有翻身的机会，他冷冷笑道，“就算剥了你的皮，剔了你的骨，拔了你的牙齿与指甲，你也还是一只危险的妖啊！”

蛊惑人心，是杨连德最大的本事。他的话得到了四方的响应，在场诸人，谁也没打算放过九幽。

不公。

九幽无丝毫伤人之心，却无人予他一丝宽容。即便低声下气，为爱失去尊严，也无人怜悯他半分。

他望着那蠢蠢欲动的人群，那几乎能迸出刀剑的双眼，听着那粗重的呼吸声，以及那不绝于耳的谩骂，他觉得这个世界好聒噪啊！

明明仍是白天，怎么就如同置身暗夜。没有一束光能照亮他眼前的路，没有一双手来将他拖出无尽的深渊。

于无尽的绝望之中，生出无尽的怒火，他还想再撑一会儿，可实在是撑不下去了。他的暴戾之气汹涌澎湃，他的双眼变得猩红，他想杀光所有在场的人，将杨舒美带走。

他想，当初杨舒美用自裁的勇气来抗争，这样刚烈的女人，怎么受得了以妖为夫的屈辱？怎么受得了世俗的流言？

他没有伤害过任何人，为什么自己唾手可得的幸福会被无情地夺走？难道只是因为他是妖吗？

"你若是不放过我，我会让你现在就后悔。"九幽的气质发生了变化，他凌空一抓，便将一个衙役抓到了眼前。

只要他的手腕轻轻一动，那个衙役便会当场死去。

衙役自知命不久矣，哭着大喊娘亲救命。

九幽环顾四周，声音凛冽："我劝你们现在放我走，不然在场的人都得死。"

杨连德他们终于慌了，不自觉地往后退着。

九幽掐着衙役的喉咙，一步一步向前走。

他走到杨连德面前，将衙役往边上一扔。

罢了，他还是不想伤害任何人。

"把杨舒美还给我。"九幽的声音非常冰冷，"这句话我只说两次，把杨舒美还给我。"

杨连德的小腿肚直打哆嗦，他盘算着，一个杨舒美而已，自然没自己的命金贵。他屈服了，开口求饶：“求求你别杀我。”说话间，他挥手示意，让家丁赶紧将杨舒美带回来。

九幽没有多言，抱着杨舒美瞬间消失在了门口。

他们一直在天上飞，就像两只没有脚的鸟。杨舒美骑在九幽的背上，两个人久久没有说话。

他们比谁都清楚，这可能是他们最后的温存时光。

“跟我回家吧，我会好好对你的。”直到飞累了，九幽停在一家人的飞檐翘角上。

“你去哪儿我就去哪儿。”杨舒美温柔地说，“你是我的夫君呀！”

妖又怎么样？没见过妖时，她觉得妖很凶残，不通人性，可她的夫君没有那么多的心眼，有一身通天的本领，仍愿意低声下气，只为换她周全。她看到了，感受到了，也愿意放弃一切顾虑，和他走下去。

她早已厌倦了那个尔虞我诈的人间。内心的声音告诉她，她想离开这个世界很久了。但又何其幸运，自认为没什么本事的她抓住了一个爱她的人，在她黑暗的人生里亮起了一道光。

她只是担心，回了老家就平安无事了吗？杨连德会轻易放过自己吗？

他们回到了九幽所住的山上，短暂地生活了一阵子。对于杨舒美这样的千金大小姐，一开始对于山上的生活非常不适应。

这里没有柔软的床，没有热水，没有被子，没有衣服，没有人间的美味。

时间短还可以忍受，时间长了，耐心也被慢慢磨掉了，杨舒美开始变得郁郁寡欢。

九幽问她是不是想回到人间，她只是摇了摇头，没有说话。

杨舒美清楚九幽到底为她付出了什么。现在的他们啊，没有资格享受人生啦，他们只能相依为命。

九幽在人间带走一个女子的事在无忧城掀起了轩然大波，许多好事的术士找到杨连德。杨连德每每接待他们时，总要摆出一副家门不幸痛心疾首的嘴脸。

“我自小疼爱我的妹妹，等妹妹及笄我便与父亲给她物色了一个好人家，准备将妹妹许配于那家的公子，谁知道这猪妖从中作梗，逼得我父亲病倒，妹妹含泪出嫁。苍天啊，现在他还将我的妹妹拐到他的老巢之中，叫我如何咽得下这口气？”

杜鹃啼血也没有他这么冤屈。

本就以匡扶正义和公道为己任的术士们自然义愤填膺，要为他分忧解难，更有甚者，许诺若不将这猪妖拿下，就不要报酬。

杨连德极尽所能地败坏九幽的名声，后来有人甚至以为，只要打败了九幽就可以扬名立万，甚至不需要杨连德鼓动，他们便自行在山下聚集。

又是一年飞雪的日子，山下聚集了很多术士。说不清他们出自什么门派，也不知道功力到底如何，但他们互相看不顺眼。

未曾等到上山捉妖，他们便起了内讧，三天一小打，五天一大斗，好不热闹。

有一日，杨舒美下山采集露水，远远地看见了这么多人，慌张地跑回山洞。

九幽烤着野兔，还不明白到底发生了什么，见杨舒美如此慌乱，忍不住出声询问：“怎么了？谁欺负你了？在我的山头谁敢造次？”

杨舒美脸色惨白：“他们来了，在山下。”

手中的野兔顿时不香了，九幽眉头深锁，沉默了半晌，将杨舒美抱入怀中。

“不要怕，凡事有我在，我们现在就离开这里。”

不知是因为天气冷，还是心里冷，杨舒美瑟瑟发抖。良久，她才问九幽：“我们又能逃到哪里去？”

“这儿离无忧城太近了，我们跑到远一点的地方就好。只要离得足够远，就没有人能找到我们。”

杨舒美闭上眼，深吸一口气，点了点头。

“你在这里等我，我进去收拾东西。”九幽边说边轻轻地松手，杨舒美忽然变得非常激动，拽住他。

九幽安抚道：“没事，我很快就回来。”

杨舒美的力道终于一点一点变小，她又点了点头：“去吧。”

现在山被围起来了，逃并不容易，带着她更难突围。

九幽心间像压了块石头，越发显得沉重。或许他最大的错误，是没有选择一开始就跟杨舒美远走高飞。

那时候他们还眷恋尘世的繁华，对无忧城这片土地满怀热爱。

而第一步走错了，第二步第三步都会跟着错下去。

他不是在求生，只是在缝补漏洞而已。

九幽想，只要渡过了这一劫，他便与杨舒美隐姓埋名，找一个谁也不认识他们的地方，平平淡淡地过一辈子。

他走进洞府，他在这里参禅打坐上千年，唯一能带走的，不过是杨舒美为他缝制的两件衣裳。

— 8 —

九幽带着杨舒美绕小道下山，那些跃跃欲试的术士很快就发现了他们的踪迹。

九幽粗略数了一下，大概有十几个门派，每一个门派都有三至五个人。

这是一场恶战。

九幽修为很高，对付寻常人自然不在话下，不过他有所忌惮，总念着不能杀生，所以处处受制。

他一手抱着杨舒美，一手和敌人拼斗，不论付出多大的代价，他都必须杀出一条生路。

杨舒美环顾四周，并不见杨连德的身影。想想也是，那个只会动嘴皮子的贵公子，怎么可能让自己处于危险之中。

二十多年来，兄长不像兄长，父亲不像父亲，她对这个家彻底失望了。

战斗从下午持续到了晚上，伤痕累累的九幽终于带着杨舒美突破了重围，两人向无忧城飞去。

脚下是万家灯火，熙熙攘攘的城市刚开始它的夜生活。他们四目相对，都露出了会心的微笑，憧憬着未来的美好生活。

又一次路过杨家，杨连德的卧房还亮着灯。九幽善解人意地道：“既然要走了，你还有什么话想对他说吗？”

他们停在杨家的屋顶上，杨舒美默默地看着，夜风吹拂过她的鬓发，月光勾勒着她姣好的面容，她挑起唇角的样子十分温柔。

“算了，终究是一场兄妹。”

她自记事起，就从来没有感受过父母的爱，更别提兄长的挂怀。

就算她堕落到流连赌坊和酒楼，得到的回报也不过是板子而已。

自我救赎不是对过去的不快耿耿于怀，而是学会放下。

“我还担心呢，要是我还是戒不了赌，还是喜欢那些斗鸡走狗、小偷小摸的事，你会不会嫌弃我？”杨舒美半开玩笑地问。

九幽不曾思考过这个问题。

不过这个玩笑让他的心情放松了一些，仿佛美好的明天近在眼前。

远处的屋舍忽然间走水了，滚滚的浓烟在午夜里不甚分明，但是味道非常呛人。

这个节骨眼上，本不该节外生枝。可是他们若不阻止的话，大火可能会蔓延至杨家。

杨连德的卧房已经熄灯了，丫鬟和仆人都在外打盹。

杨舒美拉了拉九幽的袖口：“快想办法灭火吧，伤及无辜就不好了。”

九幽也不会坐视不管，可他担心，如果自己一心灭火，便难以顾及杨舒美了。

杨舒美安慰他：“我就在这里等你回来。快去吧。”

事态紧急，九幽也顾不得许多了，他将杨舒美安置在杨家后院隐秘的角落里，便飞到对面的屋顶上，没入火光之中。

火舌舔着横梁一路蔓延，惊醒了还在睡梦中的杨连德。他闻到了烧焦的味道，慌忙从床上爬起，连鞋子也没有穿便跑出了屋子。

“怎么回事？”他拦住一个正准备救火的仆人，很快便明白过来发生了什么。

他这里尚算安全，可是他牵挂的地方燃起了大火。

看着那冲天的火光，杨连德呆滞了一下，下一刻，他就像被火烫了的公鸡一样，扯着嗓子大喊大叫：“快！快！先救库房！”

杨家所有的钱都存在库房，若是那里走水了，他下半辈子就完了。

杨舒美看着他从自己身边飞快地一闪而过，她猛然想起，杨员外病倒的时候，也没见他如此殷勤。

杨连德就像一只提线木偶，在着火的库房前手足无措。他不指挥便罢，一指挥反而让下人手忙脚乱，他的心快要被这火烧焦了，好像每过一刻钱都在他面前消失一点，他不知道搭错了哪根筋，索性拿起一只装满水的水瓢，将水尽数倒在身上，便要往库房里冲。

杨连德这样的公子哥，自小骄横跋扈，虽然始终没有给过杨舒美好脸色，但到底血浓于水，杨舒美怎么能看着他往火坑里跳。

杨舒美咬了咬牙，站了出来，打算阻止他。

她的力气那么小，自然比不过杨连德，她怎么拦都无济于事。杨连德一面挣扎一面骂：“好啊，你现在知道出来了。你就是见不得我杨连德好，悔婚不说，现在还放火烧我的库房。”

杨连德已经失去了理智，听不进杨舒美的任何一句解释。

因为杨舒美的阻拦，不到半炷香的时间，库房的横梁突然坍塌，杨连德瞬间像被雷击中一样，发出惨绝人寰的叫声。

他的眼眶变得血红，嘴巴张得大大的，脸孔都扭曲了。

那是杨家祖孙几代的积蓄，都在这火光中付之一炬了。

以他平庸的资质，要花多少年的力气才能恢复元气？罢了，就算是死，他也要拉一个垫背的，他目光灼灼地望着杨舒美，将所有的怨气都撒在阻拦他的杨舒美身上。

“去死吧！”他把杨舒美往火堆里推。

他的恨意那么浓烈，杨舒美完全没有招架之力，瞬间跌入火堆之中。

她凄厉的嘶喊响彻夜空。

大火彻底吞噬了她。

一直到死，她的眼里还写着惊诧与恐惧。

那是她心心念念的家人，就算她厌恶、失望乃至绝望，也不忍心看着他们白白送命。

可是杨连德轻易就放弃了她，所谓的兄妹之情，原来不过是一场笑话。她若能早点放下，又怎么会落得如此下场？

在九幽成功扑灭了那边的火之后，他听到了她的嘶喊。他并不知道发生了什么，只是忧心忡忡地跑回原地。

杨舒美不在那里了。

出现在九幽视线中的，是已经疯掉的杨连德，他像三岁的孩童一样，坐在燃烧殆尽的库房前，又是哭，又是笑。

“没了，都没了。”他反复说着。

九幽揪起他的衣领：“杨舒美去哪儿了？”

杨连德抬头对他傻笑：“没了，都没了。”

莫名其妙，九幽生气极了，一脚将杨连德踹开。

他又抓了一个拿桶来扑火的仆人：“你！见到杨舒美了吗？”

夜里很黑，仆人看不清他的脸，以为是一个路人，随口回了一句：“刚才我看见少爷和一个女人拉拉扯扯。”

他怎么敢把杨连德杀人的事情交代得那么清楚，他只是含糊地道：“我忙着救火呢，不知后来发生了什么事。”

九幽的脸色变幻不定，他看着疯掉的杨连德，又看着坍塌的库房，冲进了废墟之中。

很快，他在一堆灰烬里捡到了杨舒美的簪子。

他还找到了一具烧焦的尸体。

残存的衣料告诉他，这个人就是杨舒美。

他头脑一片空白，他不知道发生了什么，只是被动地得到了一个事实——他们所勾勒的明天的美好的愿景，因为一场大火，全都幻灭了。

— 9 —

马背上的尹琅若还在呼呼大睡，高和一个人听完了整个故事。

邱冠卖着关子，喝了一口酒，才不紧不慢地继续道：“你知道为山九仞，功亏一篑的感觉吗？或许九幽当时也是无法接受那样的落差，所以一瞬间走火入魔了。”

他参了千年的禅，从未动过杀生的念头，可那一瞬间，他杀红了眼睛，不管是无辜的还是有罪的，他都没有放过。

他痛恨杨连德亲手毁了他的幸福，他痛恨那些麻木的过客，对他的悲惨视而不见。他痛恨多管闲事的士术，不分青红皂白地追杀他。

杨舒美只是想救自己的兄长而已，她竟不得好报。

他故意将杨连德留到最后，杨连德的脸上沾满了血，吓得尿了裤子。

九幽的指甲三寸长，有黏稠的液体从他指尖一滴一滴坠落。他舔了舔唇角，侧脸狰狞吓人。

“终于轮到你了。”九幽蹲下身，挑起杨连德的下巴，“终于轮到你了啊。”

杨连德哆哆嗦嗦，口中只是下意识地重复着：“不要杀我，求求你不要杀我，我错了。”

九幽怜悯地抱着他的头，可惜地叹了一口气，没有说一句话，只是向杨连德伸出了手。

很久很久以后，九幽才淡淡地发出一声叹息：“早知如此，何必当初呢？”

杨连德的鲜血从口中涌出。

“大杀四方之后，他成了一名十恶不赦的通缉犯。我奉官爷之命协助捉拿他，听说他修为极高，又入了魔，所以我还找了不少帮手。不过合我们几人之力尚未能将他制服，只能将他的记忆暂时剥掉，然后将之封印起来。但凡是封印的，总会有逃脱的那一天。”邱冠自顾自笑了笑，“我就是担心自己一个人没有办法制服他，所以回了师门。”

“如今你有了照妖宝鉴，加上我应该能够对付九幽了吧？”高和问。

“若是没有意外的话，这次应该没有问题。”邱冠总是杞人忧天，“可凡事总有意外，得做好万全的准备。”

“你知道人死后会去哪里吗？”高和问。

悲剧不是偶然发生的，人也不是突然改变的。听了这个故事，他同情甚至理解九幽。

他也曾经想过要报仇，但是当他真的报了仇之后，心里的空虚还是无法填满。

仇恨最终都会变成无奈，所以他只能日复一日麻痹自己。或许九幽只是不愿意接受这份无奈，他已经将对杨连德的痛恨转变为对所有人的痛恨。

痛恨为什么有的人能获得幸福，痛恨为什么人的心思如此复杂，痛恨为什么人和妖不能在一起。

“人死了以后，所有的记忆都会消失，转入下一个轮回。”邱冠奇怪，“你问这个干什么？”

“我只是在想，时间是强大的，连我如今也快忘却了过去的伤痛，九幽却还对曾经耿耿于怀。即便杀了他，也无法超度他。执念，只会催生恶魔。”

“你的意思是……”邱冠似乎理解了他的意思。

高和道：“解铃还须系铃人。我想，我应该去办一件事。”

邱冠紧锁的眉头终于渐渐舒展。

他们决定兵分两路，邱冠先返回无忧城对付九幽，高和去寻找杨舒美的魂魄，随后与他会合。

他们在岔路口分别，看着高和的身影迎着坠落的金乌渐渐消失，邱冠将昏睡不醒的尹琅若抓到自己的马上，扬鞭策马，飞快地往无忧城赶去。

无忧城繁华依旧，行人熙熙攘攘好不热闹。

邱冠进城的时候，天色已经大亮。

尹琅若终于睡醒了，他发现高和不见了，挠了挠头，睡眼惺忪地问：“高兄去哪儿了？故事说完了吗？”

“早就说完了。”邱冠赶了一夜的路，尹琅若却睡得那么香，他真想把尹琅若扔下马，“高和有自己的事要办，我们先回茶馆再说。”

“能不能再讲一遍？我都没听。”

“错过这个村，可没有这个店了。你若想知道，自己去问高和吧。”邱冠没好气地说。

“你这人怎么这么小心眼！”尹琅若十分不满。

他不满归不满，邱冠是不会再说了。

就在他们朝茶馆的方向走去的时候，忽然发现周围的民众都跪了下来。

两个不跪的人反而鹤立鸡群，邱冠极目远眺，八个年轻的男人抬着一顶轿子，远远地走来。轿子甚是华美，一个人坐在里面，仿佛神祇一样，面容慈祥端庄。

尹琅若定睛一瞧，忍不住惊讶地出声：“那不是彦青吗？他怎么会变成这副模样。”

人们对彦青顶礼膜拜，就像朝拜国师或者帝王一样。

尹琅若和邱冠不跪，周围人忍不住用异样的眼光看着他们。

“不好意思，我们是外来人，远处轿子里的人到底是谁？”邱冠小声地问旁边的大叔。

“他可是在世的仙尊，当今圣上亲封的通玄老祖。见彦老祖，如见神明，你们若是不跪是会被诅咒的。”

邱冠用咆哮的语气质疑人生：“皇帝亲封的老祖？难道老祖也是一种官职吗？”

抬轿的男人面无表情地从他们身边走过，周围吹吹打打的信徒演奏着极为聒噪的音乐。

彦青微微睁眼，视线掠过邱冠与尹琅若，很快眼皮又合上了。他如下凡点化人间的仙人，慈悲地挑起了唇角。

说话的大叔惶恐不已，疯狂地磕头，求老祖饶恕。如此情形，邱冠只觉得荒谬。

“他原来只是一个穷困潦倒的画师啊，至于这么拜他吗？”

“那是老祖在历劫呢，现在他恢复真身了。”大叔惶恐地说，“他真的能救人于水火之中，你们若是不相信、质疑，迟早会遭到天谴。”

彦青什么德行，他岂不知？

他不清楚彦青有何目的，但是他相信彦青此举肯定不怀好意。回到茶馆，邱冠立刻托青鸟给彦青送信。

他又回来了，如果彦青还恨他，明日在彦宅相见。

当年是邱冠一手剥夺了他的记忆，将他的记忆封印。倘若他要报复世人，邱冠是绕不开的。邱冠不允许他在无忧城胡作非为，要么他死，要么他踏着邱冠的尸体走过去。

彦宅荒草丛生，也不过短短几个月的光景，便变得如此荒凉。

数月之前，彦青还一脸谄媚地向高和讨钱，购置了这个宅院，整天在里面和女人聊天，作画。

那时候大家虽然互相看不起，但心里都记挂着对方。

如果岁月是一个神偷，最先偷走的，一定是愉快的回忆。

现在邱冠站在这里，只能面对满目的苍凉。

— 10 —

“以我现在的身份，若不是你这样的人，或许还真见不到。”

邱冠不知等了多久，在他几乎望眼欲穿的时候，身后响起了彦青的声音。

那个伪装成端庄老祖的彦青，穿着简简单单的衣服，只身前来。

彦青能来赴约，邱冠还是觉得惊讶。就如他所言，以他如今的身份，邱冠想见到他并不容易。

“我应该称呼你为彦青，还是叫你九幽？”邱冠问他。

彦青脸上的笑意敛了，玩味地磨了磨牙：“都可以。”

“那我叫你九幽吧。为什么大家都称你为老祖？”

“仙人降临人间，自是为了普度众生。一声‘老祖’，我还是担得起的。”九幽还是笑着，“想必你也从老师的口中知道了，这几年来我都在做什么。”

九幽以人们的某种感情作为交换，帮助人们实现他们的愿望。他并不愧疚，相反，他感到骄傲。

“一个不应该有憎恨的人，却被憎恨蒙蔽了双眼，我取走了他的憎恨，并答应达成他的愿望，您不觉得我仁慈吗？”

“你倒是自我感觉良好。”邱冠的话里有嘲讽的意味，“你只不过把助人为乐当成一种买卖罢了，而且那些受到你帮助的人并没有获得真正的快乐，相反，他们的人生因此而破碎。”

“我只是按照他们的想法实现他们的愿望，破碎是他们自己的选择。”九幽狂傲地道，“倒是你、你们这些自诩除魔卫道的术士，除的是什么魔？卫的又是什么道？”

九幽做错了什么，他只不过和一个凡人成了亲，却被他们围追堵截。他只是为了救火，却痛失所爱。

“可九幽，你期待的世界不会因为你对世人所做的一切而改变。你期待通过剥夺他们的某种感情而让他们获得快乐，事实上，他们依然痛苦，甚至想夺回原来的某种感情。”

九幽的脸孔不禁扭曲。

邱冠所说的，也是他无法解释，甚至感到懊恼的地方。

他做着自己认为对的事情，然而那些受过他帮助的人并不感激。他们想要回自己的某种感情，他们竟然想要回自己的某种感情……

“交易一旦开始，怎么可以随便违背约定？”九幽阴冷地道，“既然破坏了我的规则，他们活该下地狱。”

“你有没有想过，你才是推他们下地狱的罪魁祸首？”邱冠目光一凛，“如果一个人拥有让人死而复生的能力，就可以肆意地复活人吗？你破坏自然平衡，早已罪孽深重！”

“不是我，还会有别的人来影响他们的人生。你凭什么把自己择得那么干净？你就是正义的吗？”九幽猖狂地笑起来，张开广袖宽袍，以睥睨众生的姿态道，“你们这些术士，最喜欢不分青红皂白，把我们一竿子打死。从前是这样，以后也是这样。你约我来，不就是为了降伏我？我奉陪到底！”

“别人我不知道，但你硬要把这顶帽子扣到我头上，我可不认。出招吧。”邱冠祭出佩剑玄天。

一场战斗在所难免。

战斗开始前，九幽悲悯地擦了擦眼角：“真希望你能活着离开这里。毕竟，你是我认识的最有趣的术士。”

邱冠哂笑：“魔鬼从来都希望别人觉得他慈悲。”

邱冠用意念操控佩剑玄天，剑气四射，卷起地上碎石，地砖连片破开，石头化作羽箭射向九幽。

九幽疾退数步，袖口像伞一样，飞速旋转成盾，将石块悉数击碎。随后，他反守为攻，双袖化作丈八匹练，其质坚硬锋利，竟能和邱冠的玄天剑缠在一处。

玄天剑和广袖纠缠，发出金器撞击之声。一时间飞沙走石，金光交错，爆炸声不绝于耳。

一次次碰撞后，九幽的攻势越发猛烈，相反，邱冠且战且退，似有不敌之意。

九幽声音阴鸷：“邱冠，你的能力就这样了吗？别让我瞧不起你！”

“还差得远呢！”邱冠痞笑。虽然说这句话有替自己撑气场的嫌疑，但邱冠绝对不承认自己宝刀已老。

每当打不过对方的时候，邱冠就会想起自己把一身法术传给师妹的事，他希望那师妹能来帮帮他。

不过，这不影响他捉妖的心态。

烟尘中，邱冠掏出照妖宝鉴，顿时金光大作。

如此宝器，经过多年风尘后更显威力，被那金光照耀的九幽只觉得浑身仿佛被细密尖利的刺扎过，皮肤竟似要冒烟。

邱冠忙收了照妖宝鉴。他忽然发现，有了照妖宝鉴也不能随心所欲，万一九幽的皮囊被烧毁了，世上就没有彦青了。

九幽吃了亏，也有所忌惮。

今日，他之所以赴约，并不是为了和邱冠斗个你死我活，只是探探邱冠的虚实。

两人又缠斗数十回合，邱冠只觉得虎口发麻，再不结束战斗老血就要吐出来了。九幽的衣衫也被邱冠划得破烂不堪，不复之前的狂傲。

邱冠不得不再度使用照妖宝鉴，刺目的金光如细密的针羽，不断地发射，九幽忙遮住双目，但他无论用什么办法，都无法阻挡有仙尊道符辅助、用各色宝器仙丹炼成的照妖宝鉴射出的金光。

九幽且战且退，忽地化作一道青烟，消失在天幕。

邱冠追出门去，早已不见九幽的踪影。

“有本事你别跑！”邱冠指天大喊。

九幽阴恻恻的声音从半空传来：“邱冠，你想清楚，若是毁了我的皮囊，高和那宝贝学生就回不来了。”

九幽跑了。他的话让邱冠沮丧，他突然就不愿意再追了。即使追到了，一时间也没有很好的解决办法。

经此一战，九幽最近必会躲着他。

邱冠正好趁机寻找破解照妖宝鉴烧人皮的法术。

回到无忧茶馆的时候，邱冠发现高和正在后院和尹琅若饮酒。红泥小火炉，炉上烫一个小小的描花陶壶。旁边还有一个炉子，上面放着铜锅，锅面漂浮辣油，牛羊肉在红红的汤底里翻滚。

看样子，他们已经吃完了，只还在喝酒。

“呵，你们倒是好兴致，亏得我和那九幽打了一场好架。”邱冠想加入他们的残局，但用长长的竹筷子捞了半天，发现肉已经煮老了。

邱冠兴味索然，问高和：“你什么时候回来的？人找到了吗？”

高和从怀里摸出判官笔，朝院中一处阴暗的角落瞥去。邱冠顺着他的视线，只见一抹艳色的裙摆。

一名女子从廊柱后探头而出，眼神羞怯。

“确实美丽，”邱冠不禁笑了，“难怪那妖怪记挂那么多年。”

邱冠将照妖宝鉴取出，摆在杯盘狼藉的桌上，语气略显不满：“你们就不关心我这架打得怎么样？有没有受伤？”

尹琅若扑哧一声笑了：“多那事作甚？你这不好好回来了？”

“我若没回来呢？”邱冠皱眉。

尹琅若摸了摸下巴，若有所思地道：“我俩不是不关心，只是觉得你肯定死不了。好了，到底打得怎么样？这宝贝好使不？”尹琅若拿起照妖宝鉴，前看后看，上看下看，都觉得是面很普通的镜子。

“好是好，就是威力太大。”邱冠头疼地道，“要不是为了高和那宝贝弟子，九幽已经被我封印了。”

毁了九幽，就是毁了彦青。只要他们是一体的，邱冠就必须面对这个问题。

高和突然想到什么，起身走进库房。

王子敬煞白的妖影在库房里飘来荡去，看样子像是在冥思苦想，不知要给说书人写什么故事。高和一路走到最里面的架子旁，踮脚取下一卷被束之高阁的牛皮卷。

他在邱冠和尹琅若面前展开牛皮卷：“当初我也为这个问题苦恼，多方寻找，终于找到这卷故旧的术法。”

用牛皮保存文字，足见此术法珍贵。

上面密密麻麻，最醒目的是“离魂术”三字。顾名思义，便是剥离魂魄和肉体的术法。此术和普通的离魂术不同，术士往往用此术对付被妖物附身的人类。

“有这样的宝贝，你怎么不早点拿出来？”邱冠感叹。

高和瞥了他一眼：“当时我以为，你已经将彦青之事处理妥当。”

邱冠脸一红，拿起桌上还没喝完的半壶酒，满饮一口："哈哈，这酒还挺辣，哪家酒坊打的？"

— 11 —

上清仙观，乃先皇为玄黄老祖亲修的道观。而今玄黄老祖早已得道飞升，皇帝亲封的通玄老祖接替了他的位置。

此刻血月高悬，观内静寂无声。两名梳着太极髻的道童端着香茗，往老祖的练功房去。老实说，他们有点畏惧这位后来居上的老祖。

他那么年轻，那么清俊——如此年纪，能有如此修为，还貌若俏丽妇人……他们总觉得邪乎。

还没有靠近练功房，便见屋顶上空黑云缭绕，红光大作。

道童不知何故，忙上前敲门："老祖，您还好吗？"

"老祖？"

门突然自里而开，一只皱皮黢黑的爪子如长藤伸出，掐住其中一名道童的脖子。他顿时瞪眼如铃，手中饭案掉地。杯盏碎裂，清脆的声音响起，他还没来得及发出惊叫，便被里面黑气缭绕的魔物吸干了精血。

对面的道童吓得面无人色，仓皇逃跑。但还没有跑下台阶，那黑黢黢的爪子便穿破了他的胸膛。

"啊啊啊——"

惨叫声响彻上清仙观。

黑影瞬移到白玉阶前，嗜血的黑舌舔了舔嘴角。九幽歪着脑袋，露出一抹邪恶的微笑。

"邱冠，这次便是你想，也不能奈我何。"

黑夜退去，黎明来临。九幽对着镜子，簪上青白玉簪，将长发绕簪子两圈，团成团子。镜子里，他又恢复了彦青的清俊模样。

人类的皮囊，真是好东西……披着它，做什么似乎都能被原谅。而妖，即便什么都没做，长相可怖也是错的。

九幽整理好道服，手执拂尘，戴上道冠。尽管他觉得自己现在的打扮滑稽可笑，可是人类非常喜欢。他坐在八人抬的轿子上，于朝气未散的清晨出发上朝，一路上总有人对他叩拜行礼。

九幽并不看他们，只是微合双目。

他已经不觉得被人类崇拜是一件新鲜事，反倒觉得悲悯。一群愚人，原来是那么容易操控的一群愚人。

夺走他们的某种感情，许多记忆也涌入他的脑海。这让他感到痛苦，为什么仅仅是这样一群人，就能将他伤害至此？

轿子荡荡悠悠，入了皇宫。

本该闲来无事的一个清晨，突然因为某个并肩而行的身影而变得不同。

九幽霍然睁眼，便见身旁多了一顶同样的轿子。死对头邱冠也道貌岸然、冠冕齐备地坐在上边，优哉游哉地往大殿前进。

轿子入朝，是皇帝对九幽这位“道祖”的特赐恩典。同样的恩荣，邱冠却也轻而易举地享受了。而且，他似乎为了让九幽不舒服，故意和九幽并排入殿。

九幽不知道，邱冠与达官贵族交情匪浅。

前些日子，他托御史大人给圣上带了个口信，自己则在近郊的地方租了一间茅舍“装神弄鬼”。

圣上信奉黄老之道，听闻近郊出了位神人，便有意派太监过来一探虚实。

太监问邱冠占卜，邱冠装模作样地问了半天卦，然后就对那太监三跪九叩说所占之人是龙命，自己方才有眼不识泰山，还请见谅。

所谓占卜，占的其实是人心。

太监乐不可支：“言重了，以后洒家还得托您的福气呢！”

邱冠如此得到了面圣的机会。如他这样术法高深，又会花言巧语的术士，很容易就会得到皇帝的青睐。

在巍峨的宫殿内，他又与九幽重逢。

两人心里都在唇枪舌剑，面上又默不作声。

他们并排坐在轿子上，看着远处的夕阳。

九幽问："邱冠，你到底要干什么？"

邱冠痞痞一笑："很简单，在小皇帝面前说你的坏话，贬低你，直到你一文不值，被赶出无忧城。"

九幽嘴角抽搐："邱冠，你到底是多幼稚，才认为这个办法能让我走？"

"当然不是。"邱冠忽然跳下轿子，疾步向前。

九幽不知道他到底想干什么，但好奇心也驱使他让轿夫放下轿子，跟了上去。

"九幽，你不觉得自己非常像某只动物？"邱冠远远道。

"像什么？"

邱冠朝他勾勾手："你过来。我告诉你。"

等九幽走近了，邱冠哈哈大笑："你很像我的跟屁虫。"

"你！"九幽勃然大怒，正要骂人，突然发现四周风云变幻，玉柱升起。不知道什么时候，他已经置身于玉柱中心。身边行走的官员、太监、宫女、道童全部化为乌有，便是那顶轿子，也化作一缕白烟消散。

邱冠祭出玄天剑，这一回，终于轮到他狂傲了。

"我来这里，当然是为了抓你！"

原来，九幽不知道什么时候已经步入邱冠与高和设下的离魂法阵中。脚下，是一个鬼画符般发亮的结界。邱冠和高和齐声念诀，亮光从玉柱顶端升起，很快汇聚于半空，一道光柱笼罩下来，将九幽完全罩住。

加持法咒的光芒让九幽只觉五内如焚，他仰天长啸，愤怒地捶打自己的胸膛，再也无法维持人类的皮囊。

邱冠与高和为免节外生枝，口中不断地念诀，越念越快。

九幽的耳朵忽然变成猪耳。他试图突破脚下结界，却被金光烫伤。他号叫、怒吼，妖气迸射，结界晃动了一下，又恢复如常。邱冠与高和顶着压力，持续念诀。

人脸很快变成猪脸。

鼻子变成猪鼻。

四肢变成猪蹄。

身上长出硬硬的刺毛。

……

被豪猪妖九幽困于身体中的彦青也因为痛苦而呐喊，但他发不出声音。他只是无助地做出“老师救我”的口型。

忽地，高和跃到了玉柱上，手掌化作虚无的大掌，摁向九幽，然后用力地往上一提。彦青的魂魄就这样一点一点地被抽离九幽的身体。

眼见彦青的魂魄就要离开九幽的身体，九幽的背后突然生出一条蛟龙尾巴。蛟尾撑破了豪猪妖的身体，一下就撞碎围困九幽的结界。

高和大惊失色。

邱冠大声道：“高和！稳住！其他的交给我！”

离魂法阵一旦开启就不能停下，否则功亏一篑。高和又一次施加法力，增强了对彦青魂魄的吸力。邱冠则祭出玄天剑，和九幽混战。

九幽发出震天的吼声，恨不能撕碎这两个大胆狂悖之徒。

在高和终于吸出彦青的魂魄时，蛟尾一摆，狠狠甩了过来，高和为了保护彦青，调换两人的位置，生生用背脊挡住这一击。

狠狠的一击，仿若要将高和身体内所有的骨头撞碎，高和忍不住呕出一口鲜血。

但他还是勉强地抱着彦青的魂魄，滚落到一边。

“老师！”彦青不禁高呼。

彦青想，无论他们过去有怎样的恩怨，高和都已还清。

而未来，是他开始报恩的日子。

“快走！”邱冠明显感觉到了九幽的异变，忙大声念咒，“破！”

他破开离魂法阵，飞快地向东南方飞去。他一边逃，一边摸出照妖宝鉴。

化身半蛟半猪的九幽狞笑：“邱冠，你当真以为我怕你的宝鉴？”

这么多年过去，他早已不是当年的九幽。他吞噬了蛟龙的妖丹，妖法大增，又堕入魔道，已经不是普通术士可以击败的。

照妖宝鉴灼伤了九幽的皮肤，但他可以顶着皮肤被灼烧的风险，持续地攻击邱冠。邱冠就知道，捉妖哪是这么简单的事，千年的变迁，他虽然有了更丰富的捉妖经验，但是九幽也变得比过去更加强大了。

邱冠与九幽且战且退，一直退出了邱冠与高和齐心设下的法阵结界。突然，一道红色砖墙犹如霹雳撞向九幽，好似凭空出现的巨物，九幽被撞飞数米。

他再看时，四周的景色已经变了。

巨大红墙的顶端，邱冠收了玄天剑，又对九幽痞笑："九幽，你不会以为我只设了离魂法阵，带了照妖宝鉴对付你吧？上次比试你有所保留，我当然也没倾尽全力。"

— 12 —

邱冠再抬手，九幽的身后也出现一道巨大的红墙。

红墙高数十丈，人在墙上犹如蝼蚁，渺小不堪。即便是九幽的本体，在巨墙面前也显得娇小玲珑。

数道红墙形成一个又一个的圈，不相连的地方，就是一扇一扇的门。从里到外一共八扇门。

这是邱冠精心为九幽准备的杀阵。

参考八卦五行中的八门金锁阵，邱冠用自己收服的妖怪的魂魄以及四方神兽——朱雀、玄武、青龙、白虎分别守住几个阵眼，若是九幽无法破阵，将一辈子被困在其中，直到死去。

邱冠将最强大的凶兽魂魄放在了杜门和死门，将次之的凶兽魂魄放在了伤门、惊门与休门，而将最低等的凶兽魂魄放在了生门、景门与开门。

若是从生门入，从景门与开门出，或者从景门入，从生门与开门出都能保命，从开门入亦然，但是从其他门出和进都必死无疑。

这几个门，都被生门、景门、开门隔开，整个阵围成一个口字，休门单独位于口字的右侧。

而且，此阵只有一次寻找出口的机会。一旦失败，法阵就会变成一个迷宫。无论陷入法阵的人怎么走，红墙和门的位置都会随之改变。

在杜门与死门驻守的凶兽，修为都超过了一千年，又加上四大神兽兽魂，无论九幽有多深厚的修为，也无法走出去。

九幽如何认识什么法阵？他只觉得眼前雾气蒙蒙，什么也看不清。

他不敢轻举妄动。

他真的不敢轻举妄动。

凶兽的魂魄犹如厉鬼，也不知道什么时候，会从雾气中呼啸而出，狰狞地攻击他。

在数以千计的妖魂面前，莫说走出法阵，他不累死就算不错了。

九幽不禁愤怒地大喊：“邱冠，你耍阴谋诡计算什么好汉！”

邱冠却是故意在他眼前晃荡：“你可知兵法有云，兵不厌诈？能捉妖就行，你管我用什么手段。”

九幽气不过，用蛟尾愤怒地攻击红墙。那些并无实体的红墙总是散了聚，聚了散，打了大约半炷香时间，九幽才放弃了。

因为他遭到了很多凶兽魂魄的攻击，如果他还把自己的精力分散在攻打无形的红墙上，只会让自己成为凶兽的美餐。

九幽开始寻找破阵之法，他顺着打开的门出去。

邱冠也跟着他，好心提醒道：“只要不走出最后一扇门，你就是安全的，因为那唯一的机会没有被你浪费掉。但如果你犹豫太久了，也会沦为凶兽的美餐。”

九幽气得七窍生烟，不想看见邱冠得意的表情：“给我闭嘴！”

八门金锁阵犹如一个迷宫，有很多扇门可以让九幽选择。他不禁想，只要自己不踏出去，应该可以找到所谓的“最后一扇门”。

日头渐渐高升，邱冠百无聊赖，离开了一会儿。很快，他抱着一只叫花鸡飞回来，又躺在红墙上，优哉游哉地吃。

九幽能闻到叫花鸡的香味，只是他根本出不去。他气得捶了一下红墙，墙没有倒，倒是捶出了几只凶兽的魂魄。

晦气。

九幽恨不能飞上去撕碎邱冠。

但他还是不能放弃寻找出口。

就这样，他一扇一扇门，不断地尝试着。

邱冠见他只是在阵中不断地绕来绕去，像只没头的苍蝇，觉得有些好笑。有时候，他因为走得太远忘记了之前的路，又得回来重新走一遍。

其间，邱冠吃完了一整只叫花鸡，又换了各种看戏的姿势。

他无聊地和九幽说话。

“九幽，到现在你还不觉得自己有错吗？你前生的孽缘早该了结，可你无法放下执念，导致铸成更深的罪孽。如果你能认清这一点，又怎么会堕入魔道？”

“错？我错在何处？我所受到的伤害，神明是否看见了？看见了，是否拯救了我？”九幽哂笑，“你又经历了什么苦，神明拯救你了吗？”

邱冠道：“神无法照见世间的所有苦难。”

“是，神明无法解决我的痛苦，我自成神明。”九幽狂傲道，“我可以替代他们，为人类造福，我有什么错？”话没说完，他突然撞到一堵红墙。

他太激动走错了路。

邱冠又道：“神也无法普度众生，但神慈悲。你不慈悲，你只是喜欢掌控别人，让别人按照你的意愿活着，造就一个你认为和平的世间。我是不是可以理解为，你的出发点是好的，但剑走偏锋了？”

九幽发现自己实在无法跟他斗嘴，越是斗嘴越分心。但邱冠哇啦哇啦说个不停，好像嘴里有个活泉，话语如水般不停地涌出来。

“其实八门金锁阵不难破，只是你被自己的心魔所障，看不到真正的生门。

“放弃吧，乖乖认错也许我还能放你一条生路……”

“再废话我把你拉下来一起破阵！”九幽暴跳如雷。

他越是着急，越找不到前路。邱冠就这么看他绕来绕去，看得犯困。

“其实有一个办法，如果你甘心被我封印，我就放你出去。”

“哼，不就一道门吗？我肯定能走出去。”咚的一声，九幽又撞到一堵墙，头上多了一个包。

……

三天过去了，九幽还在确认哪扇门安全。

连高和都可以走动了，拉着尹琅若过来陪邱冠在法阵边涮火锅。他们一边闲聊，一边看九幽表演，时不时还与九幽聊两句。

就像一根丝线被细细摩挲着，九幽感觉自己迟早被他们玩坏。

他无法接受自己走错一道门，就会陷入万劫不复的境地。可他选择了三天三夜，仍旧无法抉择。

看着邱冠几人谈笑风生，九幽突然意识到一件事——他已经输了。

他想离开法阵，他不想死。可他若留下，会死。他若走错门，会死。他若答应邱冠的条件，会被封印。

邱冠夹着红油锅底的最后一片肥羊肉，懒洋洋地打了一个哈欠。然后，他听到九幽狂傲的声音：“答应你的条件，你会封印我多久？”

“嗯……不好说，一条人命一百年，你自己慢慢算。”

九幽：“……”

士可杀不可辱。

九幽决定破釜沉舟，他头也不回，随便挑了一扇门，凭着自己的热血就要冲出去。他的耳边却传来了少女忧虑的声音：“不是那扇门！”

九幽怔住了。

他不敢相信自己的耳朵。、

纵然光阴流转，时局变换，他也无法忘记她的声音。她曾让他去救火，说会等他回来。

九幽扭过脸，见到了杨舒美。她的魂魄就这样在法阵中飘荡，慢慢地凝聚为实体。

“舒美？”九幽感觉声音好似从自己的喉管里挤出来，破风箱一般喑哑难听，“是你，舒美？”

他冲过去，渴望拥抱她。这一刻的拥抱，他等了上千年啊。可惜，他仅仅穿过了她的残影。

“你的身体去哪儿了？”九幽难以接受地问。

“我的魂魄已经在人间飘荡千年。为了和你再见一面，我终日提心吊胆，只怕被恶鬼吞噬，再见不到你。”杨舒美看着他，悲哀地道，“我原以为，能看到你，我就心满意足了。可是看到你为我变成这样，我很难过。九幽，放手吧。”

曾经的九幽，不过是一只不想管人间事，一心扑在饮食上的妖精。杨舒美想，如果不是她强行将自己的悲剧塞给他，也许，他不会动恻隐之心。

她看到他走火入魔，便觉得愧疚。

九幽摇头道：“一切都是我自己选的。入魔，也是我自己选的。舒美，你是被邱冠困在里面了吗？跟我走，我带你走。”

他的大手伸来想握住她，又握到一片虚空。

“不去了。其实这份执念早该散去了。”杨舒美抿了抿唇，欲言又止。她不愿入轮回道，只是不想忘却爱他的记忆。如今看到他这般，只觉得等待是值得的。

可是他们不能继续下去了。

倘若九幽走错了门，会被困在阵中，被凶兽魂魄杀死。她本想远远看着他，不愿他知道自己现在变成了这副憔悴的模样，但为了让他能够平安离开，她不得已现身见他。

“什么叫执念？那是人类的错。舒美，你跟我走，我会给你想要的一切。”九幽急切地说。

他急了，明明近在咫尺，他为什么无法握住她的手？为什么感受不到她的温度？

杨舒美哭了起来：“九幽，我知道生门在哪儿，我只是舍不得你。这八门金锁阵，锁的是生人，护的却是厉鬼。我若出去了，便会化作一缕风，魂飞魄散。”

“你的意思是……这阵，并不是专门用来困住我的？”九幽不免有些错愕。

“是我求邱术士，让我见你一面。你本不该入此阵，你走吧！”

“既然如此，我不走了。没有你，找到生门又有何趣味？”九幽突然犯了倔脾气，望着杨舒美，只是片刻，他的声音便软了下来，“不走了，我不走。从始至终，我所求的，是留在你身边。以前我常想，如果时光能倒流就好了，好在现在我们重逢了，我们还有什么理由分开呢？只要你在，哪儿都一样。不分开了，站到我后面来。”

“九幽！”

在杨舒美话音落下之际，四周凶兽魂魄又袭向九幽。他拼尽全力抵挡，还是被它们撕咬得鲜血淋漓。

“九幽！”杨舒美大恸，扑向九幽。但她根本无能为力。

……

撕咬还在继续。

邱冠突然放下筷子：“高和、尹琅若，我想，我们该走了。”

“怎么，就这样走了？”尹琅若还盯着和凶兽魂魄交战的九幽，“他不出去肯定会被杀死的。”

“憨货，那都是我骗他的说辞。他不会死，只是妖身会逐渐被撕咬得腐烂、消失，最终和这些凶兽魂魄一起，成为守护法阵的魂魄。不论是他答应被我封印，还是成为守护法阵的魂魄，我们的目的都已经达到了。”

高和闻言，扬了扬眉：“其实，封印他也是个不错的选择。”

“你看，是他自己选择留下的，不怪我。”邱冠伸了个懒腰，“不知不觉夜色降临，二位兄台，准备法阵准备了那么多天，难道就不想回去睡个回笼觉？”

“倒也没那么困。”但高和还是站起来。

在离开的时候，高和回眸看了一眼。

八门金锁阵中，仍在上演夫妻情深的戏码。不过，连九幽都没发现，他失去肉身露出的兽魂，已经能和杨舒美的魂魄交融。

古人有云：“生不同衾，死同穴。”不知道九幽和杨舒美这样，算不算某种意义上的完美结局。

但也不容易啊，千年的时光，稍有差池便是黄粱一梦。

好在，她等了，九幽也等了。

无忧茶馆还要继续开，有些人终究会走的。现在的我，开始学会接受无常了。

——高和

没有酒喝的日子里，我每一天都很虚弱。想必很少有人知道，我所中意的店，其实叫无忧小馆。那天写招牌的人把第三个字写得很小，我便让他加了几笔。这样不经意的改变，迎来了一个新世界。

——邱冠

已经失去的，再回忆又有什么意思？这道理我懂，可我还想见见她，哪怕梦里也可以。

——尹琅若

以后的日子，我想拜访这人世间的每一份爱。

——彦青

邱冠啊，有一天我路过这里，你不在这里。我看不到我们在人间重逢的样子啦，甚至想想都不行。

——桐月

生而为人，欲望满身，遗憾常有，圆满难寻。得闲饮杯茶，自愈赛神仙。当我走出无忧茶馆这扇门，好像所有的门都为我打开了。

——茶客某某某

赠一杯茶

鲥鱼恩

他这样的说书人啊，

藏着自己的故事没有说。

藤壶河上一百年，

抵不过人间几岁光阴。

— 1 —

枯坐灯前一整夜，笔下写就两三字。

说的，是每个写故事人的心声。

王子敬在被迫成为给说书人供稿的存在时，是无法深切体会其中痛苦的。已经两三天了，面对无良老板高和的催促，王子敬只憋出一滴墨水。

哦，是因为他提起笔，半天不知写什么，墨水落在宣纸上。浓浓的墨迹氤氲，漆黑一片，仿佛惊叹般讽刺。

没有故事，这几天必得困在库房，终日对着阴暗一角，窥视窗棂露出的微光。

他讨厌被束缚。

这使他焦躁不安，在屋中来回踱步。听到店内人声鼎沸，他心痒难耐。

已是爽秋，不知道五味斋有没有推出新的点心。

瓦肆里当有新节目了。

永兴街上刚开了家包子铺，隔着三五里也能闻到肉香……

王子敬喟然坐回椅上，将虎口贴在额前，一脸沉痛。他脑袋中早已空空如也，但对外界仍有眷恋。

不如……王子敬咬咬牙，谁的故事不是故事？

他自己的，也是故事。

他的故事，或许无聊，但以“我有一个朋友”开头，谁又知道呢？

“我有一个朋友，是条鲥鱼精。他有一身极其华丽的鳞片，宛如藤壶河月辉漫过的河面。鲥鱼爱美，每夜，他都会浮出藤壶河，对着月华‘揽镜自照’。

“我那个朋友，姓经，名子妄……”

经子妄住在藤壶河，不过，在河域两侧人家多了以后，河上浮萍忽然变多，藤壶河的居住条件就变差了。

河边还多了很多垂钓的、捕鱼的人类，经子妄的族人走的走，死的死。

经子妄不走。

当时的他已经不是小鱼虾米，而是一条巨型鲥鱼，终年沉在河底，若是白天贸然浮上岸，一定会被附近的村民误以为是水怪。

这都是经子妄与河边一棵藤树一起修行百年的结果。

藤树精也给自己取了个人类的名字，叫甄香。甄香是藤壶河上游一家包子铺的名称，甄香特别喜欢吃那家做的包子，就给自己取了这个名字。

她是只漂亮的女妖，她每次去店里买东西，都能便宜两文钱。

甄香的祖母是棵非常老非常老的藤树，甄香年幼时，她还常常和甄香讲人类世界的故事。

及至甄香初长成，祖母却被几个工人刨了根，随后，那个地方筑起房屋和道路。

甄香怀念祖母，因为祖母，她对人间有了初步认知。

后来，宅院与道路越来越多，甄香成了蒲阳村仅存的藤树。她之所以被留下，是因为她被一个赋闲的秀才移栽到了后院。

秀才所住的院落宽广，除了各种树木花卉，他还在河边养鸡养鸭。甄香也被他种在靠河边的地方，夏天，秀才喜欢坐在树荫下喝茶，数河里的鸭子。

晚上，甄香喜欢和经子妄讲述白天的趣事。

她什么都说，说得最多的，还是那个姓安的秀才。安秀才是个怪人，他落第不仕，再也不考了，在这里过起自给自足的生活。

“他比我更像木头，”那晚，甄香又和经子妄聊起了安秀才，“他每天捧着卷写什么‘之乎者也’的书，摇头晃脑地读。”

说着，好似有风吹过树叶，树叶哗啦啦地摇动着。

在院子里诵读诗词的安秀才并不知，那是甄香在模仿他读书。她笑得身子都要弯了，仿佛院外风很大。

除了调侃安秀才，甄香和经子妄说得最多的，是修行之法。

他们很小的时候就意识到，世间并非生而平等。在人类眼里，他们是劣等生物。人类猎杀他们，食用他们，刨掉他们的根系。

他们发不出声音，不能呐喊，无法哭泣，无人同情。

所以，他们要修行。

妖精修行有违天道，甄香和经子妄没有仙人术士指点，只能靠吸收天地灵气，徐徐图之。因此他们在修行上吃了许多苦。

经子妄将要修炼成“生员”时，苍穹乌云滚滚，天雷随时可能劈下。若非附身于一座还未开光的佛像身上，经子妄已经魂飞魄散。

“生员”，是他们妖精修行的一道门槛。越过“生员”这一关，他们就能修炼成人形。

在生员之后，修行相对顺利。不过，他们无人指点，妖术极其低微，除了能飞天遁地，瞬移变化，和普通人类几乎没有区别。

甄香向往天宫，想得道成仙，在她“耳提面命”之下，经子妄从不做伤天害理之事，吃包子都选择素馅的。

晚上，他们会幻化成人形，一起到街上漫步。

经子妄和甄香的想法一致，生命诚可贵，自由价更高。修行，就是变强大。变强大，得自由。从此五湖四海，任意遨游。

日子平淡如水。某天夜里，经子妄忽地在街上遇到一名女子。她穿着一条藕粉色的罗裙，在货郎车旁摆弄首饰。她的妆容素淡，却不掩倾城姿色。听闻脚步声，她头也不抬地问：“客官，要买点什么？”

经子妄不由停下脚步，兴奋地唤她：“封姜，你还记得我吗？”

她猛然一颤。

她看见绖子妄，一时尴尬："是你？"

绖子妄更开心了，将近十年的时间，他以为封姜已经忘了他，没想到她还记得。

— 2 —

十年前，绖子妄还住在藤壶河发源地——铺山村的半山腰上。铺山村是一个特别的地方，那儿常年阴冷，即便是夏天也得穿棉袄。

山的向阳处长满参天大树，而铺山村夹在山间，丝毫不受阳光的青睐。

某位富商发现了它得天独厚的地理优势，便买下了这块地，在这里建造避暑山庄。封姜，就是富商的独女。

夏日炎炎，她随父母到刚建成的山庄避暑，在附近游玩的时候，看到有村民在天然的水坑里网鱼。

有一条细小的鲥鱼被抓以后，一动不动。

村民将它从网里放出，扔进桶里，它遇水就快速地游动起来。它有别于普通鲥鱼，鳞片金中透蓝，华美异常。

封姜见村民要提桶回家，忙拦住他们。她觉得这条鲥鱼特别有灵性，不愿意看它变成村民餐桌上的食物，便给了他们一锭银子。

随后，封姜将它放生了。

封姜并不知道，她救了一条爱美的鲥鱼精。因为爱惜鳞片，不忍它们被渔网划伤掉落，绖子妄宁可一动不动，也不挣扎。

后来，绖子妄修成人形，每年夏天，他都会在山上等封姜。他们一起探索山林，看星星看月亮，成为无话不谈的好友。

一别，已是十年。

故交重逢，绖子妄有说不完的话。

绖子妄缠着封姜聊天，见她卖簪子，嘴碎地问她想不想自己戴一根。封姜似乎有事，不打算卖了，便要离开。

“你家在哪儿？我再找你！”经子妄道。

封姜不回答，如一缕幽魂没入黑暗。

甄香还在阳春面馆等他，看着封姜匆匆离开的背影，他只好去找甄香。

十年，也许只有经子妄以为，封姜还将他当朋友。

路过窄巷，经子妄忽然听到里面传来打斗声。他闻到了封姜的气息，便冲进去。好几个壮汉包围着她，似乎意图不轨。

封姜没想到经子妄会来，一时分神，差点被其中一人的长刀砍伤。

经子妄抄起旁边一个竹篓，用竹篓盖住那人的头。很快，在经子妄和封姜的共同努力下，那群壮汉被打得毫无还手之力。

“封姜，快逃。”经子妄拉过封姜的手。

封姜不禁回眸，她盯着那几个倒地不起的壮汉，右手五指间银针一闪。

经子妄只听到窄巷里传出此起彼伏的闷哼，但他不敢回头看。

“封姜，你没事吧？”回到街上，经子妄喘得上气不接下气，后怕地道。

封姜看着他，短暂的相遇，她似乎终于想起来了，他是那条曾经喜欢游到避暑山庄水池内的傻鱼。

“谢谢。”封姜将碎发别到耳后，叮嘱他，“以后再遇到危险的事，不要冒险了。”

“哈哈，应该是我提醒你。封姜，你一个女孩子，半夜不要去狭窄黑暗的巷子，容易遇到坏人。”经子妄爽朗地笑。

封姜垂下眼帘，不回答他。

“夜深了，我该回去了。”封姜再次和他告别。

经子妄追上去，封姜却走得更快了。

经子妄终于不追了。他发现，封姜其实在故意躲着他。

十年前，他们躲在避暑山庄的假山后，经子妄偷吻她。

“我好像爱上你了，封姜。”他忘情地道。

封姜被他吓了一跳，跑了。等经子妄后来再找她，她已经和家人一起离开了。纥子妄以为，她会像以前的每一年一样，等到次年夏天就回来。

但她没有。

妖的寿数漫长，也许，十年对人类而言，是沧海桑田、白云苍狗，但对纥子妄而言，却是短短一瞬。

他听到久违的心跳，他注视着跑远的封姜。

他觉得，自己似乎听到了封姜的答复。

十年前就该给他的答复。

“你去哪儿了，这么久？”甄香已经买了一屉小笼包，独自吃起来。

“哦，没什么，遇到个熟人。”纥子妄心不在焉。

纥子妄做梦也没想到，过了几天，他又遇到封姜。但封姜这回并不在路边卖首饰，她换了副青楼女子的扮相，胭脂香浓，环佩叮当。

封姜搀扶着一个喝醉了的男人，同时还和其他男人调笑。

她笑得特别谄媚，口脂嫣红，贝齿雪白，手中绣花手帕挥舞着。

纥子妄忽然觉得心脏痛得厉害。

他不知道封姜发生了什么，为什么会从一个富家小姐，变成一个青楼姑娘。

他还听说，那夜他们路过的窄巷死了很多人。

— 3 —

纥子妄不管不顾地闯入青楼，着急地问：“封姜！你怎么在这里？”

封姜一怔。

她用锦帕掩着脸儿：“郎君，你认错人了。”

“封姜，我是纥子妄啊。”纥子妄环顾四周，又问，“这是你的新家吗？”

其中一位客人狐疑地问：“封姜？你不是春桃，春桃去哪儿了？”

封姜见状，蓦然起身，拉过纥子妄便往外跑。

“封姜，我们去哪儿？”

封姜声音低沉，带着几分懊恼：“不知道。”

她只顾着带他跑，跑了很远很远，差点栽进藤壶河。

封姜扶着栏杆大口地呼吸，心脏跳得很快很快。经子妄看着他们握在一起的手，不舍得放开。

“经子妄，”封姜转身时，手还是松了，她对上他的视线，这一次，她的目光中尽是冷意，“以后不要再找我了，我并不喜欢你。”

原来她知道。

但她之前不想伤他。

经子妄了然地点点头：“其实无所谓。封姜，我还是喜欢你。你不喜欢我，一点关系都没有。”

“你……”封姜秀眉轻蹙，“你知不知道你刚才……”她突然说不下去了。

“你个傻瓜。”封姜骂他。

藤壶河波光粼粼，夜风微凉。

封姜裙裾飘摆，望着河面出神。好一会儿，她又道：“经子妄，你我身份有别。现在的我，已经不是什么富家小姐。”

十年，发生了很多事。

“你喜欢的那个封姜，已经面目全非了。”

她以为经子妄会厌弃她，但那条小傻鱼在认真思索很久后，又天真地道：“我的身份很高贵吗？爱是爱，身份是身份。我不在乎，封姜。”

十年前，她是郁郁寡欢、被锁在深闺中的富家千金。

是他每夜踏波而来，想尽办法逗她开心。

他下水捞月，为她寻觅水中的奇珍异宝。

他和她坐在假山上，不问时间地聊天。

两只藕白的小脚丫，还有一条闪闪发光的鱼尾，浸没在清凉的水中。粼粼波光照耀着他们年轻的脸庞。

经子妄曾以为，美好的光景会永远持续下去。

封姜的脸颊不禁热了起来。

“你这人……”她的声音低下去，不知道说什么好，“你的嘴一直很甜。”

封姜还是走了。

临走时，她凉薄地道：“经子妄，我们算了吧。”

甄香发现了经子妄的郁郁寡欢，不管她怎么用安秀才的笑话逗他，他都愁眉不展。

“经子妄，你没事吧？”她认识经子妄那么久了，还从来没见过他这样。

经子妄沉默地看着水中碎月，良久，他才指着自己的心脏道：“我这里很难受。甄香，到底为什么？”

甄香愣了。

他在心痛吗?

心痛是什么滋味?

“到底发生了什么？”甄香迫切地问。

“我曾喜欢过一个富贵人家的女孩，现在，她变成了青楼姑娘。”

— 4 —

见鬼，半个月后，经子妄竟然在戏院里看见了脸上涂满油彩的封姜。

她做青衣打扮，服饰华美，水袖极长。

这一次，她不再和男人们虚与委蛇，只是在台上咿咿呀呀地唱着，声音婉转，举止端庄。台下一片叫好声，彩头赏赐不要钱似的往台上抛。

一场戏结束，戏院里最有钱的富商都指名道姓要见她。

这一次，经子妄只是在角落窥看。

他觉得很奇怪，封姜的身份换得那么频繁，到底是什么原因?

那场惊艳众人的戏唱完，藤壶河上飘起一具浮尸。

夜色深沉，经子妄愀然不乐地靠在甄香的树根处，看着远处的万家灯火。他发现了那具浮尸，面庞苍白毫无血色。但从华贵的蜀锦袍子上的花纹可以看出，他是在戏台外点名让封姜唱戏的富商。

经子妄没入水中，一个念头在他心中闪过。河水冰冷，但他感到自己浑身的血液都沸腾起来。

第二天，天色破晓，人们在藤壶河上发现一具赤裸的尸体，其面目浮肿难以辨认。

甄香呼唤经子妄的名字，他却躲在河底，不肯出来。

“经子妄，你为什么要偷走那尸体的衣服？你要拿去当铺换钱吗？你知不知道这样做犯了修行的大戒？”

“我没拿去换钱。”经子妄解释道，“我想救他，但他已经死了。衣服，衣服是自己掉的，我也不知道漂到了哪里。”

“没有偷就好。”甄香松了一口气。她如长辈般对经子妄谆谆教导，“修行的妖精，一定不能破戒，不然就没办法飞升了。你知道飞升之后有多少好处吗？飞升后，我们就可以饮风喝露，自由自在地生活。那些可恶的术士，不能斩杀我们。人类，也不会刨掉我的根系，用渔网捕捉你。到那时，我们是自由的！”

“我知道。我也在等那一天到来。”经子妄向往地道，“到那一天，我们就不是妖了，而是仙。”

“你知道就好。”顿了顿，甄香又叮嘱道，“一个青楼姑娘而已，经子妄，你可不能真的爱上她。人和妖在一起，是不会被人世所容的。”

“我知道。”经子妄回道。

过了一会儿，经子妄突然问：“甄香，你知道人间有什么行当，可以让人朝为卖货郎，暮为青楼女吗？”

经子妄隐约觉得，封姜并不是妓女，也不是戏子。

她有别的身份。

甄香隐约听出经子妄问的是谁，不禁皱眉：“我刚说的你就忘了？你还在关心她？人间是她的戏台吗，一天变几个身份？”

“没有。”经子妄笑了笑，“你别生气，我就是随口问问。”

很快，经子妄就自己琢磨出来了。

封姜是名刺客。

她的种种身份，都是为执行任务所做的伪装。

因为，经子妄半夜遇到了被追杀的封姜。她被一群壮汉追杀，慌不择路。最后，走投无路的她摁着涌血的伤口，坠入了藤壶河。

她仰对寂静的月，没入冰凉的河水。

“扑通！”是水声，也是心跳如鼓的声音。

那一刻，她并不害怕。

因为她听到了熟悉的水花声。

跳河，仿佛是故意奔向经子妄的怀抱。

经子妄于水中环抱她，轻声呼唤：“封姜。”

封姜在心底道：“是我。”

但汩汩河水淹没了她的口舌。

— 5 —

夜半，封姜披着一件男子的衣袍，坐在火堆旁烤火。她的长发半湿，身上却有了暖意。

经子妄就在她身边，往火堆中添柴。

“唉，你突然找我。我一点准备也没有……”

经子妄絮絮叨叨，高兴得不知该说什么。

封姜搓着手，瞳仁中火苗跃动。

“你想问我，为什么变成刺客吗？”

“啊？”经子妄讪笑，“你不想说，我就不问。”

“其实，也没什么好隐瞒的。十年前，父亲被小人陷害，因莫须有的罪名锒铛入狱。我和族中女眷，也被那小人卖到了风月场所。”

夜风凛冽，封姜吸了吸鼻子。

已经过去许多年了，她终于可以用平静的口吻说出这些陈年旧事。

“我那时尚小，得以在勾栏中打杂，不必如我的娘亲、阿姐她们……”封姜顿了顿，又道，“但我是亲眼见过她们的惨状的。”

痛苦的记忆如同鬼爪，夜夜来撕扯她。

小时候遭受的伤害，总是历历在目，在她脑海中越来越响。

封姜不甘心坠入旁人一手掘出的深渊，报仇的信念不死，所以，她历经磨难，成了江湖上让人闻风丧胆的刺客“鹰”。

她为刺客组织服务，同时，得到它的庇护。

但她的仇人势力很大，关系盘根错节，她很担心自己还没能手刃仇人，就身首异处。

经子妄挑了挑一处冒烟的火焰，让它燃烧得更旺，带着笑漫不经心地问：“你那仇人姓甚名谁？”

“姓邓，叫邓骁。他是无忧城药材商会会长，和宫里的公公关系甚好，如今又成了皇商，生意做得极大……”封姜望着跳动的柴火，搓了搓头发，觉得差不多干了。

把心底话说出来，她似乎轻松了点。

无论是十年前，还是十年后，经子妄都是她唯一可以倾诉心事的人。

这次分开，封姜忽地踮起脚，吻他的脸颊。

“忘了我。”她有些眷恋，却还是叹了一口气，“跟着我很危险的，我不想害你。像我这样的人……配不上你。”

她真的要走了。

“封姜，”经子妄不禁唤她，他还是想确认一下，“所以，你不答应我，不是因为不喜欢我？”

“我爱你。”封姜承认道，“十年前，就爱你。可我们不必非在一起，你知道我牵挂你就可以了。”

经子妄摁了摁脸颊。

很软，仿佛还残留着她亲吻的触感。

甄香从前告诉他，人间多的是爱而不得。纵然相爱，不能相守的恋人，多得像大海中的沙粒。

可经子妄还想和封姜彻夜聊天，想拥抱她，想为她做许多许多事。

经子妄又没入了冰凉的河水中。

妖精会哭吗？

为什么今夜的河水，又咸又苦？

甄香发现，经子妄突然不喜欢陪她吃消夜了。

他总是外出，不知道去做什么。

偶尔，他也会来找她，背靠她的树干。他眼眸微红，唇色鲜艳，黑色的长袍湿漉漉的，散发着血腥味。

他来找她的时候，总是疲惫，昏昏欲睡。

“如果你不在这里，我真不知道，天下还有哪里可以让我睡个安稳觉。”他吊儿郎当地靠着，笑着对她道。

甄香却很生气：“经子妄，你去干什么了？你是不是吃人心？你是不是破戒了？”

经子妄咳嗽了一阵，忽地又笑：“你乱说什么。”

“没有的话，你身上的血腥味是从哪儿来的？”

经子妄闻了闻衣袍，果然有血腥气。

“对不起，但我只是去救人了。甄香，你知道，刺客总会遇到打打杀杀的事，我不得不救，但我绝对不会和人类动手。”经子妄赌咒发誓。

甄香却气得难受。

“又是她？你鬼迷心窍了？你根本不把我的话放在心上。”

“甄香，喜欢一个人没有错。”经子妄求饶道，“何况人类短短百年光阴，我并不想和她发生什么。遥遥看她平安喜乐就好。”

— 6 —

甄香曾说，人间相爱不能相守者，多如大海中的沙粒。

所以，封姜不愿意为他带去灾祸，不愿做他的妻子，甚至不想和他发展为恋人。

经子妄尊重她。

他只是躲在暗处，悄悄地跟着她，以免她遇到危险的时候，他不在身边。她所刺杀之人，难免会伤她。

他在，就可以替她挡刀，带她逃命。

封姜如果开心，平安后可以和他聊两句，他边听边为封姜疗伤，那么那一天就很美好。

封姜不愿意，他就一言不发地守着她，直到她离去。

封姜赶他走，他就道："封姜，我看着你平安，亦是希望你看见我平安。我不奢求你放下仇恨，但如果你愿意，我永远在藤壶河畔等你。"

封姜不知如何回应，一次次地离他而去。

放下仇恨……

放下仇恨谈何容易。

不放下仇恨，又谈何容易。

一日，封姜在夜路上遇到了一个漂亮的女子，她身着淡黄色的纱裙，头上顶着几片树叶，瞧着不像凡人。

她果然不是凡人，伸手就甩出一串藤蔓，将封姜缠住。

"你这女人，最好离经子妄远一点。"甄香扬起下巴，目光冷厉，"他修行百年，好不容易修炼成人形。只要他继续安安稳稳地修行，总有一天能得道飞升。若你为了一己私欲，勾引他取人性命，我绝不饶你！"

甄香小惩大诫，将封姜扔垃圾般丢弃在半道。

一己私欲，勾引……

甄香一定误会了。封姜本想辩解，转念又想，其实她说得没错。

封姜嘴上赶着经子妄，心里，何尝不希望他能留在自己身边。

那夜，她还有个杀局。

她避开目标富户府中的家丁，闯入他的寝屋，拔剑刺向蜀锦被。没想到戳了半天，破开的全是棉花。

她被内线出卖，落入敌人的圈套。

才出寝屋，她就遇到了四面八方埋伏的黑衣人。

封姜且战且退，被人一刀划伤，坠入府内荷花池。她再次落入那个熟悉的怀抱，虽然池水冰冷，但她内心觉得温暖。

“封姜，别怕。”经子妄唤她，封姜能感觉到背脊深可见骨的伤口，正在汩汩往外冒血。她不得不紧紧抓住经子妄的衣领，拼尽力气道：“子妄，带我离开这里……”

她错了，她发现在生命急速消逝的时候，她最想做的并不是报仇，而是和经子妄在一起。

“还有，不要杀人。有人告诉我，杀人会坏了你的道行……”她看到经子妄因为焦急而泛红的眼角，她又抓住他的袖子，“即便我死了，也不要为我报仇。”

— 7 —

阳光刺眼，封姜苏醒的时候，看到一袭银色纹金长袍的经子妄端着药向她走来。

她身处竹楼上，四面通风，临窗远眺，可以看见波光粼粼的藤壶河。

她觉得面前的人瞧着有些妖邪之气，但对她仍是十分温柔。

“谢天谢地，请了大夫，终于把你治好了。”经子妄将药放在一边，向她比画，“你不知道，你背上有那么大一个口子。”

“经子妄。”封姜忽然孩子气地唤他，鼻头发酸，“我不想做刺客了。”

“嗯？”经子妄错愕。

“我怕我还没有手刃仇人，就再也见不到你了。”封姜扑向他，“经子妄，我知道，这世上再不会有人如你这般爱我。”

温香软玉在怀，幻想过这个画面无数次的经子妄，不觉脸红耳热。

他不知说什么，便哄道：“好，好，不做刺客。你想做什么都可以，我养你。”

他没想到的是，披着冰雪皮囊的封姜，吃药的时候其实还会捏鼻子。

经子妄怪自己没有买糖，从怀里摸出一块酥饼：“和它一起吃，也许会好些。”

大抵做梦的时候，和封姜在一起，每一刻都是甜的。

但封姜只脆弱了几日，又恢复了之前的疏离。

经子妄不解，抱着她的剑，不许她再冒险。

“封姜，你不是告诉我，我比复仇更重要？”

“对不起。”封姜垂下眼帘，不敢看他，“是我想得天真了。我这样的身份，除了复仇已经别无选择。”

她委身杀手组织，树敌无数。即便她不杀人，也不知有多少人想要她的命，和她在一起，经子妄只会身处险境。

甄香曾告诉她，经子妄百年修行，不能因她毁于一旦。

她必须和他了断，以复仇为己任。

等大仇得报，她便在父母坟前自戕，了却残生。

封姜去意决绝，比从前的态度更冷。她这次甚至不再回望经子妄。

经子妄可以感觉到她赴死的心情。

望着空荡荡的竹楼，经子妄会恍惚，之前的快乐，不过是上天懒惰，悄悄让他偷到了。

后来，封姜很长一段时间再没见过经子妄。

她想，经子妄大抵是被她伤透了，渐渐放下执念。而她的生活，只剩下任务，不停地伪装和刺杀。她时不时感念先前那段岁月，她面对将至的长夜，望见他擎着火把而来。

封姜日渐独立，离开了杀手组织，开始自己接活。

丰富的经验和过人的剑术，让她在无忧城声名大噪。

死在她剑下的人越来越多，她终于找到了刺杀仇人的机会。

是夜，她在屋脊上擦拭长剑，听到屋中人的唠叨。

“别哭了别哭了，再哭，‘鹰’就来抓你。‘鹰’最喜欢吃爱哭的小孩子。”

妇人的恐吓没有起到应有的效果，相反，小孩哭得更加凄厉。

不知道从什么时候开始，封姜的名号，成了别人口中恐怖的代名词。她擦拭长剑的动作一顿，有些恍惚。

她从来都觉得，上天对自己不公。她想通过自己的努力手刃仇人，却在不知不觉中化身为鹰隼，伤害了许多如曾经的她那般无辜之人。

她这样的人，该下地狱。

封姜越发觉得自己可笑，为什么曾经会贪恋经子安给予的温柔?

她配吗?

— 8 —

加入杀手组织，封姜接了许多不想接的任务。看着别人温热的血液从银剑刺中的地方喷涌而出，绝望倒地。

封姜第一次杀人后，对着陶缸不停干呕。

那时她年纪尚小，别人对精心伪装的她并无戒备之心，所以她屡屡得手。

可是她至今忘不了，那种恶心的，让人恐惧的感觉。她想成为屠恶鬼的英雄，自身却先变成了恶鬼。

及至现在，她终于脱离组织，一心复仇。她不需要赖以生存的银子，不给自己留退路。她要和那个姓邓的商人，同归于尽。

午夜的宴会上灯火辉煌，觥筹交错。妖娆舞姬柔若无骨，清丽歌姬歌声绕梁。

封姜一身侍妾打扮，裙摆迤逦、妆容精致，端着楠木案，款步进入宴会厅。她手执白玉酒壶，一桌一桌地服侍那些脑满肠肥的药商。

她给姓邓的斟酒时，故意露出酥白的颈项，惹对方多看了一眼。

封姜一边给他斟酒，一边柔声问："邓大人还记得我吗？"

酒意正酣，邓骁微微眯眼，但见一个雪肤花貌的美人对他嫣然一笑，他还没有来得及回答，美人神色一凛，蓦然从袖中拔出利剑，直刺他的心脏。

"啊！"

邓骁后撤一步，抓起酒壶砸向封姜。只是须臾的工夫，四周护卫全部飞身而来，将封姜团团围住。

封姜那一剑堪堪刺中邓骁的护心甲，但已经将他吓得面无人色。他贵为皇商，家财万贯，身边护卫更是十二个时辰贴身守护，绝不容许任何人暗杀。

封姜的剑术威力甚大，邓骁从心口取出甲片时，发现它已经碎裂了。

他不敢想象，那一剑要是刺穿自己，是不是胸膛上会出现一个大窟窿。

"杀了她！"邓骁声音骤大，目眦尽裂，直指封姜，"给我杀了那贱人！"

刺客行动，失之毫厘，谬以千里。

封姜许是太紧张，以至失手。

处境就是，她落入了邓骁护卫的包围圈。

饶是她三头六臂，也不可能从那么多装备精良、骁勇异常的护卫中脱身。可是她心有不甘，她这些年苦心孤诣，为的就是手刃仇人。

长刀向她斩来，封姜却放弃抵抗。她如伤豹，只是拼尽全力刺向邓骁。

她可以粉身碎骨，但一定要拉邓骁垫背。

就在长刀差点没入她的背脊时，厅堂光华大盛。昏黄的烛光无法与明月争辉，在耀眼夺目的光彩中，人们看到有一个男人从天而降，如神明降临人间。

他揽过孤注一掷的封姜，握紧她手中的长剑。

他道："封姜，我帮你。"

— 9 —

手中剑忽然气势如虹，犹如被巨力加持，瞬间破空而出，直射邓骁。邓骁的眼睛越瞪越大，嗖的一声，他被长剑直直钉在了朱红廊柱上。

他头一歪，顷刻气绝。

封姜看着他的惨况，心脏犹在剧烈跳动。

她知道是谁来了，也知道那些向她背部刺来的刀被谁挡住。它们全部插进了经子妄的身体，他却像老鹰张开了翅膀，挡下所有攻击。

她看见血从他的嘴角流下，封姜慌了神："经子妄，你怎么样？"

"别担心我。"经子妄笑了，唇色淡淡的，"凡人的刀剑，伤不了一只妖。"

他一发力，将所有的长刀反弹，袭击他的人全部受了重伤。

整个宴会厅顿时乱作一团，尖叫声此起彼伏。

在人们充满恐惧的眼神中，经子妄横抱着封姜，一步一步，离开了这里。

途径一座寺庙，封姜让经子妄将她放下。

她看着庄重的庙宇，忍不住问经子妄："你为我杀生了吗？"

经子妄摇了摇头："邓骁死在你的剑下，与我何干？"

"那就好。"封姜想了想，道，"经子妄，谢谢你，但我们就此别过吧。我已经完成了使命，再无遗憾。你不该和我这个满身罪孽的女人在一起。你有百年道行，荣登仙道才是你的未来。"

"你要去哪儿？"经子妄问。

"我不知道。"封姜撒谎道，"但以后我们不会再见了。经子妄，祝你早日飞升。"

封姜便要离去，经子妄看着她的背影，忽然道："封姜，我不会阻拦你做任何事，只是此时此刻，我想再抱抱你。"

话音还没落，他便跑了过来。

不等封姜回答，也不等封姜转身，他从背后环抱她。

他很高大，几乎罩住了她的后背，下巴抵在她的头顶。

封姜很是心动，可她攥紧拳头，最终没有回应。他有他的坦途，她不能吊着他。她马上就要自戕谢罪了。

似是感受到她的冷淡，经子妄终于放开手。他道：“封姜，再见。”

那一刻，他期许她转身看他一眼，但最终，封姜没有。

她强迫自己不转过头。

后来，他再没有见过封姜。

封姜自绝在无忧城的深秋，对着一座野坟。

她像一朵开败的花，倒在坟包前，仰对着碧云天。临死前，她见到了一个人。那人曾经踏夜而来，让她离经子妄远一点。

甄香这次还是怒气冲冲，但她不是来阻止封姜自裁的。

“你真该死。我只恨你，死之前为什么要带上经子妄。”甄香气得发抖。

如果不是甄香怕犯了杀戒，大抵封姜就不必自裁了。

“我没有勾引他，”封姜替自己辩解，艰难地道，“他也没有为我做逾矩的事。如果你喜欢经子妄，就不要来纠缠我了。”

“你还要他怎么样？他为了你，毁了百年道行，堕入魔道。此一生，他再也不能得道飞升，你还要他怎么样？”甄香怒视封姜，颤抖着问，“你这女人，为何不知足？”

甄香问道百年，不过想与经子妄一起得道成仙，从此和他一起做神仙眷侣，遨游四海。

后来，经子妄告诉她，他爱上了别的女人，她便想，不做神仙眷侣，做仙友也可以。

再后来，她发现经子妄开始靠吃妖丹提升修为，她慌了。

经子妄道，他太弱小，弱小得甚至不能保护封姜。所以他要去和更厉害的妖拼杀，夺取它们的修行成果。

等经子妄更强大一点，他就跟在封姜身后，若是有人还未被封姜杀绝，他就帮她清扫现场。

经子妄手上的鲜血越来越多，魔障越结越深。

他越是堕落，自由的门自然越是紧闭。

封姜后知后觉，她以为他什么都没做，其实他什么都做了。他握着她的手，将那把剑刺入邓骁的心脏，她怎么会相信，邓骁不是他杀的?

甄香的心和封姜一样痛。

藤壶河上一百年，抵不过人间几岁光阴。

“封姜……你低估了一只妖爱你的心。他的堕落，在看见那个漂浮在藤壶河上衣冠齐整的富商时，就已经开始……那人没死 ，是他将他拽入河底，剥去他的衣物将他溺毙。”

从那以后，甄香再也等不到那条小傻鱼夜半浮上水面，邀她一起吃消夜。

因为，他已经向那个叫邱冠的术士献祭自己的肉身与灵魂，他恳求邱冠饶恕封姜所犯的杀孽，他愿意一辈子被邱冠幽禁在一片虚无中，为封姜杀死的人诵经超度，直到他们全部去往极乐世界。

只要，封姜能够平安入下一个轮回，不受十八层地狱的苦，不入畜生道。

他愿用自己的仙途，和永生永世的自由，换取封姜下辈子、下下辈子、下下下辈子……永远平安喜乐。

相爱，亦不必相守。

甄香对着封姜泪如雨下：“他不告诉你，但我必须告诉你，我不能让你了无遗憾地死去。你彻底毁了他。他这一生，在遇见你之前，最爱自由。”

— 10 —

书稿交到高和手上的时候，王子敬格外忐忑。

高和是否高兴，关乎他能否出茶馆溜达半天。

他想去藤壶河的上游，看一看故人。

但高和这次看稿格外不同，他在拿到稿件后，一直坐在窗边，皱着眉头反复翻阅。书页被风吹的声音，吊着王子敬那颗七上八下的心。

就在他实在忍不住，想问问高和到底能不能通过的时候，高和忽然道：“故事也就那样，我倒是好奇，这小小鲥鱼精，为什么会对一个女刺客掏心掏肺。”

“哦，”王子敬见他没见过什么世面的样子，不得不解释，“没有人知道，封姜对那经子妄有过两次救命之恩。”

一次，藤壶河畔，她从村民手中救下他。

一次，经子妄修“生员”历天劫时，是她，跑了十里山路，从庙中背来那尚未开光的佛像，为他挡了灾。

百年孤寂的清修，直至遇见封姜，他才忽然觉醒。

封姜，是值得他以命守护的存在。

“这样啊……”高和摸了摸自己的鼻尖，一直盯着“经子妄”三字。

经子妄，经子妄，王子敬……

他糊弄鬼呢？

掐着手指算了算，高和忽然道：“封姜所杀一百七十多人，从三百年前超度到现在，也超度得差不多了。”

“王子敬，”高和放下手稿，从怀里摸出两吊钱，“我有点想吃五味斋的桃酥了，不知道你有没有兴趣，晚上出门的时候帮我带一盒回来？”

“我？”王子敬接过那两吊钱，不敢相信自己的耳朵，“我，晚上可以出门？”

“表现好的话，可以离茶馆远一点。”顿了顿，高和神色一凛，“当然，白天之前，必须回来。否则天涯海角，我都能找到你。”

其实他并不担心王子敬会逃。

一个被关怕了的人，是不会犯第二次错的。

（本书完）

图书在版编目（CIP）数据

无忧茶馆. 2 / 谭以牧著. -- 合肥 : 安徽文艺出版社, 2022.11
ISBN 978-7-5396-7562-6

Ⅰ. ①无… Ⅱ. ①谭… Ⅲ. ①长篇小说－中国－当代 Ⅳ. ①I247.5

中国版本图书馆CIP数据核字(2022)第193569号

WUYOU CHAGUAN 2

无忧茶馆2

谭以牧 著

出 版 人：姚　巍
责任编辑：王婧婧 宋潇婧
封面设计：尚燕平
版式设计：黄佳音

出版发行：安徽文艺出版社 www.awpub.com
地　　址：合肥市翡翠路1118号　邮政编码：230071
营 销 部：(0551)63533889
印　　制：北京盛通印刷股份有限公司 电话：(010)52249888

开本：710mm×1000mm 1/32　印张：10.5　字数：300千字
版次：2022年11月第1版
印次：2022年11月第1次印刷
定价：48.00元